鉄箱
ill. きのこ姫
Tetsuhako
Kinokohime
ラー女優が
才子役に
転生しました 3
~今度こそハリウッドを目指します!~
JN049375

Contents

design：百足屋ユウコ＋アオキテツヤ(musicagographics)

TSUGUMI
KIRIOU

つぐみの手を取る。
凛は、冷たい、と思った。
「こうすれば、寒くもないよ」

TSUGUMI
SORAHOSHI
LOWELL

ホラー女優が天才子役に転生しました3

～今度こそハリウッドを目指します！～

鉄箱　ill. きのこ姫

あらすじ

かつてホラー界隈にその名を轟かせたホラー女優、桐王鶫。三十歳という若さで交通事故によりこの世を去った彼女が生まれ変わったのは、銀髪青眼の五歳の幼女、空星つぐみだった。親無し金無し運もなしの三拍子そろった鶫から一転、転生先のつぐみは自分を溺愛する大富豪の両親の元に生まれ、何一つ不自由のない生活を約束されていた。だが、彼女の魂は人々を恐怖の渦にたたき落とすホラー女優！　鶫の魂を持つつぐみは、今世でも役者を目指し、両親のすすめでオーディションに挑戦。前世の経験と今世の容姿を武器に天才子役として台頭し始める。同い年の子役たちとの友情、前世で関わった役者たちとのすれ違いと葛藤。様々な事件を乗り越えながら、ドラマ撮影やバラエティ出演、ついにはＣＭにも起用されたつぐみ。順風満帆な子役生活と思いきや、前世の因縁が忍び寄る。子役友達の凛に迫る、前世の友。どこか前世の記憶を刺激する動画配信者の少女。さらに桐王鶫の蠟人形を偏愛する、謎の男まで現れて……。平穏を侵す波瀾の影。過去と夢と未来が交差する、宿命の舞台が幕を開けようとしていた。

Characters

桐王鶫（きりおうつぐみ）
ホラー女優。2000年に事故死。

つぐみ・空星（そらほし）・ローウェル
天才子役。桐王鶫の転生先。

夜旗凛（よるはたりん）
子役。つぐみの親友。

朝代珠里阿（あさしろじゅりあ）
子役。つぐみの親友。

夕顔美海（ゆうがおみみ）
子役。つぐみの親友。

夜旗虹（よるはたこう）
天才子役。凛の兄。つぐみのライバル。

マクスウェル・コリンズ・ローウェル
つぐみの父。Lowell総合商社CEO。

美奈子・空星・ローウェル（みなこ・そらほし・ローウェル）
つぐみの母。

夜旗万真（よるはたかずま）
凛の父。俳優。「月9のプリンス」。

夜旗真帆（よるはたまほ）
凛の母。フリーアナウンサー。

朝代早月（あさしろさつき）
珠里阿の母。夫とは離別。
「朝ドラの女王」。旧芸名・笠羽サラ。

夕顔夏都（ゆうがおなつ）
美海の母。昼メロ女優。

夕顔鉄（ゆうがおてつ）
美海の父。動物写真家。

御門小春（みかどこはる）
つぐみのマネージャー兼護衛。

相川瑞穂（あいかわみずほ）
女優。つぐみの初ドラマの共演者。

霧谷桜架（きりたにおうか）
大女優。桐王鶫の年の離れた友人だった。
旧芸名・さくら。

皆内蘭（みなうちらん）
霧谷桜架の姪。女優の卵。
つぐみの初ドラマの共演者。

柿沼宗像（かきぬまそうぞう）
俳優。桐王鶫が尊敬した先輩。

ツナギ
凛が好きな動画配信者。

？？？
桐王鶫の蝋人形を偏愛する謎の男。

Theater 8

天才子役『と』
天才女優

Opening

一九九五年。
霧谷桜架(きりたにおうか)は過去を振り返る。

私が彼女——桐王鶇(きりおうつぐみ)という女性に出会ったのは、私がまだ五歳の頃だった。当時の鶇さんは二十五歳。私と、二十も年が離れていた。物心が付いたのは二歳の頃。私は同年代の子供に比べて早熟だったのだろう。二歳で既に周囲の環境から言語や技術を習得していたからか、母親の自己顕示欲のために放り込まれた芸能界で、すぐに周囲の大人を追い抜かした。周囲の子役ともなじめず、大人たちからは煙たがられ、気が付けば現場にいても腫(は)れ物のように扱われるだけで誰も私に構おうとせず、遠巻きに見られていた。そのうち私は、そんな環境でも孤独にならないように、周囲の人間に溶け込めるように、無難な演技をする普通の子役を演じるようになった。……退屈で、不満でもあった。少しの演技で騙(だま)される大人も、拙(つたな)くても愛される他の子役も、自分の都合の良いように私を使うだけの親も。

周囲の視線や態度に怯(おび)え、諦め、無難に過ごす。そんな退屈な日々に転機をもたらしたのは、あらゆる作品で評価を得ていた映画監督、洞木仙爾。小柄で痩身。真っ白な髪。サングラスの下に隠れて見えない瞳。パイプ椅子に腰掛けて、メガホン片手にじっと映画を見つめる四角い顔の男性。御年六十の大御所監督の醸し出す空気は、どこか重い。彼の撮るホラー映画への出演が決まったときのことだった。私は、被害者の妹役で、鶫さんは悪霊役。にこやかに挨拶をしてくれた鶫さんに対して私は、「なんてのんきそうな人なんだろう」なんて思っていた。そんな印象が、いいえ、印象だけではない。彼女を中心とする私の世界の全てが変わったのは、それから数日経ったあとのことだ。

薄暗い木造校舎での撮影。順調にスケジュールが進み、次のシーンは、板張りの廊下で撮る。そこで私は、いよいよ悪霊役と対面する。私はただ監督が思うように、想像どおりの映像ができるように演技をすれば良い。たったそれだけの簡単な仕事だったはずなのに、洞木監督の指示は、私の予測を大きく上回った。

『さくら。おまえはここで怖がる。桐王、おまえさんはここで怖がらせる。それだけだ』

洞木監督の言葉に疑問を覚えた私は、つい、声を上げてしまった。

『え？　あの、監督。どうこわがれ、とかはないのでしょうか？』

そう、思わず聞き返したときは、「しまった」と思った。口答えなんかしたらまた、周囲から「生意気だ」などと言われて、私が嫌な気持ちになるだけなのに、と。でも、洞木監督は私を一瞥するだけで嫌悪を見せたりもせず、いつもの無愛想な顔を歪めたりはしなかった。

『小賢しいことを考える必要は無い。桐王鶫の悪霊に怖がらない役者なんていないんだ。撮影のことを忘れて素で怖がりすぎないように気をつけろ。それだけだ』

『はぁ……わかり、ました。がんばります』

そのときの私はどんなに早熟で賢い頭を持っていようと、精神面ではまだまだ未熟な子供だった。だから私は、周囲に溶け込むために全力を出さないようにしていたことも忘れて、洞木監督の言葉に逆らうように、〝あえて完璧な怖がる演技をして見返してやろう〟だなんて、そんな風にばかり思っていた。前振りの演技シーンでも、自分で決めていた〝無難な演技〟なんていう枠を取り払って、全力を出す。私は、〝こう〟と脳内で描いた自分自身の演じる姿を、そのまま現実に映像として投影を行うように、私自身の演技に落とし込むことができる。その能力を駆使して、熱中して、私は鶫さんと対面する前振りのシーンの段階で、その場にいた共演者の大人たちを、驚かせてしまったのだ。そして、いざ鶫さんと対面するというシーンの直前になって彼女に『さくらちゃんはすごいね』と声をかけられたとき、私はようやくやりすぎたことに気が付いて、「しまった」と思った。これまでの経験では、大人からの賞賛を素直に受け取ろうモノなら「調子に乗っている」だとか、「お世辞もわからない」だとか、要らぬ不興を買ってしまっていた。それで何度も、冷たい目を向けられてきた。現に、鶫さん以外の共演者の大人たちや撮影スタッフの人たちからは、恐怖のような、あっけにとられたような視線を向けられていることに気が付いていて、私は貌から血の気が引いていくような気がした。だから、冷たい目で見られるのが怖くて、とっさに、自己防衛のための言い訳の言葉で、鶫さんに返事をした。

『そう、でしょうか。むがむちゅうで、あの、ありがとう、ございます』

『ふふ、私も負けてられないな』

私の演技が、嫌味っぽく思われてしまっただろうか。それとも、調子に乗るなという警告か。冷えていく心を繋ぎ止めるように、とっさに頭を下げたことを覚えている。

『わ、ッ、わたしなんか、そんな。まだ五さいですし、ナマイキなことを言うなって、よくしかられるんです。だから、ですから、かちまけなんて、そんな』

しどろもどろに答える私の心情は、後悔と怒りと、ほんの僅かな怯えに彩られていた。

私は、自ら望んで芸能界に入ったわけではない。名女優と謳われた式峰梅子の娘として、親の推薦で業界入りした。それが親の欲目なんて可愛いモノなら、どんなによかったことだろうか。私は早熟で同年代の子供よりも物心が付くのが早く、だからこそ、気付かなくても良いことに気が付きがちであった。それには大人からの視線だけではなく、実の親からの視線も含まれる。私の母、式峰梅子は野心家だった。女優としても親としても優れた人間である、という名声のために娘の私を、己の自己顕示欲のための道具として、芸能界に放り込んだ。当時はそこまで深く察していたわけではないが、幼いながらに、親の名声の道具にされていたことには、感づいていた。クリスマスも、お正月も、誕生日も、母親に、あの人に祝ってもらったことなど一度も無い。芸能界の重鎮から母へ、私が生意気な子役だと告げ口されようものなら、私にはなにも確認せず、一方的に私が悪いと決めつけた。あの人は、すごい女優だったのかもしれない。でも、親に向いてる人間では無く、子供に関心のあるような親にはなれないひとだった。そんな親だから、親のフォローなんて期待できるはずもない。私は、ただ親のコネで業界入りしただけの、周囲の大人にとって可愛げのない、嫌味な子供だったのだろう。これで演技の才能が無ければ適当にひな壇で笑うだけの子役タレントになって、相応の可愛がられかたをして、知らぬ間に消えていくだけだったことだろう。でも、私には運悪く才能があって、思うがままに演技をするだけで、同じように演技ができない――才能の無い人間の心を折り、嫌われていった。大人になるにつれ、有象無象の僻みなど気にならなくなっていったが、当時の私はまだ、他人に嫌われることが怖かった。失望されたり、冷たい目で見られることがイヤだった。だからこそ、そのとき私は迂闊な自分への後悔を抱いた。洞木監督があそこまでいう役者に隔意を持たれてしまったかもしれない、という、後悔。怯え、手が真っ白になるほど強く、スカートの端を握りしめたことを、覚えている。そんな私の心情を、きっと、鶫さんは察していたのだろう。彼女は目を合わせて、まっすぐに私を見てくれた。

『関係ないよ』

『え……？』

『私とさくらちゃんは共演者だもの。同じ立場の役者として、同じ舞台に立つ対等な仲間』

『たい、とう……？』

信じられなかった。なにを言っているのだろう、とすら思った。けれど、鶫さんは、そこからさらに私の予想を超えたことを言ってきた。

『だから私は、同じ立場の役者として、あなたを侮らない』

真っ向からのライバル宣言。私のような子供に、当たり前のようにぶつかってくれるひと。

『わ、わたし、わたしは』

『だから、全力でぶつかっておいで。全部残らず受け止めて、飲み干してあげるから』

『――は、い』

私の中にはまだ、疎まれることへの恐怖心は残っていたはずだった。でも、鶫さんと目を合わせて話して、気が付いたら頷いていた。今にして思えば、このときには既に、私は鶫さんに心を摑まれていたのだろう。鶫さんの、黒髪の間から不敵に笑う表情は、今まで見たどんなひとよりも楽しそうな表情に見えた。このひとは、演技というものに対して、誰よりも真摯で情熱的で、なにより、心の底から楽しんでいるのだと思った。だから、私も、漠然と、鶫さんの情熱に応えたいと思った。

ホラー映画のタイトルは、『紗椰』。鶫さんが演じるのは、タイトルにもなっている悪霊、紗椰その人だ。対面するシーンは今でも鮮明に覚えている。『紗椰』のストーリーは、過去に自殺して地縛霊になった女性『紗椰』と、幽霊が見える少女との友情を描いた前半パートと、紗椰の友人となった少女が暴行に遭い心を閉ざし、紗椰が、原因となった加害者たちに凄惨な復讐をする、という後半パートの二部構成だ。私の役は、加害者の青年の、妹に当たる。加害者の青年が紗椰に襲われ、私はそれに巻き込まれる形で、『紗椰』のストーリーにかかわっていく。時刻は夜にさしかかろうという午後六時半。薄暗い校舎はなんとも不気味だ。今から私が演じるシーンは、兄役の俳優さんが怪奇現象に見舞われる仲間を心配し、母校で待ち合わせしたが、仲間の一人が紗椰によって空き教室に引きずり込まれてしまう。それを、目撃してしまったところだ。私は兄役の俳優さんと二人で、空き教室から這いずり出て来た紗椰から逃げる、という、場面である。五〇メートルはある長い校舎の廊下を、紗椰から逃げるために駆けぬける、という、一本撮りのシーン。誰もいない夜の校舎はさぞ怖かろうと思わないこともないけれど、たくさんのカメラと照明、それからマイク。多くのスタッフに囲まれた環境では、無垢な子供のように素で怖がることは難しい。ちゃんと怖がる演技をしなければ、臨場感のあるシーンにはならないのではないだろうか。でも、そんなこと百も承知であるはずの洞木監督は、私に演技を求めなかった。だから、だからこそ、どうやって私を怖がらせるつもりなのか、鶫さんの演技に興味があった。

カウントダウンは、メガホンを構えた洞木監督。監督は、パイプ椅子にどっしりと座って、自分の膝に片肘を立てて頬杖をつく。低く、けれどよく響く声が洞木監督の不遜で堂々とした態度を彩っていた。

『三、二、一……アクション！』

まず、兄と待ち合わせをしていた加害者の男が、悲鳴を上げて空き教室に引きずり込まれる。私と兄は、彼の姿を、呆然と見送ることしかできない。やがて男の身体がすべて呑み込まれると、空き教室から男の代わりに這い出てきた鵜さんから私たちが逃げるシーンが、スタートする。私が脳裏に想像するのは、怯えて兄に縋る妹。その想像をそっくりそのまま現実に落とし込むと、リアルな演技のできあがりだ。私はいつものように想像を現実に投影して、兄に縋り付く。


『お、おにい、ちゃん、あれ』

『に、逃げるぞ、こっちだ！』


兄に手を引かれて走る。足はもつれ、転びそうになる度に兄に強く手を引かれ、ただただ恐ろしいモノから逃げるように、私は顔を青ざめさせながら長い廊下を走る。振り向いてはならない。そんなことはわかっている。でも、背後から誰かが追い駆けてくるような気配も足音も無くて、もしかしたら、もう追い駆けてきてないいんじゃないかなんて、そんな希望に囚われた。

『おにい、ちゃん、はっ、はっ、はっ、も、もう、いないいん、じゃ』

『っ、バカ、そんなはずない！　絶対に振り向いちゃだめだからな！』
『で、でも』
『だめだ、はっ、はっ、はっ、走れ、振り向くな！　はっ、はっ、ダメだ！』

演技の中、私の心は、限界だった。振り向いたらもういないという安心に縋りたくて、兄の制止を振り切り、走りながら振り返る。そして、私は、それを見てしまった。

『■ァ■■■ィ』

足音も、気配も、吐息すらも聞こえない。ほんとうに瞬間移動でもしてきたような、瞬きの刹那。私の目と鼻の先で呟かれた名状しがたきおぞましい感覚が、鶫さんの――悪霊の長い黒髪の間から覗く狂気に満ちた視線が、鼓膜と視界から骨髄に駆け巡る。

『っっきゃああッ』

私の演技の技法は、こうやると頭の中で瞬時に想像して、その想像と寸分違わぬ演技をすることで、理想の演技を現実に描き出すというもの。共演相手の演技を想定し、場の空気を計算に入れ、理想型とイコールと呼べる演技を思い描いて我が身に写し込む。そのやり方で間違えたことは一度も無い。一度も、無かった。私はそのときも、いつものように、理想の演技を思い浮かべて現実に描き出すはずだった。けれど、最初に想定しておくべき相手の反応、すなわち、鶫さんの演じた紗椰が私の予想をはるかに超えるほど恐ろしかったせいで、私の想定はたやすく瓦解した。当時はそんな風に冷静に分析することなどできるはずもなく、ただ追い駆けてくるナニカから距離を置こうと必死で足を動かしたということを覚えている。しかし、どういう訳か、距離は離せない。縮みもしない。恐怖を抑えるように振り向けば、髪を揺らしながら近づく悪霊の姿。左右には揺れるのに、前後には揺れない。混乱の中、状況を観察する頭は妙に冷静で、違和感の理由を導き出してしまう。頭の高さが、変わっていないのだ。まるで本当に、空を飛んで浮いているかのように。そのことに気が付いてしまったせいで、余計に、私の中の恐怖心が膨れ上がった。

『ひぅ』

息を呑む声。その情けない声が自分の喉から零れていることに、当時の私は気が付くことができなかった。そんな余裕なんかなかった。ただ、ただ、恐ろしい物から逃げようと足を動かして。

『■■■ウ……！』

『や、ぁっ』

その末に、無様に転んだ。転んでなお、身体を起こしきることもできずに、廊下の壁に背中を預ける。〝紗椰〟の黒髪が蛇のように地を這い、真っ白な手が闇の中からぬぅっと伸びる。冷たい指先が私の頬に触れると、伝った涙が足下で弾けた。カチカチと歯を鳴らし、恐怖から目を背けることもできず、青白い〝紗椰〟の唇が三日月形に歪むと、白い吐息を吐き出して。

『』

『ひ、ぁ…………きゅぅ』

短く紡がれた言葉に、そっと、意識を落としたのだ。

二〇二〇年。
ウィンターバード俳優育成学校。
霧谷桜架（きりたにおうか）は『紗椰』の映像を止め、回想から己（おのれ）を引き戻す。

ウィンターバード俳優育成学校は、私が色々な人の力を借りて設立した、俳優育成の専門学校だ。いわゆる普通の大きな敷地を持つ学校ではなく、その外見はむしろ現代的なビルディングに近い。校門の代わりに大きなガラスの自動ドアと警備員を配置し、エントランスホールにはコンシェルジュを置いている。建物の中の移動は非常階段かエレベーターで行い、普通の商業ビルのようにフロア分けされた講義室で授業を受ける。舞台も渋谷の副都心線の上にある駅ビルのように、高層階に配置してあり、横に広い学校では無く、縦に長い学校になるように設計されたものだ。そんなウィンターバード俳優育成学校の視聴覚室は、ビルの地下に配置されている。学生の自主制作映画なんかも放映できるよう、実際の映画館のようにブロック分けされた座席が配置されていて、座席数は百程度。シアタールームと言った方が良いような空間だが、用途は映画鑑賞では無く学習のためなので、視聴覚室と呼んでいる。

私は遠隔操作で映写機の電源を落とし、立ち上がる。あの『紗椰』の撮影のあと、鶇（つぐみ）さんに「次は負けません」だなんて無謀な宣言をして、それから、私と鶇さんは交流を持つようになった。本当なら鶫さんから逃げ切らなければならなかったあのシーンも、あまりにも真に迫った演技だからと洞木監督はそのまま採用。足が竦んで動けなくなった私を、兄役の俳優が抱きかかえて逃げる、というように変更された。洞木監督はとにかく型破りで、よりよい作品にするためならなんでもする、と、そんな方だった。

　視聴覚室を出て、廊下を歩き視聴覚室の座席後ろ側に位置する映写室に入る。映写機に繋げられたビデオデッキから、『紗椰』のビデオテープを取り出した。鶫さんにねだってビデオテープのラベルに書いてもらった『紗椰』の字が愛おしくて、指でなぞる。すり切れてしまったら嫌だから普段はＤＶＤで視聴していたのだけれど、もう少しで私の求めていた野望がかなうと思うと、居ても立ってもいられない。少しでも、当時の鶫さんとの思い出に触れたかった。

　そうしていると、ノックの音が聞こえてくる。短く返事をすれば、扉を開けて、姪の蘭が控え目に入室してきた。

「桜架さん、凛ちゃんが来ましたよ」

「ええ、ありがとう」

「……本当に、このまま続けるのですね」

　蘭はそう、僅かに目を伏せる。私が発案した、桐王鶫の再臨。彼女をこの世に再び顕現させようとする私の野望に協力を申し出たのは、確か、この子の方からだった。二十歳の蘭は、当然ながら二十年前に亡くなった鶫さんが、私にとってどのような人間であったのかを、私から

の又聞きでしか知らない。ただ資料や映像の女優としての桐王鶇の情報と私が伝えた人物像のみでイメージしているだけだ。そこに、蘭から鶇さんへの信頼など、生まれるはずもない。それでも私に協力をしてくれるのは、ひとえに、彼女は彼女なりに、私に恩を感じているからだろう。察するに、私を一人にしておきたくないという感情、だろうか。

皆内蘭。血縁関係があるだけ、といっても過言ではない程度に関係が希薄な、私の年の離れた姉の子。姉は演技の才能が無かったから母に興味を持たれず、その姉の子には演技の才能があった。いつだったか、何十年か振りに姉から連絡があり、そのときに紹介されたのが蘭だ。演技のことはなにも知らないしわからないという姉に代わり、私が、蘭の先生として、彼女に演技のイロハを教えてきた。だからか、蘭は私を家族のように慕ってくれている。

「決して、凛に悪い話ではないわ。そうでしょう？」

「はい。ですがどうか、後悔はなさらないでください。私は――」

「ふふ、わかってるわ、蘭」

蘭の心配に答えながら、頭を過る思いがある。後悔、というのなら、とっくにしている。鶇さんがこの世を去るまで、なにもできなかったことへの後悔を。鶇さんに、なにも返せなかったという後悔をし続けている。ああ、だから、だから私は、私が代わりに鶇さんの夢を叶えるのだ。必ずやハリウッドへ、鶇さん〝そのもの〟といえるような女優を連れていって、桐王鶇の再来として、世界に鶇さんの名を広め、桐王鶇はジャパニーズホラーの名優などという域に収まらない、世界を獲れる役者であったのだと証明する。そのためなら、私は、なんでもやると決めたのだから。

「凛ちゃんの様子はどう？」

「次の指導を楽しみにしている様子です。今は、準備運動をさせていますが、張り切っていますよ」

「そう。いい傾向ね。なにか変化があれば、すぐに教えてちょうだい。それから、例の件」

「ああ、オーディションですね。では、手筈どおりに？」

蘭の言葉に頷く。なんでもやるのだと決めてから考えていたプラン。外ならぬこの私を取り上げた〝特番〟のオーディションに凛を出演させることで、その名を世間に知らしめることが目的だ。特番の内容は、私の幼少期から少女期までを描くドキュメンタリーだ。幼少期の私は天才子役ともてはやされていた。その当時の演技を完璧にこなせる子役が現れたら、世間は否応なしに注目することだろう。

「凛の所属のブルーローズには話を通しておいたわ。あと、他の日程は――」

蘭とスケジュールの確認をしながら映写室を出て、タイル張りの廊下を歩く。エレベーターに乗り込むと、ガラスの向こうに、雑多なビル街が見えていた。

ウィンターバード俳優育成学校は全部で十六フロア。十六階は丸々劇場用のスペースだ。レッスンルームで講義をしてから劇場に移動するまでの動線を、エレベーターやエスカレーターを使わず非常階段で簡単に移動できるように、レッスンルームは十五階部分に配置している。四基並ぶエレベーターの一番端を出ると、左手側はガラス張りになっていて、ちょうど真昼の日差しを取り込んでいた。蘭と並んで、お手洗いとエスカレーターがあるだけのエレベーターホールを出て、廊下右手側に並ぶレッスンルームの扉を見る。凛がいるのは一番奥の扉だ。

私と、鶫さんの親友の閠宇さんと、それから、鶫さんがかつて所属していた芸能事務所、〝黒部芸能事務所〟の所長令嬢だった黒部珠美さん。三人で設立したのが、このウィンターバード俳優育成学校だ。〝鶫〟は冬鳥だから、鶫さんに因んで、ウィンターバード。鶫さんのような素晴らしい役者を育成するため、といったら閠宇さんは納得してくれたけれど、鶫さんそのものを作るためだと言ったら、閠宇さんはどんな顔をしただろうか。

「桜架さん？　どうかしましたか？」

「……なんでもないわ。さ、凛はどうしているかしら？」

レッスンルームの扉を開く。レッスンルームは約一〇メートル四方と、正方形に近い形だ。入り口から見ると、正面は外の景色が一望できるガラス張り。左手側が一面鏡になっていて、右手側は着替えのための更衣室がある。そのレッスンルームの中央に、凛はいた。準備運動は終えたのだろう。凛は汗ばんだ額を首にかけたタオルで拭うと、フローリングの床に座り込んでいた。凛は私に気が付く様子も無く、スポーツドリンクを片手に買い与えた練習用の台本を床の上に広げて、黙々と目を通していた。

「おはよう、凛。調子はどうかしら？」

私が声をかけると、凛はぱっと目を輝かせながら顔を上げる。

「あっ、おしょー！　おはようございます！　ゲンキです！」

「ふふ、そう。では、今日もやっていきましょうか。その台本、どうだった？」

「えーっと、えーっと、やれそうです！」

凛の元気の良い声に頷くと、私は蘭に目配せをする。すると蘭は凛に一言断って、彼女から台本を借り、すぐに台詞や立ち回りを覚え始めた。その間に、凛は自分で覚えた部分を反芻しながら、少しずつ、彼女のやり方で情報の構築を始める。

「あくせす……じょうほうのぶんせき・構ちく・再構成・データ処理・展開……」

拙い言葉遣いが、一秒、一言ごとに矯正される。そのたびに、凛の表情が抜け落ち、瞳は色を失い、新たな凛が構築されていった。一握りの逸材。百年に一度の天才。その言葉は、この子のためにあるのだろう。表情も視線も仕草も、演技に最適化された凛の姿に、彼女の才能に、期待を抱かずにはいられない。

「さぁ、目覚めて。今日も演技を、始めましょう」

覚醒を促す言葉を与える。それは、演技に最適化した凛を、再起動する言葉だ。

「――はい」

凛は、私の期待に応えるように返事をしてくれる。こうして、技術も演技も習熟したその先にはきっと、私の望む未来があるはずなのだから。

Scene 7

日ノ本テレビ・会議室。
つぐみたち子役組は、『妖精の匣』の脚本家・赤坂に集められる。

薄暗い会議室に光が灯る。ぶぅんぶぅんと音を立てて、蛍光灯が瞬いた。長机が等間隔に四列配置された会議室は、小規模で使い勝手が良いらしく、何かとここに集められる。私が会議室に入ると、既にみんな揃っているようで、笑顔で迎えてくれた。長机の最前列。四人がけのドア側の席をぽんぽんと叩いて私を招いてくれる凛ちゃん。その隣で小さく手を振る美海ちゃんと、美海ちゃんの奥で大きく手を振る珠里阿ちゃんの姿がなんとも対照的だ。そして、正面、ホワイトボードの前に立つ、脚本家の赤坂君。神妙な表情で佇む彼からどんな言葉が出てくるのか、私たちは生唾を呑み込んでじっと待つ。不意に、前世で所属していた黒部芸能事務所の所長令嬢だった珠美ちゃんが、経営危機を告げてきたときを思い出した。そのときも確か、神妙な表情の珠美ちゃんに集められ、こうして何を言われるのか待っていたから。

今日、こうして『妖精の匣』の脚本家である赤坂君に集められたということは、当然、『妖精の匣』にかかわるお話なのだろう。言葉を待つ間、物語の流れを振り返ってみる。新任教師の女性、水城が田舎町の小学校で教師を務めるところから始まり、クラスの女王、リリィが支配するクラスのいじめ問題に直面していく。私は、クラスの女王でいじめっ子のリリィと、クラスの問題を解決する水城の前に度々現れてアドバイスをする正体不明の子供、リーリヤの二役を演じている。この〝リーリヤ〟という役の正体なのだけれど……プロデューサー方の方針で、〝新鮮な演技をして欲しい〟という理由から、私たち演者にもその正体は未だ伏せられている。視聴者側にも〝正体不明の演出〟を楽しんでいただくために、番組で流れるスタッフクレジットの配役欄を、クエスチョンマークで表記させるほどの徹底ぶりだ。

緊張する私たちに、赤坂君はゆっくりと口を開く。いったい、その口からどんな言葉が飛び出てくるのかと、待ち構えて。

「ついにこれを話すときが来たようだね。つぐみちゃん以外には黙っていたけれど、実は……リリィとリーリヤは、同一人物なんだよ!!」

赤坂君の言葉に、会議室に沈黙が流れる。珠里阿ちゃんが、ほんの小さな声で、「え、うん」と呟き、美海ちゃんは「はわわ」とうめき、凛ちゃんは「知ってる」と声を潜めた。けれど、真剣な表情の赤坂君は、私たちがなにを言ったのか聞こえていなかったようで、静まりかえった会議室の様子に首を傾げていた。

……というのも、演出として配役が隠されたリーリヤではあるけれど、当然ながら、共演者は私がリリィとリーリヤの一人二役を演じているのは知っているワケで。そうなると、自然と、リリィとリーリヤの関係性も見えてくる。でも、さすがに、サプライズをしてくれている赤坂君の真剣な眼差しに、それを告げるのは心が痛む。私たち子役四人組は、そのとき、心が一つになった。瞬きの間にアイコンタクト。私たちの方針は決まった。意を決して、まず、美海ちゃんが率先して声を上げてくれた。

「ぜぜぜぜんぜんききき気がつかなかったでしゅ!!!」

そして、それはもう盛大に噛んだ。顔を真っ赤にして顔を覆い隠し、小さくなってしまう美海ちゃん。小動物的に可愛らしいが、明日は我が身だ。次いで、珠里阿ちゃんが美海ちゃんをカバーする。

「イヤー、気がつかなかったなぁ！　なぁ凛！」

「うえっ、わたし!?　き、気がつかなかったよ。ぜんぜんわかんなかった。ね？　つぐみ」

珠里阿ちゃんの絶妙な棒読みからの、凛ちゃんの慌てて付け加えたような言葉。だんだんと目が死んでいった赤坂君ではあったが、このときには既に現実を受け止めて、微笑んでいた。

いや、口元が引きつってる。受け止め切れてないかも。

「はい。気がつかれていなかったと思います、あかさかさん」

「は、はは、イヤーソウダヨネ……こほん。では、気を取り直して」

赤坂君は咳払いを一つすると、心なしか煤けた様子で続けてくれる。思えば前世でも、悪霊の演技の上で不可抗力とはいえさんざん驚かせてしまったけれど、すぐに持ち直してくれたっけ。懐かしいなぁ。

「ということで、次回からはいよいよリリィとリーリヤの核心に触れていく。けれど、視聴者さんたちはまだ知らないから、まだ、お友達には言わないようにしてくれると嬉しいかな。本当はわからないことがあったら聞いてね、と言おうと思っていたのだけれど……みんな、しっかり理解しているようだしね」

優しく笑う赤坂君に、ほっと息を吐く。わかってはいたけれど、子供に対して気を悪くするような方でなくて良かった。

「じゃあ、僕は次の打ち合わせに行ってくるから、みんなはここで待っていて。各々、マネージャーさんが迎えに来てくれると思うから、それから現場に移動して、今日の撮影をしよう」

赤坂君の言葉に、みんなで頷く。未だに顔が赤い美海ちゃんも、大きく声を上げてくれた。

そうやって赤坂君の背を見送ると、広い会議室に四人だけ。なんとも言い難い沈黙に耐えかねたのか、最初に、珠里阿ちゃんがさきほど盛大に噛んだ美海ちゃんを慰め始めた。そうなると私もなんとなく気まずくて、とくに動じた様子のない凛ちゃんに声をかける。

「りんちゃん、あの、えーっと」

「？」

首を傾げる凛ちゃんに、なにか話題を振ろうと思って——すぐに思い浮かんだのは、凛ちゃんのすすめで始めたスマートフォン向けゲームアプリケーション（で、あってたかな。むずかしい）、『グレートブレイブファンタジア』だ。先日、ガチャと呼ばれる、ゲーム内アイテムを消費してプレイキャラクターを入手することができる、というイベントで新しいキャラクターを入手したのだけれど、いまいち、ゲームでの活かし方がわからない。こういうときは、やっぱり『グレブレ』の大ファンである凛ちゃんに聞くに限るのだ。

「あのね、りんちゃん、グレブレで聞きたいことがあるんだけど、いい？」

私の言葉に、凛ちゃんはきょとんと首を傾げる。その様子に、不意に、私は違和感を覚えた。普段の凛ちゃんならきっと、すぐに答えてくれる。でも、なんだか、まるで……〝さほど興味の無い話題を振られた〟かのような反応を見せたのだ。

「りん、ちゃん？」

首を傾げて凛ちゃんの名を呼ぶと、凛ちゃんは少し間を空けて、それからつっかえながら返事をする。

「ん、あ、えっと、ごめん、つぐみ。さいきん、グレブレやってないんだ」

「そう、なんだ」

「だから、よくわかんなくて。ごめんね、つぐみ」

そうやって、困ったように微笑む凛ちゃん。日常では表情に乏しかったはずの凛ちゃんが、気軽に見せた苦笑。その笑顔に、なぜだか、胸の奥で警鐘が鳴ったような気がした。

「えっと、えっと、そうだ、つぐみ！　見たらわかるかもだから、見せてみて？」

「あっ、う、うん。このキャラクターなんだけど……」

私が渡したスマートフォンを、凛ちゃんは「どれどれ」なんて呟きながら覗き込む。それからゆっくり画面を目で追って、スライドして、音を立てそうな勢いで石のように固まった。

「まいしゅう全ぞくせいさいこうレア度かくていピック、アップ……ガ、チャ？」

凛ちゃんは震える指でゲーム内のお知らせをタッチ。そこには、【期間終了】の無慈悲な四文字が心なしか薄ら寂しく表示されていた。

「きかん、しゅう、りょう」

「り、りんちゃん？　だいじょうぶ？」

思わず声をかけると、凛ちゃんは錆びたブリキ人形のような動きで私を見る。その悲壮な表情の、青みがかった黒目の端に、きらりと光るもの。あ、これはまずい。

「う、うぇ、うわぁぁぁん!!　うぇえっ、ぐす、ずびっ、うえぇぇぇっ！」

「あわっ、あわわ、あわわわっ、り、りんちゃん！　ま、また来るよ、ピックアップ、きっと！」

慌てて慰めるも、言葉は届かず。大粒の涙を目に溜めてぐすりずびりと泣く姿は哀愁を誘う。

珠里阿ちゃんと美海ちゃんもすぐに気が付いて凛ちゃんを慰めてくれたものの、凛ちゃんは泣き止みそうになかった。どうしようかと首をひねっていると、泣き声に釣られてか、会議室の扉が開く。顔を上げると、そこには四人の大人が立っていた。小春さんと、ちょっとぽっちゃりとした美海ちゃんのマネージャーの、下田茜さん。あと、稲穂のように背の高い凛ちゃんのマネージャー、日立稲穂さん。それから、どこかで見たことはあるけれど名前を知らない女性が一人。

「えーっと、こはるさんと、みみちゃんとりんちゃんのマネさんと……」

私が困惑していると、珠里阿ちゃんが私に耳打ちをしてくれる。磯崎魚躬、さん。小麦色の肌にボブヘアが印象的な、珠里阿ちゃんのマネージャーだそうだ。

「迎えに上がったのですが……」

と、困惑する小春さん。そんな小春さんをひょいっと追い抜き、稲穂さんが凛ちゃんに近づき、膝をついて視線を合わせた。

「わわ、凛ちゃん!?　どうしたの!?」

「うぅ、いなほさん、ぴっくあっぷ、お、おわって、うぇぇ」

「あらら、そっかー、最近忙しかったもんねぇ。よし、じゃあこの稲穂が責任持って、真帆さんに課金させてってお願いしてあげる！」

「母に？　ほんと？」

「ええ、もちろん！」

稲穂さんはさすがの手腕というべきか、あっという間に泣き止ませてしまった。凛ちゃんは稲穂さんにハンカチで目元を拭われて、お水を渡されて飲む。喉を二回も鳴らした頃には、すっかりいつもの様子に戻っていた。

「つぐみ、じゅりあ、みみ。きゅうに泣いてごめん……」

項垂れる凛ちゃんに、私たちは、口々に「気にしないで」と声をかける。そうしながら考えることは、ここ最近の凛ちゃんの様子だった。時間がなさそうに奔走する姿。ここのところ、忙しそうだな、とは思っていた。でも、今回のことで違和感を覚える。だって、忙しいだけで、好きだったモノを忘れる？　前世の自分はどうだったかな、と思い出す。あの頃は演技が趣味で仕事が演技と、趣味と仕事が同じだった。だから、仕事に没頭して好きなモノを忘れちゃう、という感覚はよくわからない。とはいえ、凛ちゃんがすごくゲームに熱中してたことは知っているから、あんな風に好きなモノを忘れちゃう様子は、妙だ。

（なんだか、嫌な予感がする）

じくじくと、胸の内を広がる違和感。あるいは、嫌悪感にも似た言い知れぬ感覚。私が知らないうちに、この小さな友達にナニカが迫っているような、そんな錯覚を感じずにはいられなかった。

Scene 2

『妖精の匣』・撮影現場・教室（夕）。
平賀監督はつぐみ・珠里阿・美海の撮影を仕切る。

「シーン……アクション」

茜色の夕焼けが差し込む教室に、俺の声とカチンコの小気味の良い音が響く。舞台設定は放課後の教室。クラスを支配していたリリィは、恐怖政治によって傍観者だらけのクラスの中で、とくに、美海演じる美奈帆を標的にしていた。反抗的な態度のクラスメートを苛烈に虐めて心を折る、というやり方を続けてきたリリィだが、美奈帆がリリィを拒絶してからというもの、徐々にリリィの支配力は弱まっていた。美奈帆と珠里阿演じる明里が、つぐみ演じる柊リリィと対峙している。そんな中、凛演じる楓がイジメの片棒を担いでいることに疑問を持った明里は、楓を問い詰める。だが、イジメを良くないことと知りつつもリリィの味方を続けると告げた楓の態度に、明里たちは「楓はリリィに囚われている」と感じて、ついに、放課後の教室でリリィと対峙した。このシーンは、柊リリィとリーリヤが結びつく重要なシーンだ。台本には、追い詰められて暴走するリリィを、人格を切り替えたリーリヤが止める、としてあるが、俺は、つぐみのこれまでの演技表現を期待して、人格を切り替える演出をつぐみに任せている。まずは、窓際に追い詰めたリリィに、美奈帆が静かに問いかける。いじめられっ子だった過去なんて幻であったかのように背筋をぴんと伸ばし、美奈帆は一歩を踏み出した。

「リリィ、答えて。楓ちゃんになにをしたの？　なんで、楓ちゃんはあなたに従ってるの？」

そして、美奈帆を演じる美海ちゃんもまた、演者として一回り大きくなったように見える。彼女の口から流ちょうに告げられる言葉に躊躇いがない。本当に、物語の登場人物として違和感なく振る舞っている。まだ六歳の少女とはとうてい思えない。精神的に、なにか大きな成長をしたのだろうかと思わされる。

美奈帆の強い言葉は、空き教室に否応なしに響いた。その言葉にリリィは下唇を噛み、悔しそうに拳を握る。だがそれも一瞬のことで、すぐに、普段の表情を取り戻した。上品な微笑みと、嘲るような目。いつもの柊リリィ、の、はずなのだが、ほんの些細な部分で余裕のなさを演出していた。例えば、頻繁に靴のつま先で床を叩く仕草。例えば、胸の前で組んだ手の指先で、とんとんと自分の腕を叩く仕草。例えば、微笑む前に、僅かに口角を引きつらせる仕草。

つぐみちゃん、この子はやはり逸材だ。そうとしか思えないほどに、完成された演技だった。
「なにを、だなんてひどいわ。なにか勘違いをしていないかしら？　そう、人のユウジョウに水を差すような、下世話で下品な、勘違いを」

　ため息をつき、呆れた様子で肩を落とす。この程度では、追い詰められたうちに入らないと、勝ち気に上げたまなじりで語るリリィに、美奈帆と明里は顔をこわばらせた。けれど、やはりこういうときに前に出るのは、明里だ。いつだって、「理屈なんかじゃない」とクラスを引っ張ってきた中心人物。教師たちと協力しながら、皆を照らしてきたリーダーだ。彼女はまっすぐ、リリィを見る。一直線で、輝いた、まばゆい瞳。あのリリィが、一度は配下ではなく仲間にしようとしたほどの強さを秘めた女の子。

「楓を解放してやれ、リリィ」
「っ」

　そんな彼女だからこそ、その言葉はまっすぐで力強く、そして直感的ながら核心を突く。解放、という言葉に込められた力。それは明里の想像以上に、リリィの核心に触れる言葉だった。

リリィは激昂しそうな自分を抱きしめるように押さえると、表情を見られないように、後ろを向いた。

「解放、解放ねぇ。あの子が自分から、私と一緒にいるのよ？　それを――」

「ああ、そうだろうな。だから、おまえがやってる〝悪いこと〟から楓を解放してやれるのは、おまえだけだ。友達だって言うなら、楓を苦しめるな！」

「――なにも、知らないくせに」

リリィの声色が変わる。上品な口ぶりは見えない。嘲りを含んだ笑みもない。今まで一度だって見たことのない、苛烈な怒りと憎しみに満ちたリリィの声は、相対している二人の役者のみならず、撮影している側にすら重くのしかかった。そのとき、窓ガラスにリリィの正面の姿が映る。服のポケットから取り出したのは、カッターナイフだ。俺は窓ガラスに映るリリィの姿が鮮明に撮れるように、カメラに指示を出す。

「二カメ寄り」

「二カメ寄ります」

モニターもチェックしながら、リリィの仕草を逃さぬよう、慎重に撮影を見守っていた……と、そのとき、窓ガラスの中のリリィの表情が変わる。これまでリリィが見せてきた嘲笑や憤怒の表情ではない。感情が抜け落ちた、人形のような表情。ほんの瞬きの間に見せた表情が、窓ガラス越しにまた、変化する。それが、リリィでなく、リーリヤが見せる焦燥の顔色に変わったかと思うと、明里たちに背を向けたまま窓ガラス越しに叫んだ。

『二人とも、逃げて!!』

――振り向いたとき、その表情は既にリリィのものへ戻っていた。ただ窓ガラスに映った一瞬の表情だけリーリヤになり、まるで、鏡の向こうにリーリヤがいるような錯覚を引き起こす。憤怒の表情に顔を歪めたリリィは、驚いて後ずさった二人に、むき出しのカッターナイフを向けた。

「おまえたちさえいなければ、私はずっと、一番強かったのに！」

悲鳴のような声。あるいは、絶叫。その言葉に、明里は震える声で問いかける。

「リ、リーリヤ？　いや、リリィ、おまえ、いったい」

「みんなみんなみんな邪魔をする。どうして？　どうしておまえたちみたいな虫に、私の邪魔ができるの？　ふ、ふふ、そうよ。虫は払わなきゃ。おぞましい虫は、潰さなきゃ！」

どんなときでも落ち着いていて、上位者のように振る舞っていたリリィ。そんな彼女が見せる錯乱とも呼べる行動は、らしくない。だが同時に、ここに来てようやく、人形じみた支配者だったリリィに、人間らしさの片鱗が見えてきた。荒れ狂うリリィを止めようと、けれど何もできずにいる明里と美奈帆。そんな一触即発の場面に、教室の外から凛演じる楓が飛び込んできた。廊下でスタンバイしていたはずなのだけれど、肩で息をする姿は長い距離を走ってきたように見える。この子は……この子は、凛は、元から演技の上手い子だった。でも……。

「っ」

小さく息を呑む仕草。ひゅ、というマイクの拾うギリギリの音。引きつるように絞られた声と、震える唇。

「リリィ、ダメ！　……あっ」

楓は決死の思いで告げたのだろう。叫び、けれどすぐに、選択肢を誤ったことを思い知って見開いた瞳。唇を引き絞って、楓は、一歩下がった。ああ、そう、そうだ。元から演技の上手い子だった。でも、これほどまでに、真に迫った演技ができる子だっただろうか。それこそ、つぐみに迫るような。

「は、はは……そう。あなたも、私の敵になるのね」

リリィの告げた言葉は、悲しみに満ちていた。その言葉を楓は否定しようとするが、リリィはカッターナイフを放り捨て、楓が立つ方とは逆のドアから飛び出してしまう。

「ま、待って、リリィ！　違うの、私は――」

楓の言葉は届かない。ただ急展開に置いていかれ呆然と佇む三人を尻目に、リリィは廊下の向こうへと駆け抜けていった。

「カット!!」

俺の声が響くと、今さっきまで大人顔負けの演技でスタッフたちを驚かせていた子供たちが、気の抜けたような表情になる。今さっきまでの緊迫した空気は解かれ、廊下の向こうからはつぐみがひょっこりと顔を出していた。

「今日も良かったよ、みんな！」

俺の声に、子供たちは安心したような表情を見せる。けれど凛だけは何故か、ぼんやりと虚空を眺め、近寄ってきたつぐみに揺さぶられてようやくいつもの様子に戻っていた。役に乗り移られたかのように振る舞うメソッド演技の使い手は、役から戻るのが難しいときがあると聞く。彼女のこれも、そういうことなのだろうか？　今のうちからこの調子だと、将来はどんな大物になるのか……楽しみは尽きそうにない。

「よし、じゃあ映像チェックして、問題なさそうなら次に行こう！」

スタッフたちを集めて、映像のチェックを行う。さしあたっては、やはり、リーリヤの表情が窓ガラスに映り込むシーンだろうか。ここで初めて、視聴者はリーリヤとリリィが同一人物であることを知る。視聴者が放映を見たらどんな反応をするのか、今から楽しみで仕方がなかった。

Scene 3

■ SSTプロダクション・応接室（朝）。
つぐみは困惑した様子で、対面に座る蘭を見る。

凛ちゃんが不可解な様子を見せるようになって数日。『妖精の匣』の撮影は今までよりもブラッシュアップされながらつつがなく進んでいて、でも、私はなにもできなくて、ただ焦燥の募る日々が続いていた。凛ちゃんの様子がおかしい、ということはわかる。でも、それがなにに起因していることなのか、わからない。持ってる情報が少なすぎるから。そんな中、アポイントメントを取ってわざわざ私に会いに来てくれた方がいた。最初のオーディションで出会ってからそう時間は経っていない。さくらちゃん——今は、霧谷桜架と名乗る彼女の姪だという女性、皆内蘭さんが、応接室で私と向き合っていた。

「今日は、お時間を作っていただきありがとうございます」

丁寧に会釈をする蘭さんに、私の隣に座っていた小春さんが恭しく答えてくれる。

「いえ。こちらこそ、お仕事のことと伺っています。わざわざご足労いただきありがとうございます」

落ち着いた様子の蘭さんと、静かに受け答えをしてくれる小春さん。こんなにも落ち着いた空間は前世が前世な私としては、いまだになんとも珍しく、むずがゆさにも似た居心地の悪さを覚えてしまう、というのが本音だった。

「実は、空星つぐみさんに、オーディションに参加していただきたいのです」

挨拶もほどほどに蘭さんから告げられたのは、そんな言葉だった。思わず、私は蘭さんに聞き返す。

「オーディション、ですか？」

「はい。特番のドキュメンタリーで、『霧谷桜架の半生』を放映します。その再現ドラマで外ならぬ霧谷桜架の幼少期を演じる役をオーディションで決めるのですが、霧谷桜架の関係者は、オーディションへの推薦権を持ちます。そこでぜひ」

「当プロダクションの空星つぐみへ、お話を、と？　それは……」

小春さんは、どこか気まずげに私を見る。その言いたいことはすぐに伝わってきて、私は思わず苦笑した。いやだってさ、霧谷桜架の幼少期を演じる、ということであれば、当然、役柄は日本人だ。私は母譲りで日本人が親しみを覚える顔立ちとはいえ、髪も目も日本人とはかけ離れている。カツラとカラコンでなんとかなるとは思うけれど……そこまでして、私でいいの？　というのが本音だ。

「あの、らんさん。わたしでいいのでしょうか？」

そう控えめに尋ねると、蘭さんはしっかりと頷いてくれた。

「つぐみちゃんの演技を買っている、と、正直に言ってもいいかな？」

「っ」

そこまで。そこまで言われて引き下がれる女優がこの世に存在するのだろうか。いやしない。こちとら前世はホラー女優。人種がどうのを超越して、死者を演じてきた人間だ。たとえどんな人間だろうと、演じ切ってみせようと、女優魂にガソリンがくべられた。

「今、桜架叔母さ——桜架さんの元では、あなたのお友達、凛ちゃんが勉強をしています」

ぜひやりたい。そう告げようとした身体に、ブレーキがかかる。

「その成長はめざましく、このオーディションを終えた頃には、そう、一つの完成を迎えることでしょう」

その、蘭さんの言葉の一つ一つが、パズルのように組み上がっていく。最近、調子がおかしかった凛ちゃん。好きなモノを忘れかけたり、ぼうっとすることが増えた。その代償のように、めきめきと演技の腕をあげていた。もしその急激な変化が、ある一つのきっかけで、開花するように仕向けられているとしたら？　ただの妄想かもしれない。杞憂にもほどがある。でも、もし、ただの考えすぎでなかったら？　背筋に、冷たいモノが走る。ぞわぞわと、這い上がるような。

「あの、らんさん、それって……」

「桜架さんは競争、を望んでいます。よりよい舞台には、必要ですから」

硬い言葉を選んで、丁寧に話す蘭さん。さっきのように、私に対しては敬語を使わずに、子供に気を遣って喋るような雰囲気もない。私は——私は、焦燥を胸の内にしまいこんで、ただ、耳を傾けた。だってナニカに囚われていたら、正常な判断なんてできないから。

「つぐみ様、いかがなさいますか?」

「こはるさん……わたし」

選択肢なんてないに等しい。ああ、でも、こうして向き合ってみれば、見えてくるモノもある。砕けた言葉で蘭さんが言った、演技を買っているという言葉。硬い言葉の中に込められていたのは、蘭さんの本音なのだろう。蘭さんの声と視線からは、なんだか、罪悪感にも似た後ろめたさのようなものを感じる。でも、その正体はまだわからない。だから、だから私は、自分の目でその正体を確かめたい。

「わたし、やります」

私の告げた言葉に、小春さんはほんの少しだけ目を見張る。それから、付き合いが長くないとわからないような薄い微笑みで、私に頷いてくれた。

「……と、いうことですので、皆内さん」

「ありがとうございます。では、申請について――」

詳しい話を進める二人をよそに、胸の内に灯った炎を自覚する。挑戦、という意味ではもちろん、燃え上がるような気持ちだ。でも一方で、冷たく揺れる気持ちもある。さくらちゃん。私が前世で出会った女の子。彼女になにがあって、そしてどうして凛ちゃんをあんな風に染め上げようとしているのか――私はきっと、今日に至るまでのさくらちゃんを知らねばならない。ただ、そんな気がした。

蘭さんが帰路についてすぐ。応接室で、私は小春さんの開く大きいスマートフォン……ええっと、たぶれっと、というものを覗き込む。小春さんは私がまだ難しい漢字は読めないだろうと気を遣って、霧谷桜架の情報が記載された記事を読み上げてくれた。

「では、読みますね。『霧谷桜架。本名、式峰桜。一九九〇年四月二十一日生まれ――」

――子役名はさくら。女優、式峰梅子の第二子として生まれ、四歳で子役デビュー。あまり目立った経歴はなかったが、ホラー映画『紗椰』で頭角を現す。私の、知っているままの情報だ。

当時のさくらちゃんは、演技ができすぎるせいで、周囲の子役や大人、あるいは親からも敬遠されていた。だから、それまでも才能は見せていたが、大人たちは彼女の活躍を評価しなかった。私と共演して、それから私と、前世の私の親友の閏宇と、時々前世で所属していた黒部芸能事務所の所長令嬢だった珠美ちゃんと遊んだり、クリスマスを祝ったりと一緒に過ごすようになってから、吹っ切れたのか、周囲の目をモノともしない堂々とした演技で他を圧倒するようになった。それからというもの、さくらちゃんの才能を周囲の人間は無視できなくなって、頭角を現すようになったのだ。だから、そう。

「――公私にわたって慕っていた桐王鶫が亡くなると、さくらもまた活動を休止した」

ここからが、私が知らないさくらちゃんの、情報だ。でも、そっか、活動を休止してしまったんだね。さくらちゃん……。

「一年にわたって活動を休止。以降、桐王鶫と親交のあった女優の閏宇に支えられていたことが、後に本人の口から明らかになっている。二〇〇一年、芸名を現在の霧谷桜架に改め、以降は様々なドラマに出演。二〇〇三年初頭、映画『徒花』に出演し、カンヌ国際映画祭主演女優賞を受賞。以降、『umbrella』や『審判』など、名作を生み出し続ける。日本を代表する女優の一人であり――」

カンヌ国際映画祭といえば、世界三大映画祭の一つにも数えられる。その主演女優賞は非常に栄誉ある賞だ。その言葉の重みに息を呑む。ただ、才能だけで勝ち取れるものではない。きっとそこには、想像を絶するような努力があったはずだ。なのに今、さくらちゃんは凛ちゃんにあんなことをしている。その理由はなんだろう。もしかしたら、さくらちゃんもまた、迷っているのかもしれない。一年間も活動を休んで。ううん、たった一年で復帰して、本当に、さくらちゃんの心は癒えたのだろうか。

（このオーディションで向き合わなきゃいけないのは、きっと、凛ちゃんに対してだけじゃない。オーディションの場を通して、さくらちゃんにもまた、向き合わないとならない）

そうしなければきっと、この胸騒ぎは収まらない。そんな確信にも似た感情を胸に抱いて、私は強く、決意を固めた。勝敗よりももっと大切な、絆を掴むために。

Scene 4

ウィンターバード俳優育成学校（昼）。

板張りのレッスンルーム。

皆内蘭はつぐみの出番を待つ。


私にとって実の叔母である霧谷桜架は、誰よりも尊敬する役者で、憧れの女優で、恐るべき怪物で、見上げてばかりの頂点だった。

「本日はよろしくお願いします」

頭を下げて審査員の皆さんに挨拶をすると、審査員の方々は快く返してくれた。今日はいよいよ、叔母――桜架さんの策略で、凛ちゃんと競わせてしまうことになった子であり、『妖精の匣』のオーディションのあと、私の推薦した子役……空星つぐみちゃんのオーディションだ。

皆内蘭を芸名として名乗るようになって僅か二年で、こんな大役を任されるとは夢にも思っていなかった。桜架さんが推薦したため、桜架さん自身は審査には関わらない。でも、桜架さんは私に、今日のオーディションをよく見ておくように、と、いった。でも、たとえ桜架(おうか)さんの言葉がなくても、『妖精の匣(はこ)』のオーディションから既に頭角を現していた彼女の演技。頼まれなくてもよく見ておきたかった。

　私は、桜架叔母(おば)さんの計画にさしたる思い入れはない。桐王鶫(きりおうつぐみ)という人物のプロフィールから身体的特徴までくまなく暗唱できるし、出演作品や台詞(せりふ)の有無も逐一知っている。ただそれは幼少期から桜架叔母さんによる〝桐王鶫英才教育〟と呼べるような話を聞かされ続けてきたがゆえのことであり、私自身の興味から来るモノでは無かった。私の興味は、関心は、もっと別のところにある。

「順番に入室していただき、一人一人審査をします。人数は、推薦枠二名、一般選考枠六名の合計八名。一次選考の自己PRで八名の中から四名を選び、二次選考で二名まで削ります。公平を期すため、順番はランダムに決定しました」

　――四人の審査員にそう説明する。彼らはみなこの学校の講師で、とても優秀だ。そんな方々の公平な目によるオーディションに臨ませたのは、二人が最終選考に残るという絶対的な確信の現れか。実力主義の桜架さんの元に集った四人の審査員は、興味津々(しんしん)にオーディション参加者の資料を眺める。

「どれどれ、一人目は……お、蘭(らん)ちゃんの推薦だね」

　そうにこやかに言ったのは、白髪(しらが)交じりの頭に丸眼鏡(めがね)の、どこかシルエットが丸い男性。演出・監督系講師の平丸瓶彦(ひらまるかめひこ)さんだ。平丸さんはにこにこと書類を確認すると、隣の男性の肩を叩いた。

「細居(ほそい)先生はどなたが気になりますか？」

「霧谷(きりたに)桜架推薦の夜旗凛(よるはたりん)ですな」

つり目七三分け。神経質そう、と言われることが多いが意外としゃれっ気のあるスタイリスト講師、細居一敬(かずたか)先生が、凛ちゃんの書類を見る。

「一般選考組のアリシアちゃんも面白くないですか⁉　つぐみちゃん以上に欧米人！　って感じなのにここまで這(は)い上がってきたんですよ？　日本人の子役オーディションなのに！」

「滝田(たきた)先生、静かに」

「えー、光岡(みつおか)先生は気にならないんですか⁉」

細居先生に身を乗り出して書類を掲げたのは、声優科講師の滝田音色(ねいろ)先生。クールに答えてくれたのが、俳優育成科の光岡節(せつ)さん。

この四人が、本日の一次・二次選考担当の講師方だ。個性豊かだが気っ風が良く、そしてなにより一流の先生方だ。とくに平丸さんは、「一か所に出来の良い講師が集まったら学校間の競争ができない」とおっしゃって、名門竜胆(りんどう)大付属から籍を移してくれたほどの方だった。

「そろそろ来る頃ですね」

光岡先生がそうおっしゃり、全員、会話をやめて入り口を見る。床は絨毯(じゅうたん)、照明は白。中心の平丸さんが笑顔を浮かべてくれているので、子供でも安心できることだろう。もっとも、つぐみちゃんに関しては、そんな心遣いも不要だろうというコトは想像に難くないのだが。

ノックの音。そして「どうぞ」と、平丸さんが返事をする。

「しつれいします」

マネージャーの御門さんは扉の前に控え、つぐみちゃんが一人で入室する。艶やかで癖のない銀の髪と空を思わせる鮮やかな青い目。日本人のお母様を連想させる顔立ちは、髪色と瞳の色を変えれば日本人としても充分に通用することだろう。

総じて、神がかったバランスで生み出された美少女。きっと、演技の才能がなくとも人の目を惹きつけたであろう少女が、子供らしい愛くるしい笑みで頭を下げた。

「そらほしつぐみです。よろしくおねがいします！」

「はい、よろしくね」

主な受け答えは平丸さんが行ってくれる。あとは適宜質問を交える形だ。

「この選考では、あんまり細かいことは言わないんだ。だってこの場に立てる時点で、ある程度の基盤はあるということだからね。だから聞きたいのは一つ。どんな演技が得意？」

普通は子役には、年齢を聞いたり好きなことを聞いたり、自己ＰＲに行くまで緊張をほぐしてあげたりする。けれどこのオーディションは別だ。率直で簡潔。無駄を省いたやりとりには不純物が混ざらず、本質が見える。

私からみて、霧谷桜架という女優は、神がかった天才だ。そんな桜架さんは、桐王鶫を神聖視していて、凛ちゃんの演技の才能は、桐王鶫に迫るモノだと思っている。でも、私はあの『妖精の匣』のオーディションでつぐみちゃんの演技を見たときからずっと、つぐみちゃんこそが、桜架さんを超えうる才能を持つ存在なのではないかと、思い続けている。だから、つぐみちゃん。私の信じたあなたの才能を、見せて欲しい。

「はい！　かんじょうのえんぎがとくいです！」

「感情か。いいね、なるほど。じゃ、やってみようか」

「はい！」

返事。だけれど、この時点で声に携わる滝田さんが、僅かに目を見張る。つぐみちゃんにはためらいがないのだ。普通、やれと言われて即座に頷けはしない。あんな風に前置きも無く「やってみろ」と言われたら、もう演技させられるのかと戸惑うモノだろう。

けれど、つぐみちゃんに戸惑いはない。あるいは恐れも、緊張すらも。まったくの自然体。

驚くほどに〝彼女のまま〟だ。

「お題はそうだね。サイレントエチュードでいこう」

「え。平丸先生、それは……」

平丸さんの言葉に、細居さんが目を丸くする。表情には出さないようにしたが、それは私も同様だ。サイレントエチュードは、二次選考で行うはずの選考なのだから。

（裁量は審査員にある程度任されている。おまけに、平丸さんはあの洞木監督の下で働いたことのある人物だ。まだ若輩の私には見えていないモノが、見えている……？）

「ああ、失礼。つぐみちゃん、サイレントエチュードというのはつまり、声を出さないアドリブ演技だ。どうかな？」

急なお題付きの課題。つぐみちゃんはどうするのだろうか？　気になって彼女を見れば、変わらず笑顔のままだった。

「あいずを、おねがいします」

「もういいのかい？」

「はい。いつでも」

平丸さんが手を挙げる。つぐみちゃんは笑顔のまま。ずっと笑顔だ。楽しそうに、嬉しそうに、あるいは――待ちわびるように。

「よーい――」

用意。

――違和感。

顔を伏せ。

――違和感。

空気が。

――違和感。

「――スタート」

平丸さんの手が振り下ろされる。つぐみちゃんは同時に顔を上げ、笑みを浮かべた。一歩踏み出し、楽しそうに口を動かす。相手が居る体なのだろう。手を差し出し、摑(つか)む仕草。喜怒哀楽をテーマにしているのだろうか。親しい友達と手を取って、嬉しそうに笑っている。

不意に、つぐみちゃんが笑みを消した。不安そうな表情。それから、背後を庇(かば)うように両手を広げる。背に居るのは誰だろうか？　子供、大人、いいや動物かもしれない。けれどつぐみちゃんが正面を見上げ後ろに手を回す動作をするので、背に居る誰かを大きなモノから守ろうとしていることだけはわかった。

（顔を庇った。殴られる？）

つぐみちゃんは何者かに叩かれたのだろうか。頰(ほお)を押さえて横座りに倒れ込む。けれど痛みをこらえ苦しそうにしながらも、己(おのれ)が守る、そう、庇うべき誰かの元にすがりつき、覆いかぶさって背を丸めた。

時折跳ねる背中。蹴られているのだろう。やがて弾きとばされ、庇うべき誰かに手を伸ばし、手のひらが踏みにじられる。痛そうにもがきながらも、手のひらは動かない。相当強い力で踏まれているのだろう。

庇うべき誰かはどうなってしまったのか。解放されたつぐみちゃんは、髪を振り乱しながら庇うべき誰かへと駆け寄って、座り込む。体を揺すり、声をかけ、涙を流し——目をつり上げて、大切なひとを傷つけた何者かを睨み付けた。

『許さない』

怨嗟の声だ。憎悪の声だ。
「そりゃ、許せないよね」
そう、声優科の滝田さんも——違う。いや、違う。違う！
（サイレント、なのに——滝田さんも私と同じ声を聞いた……！）
表情が、仕草が、身振りが、所作が。

『おまえさえ、いなければ——！』

彼女は叫ぶようにそう言う……いや、口を動かしてはいない。なのに、何故か言った、と錯覚した。そう、音なく叫ぶと、手に拾った石を持ち上げて振りかぶる。

何度も。

——当たり所が悪かった。
何度も。
——馬乗りになった。
何度も。
——差し出された手を払う。
何度も。
——振り上げた手を、止めた。

投げやりに石を放り捨て、彼女はふらりと立ち上がる。庇うべき誰かに駆け寄って、涙を流しながら笑いかける。

『もう大丈夫だよ。だから起きて』
『敵は居ないよ。私がやっつけたから』
『ねえ、起きて。起きて……』

揺さぶり、唇を噛(か)み、空を見上げて泣く。やがて涙は笑い声に変わる。嘲笑(ちょうしょう)だ。守れなかった己(おのれ)を蔑(さげす)み、涙を拭うことを忘れ、ただただ壊れたように笑う。

やがてその笑みがぴたりと止まり、彼女は、感情のすべてを失って私を見た。

『どうして、助けてくれなかったの?』

小さく悲鳴を漏らしたのは、誰だったか。あそこで無残に倒れたもののように、次は私が、あの憎しみの標的になるのだろうか。野に朽ちる、あの何者かように。

「――そこまで」

不意に、自分を取り戻す。つぐみちゃんは返り血で濡れてなんていないし、石も死体もない。野外ではない。誰かの亡骸なんてない。ただ、自分の呼吸の音が、ひゅぅひゅぅとうるさかった。

「いや、良かったよ。つぐみちゃんはホントに感情表現が得意なんだねぇ」

「はい、ありがとうございます!」

「じゃああとで結果を伝えるから、マネージャーさんと控え室で待っていて」

「はい!」

元気よく挨拶をし、頭を下げて出ていくつぐみちゃん。そんなつぐみちゃんの小さな背中を見送ると、平丸さんは眼鏡を取って大きく息を吐いた。

「最後、さぁ。『どうして助けてくれなかったの?』って言わなかった?」

「言いました……」

細居さんが、平丸さんの言葉に同意する。確かに彼女は喜んでいたし、悲しんでいたし、怒っていたし、憎んでいた。感情表現の枠で捉えて良いのか、悩むほどに。

「彼女の態度を見たとき、僕は霧谷桜架――さくらちゃんと初めて会ったときを思い出したよ。間違いなく、超然とした何かを見せてくれる。けれど、他の子役と一緒に演技させたら、その子の心を折りかねない。二次選考は複数人での審査を予定しているからね。ああ、つぐみちゃんには、『二次選考は選考基準を満たしたため不要』とでも伝えておかないと」

当初の予定では、一次選考は他人と比べられるプレッシャーがないよう単独で行い、二次選考は逆にプレッシャーの中でどのような演技をするのか見るために、ドキュメンタリー特番で制作風景を見せるために撮影する本物のカメラも用意した中で、複数人で行う予定だった。でも、つぐみちゃんが他の子役にはマネできないような才能を見せたことで、状況が変わったのか。今のつぐみちゃんの演技を他の子供に見せたら、その子たちが才能の差に心が折れてしまうかもしれない。だから、演技の能力は充分あるとして、二次選考を通過させたということだろう。

「まさか一発目からあんなとんでもないものを見せられるとは思わなかったよ」

未だうまく言葉にできず、メモを書き連ねる光岡さん。ずっと深呼吸をしている滝田さん。こめかみをもむ細居さん。それぞれの様子に苦笑しながらも、平丸さんは私の側で、ただただ大きく息をついた。

(桜架さん……これは、想像以上ですよ)

そう、届かぬ声を心中で零す。つぐみちゃんの次の選考、すなわち、桜架さんの望んだ凛ちゃんとの対決に大きな波瀾が起こる予感を覚えながら。


私にとって、霧谷桜架という役者は、超えることを諦めた壁だった。完璧かつ天才。常人ではなし得ない偉業を、息をするように行い、それを誇ることとすらしない逸物。私の関心は、如何にして彼女を超える人間に出会うか、というところにある。それは私が成さなくてもいい。私が見つけなくてもいい。ただ、幼少期から続く「このひとを超える人間なんてきっといない」という諦観を、打ち破ってくれるひとと出会うことを願って〝いた〟。

ただ今は、それだけではない。完璧超人で、他人から憎まれたり、妬まれたり、疎まれたりしても、意に介さなかった強くて頼もしい桜架さん。彼女が、子供を壊さなければ構築できないモノがあるなんて、信じたくなかった。超然としていて、完璧で、厳しくて、優しい人。きっと、桜架さんは過去に囚われてくるってなんかいない方がずっと、夢を摑めるはずだから。

だから私は、彼女の目的を打ち破るひとが欲しかった。誰にも超えられない私の憧れを、取り戻してくれるひとが欲しい。そう、願わずにはいられなかった。

夜旗凛の控え室。桜架は凛にコンディションの確認をする。

机と椅子だけが置かれたシンプルな控え室。白い椅子に腰掛けた凛が、静かに目を閉じて瞑想をする。気を静め、鎮め、深く潜る。その様子を監督しながら、私は姪の蘭との会話を思い出す。蘭は空星つぐみを予想以上だったと言った。審査をするつもりで見ていたはずなのに、気が付いたらつぐみの演技に呑み込まれ、無音の舞台なはずなのに、確かに声が聞こえてきた、と、興奮した面持ちで。では、凛はどうか。蘭は、どちらが優れているのか答えがわからなくなった、と言っていた。

それはそうだろう。私が見つけてきた彼女、凛は、他とは違う。平凡な人間たちとは一線を画す能力。凛の二次選考は不要、と、平丸さんからも言葉を頂戴している。

「どう？　凛」

「――はい。大丈夫です」

「そう。いつものとおりにやれば、間違いはないわ」

「はい。わかっています」

頼りになる言葉だ。薄く目を開いた凛の瞳には、今は何も映っていない。今日この日、〝桐王鶫（つぐみ）〟の後継者として最初の晴れ舞台になるよう仕上げた。もはや、日本に……いいや、世界にだって、この子以上の子役はいないことだろう。

　究極の演者。いつかの鶫さんのように見る人間すべての心を動かす役者。第二の桐王（きりおう）鶫として、この子なら、きっと。

（あの日の誓いを忘れたことはないわ）

　身寄りのなかった鶫さんの死後、閏宇（うるう）さんと私に与えられたのは彼女の遺産だった。貧乏性で貯金ばかりしてしまうと言う鶫さんのお金。そんなものはいらなかったのに、鶫さんがいてくれたらそれで良かったのに、それでも彼女の遺言状は私の心を突き動かした。

　己（おのれ）の名声のためというだけの理由で私を産んだあの女、式峰梅子（しきみねうめこ）と決別し、私が私自身の力で前に進めるように、と、託されたお金だ。当時のまだなんの力もなかった私に、本当の心を与えてくれた言葉だ。

『鶫、という鳥は冬鳥で、海を渡って飛来するそうです』

『だからもし、私がさくらちゃんの側（そば）にいられなくなっても、私の翼があなたの力になれるよう、私の全部をさくらちゃんと、私の親友にあげます。あなたが、冬を越えられるように』

『さくらちゃん。あなたがどんな道に進もうとも、私は深淵から根強く応援しているよ。だから、役者じゃなくても良い。お花屋さんだってケーキ屋さんだって、あるいはお嫁さんだって良いの』

『ただ、いつだって、幸せになることを諦めないで。大丈夫、さくらちゃんならできるよ。だってさくらちゃんは、この私のライバルなんだから！ なんてね』

『じゃ、また来世で！ 五十年か六十年そこらで来たら追い返すからそのつもりでね！』

あとを追うことすら許してくれなかった、ずるいあなた。いつだって、私の幸福を願ってくれた、血のつながらない姉のようだった、あなた。だから私は、あなたを背負うと決めた。

式峰はもう名乗らない。かといって、あなたとともにあることを享受しているだけの、甘ったれた子供だった〝さくら〟の名も、名乗らない。

だから、鶫さんを背負って生きるために、さくらの字に鶫さんの死という十字架をつけて、名を桜架と。桐王から字を貰うのは烏滸がましい。だから、きり、という音だけ貰って、霧と。そして、あの頃の〝さくら〟のような、鶫さんに相応しくない、甘ったれた人生は欲しないという覚悟から、欲の字から〝欠〟の字を欠けさせて、谷と。

霧谷桜架。全ての文字で桐王鶫の全てを背負うと覚悟して、名乗った名だ。

「凛、相手は、空星つぐみよ。対戦相手として不足はないわ。準備はいいかしら？」

凛に問いかける。凛はつぐみという名を聞いてほんの僅かに瞳を揺らしたが、すぐに、深く集中した。意識はしている。でもそれ以上に、演技の準備ができている。だから私は最後に、一つだけヒントを与えることにした。

「スタート前に、一つだけアドバイスを与えておくわ」

「はい」

「凛、あなたは誰にも譲ることなく、憚ることなく、やりたいようにやりなさい」

「はい」

公平性を期すために、テーマは審査時の発表だ。だから、私はただ、凛の背中を押す。

「さ、行きましょう」

「はい」

今日この日、第二の桐王鶫が生まれる。外ならぬ私の手で——あなたが成せなかった、ハリウッドを恐怖の渦にたたき落とすという夢を、叶えてみせるわ。

Scene 5

ウィンターバード俳優育成学校（午後）。

施設の前、夜旗虹は校舎を睨み付ける。


ウィンターバード俳優育成学校は、オレの越えるべき壁、霧谷桜架が設立した専門学校だ。

オレも、高等部卒業後の進路として、一応視野には入れている。だがまさか、こんなに早く来ることになるなんて、さすがに想像していなかった。変装のために目深にかぶったキャップがずれていないか確認しながら、オレは入場券を握りしめる。思わず、ため息が零れた。

見上げた先には近代的な建物。外観は大型の商社によく見られるビルディングだ。外観だけなら東京日本橋の明治座のようにガラス張りのビルディングのようなものではあるが、教育施設であるウィンターバード俳優育成学校は、渋谷ヒカリエのように上層に大きな劇場を持つだけではなく、オフィスや教室など、まるで複合商業施設……いわゆる、百貨店のような構造をしている。案内図があっても、地図が苦手な人間なら、何階のどこになにがあるか、迷子になってしまうことだろう。手元の入場券をかざすと、警備が中に入れてくれる。受付で入場券と首から提げる入場証明書入りのカードホルダーと、オーディション審査案内を受け取った。オレはため息を吐きながら、ビルのエントランスホールで審査案内とやらを広げる。

・一次及び二次選考を通過した子役二人の演技を審査する。

・子役二人は舞台の上で演技のテーマを聞き、三分後に演技開始。

・テーマは『どちらが主役として演技できるか』。

・より主役として演技しているとみられる方に票を入れる。

……と、要点をピックアップすると、こんなところだろうか。案内には投票用紙と、クリップ付きの小さなボールペンがついていた。

案内を見ながら、オレはまた、ため息を吐く。なんでこんなところにいるのか、思い出すだけで胸がムカムカしてくる。最近ぽやぽやすることが多くなった妹の凛(りん)の、オーディション。それにオレはやむを得ない理由で、審査員として参加することになったから、だ。なんでも、今回のオーディションは、最終選考で審査員の人数を増やすのだとか。そのうちの一人にどうだとオレの親父が声をかけられたそうなんだが、あろうことか、親父自身は仕事だなんだと断ってオレを推薦。オレはというと、断り切れず頷(うなず)いてしまった。

(何が初恋レモン味だ……お袋め)

これもそれもどれも、凛が撮影したオレとつぐみの演技を見たお袋が、まるでオレとつぐみの仲をからかうようなことを言うようになったせいだ。そのせいでお袋は、つぐみと俳優の海(かい)さんが演じたトッキー初恋レモン味のCMを見て、『あら、つぐみちゃん、海君にとられちゃうんじゃないの～？』なんて、冗談交じりにからかってきやがる。

『最近、つぐみちゃんとも会ってないでしょ？　つぐみちゃんの初恋相手が誰なのか心配じゃない？　つぐみちゃんに直接聞けるかもしれないし、行ってきたら？』

『知らねぇよ、そんなの。つぐみの初恋相手なんてどうでもいい』

『素直じゃないわねぇ……凛のこと、頼んだわよ』

『……わかってるよ』

たかだかCMでなにがどう映ろうと、そんなのオレには関係ねぇ。だっていうのにお袋のやつ、まるでオレがつぐみのことをす、す、興味があるみたいに言いやがって。

おかげで演技の練習にも身が入らない。きっちりアイツを酷評して、ついでに凛の様子を見てやろう。それから、まだ誰も引っ張ったことがないであろうアイツ……つぐみのほっぺたでも引き絞ってやれば、さすがのアイツも泣くか？

どうにもこうにも、アイツがガキっぽく泣くところは想像できない。それどころか、思い出そうとして浮かぶのは、テレビ局で演技勝負をしたときと、凛の部屋で演技勝負をしたときに見たアイツの泣き顔だった。まるで世界が自分の敵になっちまったみたいな、壊れそうな表情が浮かび上がって……頭を振って打ち消した。

（ダメだダメだ。今日は、今日はやらなきゃならないことがあるんだ）

つぐみに会いに行けだなんて冗談めかして言う両親の言葉の裏に、凛のことが心配だ、という気持ちがあることに気が付けないはずがない。凛は感性が独特で、モノの考え方が捉えづらいところはあるが、根っこは素直で好奇心旺盛だ。なのに最近は、演技に打ち込むと言えば聞こえはいいが、あんなに脇目も振らずに演技ばかりやるものだから、お袋も思わずソーシャルゲームの課金を許してしまうほどだった。

なんて表現すればいいか、言葉にしようとすると難しい。洗脳、は、大げさだし、心酔も少し違う。言うなれば、そうだな……『改造』、だろうか。そうやって考えに耽っていると、不意に、すぐ近くで話し声が聞こえてきた。その声がどこかで聞いたことがあるモノだったから、つい、振り向く。

「だーかーらー、こっちが正しいんだって」

「え、でもここから先、関係者席って書いてあるよ？」

「地図もこっちだよ。ほら……あ。あの人に聞いてみようよ。ね？」

「あ、えっ、ちょっと」

　でこぼこな二人組だ。片方は子供。長い黒髪が特徴的で、キャップを目深にかぶっている。柄物のプリントシャツにショートパンツ、というボーイッシュな格好の少女だ。こっちの子はなんとなく声を聞いたことがある、という程度だが、問題はもう片方。亜麻色の髪のポニーテール。つば広の帽子とおそらく伊達眼鏡。清楚なワンピース。周囲の人間もチラチラと気が付いていると思うんだが……この雑な変装の女性はおそらく、アイドルグループ『CCT17』のセンター、常磐姫芽、で間違いないと思うんだが、なにやってんだ？

「こんにちは、おにーさん」

　ボーイッシュな少女がオレに声をかける。にんまりとした顔立ちはまぁまぁ整っていて、どこかで見たことがあるような気がした。

「おにーさんも、今日の審査員、でしょ？」

　オレの首に掛かった入場証を指差して、少女は首を傾げながら確認をしてきた。

「審査員席、案内して欲しいんだけど、どうかな？」

少女の後ろでは、常磐姫芽と思われる女性が、心配そうにオレたちを見ている。それに答えるようにオレは少しだけキャップをずらして顔を見せると、同時に、よそ行きの猫をかぶった。

「うん、いいよ。そちらの方は、常磐さん、かな? キミは……?」

オレの顔を見た二人が、少しだけ驚くような仕草を見せる。だがすぐに表情を戻すと、嬉しそうに微笑んだ。

「良かった! 私はツナギ……だけど、呼ぶときはテキトーな偽名で呼んでくれると嬉しいな」

ツナギ、と聞いて思い浮かぶのは、あるyoltuberだった。確か若い世代から中年世代に人気が高い、作品レビュー系のyoltuber、だったかな。凛のヤツが好きで、リビングでノートパソコンを開いて夢中になっていてお袋に怒られたのは、記憶に新しい。まぁまぁ有名な名前だし、声を知ってる視聴者も多いんだろう。ツナギ、なんて外で呼ばれて視聴者にバレたら、面倒なことになるのかもしれない。サインとかはまだ良いけど、男と一緒にいたー、なんて、良くないスキャンダルはゴメンだろうし。

「良いけれど、偽名?」

「うん。なんでもいいよ……〝鶫〟以外だったら、ね?」

「え?」

チェシャ猫のようだ。にんまりと笑うツナギだったが、その瞳だけはやけに冷たい。どこか不遜に振る舞うツナギの姿に、オレは、ただそんな感想を抱いた。

ウィンターバード俳優育成学校・控え室（午後）。

つぐみは控え室で、次の審査を待つ。


白い机と椅子だけが置かれたシンプルな控え室。次の選考まで小春さんと待機していた私たちに、ボランティアでオーディションのスタッフをしている学生さんから、二次選考通過の知らせを受けていた。

「つうか、ですか……？」

女性のスタッフさんで、彼女は苦笑とともに頷く。

「なんでも、空星つぐみちゃんは一次選考の審査員たちに、〝二次選考を通過するのに十分な能力を保持している〟と判断されたそうです」

「はぁ……ありがとうございます？」

小春さんと顔を見合わせて首を傾げているうちに、スタッフさんは慌ただしく一礼をして、出ていってしまった。

「では、つぐみ様。もう少々この場でお待ちいただく形になるかと思いますが……よろしいでしょうか？」

「うん、だいじょうぶです。こはるさん」

通過と言われて、ふと思い至るのは、在りし日のさくらちゃんのことだ。彼女はそのずば抜けた演技力で、しょっちゅう周囲の大人や子供の心を折っていた。今回は、私もそんな風に思われたのかもしれない。二次選考で他の参加者の心を折ってしまうかも、なんて思われたのかも。そう考えると、あり得ないことでもないのかもしれない。とにかく、今は切り替えて、次の選考と凛ちゃんのことを考えよう。

結局、今日この日の段階まで一度も、凛ちゃんに会えていない。様子や調子を聞こうにも、メッセージアプリには『大丈夫』とだけ。忙しい、とかで電話もできなくて、会いたくてもすれ違ってばかり。控え室の椅子の上、ノートパソコンでスケジュール確認をする小春さんの隣で、私はスマートフォンを取り出した。また、メッセージアプリで調子でも聞いてみようか？それとも、グレブレを進めてびっくりさせてみる？　なんとなく、どれも気が乗らない。やっぱり直接会って話さないと、凛ちゃんの様子なんかわからないのだろうな、と、思う。

(凛ちゃん、どうしているかな)

事故に遭って目が覚めて、前世の記憶という名の〝これまで〟を思い出した。それから、最初にできた友達が凛ちゃんだ。いつも私の手を引いてくれる、小さくてかわいらしい、けれどとても身近な私の友達。凛ちゃんが今、どうしているのか、気になって仕方がない。

「あ、メッセージ……？」

振動。ポップアップ。凛ちゃんと色違いのスマートフォンが、メッセージの知らせを受け取る。慌てて開けば、〝ともだちグループ〟に通知が来ていた。別の仕事でこの場にいない、珠里阿ちゃんと美海ちゃんの二人からのメッセージだ。

珠里阿ちゃんは確か、ハワイでCM撮影。美海ちゃんは、夏都さんと親子出演の生放送だったはず。録画しておくから、あとで一緒に見ようと約束していた。

『ハワイでお母さんがナンパされた』

『えぇっ、珠里阿ちゃん大丈夫？』

『マネージャーが追い払ってくれた。美海とつぐみと凛はどう？』

『私は休憩中。生放送って緊張するよぅ』

『二次通ったよ。凛ちゃんはまだ見てない』

『凛のヤツ、さては寝てるな』

『凛ちゃんだから、あり得る……』

既読の表示が、一つ足りない。どうしてそれがこんなにも寂しいのだろう。不意に、虹君と演じたあの日のことを思い出す。誰よりもキラキラとした目で、私を見てくれた凛ちゃんの瞳を思い出す。

あの日、凛ちゃんの部屋で虹君と演技勝負をしたときのこと。年齢差のある相手と恋にくるおうとした私と、それを止めるクラスメート役の虹君の演技。あのとき、最初にわたしを見てくれた凛ちゃんの姿を、思い出す。

「つぐみ様、最終選考の時間です」

「ぁ、はい！　こはるさん！」

当然、演技の場にスマートフォンは不要だ。スマートフォンを、小春さんに預ける。

「最終選考は、舞台の上で審査員を観客に見立てて行うそうです。二次選考までの内容で舞台の内容を決めたそうで、テーマに沿って行うエチュードだ、と通知がありました」

「テーマ、ですか？」

小春さんが端末を操作する。どうやら、テーマは舞台の上で発表されるそうだ。最終選考は、オーディション参加者同士一対一で即興劇を行うらしい。カメラも回していて、後に使う可能性もあるのだとか。私と凛ちゃんの襟首には、ピンマイクもとりつけるらしい。

廊下を歩き、舞台の裏側から回る。行き交うスタッフさんに挨拶しながら舞台裏を進んで舞台袖に出ると、観客席から向かって右……上手側の私とは反対、下手の舞台袖に、凛ちゃんと、凛ちゃんをこのオーディションに送り込んだ女性の姿が見えた。

（霧谷桜架……さくらちゃん）

さくらちゃんは私たちを見つけると、微笑みを携えて会釈をする。

もう、さくらちゃんと語り合うことはないのかもしれない。でも、私たちには演技がある。役者としての一瞬がある。

語り合いたい言葉は、舞台の上で示せば良い。

「いきましょう、こはるさん」

「はい。どこまでも、お供いたします」

「ふふ、ぶたいの上はだめですよ？」

「あっ。申し訳ありません。そうですね」

私は舞台袖で襟首にピンマイクをつける。靴を舞台の上でも動きやすい物に履き替え、とんとつま先を整えた。袖から垣間見える観客席は、一階のみだがそこそこのサイズ。収容人数は百人ちょっとだろうけれど、二十人程度の人間が観客席に前から詰めているようだった。

舞台もだいぶ広い。だからこそマイクなのだろうけれど（全然重くなくてびっくりした）、普通の子供だったら緊張しちゃうんじゃないだろうか。

『これより、霧谷桜架子役オーディション最終選考に入ります』

アナウンス。この声は、さっき審査員をやってくれた女性の方だ。滝田さん、といったかな。声のとおりがとても良かったので、声優なんかもやっている方なのかも。

私は上手の舞台袖から出て、舞台中央に歩み寄る。同じく下手の舞台袖から凛ちゃんが現れた。普段ならちらりちらりとこちらを盗み見てくれる大きな目が、今は、ぼんやりと虚空を眺めているようだった。

『霧谷桜架という女優は、多くの役柄を持つことで有名です。今回のドキュメンタリーでは、人と人とのふれあいによって、演技の中で成長していくさくら、という人間について演じることになります。その中で、さくらは大きな離別を経験します』

大きな離別。その言葉に、胸が跳ね上がる。

『そこで今回は、〝別れ〟をテーマに、ここにいる二人の役者が演じます。片方が離別しようとし、もう片方がそれを引き留めます。審査員の皆さんは、このショートストーリーの〝主役〟がどちらであるのか、全力で演じる二人の演技から判断していただきます。主役である、と、判断された方がオーディション通過といたします』

別れ、別れか。前世で経験したのは、大好きな祖父母たちとの離別だ。一緒に過ごせたのはたった二年だけだったけれど、毎日が幸福だった。あのひとたちのおかげで、私は、ひとを思いやる気持ちを学ぶことができたのだから。

『では、役者さんはくじを引いてください』

舞台中央に置かれた箱。私と凛ちゃんはその箱に向かって、同時に歩き出す。きゅ、きゅ、と、舞台を歩く音が不思議なほど胸に響いた。

「まけないよ、りんちゃん」

「――うん。つぐみ、わたしは……」

凛ちゃんが顔を上げる。星の瞬く夜空のようにきらきらと輝く、黒い瞳だ。黒髪をなびかせて、ただ、ただ、凛ちゃんはまっすぐに私を見た。

「わたしは、つぐみを守れるわたしになる」

虚空を見ていた目が、私に向いたとき、意思を持って紡がれた言葉が炎のように私を包む。彼女の心に宿る情熱が、私に呼吸を忘れさせてしまうかのようだった。

守る？　なにから？　どうして？　その困惑は、けれど、演技に入ろうとする私の心が押しとどめた。そうだ。語り合いたいことがあるのなら、演技の中でやればいいのだ。

私が引いた役は、奇しくも、離別しようとする側だ。凛ちゃんが引き留める側となる。凛ちゃんは、どんな様子だろう？　この舞台は、奥行き一六メートル、間口は奥から扇状に一六～二〇メートルに広がっている。互いに一歩、二歩、三歩と離れていき、十歩ほど歩いて静止する。私と凛ちゃんの間には五、六メートル程度……乗用車二台分ほどの距離があった。多少離れていても、空星つぐみのスペックなら充分様子を窺うことができた。

「セレクト・あいずによりえんぎじょうたいにいこう・ログイン」

凛ちゃんから聞こえてきた声に、首を傾げる。

（セレクト？　ログイン？）

「ワードアクセス・ひきとめる・たいせつな友だち・主役・セット」

（これって、以前どこかで見たことがあるような……？）

「設定完了・プログラム・スタートアップ」

スポットライトが輝く。

私の困惑とは裏腹に、私自身の準備はできていた。

『それでは――最終選考、スタートです！』

そうして、火蓋(ひぶた)が切られるように、煌々(こうこう)と、舞台が光に満ちた。

胸に満ちるのは、もはや、この演技のテーマのみ。〝離別〟。人生には別れがつきものだ。だから、この一瞬を大切にしよう。中国古典にはそんな詩がある。いつ何時、別れというモノが訪れるのか、それは誰にもわからないことなのだ。

だから私は、かつての桐王鶫(きりおうつぐみ)は、命を燃やして生きてきた。いつだって全力で、なんにでも貪欲(どんよく)に、ひたすら走り抜けてきた。あの頃は、私がみんなを置いていくなんて、想像もしていなかった。

だから、最初の一言は決まっていたんだ。


「さようなら」

一歩踏み込む。そうすると、凛ちゃんはたじろぐように、一歩退いた。私は、そんな凛ちゃんに、両手を広げて言葉を告げる。かつての私が言えなかった言葉を、この詩の枕詞(まくらことば)としよう。

「どこへ行くの？」

「遠いところ」

「もう逢えないの？」

「うん。もう、逢えないよ」

　淡々としたやりとりだ。凛ちゃんは俯いて、目を見せず、私にそう返す。凛ちゃんはどう返してくれるのだろうか。どんな演技を見せてくれるのだろうか。どんな人間を、想像してくれるのか。そんな、私の期待と高揚を、凛ちゃんは。

「嫌だ」

「え……」

　一歩、二歩と踏み込む凛ちゃん。私が動揺に揺れると、その隙を突くように、凛ちゃんが駆け寄った。私はとっさに身をよじって逃げようとするけれど、それよりも、凛ちゃんは一手早く、飛び込むように私の腕を掴んだ。そして凛ちゃんはその勢いのまま、顔を上げて私を睨む。

〝激昂〟の表情。

「そうやっていつもいつも、勝手なことばかり！　私が、あなたのことを迷惑だなんて言っ

た？　あなたに、いなくなって欲しいなんて言った？　私は、あなたのことを離したくなんかないのに!!」

つり上がった目。頰は興奮で赤らみ、目尻には涙が溜まる。私の高揚を吹き飛ばしてしまうほど、強く激しい演技だ。凛ちゃんの人格とは百八十度違うのに、私の腕を摑む手が震えているから、縋りつく声が揺れているから、真に迫っている。

凛ちゃんは、自分で組み立てたイメージの設定を私に押しつけた。本来なら私はここで、〝穏やかに別れを切り出し、だだをこねる凛ちゃんをなだめる〟という方向性でいくつもりだった。凛ちゃんが嫌がっても、だだをこねても、怒りだしても、呆然としても。いずれにせよ、優しくなだめるという方向性は変えずに進めることができるはずだった。けれど、凛ちゃんが「いつも」という言葉を使って、私の性格を自己犠牲的な方向性に固定してしまったことで、私はこのまま凛ちゃんをなだめたところで、優しいだけの……インパクトの薄い役柄になってしまう。主役を張るならそれではだめ。効果的に激昂した凛ちゃんを上回るパワーを見せなければならない。

油断は侮りだ。

慈愛は侮蔑だ。

（凛ちゃん……すごい、すごいよ、凛ちゃん！）

もう、私は貴女を侮らない。才能ある子役？　違う。彼女は女優だ。なら、私にできることはいつものように、全力で相手をすることだけだ。かつての桐王鶫が、閏宇と、柿沼宗像と、四条玲貴と、さくらと、あの頃の名優たちとともに演じてきた日々のように。

意識を切り替える。頭を回して考える。これ以上のインパクトを与えるために。


「じゃあ、私が言おうか？」

「え？」


私は、凛ちゃんに掴まれていた腕を、強引に振りほどいた。

「迷惑よ。私が離れたいの。離してくれる？」

震える声を隠すように。凛ちゃんが視線を離した一瞬だけ、観客に見えるよう涙を拭う仕草を見せる。まるで、私が演じる〝物語の主役〟が、友達のために嫌われ役を演ずるように。私はそのまま、たたみかける。

「お友達ごっこはこれでおしまいよ。あなたはね、私にとって暇つぶしでしかなかったの。ごめんなさいね？」

悪く見えるように、観客に向けて手を広げて声を張り、それから凛ちゃんに向き直る。すると凛ちゃんは――眉を八の字に歪め、泣き笑いのような表情を浮かべた。

（ここでその表情？　なんのために？　また、激昂ではなくて？）

戸惑い、けれどそれを表情には出さない。意図を図りかねている間に、凛ちゃんは声を震わせながら口を開いた。

「バカ。私のことを、騙していたつもりだったの？」

「つもり？　バカはどっちかしら？　私は、能天気なあなたを騙していたのよ」

私の言葉を無視して、凛ちゃんは私に向かって手を伸ばす。そして、凛ちゃんは、私の頬に手を当てた。ほら、と、私に見せるように掲げる親指。

「泣いてたの、ばればれだよ。――甘えろって言ったじゃない。ほんと、バカなんだから」

違う。そうか、気が付いていたんだ。私が陰で涙を拭う仕草をした。だから、観客もまた、私が泣いているように思った。……その、私の意図を、凛ちゃんは読み切ったんだ！　じゃないとこの流れは成立しづらい。凛ちゃんが演じる〝物語の主役が、わからずやな友達を窘めた〟。そんな風に、見えるはずだ。
身振り。大きく見せて観客の目を引きながら、小手先で他の準備をする。前世で私がマジシャンから盗んだ技術だ。それを凛ちゃんも学んだ？　いや、違う。私が今演じたことを、盗んだ？　この、ほんの僅かな瞬間に？

「私がさ、手段を探すよ。ぜったいぜったい、一緒に居てみせる。だからさ――」

わがままな友人。勝手に遠くにいく友人。凛ちゃんは私をそう定義づけた。そう振る舞われたら、私はただ別れを悲しいモノにしたくないだけの、わがままな人間だ。それを叱りつけてなだめる凛ちゃんは、なるほど、物語の主人公だ。私がこのまま挽回するのは難しい。
でも、まだもう一つ、覆すやり方があるんだよ、凛ちゃん。私は、凛ちゃんが次は何をしてくれるのか？　そんな期待を込めて、身を屈ませた。

「――ごほっ、ごほっ」

咳き込み、膝をつく。肩を落として震える右手で地を摑めば、観客は、むせ込んでいるとは思わない。


「えっ、な、なんで」

「は、はは、見られたくなかったんだけどなぁ」

「まさか、あなた」

「言ったでしょ？　迷惑をかけたくないんだ」


さぁ、どうする。凛ちゃん。あなたはどう、対応する？　音程を調整。息苦しそうに、けれど響く声に。マイク越しでも、通る声と通らない声はわかるから。

次はどんな手で来る？　どんな演技で来る？　審査なんて全部忘れて、持てる手段の全部で、人間の魂を揺さぶる女優として、私にぶつかって。凛ちゃん。


「そんなことで、迷惑だなんて言わないよ」

「ふふ、老人のように死ぬのよ？　私」

「最後の最後まで、側に居るよ」

「うん。だから――これが最後。私が私で居られるうちに、さようならを言わせて」

歯がみし、震える凛ちゃんの頬に手を寄せる。形勢逆転。私は今、わがままを言う友達をなだめる、優しくて偽悪的な少女だ。それはさながらダークヒーローのように、観客の心を揺らす。

「ね、凛？ 良い子だから」

「――ッ――わた、し」

（……？）

――違和感。

役柄に名前がないから、凛ちゃんの名を呼んだ。それだけで、ほんの僅かに揺れる凛ちゃんの視線。この違和感の正体を突き止めるために、私は、ほんの少しだけ、演技の中に凛ちゃんの個人的な趣味嗜好を盛り込んでみる。違和感がないように、極力、自然に。

「あなたは日常に戻っても良いの。大好きなゲームだって、まだ終わっていないでしょう」

「そんなの、あなたにはかえられないよ！」

──違和感。

凛ちゃんは腰を曲げ、頭を振る。けれど素早く姿勢を戻した。まるで、感情を更新し続けているかのように。


「家族が待ってるわ。死にゆく人間よりも、生きているひとを大事にして」

「あなた以上に、大切なーッーひとなんていない！」


──違和感。

演技が洗練されていくうちに、凛ちゃん自身の個性が失われていくような。

──違和感。

視線が左右に揺れる回数増えた。右が多い？　右脳は感情や知識。

──違和感。

そう、更新だ。凛ちゃんは今、リアルタイムで更新している。記憶も知識も、なにもかも。


（ああ、そうか）

高揚していた頭に、冷や水を浴びせられたような気持ちになる。

私が主役になろうと演技すればするほど、凛ちゃんは自分自身を塗り替えて強く、上手(うま)くなっていく。そうやっていたから、あの日、大好きなゲームのことを忘れてしまったんだ。
全てが結びついていく。霧谷桜架(きりたにおうか)……ううん、さくらちゃん。彼女に凛ちゃんが弟子入りしてから、どうして凛ちゃんの個性が揺らいで消えようとしていたのか。それはこの、凛ちゃんが絶えず凛ちゃん自身を上書きして、更新していくようなやり方のせいだったんだ。そっか、そうなんだね、さくらちゃん。あなたの夢を私は知らない。けれど、きっとその目的は、さくらちゃん自身ではできないことだったんだね。ああ、そうか、もっと早く気が付けば良かった。さくらちゃん、あなたは自分では叶えられない夢を、凛ちゃんに叶えてもらうために
――手段を、選ばなかったんだね。

「そう」

でもね、さくらちゃん。何かを犠牲にして得たモノは、必ず、犠牲にされたなにかによって覆される。きっと、このままでは、凛ちゃんの良さを壊してしまう。凛ちゃんは、声とギャップで演技する役者だ。静かな表情からの感情の吐露。明るい仕草からの落ち着いた所作。もしも今このままさくらちゃんの思惑どおりに進めば、凛ちゃんはニュートラルに、個性のない万能性を獲得するだろう。けれどそれは名優のコピーを作り出すだけだ。凛ちゃんの、凛ちゃん

自身の魂を穢して。

だから、私はそれを選ばない。

凛ちゃんに、凛ちゃん自身の魅力を保たせたまま、この物語を終わらせよう。凛ちゃんが凛ちゃんのままでいられるのなら、そのためなら私は、主役の座なんていらない。いっそ、路傍の石のような、脇役で構わない。

「なら」

審査員席で、観客として見ているであろうさくらちゃん。ちょうど良い機会だから、生前、伝えられなかったことを伝えよう。悪霊という敵役が、存在感があっても物語を壊さないのは何故なのか。主役を食わず、悪霊として有名になって、〝ホラー女優〟の名を獲得できたのは何故なのか。

物語に必要なのは、なにも、強い輝きを持つ人間だけではない。強烈でありながらも、主役に劣る存在が居なければ、真に良い映像にはならない。

「凛」

意識を切り替える。体は重く、胸の奥は熱く。頭痛が止まず。ああ、そうだ。私は死にかけ。死にかけの少女だ。

最後の別れをしに来たはずなのに、引き留められている。見られたくなかったのに。見せたくなかったのに、あなたはそうやって暴くんだね。

知っていたよ。いつだってあなたは、私の側(そば)に居てくれたから。あなたが私の人生の、彩りだったから。あなたは、いつだって主人公だったから。

でも、でも、でも。

「――あなたが、代わってくれるの？」

私の苦しみを、後悔を、痛みを、知ったような口をきかないで。

Scene 6

ウィンターバード俳優育成学校・大舞台（午後）。

虹（こう）はツナギ、常磐姫芽（ときわひめ）と並んで審査員席に腰掛ける。


声。

間
仕草。

身振り。

ブレス。

台詞（せりふ）回し。

「わぁお、思ったより高度な演技。ほら見て、姫芽。あの子、すごいよ」

「うん……つぐみちゃんも凛（りん）ちゃんも、本当にすごいよ、ツナ——ちゃん」

「なにそれ缶詰？」

「静かに」

思わず、といった様子で声を上げるツナギに注意をする。すると、ツナギと常磐さんは肩をすくめて頷いた。常磐さんはともかく、ツナギ、おまえ反省してないだろ。

あのあと、なんとか審査員席という名の観客席の最前列に座ったオレたちの前に、つぐみと凛の二人対決、なんて場が用意されていた。観客席から向かって右が上手で左が下手。つぐみが上手で下手に凛だ。両者五～六メートル程度離れた位置からスタートし、凛がつぐみ側に詰め寄ったことで、本格的に演技が回り始めた。はじめはおとなしく見ていたワケだが。

「どうなってんだよ、これ」

「虹、キミ、猫かぶり忘れてない？」

「ツナ、うるさい」

よそ行き用の取り繕った演技を忘れる程度には、オレは苛々していた。だってそうだろ？　さっきからずっと、凛の演技から、外ならぬ凛自身が抜け落ちている。まったくそいつらしさがない無個性で凡庸な演技が欲しいなら、個性のない人間でも育てれば良い。少なくとも、なんでうちの妹にやらせる必要があるんだ。

「完全に、死を悟りながらも友達を気遣う主人公だねぇ。虹君はどう思う？」

「そうだな。負けるなら、さっさと負ければ良い」

「そう？　なんだか凛ちゃん、どんどんブラッシュアップされているように見えるけど」

ツナギの言葉に、オレが返事をするよりも早く、常磐さんが頷く。この人がここにいる理由はわからないし知らない。聞こうとも思わない。ただ、テレビで見るおとなしくてアンニュイなリーダーという印象はどこにもなくて、のんびりとした口調の奥で、ただ目だけがギラギラと輝いていた。

「すごい、本当にすごい。これなら、彼女たちを見れば、私の目的も――」

「はいはい、姫芽、興奮しすぎ。ねぇねぇ、虹はどう見る？」

まただ。ツナギは笑っているのに笑っていない目で、品定めをするようにオレを見る。yoltuberであること以外なにもわからない。薄気味悪い少女。この女に答えるのは癪だが、オレもまた、少しでも気を紛らわせたかった。

「ちっ――今、この場で学習してるんだろ。言われた端から、レベルアップしてるんだろうさ。まるで、ゲームのプログラミングみたいに」

わかってる。つぐみの演技がとがればとがるほど、凛の演技も鋭くなっていく。同時に、凛らしさ――それは弱さであったり、不器用さであったり、表情の奥に宿る意思こそが、あいつの魅力だってのに、それが抜け落ちていく。

「家族が待ってるわ。死にゆく人間よりも、生きているひとを大事にして」

「あなた以上に、大切な――ッ――ひとなんていない！」

声が響く。髪を振り乱し、凛はつぐみに近づく。もう、この後の展開は見えているようなモノだ。つぐみは、認めがたいが天才だ。しかも窮地に追い込まれればさらに強くなる。意味がわからないレベルの天才だ。だが同時に、凛もまた天才だ。なぜか、このままで終わる気がしない。

このまま、凛は個性もなにもかも犠牲にして高みに行ってしまうんじゃないか。そんな、嫌な予感がする。オレの当たって欲しくない、嫌な予想をよそに、ツナギと常磐(ときわ)さんは一観客としてただただ感心したような様子で、二人の演技に触れていた。

「ねぇ、ツナちゃん。つぐみちゃんの方が優勢、かな」

「そーだねぇ。凛ちゃんは、あれじゃ最後まで、駄々っ子のまま終わるね。あと五年も経てば凛ちゃんが上回りそうだけどね。つぐみちゃん、なんだか完成されてるし」

そう、このままだと、未来はともかく今はつぐみが上だろう。けど、凛はあの様子じゃ、どうなるかわからない。これまでの凛をよく知らない観客たちにはわからないだろうが、オレはわかる。つぐみがこのまま独走すれば、凛はきっと、自分自身の限界を超えるだろう。

そうなれば、この一瞬だけ、凛はつぐみを上回る。凛自身、自分の全部を薪(まき)にして、煌々(こうこう)と燃え上がる。後に残るのは燃えかすだけだ。凛は炎の巨人になって、凛だったモノは灰になって消える。そのあとは、それこそ、オレたちの知らない凛になっちまうかもしれない。

(だったら、どうすりゃいいんだ)

負けてくださいって祈るのか？　真剣に、演技に没頭してるのに。夢のために、誰だって全力なのに。ああ、でも、それでもオレは。そう、嫌な予感に振り回されるオレの耳に、ツナギの声が聞こえてくる。

「あ」

「は？」

ツナギの奇妙な声に、首を傾げる。それからやっと、声の意味に気が付いた。次いで舞台に響いた、つぐみの声によって。

「そう、なら、凛――あなたが、代わってくれるの？」

空気が変わる。思わず口元を押さえて隣を見れば、ツナギも常磐さんも口を引きつらせていた。

たった一言。たった一言だ。低められたトーン。感情を消した表情。ここからでは見えない瞳には、なにが映っているのか。握りしめ、震える拳が、声色以上の何かを物語っているかのようだ。

「毎日のように洗面所を真っ赤に染めて」

無感動。つぐみが一歩凛に近づく。凛は一歩、退いた。

当たり前の日常を叫ぶように。

「毎日のように急激に変化する体温に青ざめて」

無表情。つぐみがまた一歩凛に近づく。凛は倣うように一歩、退いた。

慣れた日々を語るように。

「毎日のように眠ることを怖がって、毎日のように苦痛が続く朝を憎んで」

無表情。つぐみが一歩二歩と凛に詰め寄る。凛は何歩か下がって、捕まった。

心に響く痛みをこらえるように、胸に手を当てて。

「それでも毎日毎日毎日毎日いつ何時だって!!」

つぐみは凛の襟を両手で摑んで引き寄せる。いつの間にか、二人の立ち位置は、舞台の中央に戻っていた。つぐみは憤怒の表情を浮かべている。荒らげた声。

凜に掴みかかるつぐみの姿に、演技のはじまりで見せていた余裕は見られない。今あそこで凜に対峙しているのは、主役の前に立ち塞がる壁なんだ。これを乗り越えないとならないと、凜に告げているんだ。

「また、朝が来たって喜ぶ惨めな自分が、なによりも憎い！　そんな毎日を過ごすことを、代わってくれるとでもいうのかしら!?　答えて。答えなさいよ、ねぇ!!」

凜を揺らし、叫ぶ。喉を押さえて咳き込み。それでも睨むのはやめない。でも、そうだ。凜だけを見ているんだ。脇目も振らず、凜だけを見ている。

「くるしそう」

常磐さんの言葉が、まるでこの場に居る誰もが感じていることかのようだった。苦しそうだ。でも、つぐみは、どんなに苦しい思いをしても、凜に告げたいことがあるんだ。凜に、なにかを求めているんだ。

「でも、きっと」

今度はオレのつぶやきに、ツナギが頷くように答える。

「助けて、欲しいんだね――無様だって、わかってるのにさ」

そうだ、助けて欲しいんだ。だからあんなに、泣きそうな顔で凛の襟を両手で掴んでいるんだ。みっともなく、縋って、隠してきた気持ちを吐き出して、それでも。

「っ、わた、し、は——代われ、ない。代われないんだ」

凛は、ぎゅっと唇を結び、揺れる言葉を呟いた。必死なんだ。声が震えるほど必死で、どうしたら、つぐみを守れるのか考えている。

「ふ、ふふ、なによそれ、だったら」

「でも、一人にはさせない」

「え……？」

凛は、おぼつかない手つきで、つぐみを抱きしめる。優しく、ぽんぽんと背をさすりながら。

「つぐみがいつも、一人で抱えているのは知ってるよ。苦しいことも辛いことも、全部一人で抱えてる。私はいつだって、つぐみにとっては妹のような存在で、頼って甘えてばかりだった。そうすれば、つぐみに喜んでもらえるって知ってたから、そうしてた」

凛（りん）の顔からも表情が消える。まるでさっきまでとりついていた誰かが、空気に溶けて消えていくかのようだった。

「でも、妹分はもう終わり。最後の最後の瞬間まで、つぐみがもう苦しくないよって笑ってくれるまで、私はずっとつぐみの側（そば）に居る」

「なん、で、そこまで」

「私が、つぐみの親友だから」

微笑（ほほえ）み。ああ、凛のあんな透明な微笑みを、果たして見たことがあっただろうか。オレは、あいつにあんな表情をされたことがあっただろうか。

凛は本当につぐみが大切で、だからこそつぐみの心を動かした。本当の本当に、心の底から思っているから伝わった。だから、狂気に囚（とら）われていたつぐみの表情に、年相応の涙が落ちたんだろう。

「だから、ずっと一緒に居よう？」

「っ、凛、わ、わたし、わたし――ぁ、ぁぁ、ぁぁぁぁぁぁぁぁっ」

凛の腕の中で、縋り付くように——あるいは、赤子のように泣く。その頭を凛はただ、微笑みを浮かべたまま、優しく撫で続けた。

『え、ぁ、は、は、すいません、終了、選考終了です!!』

放送室から、声優の滝田音色の声が響く。おそらく同僚に小突かれでもしたのだろう。静まりかえる舞台。一人の男性が腰を上げて拍手を始めた。やがてそれが波のように広がり、一人、やがて二人と立ち上がり、オレも常磐さんも、ツナギも、誰もが座席から腰を上げて拍手をする。

スタンディングオベーション。全員が立ち上がって拍手を送る、役者に対する最大限の賛辞だ。それを受けて、二人は泣きはらした目を隠しもせず、手を繋いで頭を下げた。

(まぁ、つぐみと凛についてと限定するなら、丸く収まったみたいで良かった、が)

頭を下げ、はけていく二人。笑い合う様子に、さっきまでの気まずさは見あたらない。凛とつぐみのことはこれでいい。凛のことはいったんつぐみに任せておく。その上で、オレにはやらなきゃならないことがある。今回の凛の演技でよくわかった。凛がおかしくなったのは、あの人——霧谷桜架に弟子入りしてからだ。だからオレは凛の家族として、あの人と、ケリをつけなきゃいけない。だがまぁ、笑い合う凛とつぐみを見ていると、なんでかオレまで嬉しくなった……ような、気がする。そんなオレの戸惑いの横で、ツナギが絞り出すように呟いた。

「すてきだなぁ。羨ましい、かも」

ツナギの言葉には、どこか沈み込むような深みがあった。羨ましい、なんて、そんな単調な言葉で片付けられないような重みだ。オレはその違和感に戸惑うが、オレが言葉を発するよりも先に、おそるおそる、腫れ物に触れるかのような慎重さで常磐さんが尋ねる。

「その、えっと、友達とかいないの？　ツナ――ちゃん」

「いるよ？　ブラウン管の向こう側に、いーっぱい」

そのあまりに古くさい表現に、オレは思わず口を挟む。

「ブラウン管ってばばくさいな」

「あ、ひどい。乙女になんてこと言うのさ。ねぇ、姫芽」

「ノーコメントで」

「あとで覚えてなさいよ……」

二人のコントのようなやりとりをよそに、拍手がまばらになり、鳴り止む。すると、ボランティアの学生がオレたちの手から〝主役だと思った方〟の紙を回収する。その間、ぼんやりとつま先を見つめるツナギが目に入った。

「なに辛気くさい顔してんだ、ツナ」

「んー。ひねくれた子供の感想かな。ねぇ虹、友達ってそんなに大事？」

ツナギの表情は、落ち込んでいる、と言えなくもないものだった。伏せた瞳。落ちたトーン。言葉尻はすぼんでいき、泡のように消える。測りかねていた距離感を、オレらしくないと思いながらも、舞台の興奮冷めやらぬまま詰めてやる。

「ＲＡＩＮ、持ってるか？」

「メッセージアプリの？　あるよ。ほら」

唐突な言葉に、ツナギは戸惑いながらアプリを差し出す。

「ほら、出せ、ＩＤを交換するぞ」

「は？　え？　ナンパ？」

「ふざけんな。オレに失礼だろ」

「いやそれはそれで私に失礼じゃない？」

そのまま無理やり交換すれば、ツナギの三文字がフレンド欄に登録される。

「友達が必要かどうかわからないんだろ？　だったら、試してみればいい。ほら、常磐さん、あんたもツナギと交換」

「うん……うん。そうだね。うん、素敵だね、そういうの。ツナちゃん、いつもメールじゃ味気ないし、交換しよう？」

「虹、まったく、姫芽まで。あーもーしょうがないなぁ」

そう言いつつも、ツナギの表情は僅かに緩んでいるように見えた。仕方ないヤツだ、なんて思いながら視線を周囲に巡らせると、ちょうど、舞台の上手側に目当ての人間の姿を見つける。このままツナギたちに付き合ってたらいつまでもコイツらのコントに巻き込まれそうだし、ここらで別れておくか。

「じゃ、オレはもう行くぞ」

「ん。おっけー」

「あの、虹君、席まで連れてきてくれて、ありがとう！」

ツナギの軽い返事。常盤さんは丁寧に頭を下げてくれる。そのギャップに苦笑しながら踵を返した瞬間、ツナギに声をかけられた。

「あのさ。うーん、一つだけ忠告」

「は？」

「虹の周辺、きっと騒がしくなるからさ――どうしても困ったことがあったら、少しくらいは力になるよ。ま、私程度にできることなんてたかが知れてるんだけどさ」

目を伏せ、子供らしくない達観した――いや、諦観した表情を浮かべるツナギ。そんなツナギの肩に、そっと手を乗せる常盤さん。

「……覚えておくよ」

二人の様子に違和感を覚えながらも、オレは、目当ての人物が遠ざかっていないことを願いながら、ツナギたちに手を振って別れる。まだ見失ってはいないと思うが……お、いた。

オレの視線の先には、黒髪に絶妙に整った顔。オレの越えるべき壁であり倒すべき敵、霧谷桜架。皆内蘭と一緒に、右の舞台袖で並んでいる。凛とつぐみは左の舞台袖にいて、霧谷桜架と皆内蘭の二人からは舞台間口の分だけ二〇メートル近く離れていた。凛に聞かせずに霧谷桜架にケリをつけるんなら、きっと、今しかない。オレは、まるで関係者だと言わんばかりに堂々とした表情でスタッフに混じって、霧谷桜架たち二人の近くまで急いだ。格上だろうが先輩だろうが何だろうが関係ない。オレの家族を苦しませたんだったら、一言あっても良いだろうさ。

そう思って背中側から近づいて。

「鶫さんが見たら、どう思うかしら」

会話の中に聞こえた言葉に、思わず身を隠した。

■ウィンターバード俳優育成学校・舞台袖（午後）。
桜架は、蘭に内心を吐露する。

冷たい棺桶の中、たくさんの思い出と仏花と、それから鶫さんの好きだった椿の花。彼女を燃えさかる炎の中へ送り出したとき、ただ私は、現実味のない虚しさを言葉にすることもできず、呆然と見送った。

あの日のことを思い出す。あの日、言えなかった言葉を思い出す。あの日、鶫さんが言ってくれなかった言葉を、突きつけられているかのようだった。

『さようなら』

私がもしそう言われたら、どう返していたのだろう。いいや、きっと私なら、みっともなく縋り付いて、他の全部を切り捨てて、あなたのあとを追おうとしたことでしょう。思い出すのは、脳裏に描かれるのは、さっきまでの凛とつぐみちゃんの演技だった。

『あなた以上に、大切な──ッ──ひとなんていない！』

空星つぐみが引き出した凛の演技に、現実を突きつけられる。私が鶫さんの依代にしようとしていた少女、私の生徒、凛。彼女があの子――つぐみちゃんを助けようと足掻く姿に、私は、幼い日の私自身を重ねていた。

あの日、鶫さんに別れすら言えず、彼女の元へ行くことすらできず、夢も目標も見失った私の、幼い日のさくらの姿が、凛に重なる。きっとこの物語の、オーディションの結末は、つぐみちゃんの勝利に終わることだろう。だってつぐみちゃんはかつての鶫さんのように、凛を救おうとしているのだから。

なのに。

それなのに。

勝てるというのに。

名を売る大きな機会だというのに。

「なん、で……？」

何故、つぐみちゃん〝それ〟を、負けてでも凛を救う選択肢を選ぶことができたの？

それではまるで、つぐみちゃんこそが。誰よりも優しく強い、脇役であったあのひとのようなーー脇役？

「そうだ。何故、忘れていたのかしら」

いつだって鶫さんは、誰かの支えで、敵で、過去で。

いつだって鶫さんは、私たちを怖がらせる、私たちの優しい悪霊であった、はずなのに、いつしか私は、鶫さんをいつだって主役級の、神のような役者と見なしていた。鶫さんは、脇役だからこそ主役を引き立てられる演技があると、いつだって、演技に向ける姿勢で私たちにその背中を見せてくれていたというのに……私はどこで、間違えてしまったのだろう。

『おししょー、どうですか？　じょうずにできましたか？』

私を師と呼ぶ凛は、きっと、鶫さんと幼い私と同じような関係だったのだろう。そんな彼女に。私は、鶫さんのように向き合えていた？

「ふ、ふふ――鶫さんが見たら、どう思うかしら」

軽蔑？　憤怒？　憎悪？　いいえ、答えはわかっている。きっと鶫さんのことだもの。優しく私を諭して、凛へのフォローもして、そして。二度と私を、〝対等〟に見てはくれなくなるのだ。子供であった私を相手にしても、対等な役者として見てくれていた鶫さん。私は、そんな鶫さんのことが好きだった。でも、私が自分の目的のために子供を利用しようとしたなんて知ってしまったら、きっと、もう、対等な役者ではなくて、わがままで放っておけないただの子供として扱うことだろう。対等な友人では、なくなってしまうことだろう。

「どう、とは？」

いつの間にか、人はまばらになっていた。我に返り振り向くと、姪の蘭が首をかしげていた。その姿に苦笑して、どうにか、自分を取り戻す。なんて、なんて無様。

「鶫さんだったらどうしたかな？　って思ったら、わからなくなってしまったわ」

凛とあの子の演技のことを思い出す。ただただ互いに競い合う、純粋な熱を感じる演技だった。凛は演技の中でどんどん成長していった。未熟だった自分を削り、完成された己になるための演技だ。これでより高みに至れば、頂に近づけば、鶫さんのような役者になると信じさせてくれる程度には、めざましい成長を見せてくれた。

けれど、不思議だ。蘭の推薦したあの子もまた天才だった。勝負には負けてしまうかもしれない。それでも、この勝負そのものが凛の成長に繋がるのなら良いと思った。もし、私の予想を覆して、凛が勝てたのなら、それはきっと想定以上の結果をもたらす。どう転んでも、道筋は組み上がっている。だからなに一つとして問題はない。そう、思っていた。

あの子の、つぐみちゃんの演技を、見るまでは。

『そう、なら、凛――あなたが、代わってくれるの？』

あの台詞。あの表情。あれほどの演技ができる子ならわかるはずだ。その言葉選びは、主役には相応しくないと。まるで悪役のように、顔を歪めていたのだから。それなのにあの子は、敵役になることを選択した。脇役になることを選び取った。

大舞台で名を売り活躍することよりも、大切なモノがあったから。それはきっと――つぐみちゃんにとっての凛が、かつての鶫さんにとっての、小さなさくらであったかのような。

「つぐみちゃんの演技は脇役のものだった。主役を引き立たせるような。でも、演技で構築した物語をとても大事にするような、演技だった。けれど私が指導した凛の演技は、つぐみちゃんと比べるとどこかちぐはぐな、感情のこもっていないその場しのぎのような演技だったわ。でもつぐみちゃんは、舞台設定に合わせた、とても味のある演技をしていたわ」

調査によれば、つぐみという子は、凛と共通の友人関係にある、朝代珠里阿とホラー映画を見ることもあるらしい。朝代珠里阿のインタビュー記事に書かれていたことだ、嘘ではないだろう。ということはもしかしたら、あの子の演技の師匠は、今はもう画面の中でしか見られなくなった、鶫さんなのかもしれない。

たくさんの役者希望の人間が、鶫さんを演技の師のように仰いだことだろう。きっと、蘭の見つけてきた空星つぐみという少女は、そういった人間の一人なのかもしれない。

もしも、生まれ変わりというモノがあるのなら——いいえ、これは鶫さんへの侮辱だわ。だって鶫さんは、ふふ、今も深淵から根強く私を応援してくれているのだから。

「こんなていたらくじゃ、鶫さんに怒られてしまうわね」

「優しく公平な方だったと聞いていますが……」

優しい方だった。年齢や性別、地位なんかにとらわれず、誰に対しても平等だった。だからこそ、人道に悖る行為や、理不尽な人間を相手にするとき、地位も性別も関係なく公平に口を挟むことができるような、そんな強さと厳しさも持っていた。

そんなことすら忘れてしまっていた自分を思わず嘲笑してしまう。

「そうね。でも、公平であるということは、厳しさの表れでもあるわ。——それすらも忘れて、記憶に縋って、ふふ、きっと美化していたのよ。ずっと気づかなかった。気づこうとしなかった。もう少し私がお馬鹿さんなら、盲目的に夢を見ていられたのだろうけど……現実主義の脳みそが、今は少し恨めしいわね」

今、冷静になって思い返せばわかる。鶫さんは完璧な人間ではなかった。役柄にはストイックだったけど私生活は意外とずぼらで、なんでもかんでも炒飯にすれば時短で栄養豊富と言って閏宇さんに怒られたり、怖がらせると決めたら慈悲なく怖がらせてきたり、獣道を軽自動車で爆走して出勤して、珠美さんを怒らせたり、お酒に弱いのに、幼い私に肩を借りるほど酔っ払ってしまったり。

そんな弱いところも、人間らしいところも、演技が上手でストイックなところも、なにかと公平なところも、時々寂しそうに空を見上げていたところも——全部含めて私は鶫さんが好きだったのだと、思い出した。

「今後はどうなさるつもりですか？」

「教育方針を変えるわ。今度は、凛とも相談して、ね」

ちゃんと凛の夢を聞こう。どんな役者になりたいのか、どんな演技が苦手で、どんな演技を伸ばしたいのか。

ああ、それから、凛がやっているゲームを、私も始めてみよう。ふふ、ゲームの世界なら、私は凛の後輩ね。ああ、たまには鶫さんにしてもらったように、私も凛とテーブルゲームで遊んでみようかしら。怖がらせてしまうかもしれないけれど、それも良い思い出になるわ。もちろん、凛が私を許してくれるのなら、だけれど。

怖がらせるといえば、それもだ。

「夢も叶えるわ。今度こそ、自分の力で」

「夢、と言うと、桐王鶫さんの?」

「ええ。私も、鶫さんの言葉に共感して、勝手に神聖視して私じゃできないって思い込んでいたわ。それでも――ふふ、今から悪霊役をやるなんて言ったら、鶫さん、天国……いいえ、深淵で驚いてくれるかしら」

「……はい、きっと」

ほんとうはもう二十年か三十年したら、きっちりと鶫さんのもとへいくつもりだった。けれど今はきっちり生きて、鶫さんの夢を叶えたい。それから、もう一つ。私は師として凛を、彼女の望む大女優にしてあげたいと、今は純粋にそう思う。だから。

「あなたにも、心配をかけてしまったわね」

そう、自分の背後に声をかける。すると見つかってしまったと観念したのか、妙に伊達眼鏡の似合う少年が、柱の陰から姿を現した。

凛のお兄さん。彼自身もめざましい活躍を見せている少年俳優の、夜旗虹君だった。

「……オレにとって、霧谷桜架は尊敬する役者で、いずれ、超えたいと思っています」

「そう。ありがとう」

「でも、凛のアニキとして、オレは」

まっすぐな目だ。射貫くような、青臭くても力強い目だ。

「次にオレの大事な妹に妙なことをしたら、オレはアンタを許さない！」

先輩だろうが後輩だろうが関係ない。リスクもメリットも、きっと関係ないのだろう。それは危うさでもあるけれど、私は彼の家族を思う心を、〝弱さ〟ではなく〝強さ〟として、受け取りたい。だって私は、誰にでも分け隔て無く接していた鶫さんの、友達だから。もう、彼女に背く真似はしたくない。

「ええ。肝に銘じるわ」

「……それだけです。では」

律儀に頭を下げて、虹君は走り去っていく。その小さくて大きな背中に誓って、私は凛を弟子として、守り育てることを約束しよう。

「さ、蘭。忙しくなるわよ」

「はい。お手伝いします。桜叔母さん」

「せめて桜架と呼んでちょうだい」

「はい」

それから、そう、鶫さんと同じ名前の、心優しいあの子。

(もしもあなたが窮地に陥ったのなら――必ず、私が力を貸しましょう)

次世代を導く大人として。

深淵で見守る鶫さんのように――必ず。

Ending

後日・子役の芸能事務所『ブルーローズ』・会議室(夕)。

凛は他の所属タレントたちと共に、会議室に集められていた。


東京都港区白金台にある『ブルーローズ』は、ゼロ歳から十八歳までの子役を扱う芸能事務所だ。〝夢叶う〟という花言葉から設立されたこの事務所は、新設ながら勢いがあり、老舗芸能社にも伝手のある、信頼と実績を持つ注目株であった。七階建てのビルは真新しく、日の光を反射して白く輝いている。その日、凛を含む所属タレントたちは、ビル五階にある事務所の会議室に集められていた。会議室は、横長の机が横並びに三列、それが奥まで六セット並べられた部屋だ。机は三人掛けで、集められた所属タレントたちがまばらに座っている。

今回集められた理由は、事務所が所属タレントのために用意した『特別講師』を紹介する、というものだった。とはいえ、凛としては、既に師の居る身だ。とくに必要性は感じなかったが……思うところが、ない訳ではなかった。それは、鎮火されたあとの薪。炭の中で揺れる、熾火のような感覚が原因だった。凛は燻る気持ちに整理がつけられないまま、会議室の最後列、窓側の端っこに腰掛けて、居眠りをするような姿勢で顔を伏せた。

（また、負けた）

凛の脳裏に、言葉がよぎる。つぐみと直接演技対決をしたのは、これで二度目だ。一度目は『妖精の匣』のオーディション。あのときは、珠里阿と美海も一緒だった。二度目は、先日の舞台。明確に、一対一の真剣勝負。あの瞬間、凛はつぐみをとても身近に感じていた。互いに心の奥底に触れあい、わだかまりも溶け合い、凛はつぐみを受け入れていた。だが同時に、凛はまた負けてもいる。オーディションに合格したのは凛だった。また、先日の舞台の後、桜架は穏やかになって、凛としてはよくわからなかったが、何故か、謝ってもくれた。そのときの言葉を、凛はよく覚えている。

『凛。私の指示、あなたの要望をろくに聞かないようなものばかりだったわ。ごめんなさい。それから改めて、あなたがあなたの望む女優になれるように、お手伝いをしても良いかしら?』

『おしょー……わたし、わたし、もっと上手くなりたい。つぐみの隣を、あるけるような』

『ええ、わかったわ。——それから、私も凛のそれ、グレブレ? を始めてみようと思うのだけれど……色々と、教えてくれるかしら?』

『っ!? ……うん! あのね、あのね——』

桜架と距離が縮まって、ぐっと仲良くなれたような気がする。それは、凛にとって嬉しいことだった。これで、これでもっと、凛は上手くなるだろう。前よりももっと楽しく、上達することができるだろう。その確かな確信の裏で、凛の胸の内に、敗北の記憶が揺れる。不安が、ゆらゆらと、熾火のように揺れる。

(もし、もし次につぐみがピンチになったとき、きっと、わたしは、なにもできない)

それは、凛の類い希なる才能がデータとしてたたき出した、悲しい確信だった。焦燥。燻り。言いようのない不安は、じくじくと、胸の奥で疼痛を呼ぶ。そこに——。

「や、黄昏れてるね」

「たそ……え?」

声が、かけられた。長い黒髪が、窓辺から差し込む光を呑み込んできらきらと輝く。地味なデニムのジャケットを着ているのに、服装の上からでもわかる華奢な体躯。薄く翡翠の色が混じる黒く神秘的な瞳。整った顔立ちの少女。凛は、彼女のことを知っていた。

「ぁ……ツナ、ギ、ちゃん？」

世界有数の動画配信サイトで、ストリーミング配信を行う人。通称、yoltuber。その中でも凛が好んで動画を見ていた相手が、ざわめく会議室に音もなく入り込み、凛の側に腰掛けていた。

「あ、知っててくれたんだ。ありがとー。あなたは凛ちゃん、だよね？　なんでここに？　オーディション、見てたよ」

「えっ、あ、ありがとう」

未だ状況が飲み込めず混乱する凛に、ツナギと名乗った少女は、親しげに身を寄せる。するりと、懐に入り込んでしまう能力はまるで猫のようで、凛は困惑しながらも受け入れていた。

例えば、朗らかな笑顔。例えば、親しみやすい声のトーン。例えば、まっすぐ見つめてくれる双眸。例えば、そう、相手の心の中に入り込み、踏み込んでも不快にさせない――不可思議で奇妙で、何故か心を許してしまう雰囲気。

「あの、ツナギ、ちゃん？」

「なーに？　何でも聞いて」

「なんで、わたしに？」

曖昧な質問だ。ただ、言いたいことはツナギに伝わったのだろう。ツナギはにんまりと笑みを浮かべて、凛に答える。

「トモダチ」

「ともだち？」

「そ。あなたのお兄さんと、トモダチになったんだ。だからね、トモダチのためになにかしてあげたくてさ。なにがいいかなーって色々考えたんだけど……やっぱり、助けがあるといいよね？」

　唐突に出てきた兄の存在。凛の混乱に拍車がかかるが、ツナギから目を離すことができない。会議室の喧噪も遠く、まるでこの空間だけ切り取られたかのような孤独感。ツナギから目を離せなくなると同時に湧き上がる、「この場を引くと後悔するのではないか」と思ってしまうような焦燥感。凛の、〝目で見た光景に色や光景が重なって見える〟という共感覚由来の視覚でツナギを見ると、光や音が彼女に吸い込まれていくような、奇妙な錯覚を覚えた。

「だからさ、凛。勝たせてあげようか？」

　だから、その言葉に、凛は思わず息を呑む。心臓をわしづかみにされたかのような感覚に、凛は思わず胸を抑えた。

「か、勝つ……」

「そう。あの子に勝ちたいんでしょう？」

「わ、たし、は、つぐみに勝って——」

　勝って、つぐみを守りたい。下では不満。対等では足りない。つぐみに勝つほどの存在でなければ、つぐみを守ることなどできない。その、つぐみとの勝負を経て胸の内に葬り去ったはずの感情が、ツナギの声と言葉によって、引っ張り上げられる。

「そう。凛、あなたはつぐみに勝てるよ。私と――」

ツナギの言葉が途切れる。同時に、周囲の視線が会議室の前方に集まり、凛もそれに釣られて前方を見た。そこには先ほどまでいなかった事務所の所長と、それから、男性が一人。白髪交じりのくすんだ金髪、皺の刻まれた頰、すらりと高い身長に長い足。日本人離れした彫りの深い顔立ちは、年を経てなお完成された、彫刻のような美貌。凛がツナギと会話をしているうちに入室したのだろう。

「はいはーいみんなー、注目注目〜。今日から特別講師として我が事務所でみんなにアドバイスをしてくれる〝先生〟だよ。いやぁ、まさか引き受けてくれるなんて!」

興奮した様子の所長。彼の言葉を受けて、男性は、鮮やかな翡翠の色の瞳を柔らかく細めて、にこやかに一歩踏み出した。いつの間にか、ツナギもまた、男性の隣に何食わぬ顔で並んでいる。

「初めまして。俺の名は四条玲貴。こちらは俺の娘だが、本人の希望で、こうして助手をさせている。ツナギ、挨拶を」

四条玲貴。現在まで活動を休止していた、日本の名優。男性俳優の頂点とまで世間をして言わしめた男。彼は穏やかに目を眇めて周囲を見回すと、凛と目を合わせて、笑った。そして、

その玲貴に押し出されて、ツナギが一歩前に出る。

「みなさんこんにちは。私の名前はツナギ。あくまで父のサポート……という名の雑用が主なお仕事だけど、みんな、よろしくね」

ツナギの挨拶が終わらぬうちに、凛の周囲からは歓声が溢れる。あの四条玲貴とあのyoltuberが血縁者であったという事実も驚きに拍車をかけ、色とりどりの声が会議室を彩った。その喧噪に置いてけぼりにされた、凛の困惑だけを陰影のように映し出しながら。


――Let's Move on to the Next Theater――

Theater 9

天才子役『の』
トモダチ

Opening

東京駅・午後四時。
ツナギはホームで電車を待つ。

背中まで届く黒髪を押し込んだキャップから髪が零れないように、きゅっとつまんで位置を直す。デニムパンツとジャケット姿で髪を短く見せてしまえば、傍目から見れば少年のように見えることだろう。東京駅のホームからオレンジのラインカラーが目立つ中央線快速電車に乗ると、運良く空いた角の席に身体を沈める。右、手すり側にもたれかかると、息を吐いてポケットからスマートフォンを取り出して、時刻を確認。午後四時。家に帰り着くまで二時間と少し。その頃には、車窓は茜色に染まりきっていることだろう。

ぼんやりとスマートフォンを眺めていると、僅かに震えて、通知をポップする。姫芽、という名前の下に、『ツナギちゃん、今日、帰りは何時頃？』という、まるで家族にあてたようなメッセージ。私はそれに『六時過ぎ』と返信すると、姫芽は恐竜の尻尾が生えたシロクマのスタンプで、『ＯＫ』と私に送り返す。

（人気アイドルグループのセンターが家に居る、とか……ラノベみたい）

目を瞑って、息を吐き、姫芽——常磐姫芽と寝食を共にするようになった経緯を思い出す。

そもそも、私は芸能人の娘とはいえただの動画配信者。一方、日本最大手アイドル事務所『フラワリングプロダクション』に所属し、七十七人の巨大アイドルグループ『EXIT77』から十七歳のメンバーだけを引き抜いて構成された『CCT17』のセンター、という、テレビをつければ日に一度は姿を見かけるような有名人気アイドルである常磐姫芽。彼女と私が知り合う機会なんてなさそうなものだけれど……どんな数奇な運命なのか、今、こうして、友達とも家族とも言えないような曖昧な関係を築いている。初めて姫芽と顔を合わせたのは、確か、そう、父さんがあの監督を連れてきたときだ。


暖炉のある部屋・回想。

ツナギは姫芽との出会いを思い出す。


私の父は、かつて栄華を誇った大俳優であったのだという。白髪交じりのくすんだ金髪。頬がこけてなお鋭利な美貌は、海外の血が強く出ていて、鮮やかな碧眼を際立たせる。口角を上げ、楽しげに歪められた口元は開かれること無く、革張りのソファーに腰掛け優雅にもたれかかっていた。

実家にある唯一の応接室。赤い絨毯と火の消えた冷たい暖炉。ガラスのテーブルを挟む革張りのソファー。調度品はどれも、格式高いアンティーク風なものばかり。私はソファーに座る父さんに向き合うように、扉を背に立っていた。

「ツナギ」

短く、私を呼ぶ声。デニムパンツとジャケットというのいつもの格好の私は、キャップを掴もうと頭に手を伸ばして、自室に置いてきたことを思い出す。私を呼ぶ父さんの、感情のない声から逃げることも顔を逸らすこともできず、「はい」と返した。

「ツナギ、さぁ、俺たちの目指すべきモノを、言ってごらん。できるね？」

目も合わせずに告げられる言葉。父さんは時々、こうして私に〝目的〟の再確認をさせる。何度も、何度も、何度も。私が、父さんの〝夢〟を忘れたりしないように、何度も。

「はい、父さん。私たちの目的、は――」

何度も答えてきた。だから、今日もただ、答えるだけ。

「――桐王鶫を蘇らせるのに相応しい器を見つけて、桐王鶫に相応しい経験と実績を積ませ、その人格を桐王鶫そのものへと進化させること、です」

「ああ、そうだ、そうだとも。素晴らしい、よく理解しているね、ツナギ」

黒髪で、才能豊かな子供を見つけ出し、洗脳……いや、違う。そうじゃない。桐王鶫への進化を促す。父さんからすれば、ただの子供が桐王鶫に成れるということは、進化なのだという。桐王鶫……父さんが執着する、かつてホラー業界を席巻した女優。父さんと因縁があるという女性。私は彼女のことを知らない。私が生まれるずっと前に、この世を去ったから。

「ツナギ、君のおかげで、ようやく次のステップにいけるよ」

父さんの言葉に、私はただ頷く。きっかけは、確か、『妖精の匣』だ。父さんの夢のために子役のチェックをしていた私は、『妖精の匣』に出演していた才能のある少女、夜旗凛を父さんに薦めた。これまでにも何度かこうして才能のありそうな子役を薦めてきたのだけれど……今回は、どうやら父さんの眼鏡にかなったようだ。私が、なんの感情も無く、淡々と差し出した少女が生贄になる。私はきっと、母さんのいる天国にはいけない。でも、父さんの夢が叶わない限り、父さんは、優しかった父さんは、前のように私に家族として接してはくれない。私は、父さんの娘という〝道具〟ではなく、家族になりたい。だから、無垢な子供を利用する。私のワガママのために。

「はい、父さん」

父さんは、私に返事を促すけれど、私の答えを聞いているわけではない。だって、私に許された答えは、「はい、父さん」という肯定だけだから。わかりません、などと言おうモノなら、灰皿が飛んでくるのは目に見えている。私に当てたりはしないのだけれど……過去に私の身体すれすれを飛んでいく灰皿を見たときは、当たろうが外れようがどうでもいいから狙いが適当なのだと気が付いてしまった。だから、私の返事は今日も、「はい、父さん」だ。私が父さんにとって従順な〝道具〟であることを示すためだけの、空虚な宣誓。

「かつて！　かつて、桐王鶫が演じた最恐の悪霊、『紗椰』！　あの作品のリメイクの制作が決まった。当時『紗椰』のためにメガホンを握った洞木監督が病床に伏しているため、リメイク版の監督には別の人物があてがわれることになった」

父さんは身振り手振りを大げさに、『紗椰』のリメイクについて語る。『紗椰』といえば確か、幽霊と人間の穏やかな交流が描かれる前半パートから一転して、後半パートの残虐な悪霊と人間の対峙が話題になった作品、だったはずだ。桐王鶫による、穏やかな幽霊と苛烈な悪霊の演じ分けが秀逸で話題になった、とか。頭の中で『紗椰』の情報を整理しながら、父さんの話に耳を傾ける。

「担当する監督は、かつて桐王鶫の親友で、芸能界を引退後、ハリウッドで女監督になったあの閏宇の一番弟子！　運命を感じるね。く、ハハハハハッ――ハァ……まぁ、コンタクトをとったは良いんだが、閏宇の弟子、『エマ』は、中々の変人でね」

そういって、父さんはジャケットの胸ポケットから、一枚の写真を取り出して、ガラステーブルの上に放る。緑がかった不思議な色合いの黒髪と、アッシュグレーの瞳。ショートカットにスーツ姿の男性……いや、男装の麗人、かな。

「いくら金を積んでも動じない。キャストに口出ししたければ、願いを叶えろという始末だ。

だからね、ツナギ。キミには、エマの出した条件をクリアして欲しいのさ。全ては、『紗椰』に出演し、〝桐王鶫作品に関わった〟という夜旗凛の実績を作るために、ね」

私は、「はい、父さん」と頷きながら、父さんの言葉を脳裏で反芻する。父さんは今後、どうにかして夜旗凛に接触して、彼女が桐王鶫に成れるよう〝手を加える〟のだろう。そして、桐王鶫の代表作ともいえる『紗椰』のリメイクで活躍させることにより、夜旗凛を桐王鶫の生まれ変わり……とでも吹聴する、のかな。

「エマの条件は、アイドルに『紗椰』の主題歌を歌わせることだそうだ。理解に苦しむが……どうでもいい。そのアイドルに歌詞を書かせたいのだという。ツナギ、キミには彼女の歌詞作りのサポートをしてもらいたい。いいね？」

「はい、父さん」

「時間も労力も惜しむな。家も自由に使いなさい。その程度の条件でキャストに口出しできるのであれば、引き受けない理由もない」

「はい、父さん」

「これでやっと、やっと、やっとやっとやっとやっと！　鶫に逢うための一歩が踏み出せるのだから！　失われたあの至極の才能を再び世界に示し、凡百の人間などでは比べものにもならない本物の役者を見せつける！　それこそが！　……それこそが、桐王鶫を正当に評価しないままみすみす死なせた世界への、復讐なのだ!!　くひ、ふ、ははっ、アハハハハハハハハッ!!」

大きく手を広げ、笑う父さん。そんな父さんを見ながら、私はいつものように返事をする。ただただ、父さんの夢を叶えるために。父さんが、桐王鶫に逢うその日まで、ただただ、父さんの〝道具〟として。

電車・車内（夕）。アナウンスで我に返るツナギ。

――次は武蔵五日市……武蔵五日市……。

電車のアナウンスで目を開ける。気が付けば、車窓から望む空はすっかり茜色に染まっていた。東京都心に比べて、高いビルの一つもない西東京の町。武蔵五日市駅そのものは二〇一六年に改装されたから近代的で綺麗だけれど、周辺は穏やかな田舎町というような景色が広がっている。

武蔵五日市駅を出てロータリーからバスに乗り込むと、出口前の席に座って伸びをする。一時間半近く電車に揺られた身体は、どうにも固まってしまったかのようだ。バスの車窓から民家や畑を眺めること五分。多摩聖地霊園前で降りると、ここからは徒歩だ。

歩きながらスマートフォンを確認すると、ちょうど六時。私は姫芽に『バスを降りたところ。

もうすぐ帰るよ』と連絡すると、返事を待たずにスマートフォンをジャケットにしまった。
常磐姫芽。アイドルグループのセンターで、エマの出した〝条件〟。亜麻色のポニーテールの、長い髪。それから、すらっとしたスタイル。意外とのんびり屋なところもあるけれど、歌声は力強い。そんな、人気アイドルの彼女と同居を始めて、もう一か月になる。彼女に協力してエマ監督の認める歌詞を作らせることが目的で同居しているのだけれど……未だ、思うようにはいっていない。居座るだけでは申し訳ないと、姫芽は家事をはじめ、私は、姫芽の気晴らしになるならいいか、と了承した。それから、スポーティな容姿のわりに意外と家庭的な彼女は、こうして私の帰りにあわせて食事を用意してくれる。健気というかなんというか……私よりも七つも年上なのに、お人好し。所詮、利用し合うような関係なのだから、感情移入するべきではないのだけれど。

　歩き始めて数分すると、畑や民家が並ぶ光景から、林道に入る。コンクリートで舗装された隘路を歩いた先。鬱蒼と茂る木々の狭間に、蔦の這う白い壁が見えてきた。地方ラジオ局が都心に進出した際に建てたラジオスタジオを、父さんが買い取って改装したもの、らしい。真四角の白い壁は色がくすみ、所々が灰色になっている。観音開きのガラス扉は右側のドア枠が完全にさび付いて開かないので、左の扉に両手を置いて、押し開けた。引いても押しても開けられる構造だけれど、扉が重くて押さないと開けられないのだ。

　扉を開けて三和土は所々欠けたタイル張り。三和土から上がると、板張りの廊下が延びる。

右手には男女別のトイレがあって、左手にはカウンター。今は使われていないし、私と父さんの二人では掃除の手が回らないから埃をかぶっていたのだけれど、姫芽が来てからは綺麗に掃除されている。玄関から正面は、まっすぐ廊下が続いていて、正面一番奥の扉がやけに目立つ。改装の際に増築されたスペースで、そこが、父さんの私室だ。長い廊下のはじまり、右手には応接室があって、左手がラジオ局の名残か、収録スタジオがある。私はここを私室にしているが、今は立ち寄らない。右手、応接室の隣に給湯室。今は使われていないから薄暗く、一瞥して通り過ぎる。左手には、あとから増築された調理場と、そのさらに奥には浴室がある。調理場はガスコンロが並ぶ大きなもので、小料理屋のキッチンを彷彿とさせる。姫芽が来る前はあまり使われていなかったけれど、今日はほのかに明かりが点いていて、通り過ぎるときに、油の跳ねる音が聞こえた。今日は、唐揚げだろうか。香ばしい薫りが、心なしか、背中を押してくれるようだ。私は深呼吸をして、父さんの私室の前に立つ。私は、父さんの私室があまり好きではない。けれど、帰ってきたら最初に〝挨拶〟をするのが父さんとの約束だ。檜の扉、くすんだ金色のドアノブ。ノックをして少し待つ。返事が無いときは入って良い。ダメなときだけ、返事がある。返事が無かったからひんやりとしたドアノブに手を掛けて、捻って引き開ける。

「失礼します」

薄暗い部屋。開いてすぐ正面に、オフィスチェアの背もたれと、父さんの後頭部が見える。

父さんの前には、無数の小さなモニターが設置されていて、様々な映像が流れていたが……その全てに、桐王鶫（きりおうつぐみ）がいた。彼女の作品ばかりを同時にいくつもモニターに映し、見ている。

　後ろ手に扉を閉めると、モニターの明かりだけが室内を照らした。木目張りの床。元の壁紙が見えないほど、桐王鶫の写真が飾られた壁と天井。部屋の左手にはベッドがあって、ベッドの横がこの部屋唯一の窓だ。ベッドの上には、黒髪の女性が座っているように見える。身体（からだ）を起こし、下半身は柔らかそうな羽毛布団の下。顔はずっと、磨（す）りガラスの窓に向いている。

「ツナギ」

　短く名を呼ばれ、私は、「はい、父さん」と返すと、今日の報告を始めた。

「夜旗凛（よるはたりん）と友好な関係を築くことに成功しました。共通の話題から親交を深めるため、趣味を合わせてソーシャルゲームのダウンロードを致します。この後、世論を調整し、夜旗凛の交友関係に溝をつくり、私に一番の興味が向くよう調整いたします」

「そうか。歌詞は？」

　父さんはただ淡々と、私の報告を受け取る。褒めたり、叱ったりという……私への関心は、一つもない。

「申し訳ありません。まだ、思うように進んでいないようです」

「そうか。わかった。常盤（ときわ）姫芽がなにか欲しがったら、なんでも与えてやれ。もう戻って良い……が、ツナギ、鶫に挨拶をしていきなさい」

「……はい」

頷いて、左を見る。ベッドと、窓を眺める女性。窓から差し込む夕日の光だけが、気持ち悪いほど克明に、女性の姿を照らしている。父さんは、コレを鶫と呼んだ。桐王鶫であるかのように、呼んだ。

心臓が早鐘を打つ。何度挨拶をしても決して慣れない、不快感と恐怖。私は女性に近づいて、ベッドの脇に立つ。長い黒髪、白い肌。形の良い耳。

「鶫、さん、こんにちは」

私の呼びかけに、返事はない。

「あなたの器を仕上げる工程に入ります」

私の報告に、返事はない。

「今しばらく、お待ちください」

返事なんて、あるはずがない。

「次の報告は、きっと、鶫さんにとって良いものになると思います」

だって、彼女は——精巧に作られた、蠟人形に過ぎないのだから。

「では、失礼致します」

頭を下げて、桐王鶫の人形の前から退く。父さんを一瞥するも、とくに反応は無かった。だから私は、父さんにも頭を下げて、父さんの私室を出ると、すぐ、今閉じたばかりの木の扉に背中を預けて、天井を見る。

（父さん、今日も、私のことを見てくれなかったな）

白い蛍光灯がやけに眩しくて、目を逸らす。少しだけ、瞼の奥が痛んだ。


収録スタジオは、二十畳程度の大きめの部屋だ。部屋の中央を壁と扉で区切り、廊下から手前が副調整室……もしくは、コントロール・ルームと呼ばれる部屋だ。本来はここに様々な機械が置かれ、音量の調整などを行うのだけれど、私はこの部屋を私室に改造しているので、機械の類いは取り払われている。代わりに、絨毯を敷き、卓袱台と座布団を置き、棚を増やした。壁で区切られた反対側は、壁の中央の大きな窓ガラスから覗くことができる。あちら側はラジオブースと呼ばれる部屋になっていて、内装にはほとんど手をつけていないため、白いテーブルと椅子。それから、配信用のパソコンとマイクがあるだけの、シンプルな部屋だ。私が私室に帰ると、卓袱台の上には温かく湯気の上る唐揚げとごはん、お味噌汁が並べられていた。だが、肝心の調理者の姿が見えなくて、首を傾げる。

「あれ？　姫芽ー？」

ラジオブースの方を覗いても、姿は見えない。捜しに行こうかと踵を返し、廊下への扉を開けると、ちょうど、姫芽が急須と、二人分重ねた湯飲みを手にして立ち尽くしていた。

「お茶を持ってきたんだけど……両手、塞がってて開けられなかったんだ……あはは」

「声、かけてくれたら良かったのに。さ、入った入った」

「お邪魔します」

「姫芽、もうおかえり、でもいいんじゃないの?」

私の言葉に苦笑する姫芽から湯飲みを受け取って、座布団へ促す。手を合わせて、『いただきます』。料理に舌鼓を打って、何気ない『会話』を交わし、時折零れる『笑顔』を――なんて、どうして私は、この、利用し合う関係に、家族のような価値を見出してしまったんだろう。温かさが、身体に沈む。心を侵す。機能不全家庭による最低の代替行為。でも、この温かさを手放したくないと思う自分もいて。最初は、姫芽の緊張を解くために始めたはずの〝同じ部屋で寝食を共にする〟という行為を、私の方が求めてしまっている。

(だから……だから、ごめんね、凜)

夜旗凜。父さんと桐王鶫と、私への生贄に選ばれた、可哀想な少女。もう手放せない日常と、取り戻したい優しかった父さんとの日常のために、私はあなたを犠牲にする。もう、後戻りはできないのだから。


食事も入浴も終え、卓袱台を片付けて敷かれた布団で、姫芽が寝息を立てる。先に寝ていて、と断って、私はラジオブースに繋がる扉を開いた。私の部屋とラジオブースを繋げる扉を閉めると、あっという間に防音室のできあがり。パソコンを起動して、配信ソフトを開く。あらかじめSNSで告知していた配信開始時間を確認すると、間に合うように、ライブ配信の枠をとった。配信サイトに作られた待機枠には、さっそく、『待機』というコメントが打たれて、同時接続人数は増えていく。

「あー、んっ、ンっ、ラ――」

喉の調整。パソコンの前に座る私は、日々暗躍する根暗な女の子なんかじゃない。明るく元気で飄々とした、ライブ配信者だ。気持ちを切り替え、配信をスタートする。

「――さーて今日も始まりました、ツナギちゃんねるの時間だよー！　みんな、元気ー？」

私の挨拶に合わせて、無数のコメントが画面端のチャット欄を流れていく。その全てに目を通しながら適度に拾って反応すると、コメント欄がより賑わった。

『ツナギちゃん今日もかわいい！』『待ってました！』『ツナギちゃん、今日は何のお話しするの？』『妖精の匣見た？』『ツナギちゃん、こんばんは！』

明るく会話を楽しむように見せながら、私の目的に相応しいものを見つける。今、話題沸騰のドラマ、『妖精の匣』。その話題を取っかかりにして狙うのは、夜旗凛という子役の知名度を上げることと、一番話題になっている子役……空星つぐみとの対立を煽ることだ。子役同士の仲の良い悪いなんて、たいした話題にもならないことだろう。でも、重要なのは、仲が良いとか悪いとか、そんな小さなコトではない。

「『妖精の匣』？　もちろん見たよ！　いやぁ、今週もすごかったねぇ！」

現状、SNSや業界の評判、それにあの霧谷桜架主催のオーディションといった情報を集めると、夜旗凛の精神的支柱は、空星つぐみにあることがわかる。父さんが夜旗凛の所属事務所に講師として入り込み、私は私で、彼女と〝仲良くなりたい〟といった体で接触。あとは、敵対させても、ライバル関係を煽っても良い。夜旗凛の支えとなるであろう空星つぐみを彼女から引き離し、介入。私が空星つぐみの代わりに精神的支柱となることで、夜旗凛に干渉しやすくする。そのための第一歩として、私のライブ配信や父さんのコネを使った情報誌への情報提供などで、世論に夜旗凛VS空星つぐみの構図を作っていく必要がある。

『リーリヤの配役の謎が解けた』『ガラスにリーリヤの顔が映り込んだとき、ぞくっとした！』『あんな演技ができるなんて、ほんとに五歳？』『信じられないよね。巧すぎ！』

そのコメントのほとんどは、空星つぐみを持ち上げるモノばかり。彼女が大企業のお嬢様……みたいな面倒な子でなく、かつ、ハーフでなかったら、器の候補として空星つぐみの方に声をかけていたかも知れない。

『つぐみちゃんすごいよ』『ハーフの子役なんて使いどころ限られそう』『いやでも、トッキーのCMとかすごかった』『でも楓ちゃん役の子も良かった』『つぐみちゃんかわいい』

流れるコメントの中で、私の目的にマッチしたものを見つけると、それを拾って話題を広げる。

「楓役の子って言うと、夜旗凛ちゃん、だよね。あの子もすごかった！　表情とか、視線の動きとか、月九の貴公子の娘さんでしょ？　かわいいよね！」

　空星つぐみの話題と夜旗凛の話題の量は、コメントを見る限り、せいぜい七対三がいいところだ。それをさも、同程度話題にされているかのように、凛の話題を大げさに拾う。そうすると、コメント欄も徐々に、夜旗凛について触れ始める。

「うんうん、みんなも気になってるみたいだねぇ。確かにつぐみちゃんも可愛くてすごいけどさ、私、凛ちゃんの方が気になるかも。ね。みんなはどうかな？」

　少しずつ、少しずつ、燃料を投下していく。世論が二人の対決を望めば、テレビはニーズに合わせるだろう。話題が集まって、大きくテレビで取り上げられて、後戻りができないように盛り上げていけば、どうなるかな？　私はただ、手助けをしてあげるだけ。夜旗凛が自分の足で、私と父さんの元へ落ちてきてくれたのなら、その手助けをしてあげれば良い。

「――それじゃあ、そろそろ時間だね。みんな、まったねー！」

　配信を終了して、背もたれにもたれかかる。同時接続人数は約八千人。今日のライブ配信を編集して動画にして配信サイトに載せれば、より、話題は広がることだろう。

　火種は投じた。父さんの夢を叶えれば、きっと、優しかった父さんに戻る。だから、私は、なんだって犠牲にして――私と父さんの夢を叶えると決めたのだから。もう、後戻りはできない。

Scene 1

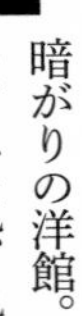

暗がりの洋館。
つぐみは恐る恐る廊下を進む。

　キシキシと鳴る足音に、息を呑む。それが自分の足下から鳴る音だと気が付いて、私はほんの少し、肩の力を抜いた。右を見れば、窓の外は嵐の海。左を見れば、蜘蛛の巣の張った古い壁紙に、気味の悪い模様の絵画が掛けられている。扉を見つけても、ドアノブは用をなさない。ただぎぃぎぃと蝶番を鳴らして呻く。

「と、とりあえず、進みます」

　自分の喉から零れた声は、ただ空に消えるのみ。掠れたように響くから、洋館の湿った空気で喉を痛めてしまったのかと、あり得ない錯覚をした。一歩、また一歩と進むごとに、雷鳴が窓を打つ。その音の強弱、その小さく響く風音、その足下から鳴る軋み。なにもかもが、対象を恐怖へ導く〝悪霊の影〟のように見えて、私は、私は……突きつけられた恐怖への〝喜び〟から舌なめずりをしないように堪えるのに必死だった。だって、ここで、そんなことはできないから。

「あっ、ここ、開きます」

廊下の奥、暗がりの向こうに大きな扉が見えてきた。おそるおそる近づいてそのドアノブに手応えがあることに気が付いて、私は、自分の声に喜色が乗ったことを自覚した。やっと、次の状況に進める高揚感と、これ以上の恐怖の演出がいかなるモノかという期待。その全てがない交ぜになって、そして。

「へ？ ……っきゃあ!?」

扉を開けて次の部屋へ足を踏み入れた瞬間、世界が、ひっくり返った。文字どおり。視界の上下がぐるりと反転する。左右の景色が瞬きの間に切り替わることで三半規管が引っかき回され、なんとか踏みとどまったものの、危うく地面にお尻をついてしまうところだった。小春さんや御門さんに余計な仕事（洗濯）を増やすわけにはいかないからね。

『オオオ』

地鳴りのような。ううん、わかる。私には、わかる。これは悪霊の声だ。哀れな犠牲者を求める亡霊の呼び声だ。だって上下逆さまになった視界の奥、廊下の暗がりの闇。真っ暗なところから音が聞こえる。それは、水音を立てながら、べしゃりと天井（だった地面）に着地した。それは、水死体、というよりは、布きれか海藻の塊のような不気味なモノだろうか。かたかた、かちかち。打ち鳴らされる音は、声帯をなくした骸骨の歯ぎしりだろうか。そのなんとも形容しがたい布と海藻の化け物から私に向かって、影と泥水が混じった、細い枝のような腕が伸ばされる。おもわず後ずさりをしようとするけれど、私の足は、床に縫い付けられたかのように動かない。

「な、なんで？　なんで、にげられないの?!」

混乱しているかのように吐き出す言葉はフェイクだ。この瞬間、私はただ、立ち向かう方法とこの恐怖の演出をいかに自分に活かすか、なんて、そんなことばかりを考えていたのだから。だから、そう、だからこそ、急に引っ込められた腕に当惑する。おぞましい怪異の腕は磁石で引っ張り戻されたかのように急激に私から離れ、廊下の奥へ奥へ、彼が這い出てきた闇の中へ、その痛ましい影のような身体ごと吸い込まれていったのだから。

「へ？　え？　あっ、ひゃあっ」

時間がまき戻ったかのように、逆さまだった視界がもとに戻る。窓の外は雨が上がり、雲間から天使のはしごが伸びていた。ボロボロだった壁紙も、差し込む陽光が優しく照らし、クリーム色の壁面を見せている。絵画だって、花や空がモチーフの、優しげなものだった。

「なんだったんだろう、あれ」

独り言のようにぼやいて、それから、頭に手を当てる。そこにあるのは私の髪……ではなくて、ゴツゴツとしたバイザーだった。

日ノ本テレビ・スタジオ。
つぐみは、VR機器を外してスタッフに渡す。

拍手とどよめき。明るくなった視界に飛び込んでくる、演者さんたちの微笑ましそうな顔。司会の男性はタレントの西原さん。その西原さんと並んでレギュラーの、葦元麻美さん。いずれも、以前、『妖精の匣』の番宣で共演させていただいた、ベテランのタレントさんだ。桐王鶫が生きていた時代ではまだまだひよっこだったと思うと、なんだか感慨深さもある。

今出演しているこの番組、『ヨルナンデショ!?』は、金曜日の夕方五時から放映されている生放送の番組だ。今日はスペシャル、ということで、一時間半早い三時半から、七時までの三時間半で放映される。私と凛ちゃんは、先日放映された『霧谷桜架ドキュメンタリーオーディション特番』で話題を呼んだ子役、という形でお呼ばれした。私たちは番組冒頭の一時間（他の企画と同時進行で）これから出張ロケを行うのだけれど、このVR機器の体験は、そのロケに関わるのだとか。キューシート（何時に何をするといった、番組の進行表）は小春さんたちマネージャー陣には渡されているようだけれど、私と凛ちゃんにはサプライズ要素も込みでロケに参加して欲しいということで、番組の進行は知らされていなかった。

「さてさて、それでは、今回の企画を発表します。つぐみちゃん、凛ちゃん、心の準備は良いかな？」

西原さんがイタズラっぽくウィンクをして、私たちを和ませてくれる。私と凛ちゃんはそれに「はい！」と大きく返事をしたあと、互いに目を合わせて、ふにゃりと笑い合った。あの日のオーディションで、なんともむずがゆい感情だけれど、私は前よりも凛ちゃんに近づけたような気がする。凛ちゃんは今も私と手を繋いで、企画の説明を心待ちにしているようだった。

「ということで、今回の企画は――『どっちが採用？　ＣＭ選挙』～!!」

西原さんが発表したタイトルに、きょとんと首を傾げる。どういうことだろうかと困惑するよりも早く、西原さんが企画の詳細を説明してくれるようだった。

「これから二人には〝ある場所〟に行ってもらって、そこで同じテーマのＣＭを撮影してもらいます！　それをテレビ放映とＷＥＢ配信の二媒体で公開し、視聴者の皆さんに投票してもらいます！　より投票が多かった方のＣＭが、テレビで流れる、という企画です！」

なるほど、と、内心で頷きつつ凛ちゃんを見る。どちらかひとりしか流れないなんて、なんて思いが無かったとは言えない。でも、対決と聞いて驚きつつも闘志をみなぎらせるように握りこぶしを作った凛ちゃんを見ていたら、そんな、日和見な思いはどこかに吹き飛んでいた。

そうだよね。ようは、トモダチと〝競争〟をするんだ。全力でやって、本気で楽しまないと損というモノだよね！

「なんだかたのしみだね、りんちゃん」

「つぐみもそう思う!?　そっか……えへへ、負けないよ、つぐみ」

「うん!　わたしだって!」

　握りあった手を、より強く握る。凛ちゃんのぽかぽかとした体温が伝わってきて、情熱が伝播しているような、そんな不思議な感慨を覚えた。

(でも、〝ある場所〟ってどこなんだろう?)

　湧き上がるのは当然の疑問だ。首を傾げながら西原さんを見上げると、西原さんは軽妙に笑って、説明を続けた。

「移動のロケバスで、二人には〝ある場所〟に関する問題を出すから、答えてみてね?」

　なるほど、と頷く。子役が道中で暇をもてあまさないようにという配慮と、それから、中継での撮れ高の確保、ということかな。納得と共に微笑んで、二人揃って「はい!」と元気よく返事をする。するとすぐにスタッフさんからCMを挟む指示が出た。生放送だからね。一休みしたり移動したりなんかは、この間に行われる。スタッフさんにお水を渡して貰いながら、私と凛ちゃんはスタッフさんの誘導でロケバスに移動だ。スタジオから駐車場へと歩きながら、行き交うスタッフさんの邪魔にならないよう、凛ちゃんは私の右手にぴったりとくっつく。視界が交わるくらいに近づくと、凛ちゃんは「そういえば」と小声で呟いて、私に話しかけた。

「ね、ね、つぐみ、VR、どうだった?」

　言われて、さっきまでの光景を思い出す。映画館よりも身近に感じるサウンド。足音、風鳴り、窓が軋み、闇が覆る演出。その全てが全方向から聞こえることで得られる臨場感。前世でゲームと言えばテレビゲームかパソコンが主流だった。パソコンは持っていなかったけれど、テレビゲームなら、ホラーゲームで遊んでみたことがある。味のあるドット絵を動かして、化け物から逃げるようなゲーム。そのときも「こういう演出もあるのか」なんて感銘を受けたモノだけれど……今のゲームってほんとすごいよね。何もかもがリアルで、肌で感じる恐怖の音があるのだから！

「すごかった！　すぐうしろでね、足音がするの！　まるでお化けやしきみたいに！」

「ぜんぜんこわくなかったんだ？　つぐみはすごいなぁ。わたし、きょうは兄と寝ようかな」

凛ちゃんはそう、難しい表情で眉根を寄せて唸っていた。気持ちはわかる。前世ではさくらちゃんもよくそうやって、ホラー映画や映像作品に出演した日は、私や閏宇の家に泊まって一緒に寝たものだから。そう、思い浮かべてふと、さくらちゃんと凛ちゃんのことが気になった。

「そういえば、りんちゃん」

「なに？」

「さく――おうかさんとは、あれから、どう？」

私がそう聞くと、凛ちゃんは納得したように頷いた。

「おししょー、さいきん、グレブレを始めたんだ」

「そうなんだ！」

グレブレ、というのは凛ちゃんが大好きなスマートフォン向けのゲームだ。『グレートブレイブファンタジア』、というのが正式名称で、私も凛ちゃんに勧められて遊んでいる。内容は王道のロールプレイングゲームで、ゲームのことをよくわかっていない私でも直感的に遊べる仕様になっていた。そのグレブレを桜架さんも一緒にやるようになってきた、と言われると、なんだか微笑ましくて嬉しくなってしまう。

凛ちゃんは「おししょーのガチャ運が羨ましい」となんとも渋い顔で唸っていたけれど、不意に、なにかを思い出したようで口を開いた。

「そうそう。ブルロでもね、新しい先生が来たんだよ。みんなに教えてくれるんだって」

「ブルロ……って、あ、ブルーローズか。りんちゃんが所属してる」

確か、凛ちゃんだけでなく、珠里阿ちゃんや美海ちゃんも所属している子役の芸能事務所だ。事務所で講師をつけるなんて、ちょっと珍しいのかも。まぁ、うちはまったくひとのことは言えないのだけれどね！

「そう！　ええっと、〝こーし〟の先生なんだって、ツナギちゃんが言ってたんだ」

「ツナギ？　……って、いつか一緒に見た、yoltuberの？」

「そう！　とくべつこーしの、アシスタント！」

いつだったか、凛ちゃんの家で遊んでいたときにみんなで見たyoltubeの動画配信者さんだ。その〝ツナギちゃん〟が何故、凛ちゃんの事務所に関わっているのだろう。なんだか、情報が多くてこんがらがってきた。もしかしてその特別講師という方が、関わっているのかな？

「りんちゃん、そのとくべつ——」

重ねて聞こうとしたのだが、駐車場に到着してしまう。スタッフさんの誘導で先にロケバスへ乗り込もうとした凛ちゃんは私の質問が聞こえていなかったようで、バスに乗り込もうとする中途半端な姿勢で首を傾げた。

「どうしたの？　つぐみ」

あー、と、言おうとして首を横に振る。これからロケバス内の撮影が始まるのに雑談はしていられない。切り替えができない子だと思われたら、私だけではなくて、凛ちゃんにも迷惑がかかっちゃうからね。

「ううん。なんでもない」

「そう？」

どことなく腑に落ちない様子の凛ちゃんにちょっぴり申し訳なくも思うけれど……こればっかりは、しょうがない。

（特別講師が誰だとか、ツナギちゃんについてだとか、気になることは多いけれど……あとで聞けば良いよね）

気持ちを切り替えて、小春さんに手を引かれてロケバスに乗り込む。ロケバス内では、一足先に乗り込んだルルが、ピンマイクと櫛を持って、私を手招きした。

「整えるわよ。背筋を伸ばす」

「うん、わかった。おねがいね、ルル」

ピンマイクは普通、スタッフさんがつけるのだけれど……ルルは、私の衣装や髪が乱れないように、自分でつけたがったのだろう。横目でロケバス内を見れば、微笑ましそうに笑うスタッフさんに頭を下げる小春さんが見えた。……あとで、一緒に謝ろう。

「ん。できたわよ、つぐみ。いいね、今日も最高に可愛いわ」

「ありがと、ルル」

同じようにピンマイクを取り付けた凛ちゃんと、目が合う。負けないぞ、と燃える瞳に、私も、と視線を返した。

ぴったりカーテンの閉じられたこのロケバス内の後部座席で、今日の撮影場所への問題が出され、テレビでそのまま放映される。前世の知識で即答してしらけさせることのないように気をつけないとね。

気持ちを切り替えて、ロケバスの後部座席に、凛ちゃんと並んで座る。リポーターは、日ノ本テレビの女子アナウンサーの方だ。黒髪をカチューシャでとめた、笑顔の明るい女性で、名前を岸さんとおっしゃるのだとか。岸さんに挨拶と簡単な流れの説明を受けていると、さっきまでの小さな疑問は、思考の片隅へと追いやられていた。

Scene 2

ロケバス・後部座席。

軽やかな音楽と共にカメラが回る。

つぐみは小さなクイズ企画に拍手をした。


『ロケバス緊急企画!? ロケ地はどこだクイズ～!!』

もちろん、このクイズ企画そのものは、以前から決まっていたモノだとは思う。けれど、ロケの存在を直前に聞かされた私たち子役にとっては、なるほど『緊急企画』だ、と、内心の関心が表に出ないように、私は笑顔で拍手をした。リポーターの岸さんは、見るからに〝子供好き〟という感じで、私と凛ちゃんが拍手をする様子を楽しんでいた。なんだかちょっと、照れてしまう、かも。

そんな岸さんだが、仕事はキビキビとやる方なようで、スケッチブックサイズのパネルを手にとると、さほど間を置かずに企画の説明をしてくださる。

「今回の企画は、つぐみちゃんと凛ちゃんにロケ地を当ててもらう、というクイズです。このパネルにあるように、ロケ地の情報がテープで隠されています。一つずつ開けていくから、わかったら手元のボタンを押してね」

パネルには①、②、③と三つの数字が書かれていて、数字の横が一列、テープで隠されている。テープを外すと、その下に情報があって、それをヒントにするタイプの問題だ。そして、私と凛ちゃんの手元には、ボタンを押すと光って音が鳴る装置。むかーしからあるなじみ深いボタンは、あまり様相を変えていないようで、ちょっぴりほっとした。

「つぐみ、つぐみ」

「なに？　りんちゃん」

「わたし、負けないよ」

ふんす、と、握りこぶしを作って気合いを入れる凛ちゃん。そんな凛ちゃんに応えるように、私もまた「うん！　わたしだって！」と答えて拳を合わせた。そんな私たち二人の行動に、岸さんが満面の笑みで拍手をしてくれる。私はなんだか、少し気恥ずかしくってはにかんだ。

さて、と気を取り直して、岸さんがパネルの最初のヒントに手を掛ける。

「それでは、最初のヒントは、こちら！　①・『水族館からすぐそば！　ペンギンさんも見られるよ！』……です！」

ほえ。水族館？　……水族館、と聞いて思い浮かべるのは、池袋のサンシャイン水族館、江戸川区の葛西(かさい)臨海水族園、品川区のしながわ水族館、だろうか。この中でもとくに印象深くて、かつ、ペンギンというワードで思い当たるのは〝しながわ水族館〟だ。平成三年にオープンして、平成八年にペンギンが仲間に加わったこの水族館は、平成七年に怪獣映画のロケに使われたことから、逆算して年号をよく覚えていた。東京都心にあるのにとても大きな水族館で、前世では閏宇とさくらちゃんを連れて遊びに行ったこともある。水族館からすぐそば、ということなら、確か昭和五十年代後半に開園した、しながわ区民公園かな。深夜にテニスコートでホラー映画の撮影もしたことがある、思い出深いスポットだ。

うんうんと唸る私と凛ちゃんの様子に、岸さんは相変わらずにこやかな笑みを浮かべていた。そのまま、私たちに話題を振ってくれる。

「二人は、水族館って行ったことある？」

聞かれて、少し考える。生まれ変わってから水族館に連れていってもらったことはあるにはあるようなのだけれど……記憶が復活する前のことは、どこかあやふやな記憶が多い。知識はあるけれど、感慨などは思い出せなかった。それでも、一応、「はい」と頷いてから、「もっとちっちゃい頃で、よくおぼえていないんです」とだけ答えておいた。

「そうなんだ？　つぐみちゃん、どこの水族館に行ったの？」

「ええっと、ドバイの水ぞく館です。おっきな水そうが見たいって言ったら、ダディ……ちちが、連れていってくれた……みたいなんですけれど、すっごく小さいころだからよくおぼえてなくて。もったいない、です」

「ドバイ!!　ひゃー、私も行ってみたい！　また連れていってくれるといいね」

「はい！」

……なんて言ってみたものの、父のことだからね。きっと、私が「行きたい」と言ったらその日のうちにはスケジュールを組みそうで怖い。嬉しいけれど、無茶はしないで欲しいというのが本音だったり。

「凛ちゃんはどうかな？」

「えーと、えーと、アクアパーク！」

「アクアパークといえば、品川プリンスホテルの水族館だね。ワンダーチューブが綺麗なんだよね」

「はい！　マンタ、かわいかった！　です」

あくあぱーく。アクアパーク？　し、知らない。品川の水族館ならわかると思ったのだけれど、予想以上に知らない。品川プリンスホテル？　あれ、ボウリング場じゃなかったっけ？

……そうか、そうだよね。桐王鶫がこの世を去って二十年。その間にいくつの施設ができたんだろうと考えると、なるほど、と唸ってしまう。

「よーし。じゃあ、次のヒントをオープンするね。二番のヒントは……これ！　②・『東京を一望？　晴れた日には富士山も！』」

「ふじさん……んん？」

「おっと、つぐみちゃんは思い当たるスポットがありそうだったり?」

岸さんの言葉に、もしやと思いついたままの答えを言おうとして、とっさに言いよどむ。だって、あれ、水族館……?

「え、えーっと、まだ、です。えへへ……」

曖昧に笑いながら考えるのはもちろん、東京のシンボルとも言えるあの電波塔。そう、紅白のボディが美しい、東京タワーだ。東京タワーは東京を一望できるし、よく晴れた日には雄大な富士の山を眺めて侘び寂びに浸ることもできる。小規模ながら水族館も併設されており、外国産の淡水魚など変わった魚を見ることができて、けっこう楽しい。ただペンギン、と言われると、ちょっと困ってしまう。前世では間違いなくいなかった。けれど、果たして二十年経ったところであの規模の水族館にペンギンを展示するコトなんてできるのだろうか? うぬぬ、と唸りながら隣の凛ちゃんを見ると、凛ちゃんもまた顎に手を当てて「むむむ」と唸っていた。その上で、凛ちゃんは本当に小さな声で、「どっちかな?」と呟いた。

(どっち? 同じ条件で、もう一つ候補がある、ということだよね? となると……)

東京が一望できて、富士山が見えて、水族園があって、ペンギンがいる。一つ思い浮かべられるのは、葛西臨海公園だ。けれど、あんまり高い建物はなかっただろうし、東京を一望と言われると疑問が残る。

「つぐみ……つぐみは、わかった?」

不安げな凛ちゃんに、眉を寄せて苦笑する。

「もうちょっとヒントがほしいかも」

私がそう答えると、凛ちゃんはほっと胸をなで下ろした。その様子を見ていた岸さんは、スタッフさんと目配せをした上で、次のヒントに移ってくれた。

「ではでは、最後のヒントだよ！ よーく見ていてね？ 三つ目のヒントは……こちら！
③・『あのマスコットキャラクターがみんなを出迎えてくれるよ！』——ということで、こちらがシルエットだよ」
岸さんがスタッフさんから新しいパネルを受け取る。そこには、頭から五つの棘が伸びる、何者かのシルエットがあった。マスコット……え？ マスコットキャラクター？ な、なんだろう。太陽の塔かな……？ 万博、な、はずがないよね……？

「わかった！」

そう声を上げたのは、当然ながら凛ちゃんだ。私は、というと、むしろわからなくなって混乱している。東京タワーでいくしかないのかな？ いやでもなぁ。あの東京タワーの水族館に、ペンギンは無理があるよね……。

そんな風に唸っている内に、凛ちゃんの手元のボタンがピコンと鳴らされる。赤いランプと共に凛ちゃんは、ほんのり頬を赤らめて、手を挙げた。

「スカイツリー！」

と、元気よく答えであろう名称を言って。

（すかい……え？　なに？　え？）

困惑しながらも、拍手だけは忘れない。自信満々の表情で胸を張る凛ちゃんは可愛いなぁ、なんて、うん。現実逃避だ。

「それでは正解は……自分の目で、確かめてみよう！」

岸さんがそう言うや否や、ロケバスが停車する。スタッフさんたちが降りていって、次いで、私と凛ちゃんも呼ばれてあとをついていった。そして——。

「ということで、正解はスカイツリー！　凛ちゃん、見事に大当たりだね！」

「やった！　えへへ、つぐみ、つぐみ、つぐみはわかった？」

「ほぇぇ……わたしはてっきり東京タワーだとばかり……」

青空を貫くような威容。まるで天に昇り神から制裁を受けたバベルの塔のような巨体。見上げても見上げても、終わりが見えないサイズに、私は、ぽかんと口を開けて固まった。だって、え、だって、たった二十年で東京タワー並みかそれ以上にも見えるような建物が建つなんて、想像できる？　びっくりしちゃったよ……。そんな私の様子に、岸さんは相変わらず人の良さそうな笑顔で頷いてくれた。

「そっかぁ、東京タワーかぁ。水族館はあったけれど、もう閉館しちゃってるもんね」

うにぇ？　へ、閉館？　それはそれでショッキングなのだけれど、ま、まぁいいか。私は凛ちゃんに手を引かれ、スカイツリーの内部へと足を踏み入れていく。出迎えてくれるのは太陽の塔……ではなく、スカイツリーのマスコットキャラクターだという、星形の頭部を持つ女の子だった。

スカイツリー・ソラマチひろば。
撮影陣とリポーターの岸が揃う。
つぐみは、凛と手を繋ぎ、気持ちを切り替えた。

スカイツリー。平成二十年着工で開業は平成二十四年……つまり、二〇一二年。高さ六三四メートル。一般公開されている展望台の一番上は四五〇メートルと、この時点で東京タワーの三三三メートルを大きく上回る。夜間は東京タワーのようにライトアップされるのだけれど、波打つように鮮やかに光が動く、の、だとか。その岸さんによる丁寧な説明で、ようやく、脳みそが再起動してきた。二十年の間にこんなものすごい建造物ができていたとはなぁ。
岸さんの解説と一緒に、ここからサプライズゲストが合流するということが教えられる。ゲストは既に三五〇メートルの天望デッキにいるということなので、私たちもエレベーターに乗って向かうことに。スタッフさんたちに誘導される傍ら、私と凛ちゃんは並んでエレベーターいうことなので、私はその〝風景〟――エレベーターの壁にはめ込まれ、光り輝く夜空のパネルを見上げて凛ちゃんに声をかける。

「りんちゃん、きれいだね」

「うん……つぐみのほうがきれいだよ？」

まっすぐ、真剣な瞳で私にそう告げる凛ちゃん。そのまっすぐな眼差しに対して、口調には疑問符がついているようだった。えーっと？

「ありがとう。りんちゃんだって……じゃなくて、なぁに、それ？」

「父が、ドラマでおしょーに言ってたんだ。だからマナーなのかなって」

「あー……うん。よそでは言わないほうがいいかも」

凛ちゃんのお父さん、夜旗万真さんは月九の貴公子なんて呼ばれている方だ。そりゃあもう、プレイボーイなシーンだったのだろう。思わず苦笑しながらそう告げると、凛ちゃんはきょとんと首を傾げた。

「つぐみにしか言わないよ？」

「んん？　あ、ありがとう？」

「えへへ、どういたしまして！」

元気の良い返事だ……なんてふわふわとした感想が脳裏を過る中、エレベーターのアナウンスが到着を告げる。本当にこれで三五〇メートルにまで昇れたのか疑問に思うほど、静かで速い到着だった。エレベーターの扉が開くと、まず、視界に光が飛び込む。東京タワーの展望デッキは真四角の構造だったから、緩やかにカーブを描く窓際が、なんだか新鮮だ。一般のお客さんも入っているようだけれど、スタッフさんたちが身を挺して撮影用のスペースを空けてくれている。ちらりと撮影クルーを見上げれば、スタッフさんたちや岸さんが頷いてくれたので、早歩きで窓ガラスの側へ……と思ったら、凛ちゃんが先に駆けていった。

「すごい！　つぐみ、つぐみもほら！」

そして、〝とててて〟と効果音が聞こえてきそうな軽快な足取りで、すぐに戻ってきた。凛ちゃんはそのまま、あっけにとられる私の手を引いて、今度は二人で外が見渡せるガラスの側へ。並んで見る視界の先には、雲一つ無い快晴に照らされた、私たちの住む町があった。

「へっ、あっ」

「ほら、ほら！　あっちがつぐみの家？」

「えっと、たぶんそう、かな。あ、東京タワー」

「東京タワー！　すごい、赤い！　ちっちゃい！」

「ふふふ、そうだね、りんちゃん、赤いね」

ここからだと、あの雄大な東京タワーもトッキーくらいのサイズに見える。凛ちゃんはそんな東京タワーを指差すと、表情こそあんまり変わらないものの、赤らめた頬と興奮した眼差しで私に説明してくれた。見守ってくれていたスタッフさんたちと岸さんが、私たちに声をかける。


「二人とも、スカイツリーはどうかな？」

「すごいです！　ね、つぐみ！」

「うん、そうだね。たかくて、たのしい！」

とくに下を見るのが楽しい。恐怖、とは、やっぱり不安や辛さといったマイナスの感情と結びつく感情だ。けれどこういう観光施設で感じる高いところの恐怖というのは、楽しいという明るい気持ち、プラスの感情に紐付けされながらも、恐怖を味わうことができる。これってけっこう、希少なことだと思うんだよね。恐怖の演技を学ぶ上で、勉強になるなぁ。

「よし！　それじゃあ凛ちゃん、つぐみちゃん、ゲストの待っているカフェに行こうか？」

「はーい！」

「はい！」

元気よく返事をする凛ちゃんに続く。一般客の方々はスタッフさんが押さえてくれて、できた道をとおってゆくのだけれど、なんだかざわめきが大きい。それは新人子役である私たちに注がれているモノもあるものの……大半は、私たちが向かう先に向けられているようだった。

岸さんにスカイツリーの施設の説明なんかを聞きながら、前へ前へと進んでいく。そうしているうちに視界は開け、目の前にお洒落なカフェが飛び込んできた。日の光を取り込んだ明るいスペース。カウンターで注文をして席まで運ぶ形だと思うのだけれど、カウンター周りには鮮やかで楽しいメニューのポップがあって、眺めているだけでわくわくする。けれど今は、一般客の方々がざわめきと共に視線を向ける窓際の席を見る。窓際、明かりの差し込む二人席。向かい合って談笑するのは、中高生くらいに見える二人の少女。片一方は、なんだかちょっと凛ちゃんみたいな女の子。背が小さくて、表情に乏しい。色素の薄い髪を肩口で二つ結びにしているから、どことなく幼げに見える。なんとなくだけれど、前世の親友、閏宇に似ているような気がした。そんな小柄な彼女にのほほんとした笑みを浮かべて話しかけているのは、モデルさんみたいにスレンダーな少女だ。平均身長よりも高めの身長であろうコトが、座っていてもわかるくらい、背筋が綺麗だ。透明感のある亜麻色の髪をポニーテールにしていて、なんだかちょっと格好良い。その割に整った顔立ちに浮かぶ笑顔が可愛らしいモノだから、なんだか愛嬌があるなぁなんて思わせる。二人は私たちに気が付くと、立ち上がって私たちの方まで歩いてきてくれた。

「さ、凛ちゃん、つぐみちゃん。本日のゲストの紹介だよ！　といっても、みんな、ご存じでしようが……『EXIT77』の榴ヶ岡赤留さんと、派生グループ『CCT17』の常盤姫芽さんです！」

　小柄な少女が赤留さんで、スレンダーな少女が姫芽さん、か。ようはアイドルグループっていうことだよね。あんまり詳しくなくてリアクションが小さくまとまってしまった私の代わりに、凛ちゃんは大興奮だ。

「アイドルだよ、つぐみ！」

「そうだねぇ、りんちゃん」

なんだか興奮する凛ちゃんが可愛くて、しみじみと呟く。すると凛ちゃんは、なんでか、きょとんと首を傾げた。

「む、どうした、つぐみ？　きゅうにイドバタカイギのおばさんみたいになってるよ？」

「うぐ……お、おば……あれぇ？」

なにゆえ……げせぬ……い、いや、確かにおばさんくさかったかもしれない。五歳でかぁ。というか凛ちゃん、井戸端会議って、変な言葉を知ってるね。

「どうも、榴ケ岡赤留です。赤留、でいいよ」

「常磐姫芽です。姫芽って呼んで下さい」

可愛いのにクールな赤留さんと、格好良いのにのほほんとした姫芽さん。正反対なのにとても仲が良さそうで、なんだかちょっぴり不思議な空気感、かも。

「よるはたりんです！」

「そらほしつぐみです。よろしくおねがいします！」

私と凛ちゃんの挨拶に、二人は微笑みを返してくれる。優しそうな方たちだ。自己紹介が終わると、いよいよ、岸さんが本日のメインイベントについて紹介してくれる。そう、例の、CM対決だ。

「それでは、自己紹介も終わったところで、本日の企画について説明させていただきます！ 題して——『どちらがスイーツガール？ スカイツリーカフェ新作スイーツ正式採用総選挙～!!』です！」

拍手と共に、机の上に二種類のスイーツが並べられる。共通テーマは、スカイツリーから眺める空で、両方とも紙のカップに盛り付けられた、夏らしいシャーベットのスイーツみたいだ。

一方は、昼の空をイメージしたスイーツで、青空をイメージしたブルーハワイのシャーベットの上に、白い雲をイメージしたホワイトチョコと、太陽をイメージしたサクランボが載っている。

もう一方は、夜をイメージしたスイーツで、夜空をイメージしたグレープのシャーベットの上に、星形のラムネ菓子と、月をイメージした輪切りのレモンが載っている。

どちらも、美味しそうだけれど……ＣＭ投票に勝ったどちらか一方のみがレギュラー商品として加わり、もう一方は期間限定の商品になるのだとか。

「二人とも、どっちがいい？」

岸さんの問いかけに、凛ちゃんはちらりと私を見る。正直に言えばどちらでもよくて、割り当てられた方を全力で推薦したい。ので。

「りんちゃんから、えらんで良いよ」

「ほんとうに？　じゃあ、夜！」

夜旗凛、だから、夜、かな？　キラキラとした目でスイーツを手に取る凛ちゃんは、やっぱり可愛らしい。先手を譲って良かった、なんてね。

「なら、わたしは昼を！」

互いにスイーツを手に取ると、微笑ましげに見ていた岸さんが頷く。

「では、夜を選んだ凛ちゃんには赤留ちゃんがペアになります。昼を選んだつぐみちゃんは、姫芽ちゃんがペアだね」

と、言うモノだから、私はきょとんと首を傾げた。

「ペア？」

「うん、そうだよ。この企画は二人一組！　どんな構成にしようか迷ったら、互いのパートナーに相談して決めて、ＣＭ撮影に挑もう！」

なるほど。確かに普通なら、子供だけにＣＭの構成を考えさせようなんて無茶だ。だから、アイドルの二人をつけて、協力して完成させるという体にしたのだろう。よく考えられているなぁ。

「それでは早速、相談スタート！」

岸さんのかけ声でカットが挟まり、休憩に移る。なんだか大変そうだけれど……わくわくしている自分の方が大きくて、私は小さく握りこぶしを作った。

Scene 3

スカイツリー・カフェ。
つぐみは姫芽と向き合って、ＣＭの相談をする。

天望デッキの形に合わせて緩く弧を描いた形のカフェ。私と凛ちゃんのグループはそれぞれ、カフェの端と端で作戦会議だ。カウンター越し、少し離れた席に腰掛ける凛ちゃんの後頭部から目を逸らして、私は姫芽さんと向き合う。姫芽さんは向かい合った席で、私に合わせて少しだけ腰を屈めてくれる。テーブル越しに視線が交わると、姫芽さんの澄んだ鳶色の瞳がよく見えた。姫芽さんは私に「よろしくね」と、微笑んでくれる。

「はい、よろしくおねがいします、ひめさん」

頭を下げつつ、今回の企画を整理する。このＣＭは、スカイツリーの紹介と共に流れる仕様のため、音声はＢＧＭとナレーション。つまり、私たちに台詞はない。とはいえ、音声を消してくれる、ということは、喋ってもいいということでもある。やりやすさのためなら、無理に意思疎通が難しいサイレントにする必要は無いのだ。とはいえ、商品の魅力を充分伝えるにはどうしたらいいか、となると、うーん。トッキーのときの経験を活かすのなら、商品がカメラによく見えるような配置とかが必要、なんだよね。ぐるりと周囲を見回すと、スタッフさんたちの様子がよく見える。カフェ中央に位置するカウンター付近に、スタッフの皆さん。私たちの作戦会議の間に、岸さんたちが他の商品の紹介をしているようだ。カメラは四台。うち一台が私と姫芽さんに、一台が凛ちゃんの方に向いている。音声さんや他のADさんたちは岸さんについているから、こちらに向けられたカメラは、『一方そのころ』といった差し込み用に使うためのものだろう。小春さんたちマネージャー陣も、カフェスペースの周囲で見守ってくれているようだ。ルルは、我関せずと私の髪を整えたりチェックしたりしてくれているのだけれど……私が姫芽さんに「彼女のことは、気にしないください」というと、姫芽さんは苦笑とともに頷いてくれた。

「つぐみちゃん、凛ちゃんはどんな風にしてくると思う?」

姫芽さんに言われて、少し考える。さくらちゃんはあれから、無理なレッスンはさせていないみたいだ。ということは、凛ちゃんに負荷があるような無理な演技はしなくなったんだと思うけれど、ベースはやっぱりあのときのオーディションでやっていたようなもの、だとは思う。

「たぶん、じょうほうを理解して、演じやすいようにこうちくする、と思います」

「情報?」

「はい。なので、なにかを演じるっていうぜんていがないこの企画は、りんちゃんにとってむずかしいかもしれません。ぎゃくに、なにをやってくるかわからない、ということでもありますけれど……」

「そっかぁ、なるほどね。……凛ちゃんについた赤留は、演技は苦手な方だから、そういう意味では私とつぐみちゃんのペアの方が有利かもね」

姫芽さんの言葉に、曖昧に頷く。有利不利ということだったら、いつも、不利な立場が多かった。だからこそ燃え上がるという面もあったことは否めない。それが逆転したところで、凛ちゃんを心配に思いこそすれ、それ以上のことはなにもない。だって私は役者として、与えられた役をやりきるだけだから。

「あの、ひめさんは、どんな設定だと演じやすいですか?」

「私？ うーん、違和感ないのは、姉妹とか?」

「ひめお姉ちゃん、ですね。わかりました」

「う、それけっこう嬉しい、かも」

喜んでくれるのは嬉しい。だから、私のCMを見た人が、喜んでくれる、楽しんでくれるようなモノを作りたい。なら、そう、姉妹、姉妹か。テーマができるとやりやすい。演じやすい。だから、そうだなぁ。姫芽さんはお姉さん、ということにして……うん、やれるかも。

「それで、つぐみちゃん。何か案はある？ あるのなら、お姉さんと一緒に組み立てて――」

「あ、だいじょうぶそうです！　〝くみ上がって〟きました！」

「組み上がって——えっ、もう？」

ただ、だいたいの骨組みができても、その上で意識しなければならないこともある。ＣＭの時間はテレビ放映もされるため三十秒。そして、編集に口出しできる立場ではない以上、見どころ……アピールのポイントは凝縮しなければならない。どこをカットされても違和感なく見てもらえるように、ちょっと、意識を向けてみようかな。

私は普通の女の子。お姉さんと一緒にスカイツリーに来て、一緒にシャーベットを食べる。視聴者さんは、そんな私たちになにを思うのだろうか。どこにでもいるような姉妹？　〝髪色〟が、まったく違うのに？

（そう、だから私と〝お姉さん〟はきっと、少しだけぎこちなくて）

胸の奥にスイッチが出現するような感覚。どきどき、どくどくと、鼓動と一緒に情熱が巡り、早くスイッチを押せと囁いてくる。まだ、まだ、あともうちょっと。準備を終えるその瞬間まで、じっと堪える。ルルが私の髪を整えて、小春さんがルルからアイコンタクトを受け取って、ディレクターさんに伝えた。すると、壮年のディレクターさんは、私に、笑顔で親指を立ててくれた。

「（よし、やれる。やろう！）——ひめさん！」

私と姫芽さんの関係はまだどこかぎこちなく、姫芽さんも、私も、どこかやりづらそうな気まずさがある。でも、私は姫芽さんと親しくなりたい。だから私は、姫芽さんになにも言わない。姫芽さんと、この初対面の空気感のまま演じたいから、なにも告げない。

「つぐみちゃん……準備はオッケー？」

ほやほやとした笑顔を向けてくれる姫芽さんに、手を差し出す。シャーベット。空。快晴。恐怖と喜び。その狭間できっと、私たちの関係が、一つ、変化することだろう。

「はい！」

私は、〝なりたての姉妹〟が、本当の姉妹になるために、一歩を踏み出した。

スカイツリー・天望デッキ・カフェ。
撮影準備が行われる中、
姫芽は今日までのことを考える。

イキイキと作戦を立ててくれたつぐみちゃんを横目に、小さく、ため息をかみ殺した。私は今日、ツナギちゃんが暗躍していることを知っている。同じ家に住んでいて、知らないでいることは難しい。でも、ツナギちゃんを利用している私が、ツナギちゃんのしていることに口出しする権利なんか、ない。

アイドルグループ『CCT17』は、七十七人から構成される大人数のアイドルグループ『EXIT77』から、十七歳のメンバーだけを集めて構成されたユニットだ。幼なじみの赤留をはじめとしたメンバーのみんなに比べて私は、たいした才能も無いのに、身長が高くて地毛の色素が薄いというだけの理由で、〝見栄えが良いから〟とセンターに選ばれてしまった。アイドルなんていうキラキラしたものに、相応しいはずもないのに。

(ほんとうは、女優になりたかった)

きっかけは、今でも覚えている。色あせること無く胸の奥に刻まれた、憧れの記憶。作品の名前は、『ゆうぐれ』。大ヒットした恋愛映画で、何度もテレビ放映されていて、私は幼少期にテレビで見た。内容は、女子高生から教師への片思いを描いたモノで、主演はあの、今はハリウッドで映画監督をしている閏宇、さん、だった。幼い外見からは想像もできないような振り幅の演技。あどけない子供から大人びた艶やかさまで一人で演じきる魅力。調べれば調べるほど、私は、彼女のことが好きになっていた。私も彼女みたいに、〝外見〟を演技で覆せるような、そんな女優になりたかった。

(でも、なれなかった)

高身長。色素の薄い髪。どうにも気の抜けた目元。アイドルソングがよく似合うなんて言われ続けて、親に勝手に履歴書を送られて、気の弱い私は、合格通知書を蹴ることなんてできなかった。憧れがあるなら、夢があるなら、そう言えば良かった。いつもそう。いつも同じ後悔をしている。こんな後悔に意味は無いのに、必要ないことなのに、いつだって後ろを振り向いている。私は、そんな私が嫌いだ。嫌いで、でも、だからなにかを変えられるほど強くもなくて、弱さを言い訳にして。

ずるずると流されるまま生きていた。嫌だ、なんて、口に出すこともできないまま、いつかは飽きられて芸能界から消えていくんだって思っていた。そんな私の葛藤の日々を変えたのが、エマ監督だった。気取った口調に、他人を食ったような態度。でも、事務所を訪ねてきたあの人は、的確に、私の欲望を言い当てた。

『今度、ボクの映画の主題歌を歌って欲しい。キミが、心のままに作詞して歌うんだ。どうだろう？　悪い話じゃないよ。きっと、何よりキミにとって』

そう、提案して、それから、マネージャーや事務所の人の視線を避けるよう、身体を屈めて、私だけに聞こえるように、こう告げた。

『――もし上手にできたら、キミの配役も用意しよう』

……と。エマ監督は、驚く私に、『ボクはなにも知らないよ』と言って笑った。見下すような笑みだった。彼女は、他人の欲望を嗅ぎ取るのが上手いのだという。嗅ぎ取って、暴き出して、せっかく閉じ込めていた感情を引きずり出して、目の前に突きつける。私は、あの、悪魔のようなひとの手を取ってしまった。喉から手が出るほど欲しいのに、挑戦の機会すら見失ってしまった、私の夢。飛び込んできたチャンスを前に、我慢できるはずも無かった。だから私は、私の夢という自分勝手のために悪魔の手をとってしまった私には、私の夢のために利用されてくれているツナギちゃんを裏切ることなんてできない。もう、後戻りはできないのだ。

息を吐いて、頭を振って、意識を切り替える。今は勝負の最中だ。気持ちを入れ替えないと。

作戦会議を終えて準備段階に入る。最後の準備は、カフェ中央のカウンターの正面に陣取って行う。私たちと赤留たちは撮影の都合上、隣り合って準備をするのだけれど、スタッフさんがパーティションを持ち込んで、つぐみちゃんと私、凛ちゃんと赤留のグループが互いの準備を見えないようにしてくれた。私の準備は早々に終わり、今は、つぐみちゃん専属のスタイリストさんが、つぐみちゃんの準備をしている。ルル、と呼ばれたつぐみちゃんのスタイリストは、つぐみちゃんの、〝無邪気に見えるように〟というオーダーから、悩むそぶりも見せずに髪を編み込み、ナチュラルメイクを施し、服装を整えていく。まさに神業と言ってもいいんじゃないかな。つぐみちゃんも信頼を寄せているのか、一切質問も無く、されるがままだ。

私はそんなつぐみちゃんを見ながら、パーティションの間から相手のグループを見る。私の幼なじみで、向こうが早生まれだから学年こそ違うけれど、ずっと一緒に過ごしてきた少女、赤留。彼女と一緒に準備を進めるのは、凛ちゃんだ。……ツナギちゃんの、ううん、あのひとの毒牙にかかった、哀れな少女。私は――私は、今起こっていることの一部始終を知っている。〝契約〟――私の作曲を円滑に進められるよう、ツナギちゃんと四条さんが私に協力するというあの約束。あの約束がなければ、私はツナギちゃんたちが凛ちゃんにやっていることを知ることは無かった。だから、四条さんやツナギちゃんたちがやっていることを察していながらも、自分の曲作りのためにツナギちゃんたちを利用している私には、口出しする権利も、止める資格もない。

（罪悪感、良心の呵責――抱えるのが苦しいのなら、やらなければよかったのに）

……なんて、できもしないことを考えてしまう。ずっと、ずっと、水の中にいた。足搔けどもがけど声は出ず、空気が欲しいと泣きわめくだけの、弱くて情けない自分に妥協してきた。でも、もうダメなんだ。進めるかもしれない。この呪縛から抜けられるかもしれない。そう思ってしまったら、もう、ダメだった。今更、引き返すコトなんてできない。ツナギちゃんを、親しくなってしまったあの子を、一人にすることも、できない。

（だから――だから、ごめんね、凛ちゃん、つぐみちゃん）

意味の無い、自己満足のためだけの謝罪を呑み込む。私に嘆く資格はない。もう、選択のときは終わってしまったのだから。

「ひめさん！」

名を呼ばれ、思考を振り切る。心情を表情に出さないのは、昔から得意だった。

「つぐみちゃん……準備はオッケー？」

「はい！」

だからこそ、今はただ、全力で。せめてこの子の想像する役柄を、完璧にこなせるように
――今この瞬間は、私の、常磐姫芽の、全部を出し切って応えよう。私はそう決めて、つぐみちゃんから差し出された手を取った。

「ひめさんは、わたしとフツーにお話ししてください」

「ん。いーよ」

ディレクターのカウントダウン。スタッフが用意したバミリテープ（目印のテープ）を越えて、カフェのカンターへ踏み込むところから、演技が始まる。つぐみちゃんの手を取ったまま、演出の小道具としてディレクターが用意したカチンコが鳴る音を、じっと待った。

「三、二、一、スタート！」

カチン、と、軽快な音が鳴ってカメラが回り出す。同時に、左手に宿っていたつぐみちゃんの熱が、僅かに離れた。不思議に思って繋いだ手を見ると、私の小指を控えめに摑んで手を繋ぐつぐみちゃんの姿。これには、どんな意味があるんだろう？　目を合わせると、つぐみちゃんは戸惑うような声を上げた。

「あ、えっと、手を繋いでもいいですか？　お、おねえ、さん」

「お姉さん……え、あ、うん。もちろんいいよ」

お姉さん、と、控えめに呼ばれて、頷く。呼ばれ慣れていないせいか、どこかどぎまぎとしてしまった。つぐみちゃんもまた呼び慣れていないのか、私を姉と呼ぶ声色に躊躇が見える。そんなつぐみちゃんの戸惑いに引っ張られて、私もまた、少しぎこちなく頷く。その奇妙なズレを抱いたまま、カウンターで課題の〝昼モチーフのシャーベット〟を一つだけ受け取って、指定された窓際の席へ移動する。私とつぐみちゃんは、ぎこちなく繋いでいた手を離して、二人席の対面に座った。

「きれい」

つぐみちゃんの声に、「そうだね」と頷く。スカイツリーの快晴を模した青いシャーベットは、とても綺麗だ。だから、つぐみちゃんは、シャーベットにスプーンを入れるのを躊躇っているようだった。なら、私から動こうかな。シェアするときの最初の一口って気まずいモノね。つぐみちゃんのきらきらとした青い瞳を見ながら、スプーンでひとすくい。それをつぐみちゃんの前に差し出すと、つぐみちゃんは小さく、「いいの?」と口を動かした。声にもならない、表情と口元だけで訴える、控えめな意思表示。

「さ、どうぞ」

「う、うん……あむ」

「どう?」

つぐみちゃんは、私が差し出したスプーンをくわえる。するとどうだろう。さっきまではどこかぎこちなかった表情がぱぁっと明るくなって、私に笑いかけてくれた。

「おいしい……!」

「ふふふ、そっか」

「うん、だから、お姉さんも!」

「へ? あ、ありがとう」

満面の笑み。笑顔のまま差し出されたシャーベットを一口。食べさせ合いっこの気まずさからか、驚きからか、味はよくわからなかった。でもこれは美味(おい)しいモノだと自己暗示を施して、つぐみちゃんに笑いかける。

「うん、おいしい!」

シャーベットを挟んで二人、笑い合う。そうしているとなんだか本当の姉妹になったみたいで、それが、なんだか少し嬉しかった。

「はい、カット！　いやぁ、すごいねぇ」

ディレクターさんの感心したような声。その声に、スタッフさんたちが集まっていく。ノートパソコンで映像チェックをして、妙なところがないか確認する……という作業だ。スタッフさんを呼び止めて残ったシャーベットをどうしたら良いかと聞くと、食べても良いと言って下さったので、ちょっと行儀が悪いけれど、つぐみちゃんと二人で食べながら映像チェックに参加することにした。

「つぐみちゃん、スプーンもう一つ貰ってきたよ」

「わぁ。ありがとうございます！　ひめさん」

「どういたしまして」

同じシャーベットを二人で食べながら、ふと、思う。つぐみちゃんってけっこう良いところのお嬢様だと思うのだけれど、なんだか、それを感じさせない子だ。所作は綺麗だと思う。でも、食べ歩きをするのに罪悪感を抱く様子もないし、スプーンをくわえながらノートパソコンを覗き込む姿は、むしろ下町の女の子のようで。

（なんだか、不思議な子だなぁ）

ぼんやりとつぐみちゃんを見ていると、開始の準備が整った、と、ディレクターさんの声が聞こえた。慌てて私もノートパソコンを覗き込むと、撮影されたシーンが流される。

『あ、えっと、手を繋いでもいいですか？　お、おねえ、さん』

繋がれた手に驚いて、私はつぐみちゃんを見た。それっておかしくないかな。だって、もう手を繋いでいるのに、許可を取ろうとするなんて。……つぐみちゃんは、私に「普通に話がしたい」と持ちかけた。極力、私もそれに則ろうとした。普通に、ということを意識しすぎて、私自身もぎこちなくなっていた？

（違う。そうじゃない。ぎこちなく――させられたんだ。つぐみちゃんに、私は！）

視聴者はどう思うだろうか。サイレントでは声なんてわからない。そうすると、私は繋がれた手に驚いて、気まずげに、それを許したようには見えないかな。だから、私が差し出したスプーンをつぐみちゃんが受け入れたとき、あの瞬間――私たちは、きっと、〝姉妹〟に〝なった〟んだ。血の繋がらない姉妹。シャーベットの美しさが、私たち二人を繋ぐ。

（やられた……！）

まんまと、つぐみちゃんの作戦に乗せられていた。せめてつぐみちゃんの力になりたいだなんて、なんて、上から目線の傲慢だったのだろうか。私がなにもしなくても、つぐみちゃんはやってのけた。今この場で、つぐみちゃんに助けられたのは、私だったんだ。

「つぐみちゃん」

「ひめさん？　どうかしましたか？」

「つぐみちゃんは、すごいね。いつから〝こう〟なるように狙っていたの？」

準備のときには既に組み上がっていた、と言ったつぐみちゃん。その思考のフックがどこにあるのか聞きたくて、問いかけた。

「えっと——かみ、です」

「髪？」

「はい。かみの色がちがうので、やれるかもって」

「——へぇ」

はにかむように笑うつぐみちゃんに、息を呑む。本当に五歳児なのかな、この子。ツナギちゃんもまだ十歳かそこらなのに大人びていて大概だけれど、つぐみちゃんもとんでもない。みんながつぐみちゃん（と私）の演技に感心する中、背筋を伸ばして凛ちゃんと赤留の方を見る。凛ちゃんは赤留と並んで外の景色を見ているようだった。公平性のために、こちらの演技を見ないことになっているから、だと思うけれど……普通の子だったら、多少は気になると思う。でも、凛ちゃんはこちらを気にした様子はない。むしろ赤留の方が私たちがどんな様子か気になるみたいで、おそるおそる私たちの方へ視線をよこそうとするのを、我慢しているようだった。

夏の空は昼が長く夜が短い。午後六時を回り、ようやく夕焼けが見えてきた。とはいえ、次の凛ちゃんたちの撮影は、率直に、不利だと思う。夜がモチーフの商品の紹介をするのに、日が暮れ始めの空は夜とは言い難い。時間的にギリギリだったけれど、昼のうちから撮影を始められた私たちとは、条件が大きく違うように思えた。その上パートナーが、〝幼い頃から演技の練習をしてきた〟私と違って、演技初挑戦の赤留なら、なおさら。

そう考え事をしている間に、どうやら次の準備が整ったようだ。慌ただしく準備を始めるスタッフたちを横目で見ながら、私はつぐみちゃんの手を引いて、スタッフに紛れる。

「つぐみちゃん、勝てそう？」

「わかりません。でも、どきどきしています！」

そう言って、満面の笑みを浮かべるつぐみちゃん。ツナギちゃんにはツナギちゃんの思惑と作戦があるようだけれど、私はその内容を把握しているわけではない。私が知っているのは、この組み合わせは仕組まれたことだ、というだけ。だから、ツナギちゃん、と、あのひとの思惑と逸（そ）れるようだけれど、つぐみちゃんを見ている限り、勝敗を気にしているのは大人たちだけ、というような気もしてきた。

「それでは、凛ちゃん、赤留ちゃん、パート、スタートしまーす！」

ディレクターの声。それから、中継をする岸（きし）さんの様子。なんとなく、さっきから一度もこっちを見ようとしなかった凛ちゃんに視線を向けると、凛ちゃんはじっと俯（うつむ）いて、何かを呟（つぶや）いていた。

「データるいせき・こうちく・対しょうを選てい――同調（チューニング）」

緊張？　いや、違う。凛ちゃんはなにかをしようとしている、のかな。演技には色んな自己暗示の方法があるらしい。なにをしているのかわからないけれど、これが凛ちゃんの、演技のためのスイッチ、なのかな。私はただ、凛ちゃんが凛ちゃん自身に刻み込むように意味のわからない言葉の羅列を呟く姿を、見ていることしかできなかった。凛ちゃんの表情が無機質に落ち、それから、だんだんと瞳に光が宿る。

「情報同期・基盤設定・骨子形成・舞台構築・現実改竄――調律」

なにかが組み上がる。ぞくり、と、肌が粟立った。〝子供〟として見ているであろうスタッフも、〝子役〟として見ているであろう赤留も、〝友達〟として見ているであろうつぐみちゃんも、きっと、気が付かない。でも、ツナギちゃんが暗躍している、という情報を持つ私には、わかる。

「それではカウントダウン……三、二、一、スタート！」

本当に、始めてよかったのかな。そんな不安に慌てて蓋をする。もう迷っている時間はない。火蓋は切られた。カチンコの音は響き渡り、凛ちゃんは一歩を踏み出す。もう、私にできることは、見守ることだけだ。

「お姉ちゃん、いこ！」

「え、あ、う、うん」

凛ちゃんが、赤留の手を取ってかけ出す。赤留は戸惑いながらそれに従った。赤留の動きは、少しぎこちない。けれど凛ちゃんが飛び出していったものだから、凛ちゃんの手を離さないように、慌てて早足になる。そういう構図とみれば違和感はない。凛ちゃんは赤留の手を掴んで、引いて、その勢いで尻餅をついてしまった。

「ちょ、大丈夫⁉」

「えへへ、しっぱいしっぱい。ごめんね、お姉ちゃん」

「怪我がないなら、良いけど」

心底心配した表情で凛ちゃんを引き起こして、心の底からほっとした様子を見せる赤留。尻餅をついてしまったことが恥ずかしかったのか、照れたように笑う凛ちゃん。赤留は、そんな彼女に釣られて淡く微笑んだ。その微笑ましい光景に、見ている方も少しだけ、口元が緩む。

「お姉ちゃん、お姉ちゃん、シャーベット食べたい！」

「もう、しょうがないな。あの、シャーベット一つ」

「あれ！　あれ！　お星様の！」

「お星様？　ああ、期間限定の。じゃあそれで」

二人は並んで商品カウンターで注文をする。例の、凛ちゃんが紹介するスイーツ。天望デッキから望む夜空をテーマにしたスイーツで、グレープシャーベットの上に、星形のラムネ菓子と輪切りレモンを装飾したものだ。

赤留は、とにかく凛ちゃんの足を引っ張らないように、一生懸命演技をしている。音声は削除されBGMに置き換わるとわかっていても、声に出すことで完成度を上げようという、赤留なりの努力だろう。自然な流れで注文したシャーベットを商品カウンターで受け取ると、凛ちゃんと一緒にテーブルに運ぶ赤留。二人向き合うように、外の景色が見える窓側のテーブル席に着くと、やっと一息つけたようだ。私たちカメラ側から向かって右側に座る凛ちゃんと、左側に座る赤留。無邪気な子供に連れ回されて、少し疲れた様子だ。そんなやりとりもよく表現されていて、演技の違和感みたいなものはなかった。

いや、でも、ちょっと待って。なにか、なにか違和感がある。なんにもないけれど、なにかが引っかかっている。私は、なにに、引っかかっている？

「夜空みたいで綺麗だね、お姉ちゃん！」

「そうだね」

　赤留は無事席に着けたことにほっとした様子だ。それが、駆けずり回っていたお転婆な妹が、落ち着いたように見せていて、演技に整合性を持たせていた。そう、整合性、だ。だから。

「そっか、そう、だよね」

「ひめさん？」

　思わず口が滑った私を、つぐみちゃんが心配そうに見上げる。私はただ、気が付いてしまった真実を吐き出すがごとく、口にしてしまう。

「違和感がない。整合性がとれているのが変なんだ。だって赤留は、演技に対して、ずぶの素人なはずなのに……！」

「え？」

　凛ちゃんは、あのとき、なんと呟いた？　確か、そう。チューニングと、それからフラットリンク。それが、〝自分を相手に合わせた〟上で〝相手を自分に合わせて〟いくものだとしたら？

（今、赤留はきっと、演技をして〝いない〟！　余裕がないから、全部委ねていて、その全てを掌握されている！）

　この、一点において、きっと凛ちゃんはつぐみちゃん以上だ。そしてその一点は、一人で演じることがまれな舞台の上に置いて、絶妙な効果を発する。だって、舞台の全部が、凛ちゃんのための装置になるのだから。


「あーあ、お父さんとお母さんも、これたら良かったのになぁ」

「しょうがないよ」

「そう、だよね。しょうがない、よね」


テーブル席で向かって右側に座る凛ちゃんと、その対面に座る赤留。構図は、私たちと一緒だ。拗ねたように告げる凛ちゃん。それに、短く返す赤留。凛ちゃんは俯いて、それから、途切れ途切れに告げた。その、凛ちゃんの横顔。窓ガラスに映る凛ちゃんの右目から流れる、一筋の涙。え、涙?


「凛」

「あっ、ごめん、ごめんね、お姉ちゃん。私」

「いいよ。ほら、溶けないうちに食べないと」

「えっ、あっ」


赤留は、涙を流す凛ちゃんの頰を手で拭う。カメラのモニターからは、頰に手を当てられて戸惑う凛ちゃんの姿が、なににも遮られることなくよく見えていた。そこへ、赤留がスプーンで掬ったシャーベットを差し出し食べさせると、凛ちゃんは目を白黒させながら受け入れる。そして——。

「ありがとう……えへへ、美味しいね。おねえちゃん。ほら、見て、お星様」

凛ちゃんはそう、柔らかく微笑みながら、星形のラムネ菓子がよく見えるように、赤留にかざした。今までとは真逆の、泣き笑いのような笑顔。無邪気さとは違う、落ち着いた笑み。その笑みを見て、全てが繋がっていく。最初に空回りしていたのも、涙したのも、全部が〝なにか〟があったからなんだろう。ご両親が事故か、離婚か。この場にいない他の誰かのことか。もしくは単純に、寂しさか。それが〝姉〟の優しさに解きほぐされて、凛ちゃん本来の心からの笑みを見せた、とするなら、どうだろう。

圧倒的だった。なにと比べてとかそういうことではなくて、ただ、圧倒的な演技を前に、ひどく、喉が渇く。もっと見たい。ううん、私も、あんな風に演じたい、と、渇きを訴える。

「カット!!　……これは、甲乙つけがたいな。驚いたよ」

ディレクターの声も、今は遠い。ただ私の興奮に満ちたため息が、演技を称える拍手の中に消えた。

Scene 4

日ノ本(ひのもと)テレビ・スタジオ。
つぐみは、姫芽(ひめ)たちと共に結果を待つ。

スカイツリーでの撮影を終えた私たちは、一度、日ノ本テレビに戻ってきた。番組中に視聴者さんのテレビのリモコン、及びインターネット上での投票の合計数で勝敗が発表される、ということだった。子役の就労時間は現在午前八時から午後九時まで。五時半頃までスカイツリーにいた私たちは、戻ってきて各々(おのおの)休憩を挟み、その後は七時の番組終了まで、スタジオで経緯を見守る。スタジオの席は、私の隣に姫芽さん。その隣に赤留(あかる)さん、凛(りん)ちゃんと続く。なんだか控え室もこの席順も凛ちゃんから離れてしまって、あれから一度も凛ちゃんと話せていない。

あの日の、さくらちゃん――霧谷桜架(きりたにおうか)ドキュメンタリーオーディションの日、確かに、私と凛ちゃんはぐっと距離が近くなった、と、思う。自分でも不思議な感覚だけれど、(精神的に)年下の相手と話す、というよりは、前世で言うところの親友の閏宇(うるう)なんかと一緒に居るときのような、信頼と安心感を覚えるようになった。その反動か、子供の身体に精神が引っ張られているのか、なんなのか……こうして、凛ちゃんと手を取り合ってお話しできないのは、少し、寂しい。

（だめだめ。気持ちを切り替えよう）

　誰にも気が付かれないように小さく深呼吸をして、気持ちを切り替える。振り返るのはやっぱり、演技のことだ。私としても、さっきの演技はニーズと、やりたいことと、できること、あの場でやれる最善ができた、とは思う。その上で――さっきの凛ちゃんの演技は、すごかった。最初に赤留さんを置いて飛び出して手を引いたときから、段階的に赤留さんの演技を引っ張り上げるテクニック。夕焼けを遮るために赤留さんに涙を拭ってもらって、その上でシャーベットを食べることで、より商品が目立つようにされた工夫。さらに、星に見立てたラムネ菓子に注目させることで、商品の魅力を引き出してもいる。私の見せ方は、言ってしまえば、他の商品でもできるやり方だ。でも凛ちゃんの見せ方は、ちゃんと紹介したい商品をクローズアップしている。私みたいに前世がある訳でもない、普通の六歳の女の子なのに、ずば抜けたセンスと努力で、これを成しているんだ。まるで、当時のさくらちゃんみたいに。

（これは完敗、かな）

　負けた。素直にそう受け止められる。負けても良いから貫きたい意志があるとか、勝敗ではなく欲しい結果があるとか、そんな雑念はない。生まれ変わって初めて、勝つ気で演技をして、が、胸を満たす。

負けた。悔しい、とか、辛い、とかは思わない。そうなって当然だ、というありのままの真実

（ふふ、そうしたら、今度は私がチャレンジャーだ）

なんだか、前世の気持ちを取り戻したような、不思議な感覚がある。だって、桐王鶫はいつだって挑戦者だった。演技で、もっと上手く、巧く。恐怖で人と人を繋ぐために、ホラーに邁進してきたあの日々。生まれ変わって、いつしか忘れていた、最初の気持ち。

「――つぐみちゃん」

「っあ、はい！」

と、考え事に没頭していて、危うく名前を呼ばれたのに無視してしまうところだった。居眠りでもしそうになっていたと思われたのか、先輩タレントさんたちの微笑ましそうな視線が突き刺さって、頬が熱くなる。そんな私に声をかけてくれたのは、司会の、ベテラン男性芸人の西原さんだ。

「集計が終わっていよいよ発表だけど……つぐみちゃん、今の気持ちは？」

私の負け、というのは確実だと思う。私の演技の方が好きと言ってくれる人も居るかもしれない。でも、完成度で言えば凛ちゃんの方がずっと高かった。それはきっと、この場にいるタレントさんたちや視聴者さんも、そんなに変わらないと思うんだよね。

「どんなけっかでも、せいいっぱい受け止めたいとおもいます！」

だから、私の答えはこうなる。でもなんだか硬い言い回しになって、周囲からクスクスと小さな笑い声が漏れていた。

「さて、可愛い答えも聞けたところで……いよいよ投票結果の発表です！ まずは、番組中、つぐみちゃんのCMが良かった視聴者の方には青いボタンを、凛ちゃんのCMが良かった方には赤いボタンを押してもらいました！ その投票結果が、こちらです！」

テレビのモニターに、二つのゲージが現れる。試験管のようなゲージで、発表と同時に水が湧き出るような演出で、青と赤のゲージがそれぞれ増えていく。だいたい、全体の一割ほどの位置で青が止まり、二割ほどの位置で赤が止まった。うん、やっぱりそうだよね。凛ちゃんはすごいんだから！

「おおっと、テレビ投票は凛ちゃんが優勢！」

横目で凛ちゃんを見ると、凛ちゃんはぱぁっと瞳を輝かせていた。うんうん、わかる、わかるよ。

「ではではここに、インターネット投票の結果を合わせていきます！ それでは、運命の女神は、どちらに微笑むのか、どうぞ!!」

西原さんの声がスタジオに響き渡る。青と赤。ぐんぐん勢いを増して注がれる水。その勢いは三割、四割とゲージを満たすようにして増えていって、残り二割というところで、両者が止まった。でも、まだ、終わっていない。ぐらぐらと揺れるエフェクト。ぴかぴかと画面が輝いて、そして。

「え——？」

赤のゲージが止まって、青のゲージが、試験管を、満たした。

「な、んで……？」

疑問符が、脳裏を埋める。瞬いても目を擦っても、結果は変わらない。あたりは歓声に包まれて、それでも私は、笑顔の仮面を貼り付けることしかできなくて。

（どうして？　なんで？　……だって、ぜったい、わたしの負けだった）

テレビ投票では、私が負けていた。インターネット上での投票は、私の、勝ちだった。ということは、私が疎いインターネット上の世界では、私のようなやり方がトレンドと合致していた、ということなのかな？　いや、でも、だったら、私よりも何倍もインターネットに詳しい凛ちゃんが、それを採り入れないはずがない。

「いやぁつぐみちゃん、僅差だったけどなんとか勝てたね。今の気持ちは、どう？」

西原さんにマイクを向けられて、感情と心情に蓋をする。それでも私は今この場に、視聴者さんを楽しませるタレントとして立っているんだ。無様な姿を見せるコトなんて、できない。

「ひめさんが、すっごく力を貸してくれて、だから、えっと、ことばにできません！」

「あはは、いいコメントだね！　では、姫芽ちゃんはどうかな？」

「私こそ、つぐみちゃんにはお世話になりっぱなしで、なんだか、嬉しいです」

「おおっと、急造だけど、良いコンビだったみたいだね！」

当たり障りのないことを言って、私は、なにをしているんだろう。もっと喜ばないとならない、のに、苛立ちにも似た靄が胸中を満たす。

「続いて凛ちゃん！　今回は残念だったけど、良い演技だったね！」

「ありがとうございます！　つぎは、もっとがんばります！」

「はは、いいね！　キミならきっと、もっと大きくなれるよ！　さて、そんな凛ちゃんのパートナー、赤留ちゃんは、今日は意外な演技の才能を見せつけたね！　今、どんな心境かな？」

「あ――えっと、私は演技のことなんか全然わからなくて、凛ちゃんにフォローしてもらっただけです。でも、自分があんな風に演じられる、というのは、正直、驚きました」

「なるほど、こちらもすごく良いコンビだったみたいだね。それでは――」

称える言葉。大きな拍手。それをただ、流されるまま受け止める。結果は覆らない。そして、こうなってしまった以上は、変に足掻いたら、多くの人の迷惑になるし……なにより、一生懸命向き合ってくれた凛ちゃんに失礼だ。だから私は――私は。

（終わったら、すぐに、凛ちゃんのところへ行かなきゃ。気の利いた言葉が言えるわけではないけれど……ただ、凛ちゃんと、お話がしたい）

胸中に溢れる悔しさに一生懸命蓋をした。私はただ、ただ、耐えるように、番組の終わりを待つことしか、できなかった。

■日ノ本テレビ・玄関ホール前。
つぐみは、はぐれてしまった凛の姿を捜す。


収録が終わり午後七時を回った空は、さすがに暗くなってきた。凛ちゃんとは控え室が別だったため、収録後に捜しても会えず、小春さんにも協力してもらって捜す。

「つぐみ様。あちらに」

「っありがとう！　こはるさん！」

さすが、というべきか、私一人ではどんなに周囲を見回しても見つけられなかったのに、小春さんはすぐに凛ちゃんの姿を見つけてくれた。テレビ局の外、たくさんの人混みのさらに向こう側。横断歩道を渡った先のロータリーに、凛ちゃんの姿を見つける。凛ちゃんのマネージャーの稲穂さんを携えて佇む姿。遠目からだとよく見えない、けれど、凛ちゃんが手に持っているのは、スマートフォン……かな。目をこらしながら追いかけようとした、瞬間。小春さんに止められる。

「つぐみ様、こちらを」

「え？　わたしのスマートフォン？　っこれ、って」

撮影のときからずっと、小春さんに預かってもらいっぱなしだった私のスマートフォン。小春さんが渡してくれたそれに視線を落とすと、凛ちゃんから着信の文字。慌てて電話に出ると、すぐに、凛ちゃんの声が聞こえてきた。

『つぐみ、おめでとう』

「りんちゃん……ありがとう、でも、でもね」

なにを言ったら良いんだろう。ああ、そうだ。せめて、私の気持ちだけでも。

「わたし――」

『つぐみ、あのさ。わたしね』

遮るように告げられる言葉。抑揚が無く、無機質な声。凛ちゃんからそんな声を向けられるのは初めてで、だからこそ、戸惑う。

「りん、ちゃん？」

『ずっと、つぐみのそばにいたかった。いちばんのトモダチはわたしなんだぞって、言って回りたいくらい、つぐみのことが好きだから』

声が遠い。心まで、離れてしまったかのように、遠く、重い。

「わ、わたしも、わたしも、りんちゃんのこと、好きだよ」

『ありがと、つぐみ。つぐみは優しいから、そう言ってくれるような気がした』

「っだから、わたしと」

『だから、それじゃあきっと、だめなんだ』

人混みをかき分けて、小春さんに手を借りて、前へ、前へ、前へ。もつれる足を、無理やり踏み込んで、急ぐ。ばくばくと早鐘を打つ心臓が、やけに痛い。

『わたしはつぐみといっしょに居たい。でも、わたしが弱いままだと、つぐみの優しさに甘えて、いまみたいに、足をひっぱっちゃう。わたしはつぐみに甘えたいんじゃなくて、つぐみに甘えられるようなわたしになりたい。だから、いまのままじゃ、ダメなんだよ、つぐみ』

「ダメじゃない！　わたしは、わたしは、りんちゃんのことを親友だっておもってるよ⁉　それじゃあ、だめなの？」

私の声が震える。もっとうまく凛ちゃんに思いを伝えられたらいいのに。そんな焦燥が、私の喉を震わせた。

『だめだよ。それじゃあ、わたしはつぐみを守れない』

でもそれ以上に、凛ちゃんの無機質な声の裏側には、確かに、激情にも似た揺らぎがあった。

「え？」

『きょう、思い知ったんだ。ぜんりょくで演じても、つぐみみたいにはできないね。また、わたしの負け。わたしは、まだまだ、つぐみみたいにはなれない。だから、だからね』

「待って、おねがい待って、りんちゃん。なに、なにを、なにを言って……」

横断歩道。行き交う車。ここを渡れば凛ちゃんに追いつけるのに、赤信号は変わらなくて、

無理に渡ろうにも、車通りが多くて、信号無視することもできない。

『わたし、もっと強くなる』

声に力が宿る。冷たい声だった。

『わたしは、今のままでいることを、やめる』

ここで急がなくても、またすぐ、『妖精の匣』の撮影で会うことができる。でも、私の直感は、ここで逃がせば取り返しの付かないことになるような——そんな気がしてた。

「りんちゃん、待って、おねがいだから、いかないで！」

『だから、つぐみ』

焦燥。すぐにでも飛び出したい。でも、時間は無情にも、私と凛ちゃんを切り離す。

『ばいばい、つぐみ。またね』

「りんちゃんっっ!!」

凛ちゃんの前にタクシーが止まる。稲穂さんと凛ちゃんが乗り込むと同時に、信号が青になった。電話は切られてしまって、かけ直しても出てくれない。走って、走って、躓いて。

「つぐみ様！」

地面に激突する寸前で、小春さんに抱き上げられた。

「う、ご、ごめんなさい——あ」

その間に、もう、タクシーの姿は、見えなくなっていた。

「つぐみ様？ 大丈夫ですか？」

「は、い。だいじょうぶ、です」

もう、凛ちゃんの姿は見えない。ただその影を踏むことすらできないまま、私はただ呆然と、その場に立ちすくむ。握りしめたスマートフォンに、着信がくることは、なかった。

Ending

ツナギの私室・ラジオブース。

『ヨルナンデショ!?』特番放映前。

ツナギはyoltubeの配信を開始した。


ラジオブースに設置されたパソコンに、yoltubeの配信待機画面が流れる。私はイヤホンをはめて、音声の調子を確認し、そのまま時刻を見た。現在時刻は三時。今から、謀略の駒を進める。そのために、私はただの無能な子供から、明るくて強い〝いつものツナギ〟へと、意識を切り替えた。

「三、二、一、アクション——さぁみんな、おっはよー！　今日も、ツナギチャンネルの時間だよ～！」

諸手を挙げてリスナーを歓迎する。今回の特番は土曜日。休みの人も多く、コメント欄は賑わっていた。同接——同時接続人数は二千を超え、四千を超え、徐々に上昇中。一時間もすれば、八千くらいには上がるかな。

「それじゃあみんな、今日は一緒に『ヨルナンデシヨ特番同時視聴』をやっていくよー！」

事前に、テレビ局への伝手で、視聴者向けのもの以上の情報を、掌握している。だからこそ、今日、この企画をやる必要があった。まずは、流れるコメントを選別して、ときどき拾いながら、生放送の場面を解説する。著作権の問題でテレビ画面を映すことはできない。なので、私は別のモニターで見て解説して、リスナーも自分たちのモニターで見て感想を言う。

「あははは！　みんな、今の見た？　すごかったねぇ」

『やっぱり入山はリアクション芸人の鏡』『なんであの角度で熱湯に落ちるのさ』『笑った』『相変わらずひどい』『漢の顔だよね、あれ』『ほんと草』

オープニングを流し見して、次はいよいよ、待ちに待ったイベントだ。今回のイベントはインターネットとリンクする。まず、参加者の子役二人にVRゴーグルが渡された。最新鋭を謳うVRヘッドセットに描かれたロゴは、狼の横顔。〝ローウェル〟製ということなのだろうけれど、つぐみ家の家業のあまりの手広さに、思わず顔が引きつる。ま、まぁ、それはいったん置いといて。VRで画面上の二人——つぐみと凛が見ている光景が、スタジオのモニターにも表示される。

「うひゃあ、ホラーだよ。エグいねぇ」

『ツナギちゃんはホラーは好き?』『うわ、よくビビらずいけるな』『凛ちゃんはたじたじだけど、つぐみちゃんは平気そう』『やはり天使か』『天使だったわ』

「そうだねぇ。私も、ホラーは好きだよ」

ホラー女優は嫌いだけど。そんな言葉を呑み込んで、コメントを見守る。コメント欄で注目されているのは、やっぱりつぐみだ。『妖精の匣』とトッキーの演技のギャップで世間の心を摑んだ、天才子役。彼女には悪いけれど——私たちと父さんの目的のために、踏み台になってもらう。

「お、次のイベントに移るみたいだね。ロケ地テストかぁ。みんなも一緒に当てよう!」

『いいね』『東京タワーじゃないの?』『東京タワーに水族館はない』『昔はあったよ。水族館と言うより展示会だったけど』『葛西臨海公園説。観覧車もあるし』

事前に番組企画の情報を入手しているから、クイズの答えは知っている。けれどまったく知らない体で視聴を続けた。場面はスカイツリーに移り、姫芽たちの登場に移り、そしていよいよCM対決に移った。

「おお、可愛いねぇ、つぐみちゃん、なんだかバックストーリーが見えてきて、素敵だね」

『ツナギちゃんはつぐみちゃんがお気に入り？』『この子、ほんとに演技が巧いよねぇ』『ほんとに子供？』『姫芽ちゃん、演技できるんだ』『つぐみちゃんかわいい！』

「お。みんなも、つぐみちゃんの可愛さがわかる？　凛ちゃんの演技も気に入ってるんだけどさ……最近、私、つぐみちゃんのこと、けっこう好きなんだよね」

リスナーの言葉に乗じて、種を蒔く。私はつぐみという子役を気に入っていて、好きなのだと。共感して欲しいのだと嘯く。今、この場で、インターネットの投票権を持つユーザーたちの興味を、操作していく。

「凛ちゃんのターンだね。凛ちゃんも可愛いけど――」

これはその、種の一粒。布石の一手。

「――私は断然、つぐみちゃん派かなぁ」

凛の演技はすごい。少しずつ少しずつ、凛の所属事務所であるブルーローズの特別講師として、父さんが手を加えてきた。霧谷桜架の進めていた、凛自身の人格を守る演技方法から、もっと強烈なメソッド演技法へ移行できるように、少しずつ、少しずつ。その仕込みが、今日、ここで実る。

「うんうん。やっぱり凛ちゃんの演技も良かったんだけどね。私はつぐみちゃんに一票かなぁ。みんなは、どう思う？」

どう思う？　という、意思を確認する口ぶり。でも、会話の相手を求めて同時視聴するリスナーは、共感を求めることが多い。みんな、私というyo!tuberの共感と歓心を得たくて——自分の意志をねじ曲げて、多数派へ身を投じ、私の意見にすり寄る。

『つぐみちゃんかな』

一人。

『うん。つぐみちゃんが良かった』『凛ちゃんも悪くなかったけど、どっちかっていうとつぐみちゃんだよね』『つぐみちゃん、可愛かったし』

二人、三人。

『姫芽ちゃんとの息が合った演技が良かったよね』『つぐみちゃんハァハァ』『血の繋(つな)がらない姉妹設定なのかな』『凛ちゃんの方はちょっと地味だよね』『つぐみちゃんは華があるって言うか』『そうそう、見てて楽しいのはつぐみちゃん』『銀髪青眼ってインパクトあるよね』『凛ちゃんも良かったけど』『夜旗(よるはた)凛の演技は大げさすぎ』『だんだんつぐみちゃんの方がいい気がしてきた』『トッキーも良かった』『妖精の匣(はこ)はちょっと怖いけど』『凛ちゃん可愛いんだけどね』『アカルちゃん、演技うまかったね』『つぐみちゃんははっきりと姫芽ちゃんよりも巧かったけど、凛ちゃんは赤留(あかる)ちゃんに助けられてたよね』『夜旗凛より空星(そらほし)つぐみの方が上手だろ』『なんか、夜旗凛ってどうしても親の顔がちらつくって言うか、七光じゃね?』『二世子役はなぁ』『つぐみちゃん、ほんと頑張ってるよ』『確かに』『応援するならつぐみちゃんかなぁ』『俺もつぐみちゃんを応援したくなってきた』『私も』『僕も』『俺も』『自分も』『ツナギちゃんと同意見』

『俺もつぐみちゃん派』『みんな一緒』『これぱっかりはツナギちゃんに賛成』『凛ちゃんに入れようか迷ったけど、つぐみちゃんにしよっと』

四人、五人、六人、十人、百人。たくさんの人間が動いて、同調して、その流れに乗れと強要せんばかりに流動していく様子に、蔑みたくなる気持ちを抑える。本当の演技の良し悪しなんて、彼らはきっとわからない。ただ、隣に居る誰かと同意見であることを優先しているから。演技の良し悪しは世論が決める。正義と悪がそうであるように。だから、私はそれに便乗する。本当に良かった演技に唾を吐き、もう一方を持ち上げる。これでつぐみが下手だったら難しかったけれど——幸い、つぐみもまた、凛と僅差の天才であったから、私の思惑は綺麗に繋がった。

「お、みんな、結果発表だって」

結果はもう、わかりきっている。テレビ視聴者は凛に手を上げているけれど、今やテレビの時代は終わり、投票数はインターネットのものが多くなる。だから、この結果は必然だ。

「ほら、やっぱり」

『やっぱり、ツナギちゃんが言ったとおりだ』『すごい、つぐみちゃんが勝った!』『やっぱり空星つぐみなんだよなぁ』『ツナギちゃんに意見聞いて良かった』『ツナギちゃんの目にくるいはないね』『凛ちゃんも良かったけど』『つぐみちゃんには及ばないね』

リスナーに返事をしながら、内心で舌を出す。もしこれで凛が勝っていたら、きっと、二人は今以上に絆を深めていただろう。そんな関係を築いているのは、二人を見ていればよくわかる。でも、もう、その未来は来ない。だって、凛は負けてつぐみは勝った。勝ちたいと望んでいた少女の全力は、壁を壊すことには至らなかった。だからきっと、凛は、こう思う。思うように、仕向けて整えてきた。だから、きっと。

霧谷桜架(きりたにおうか)のやり方では甘い。
四条玲貴(しじょうれき)のやり方こそが、必要なんだ。

――と。私は、スマートフォンを盗み見る。そこには思惑どおり、凛から私に、『話したいことがある』とメッセージが届いていた。

――Let's Move on to the Next Theater――

Theater 10

天才子役『と』
人形のココロ

Opening

西新宿（昼）。
桜架（おうか）は変装し、喧噪（けんそう）の中を歩く。

昼の西新宿は、多くの若者でひしめき合っている。私は、〝霧谷（きりたに）桜架〟は、多くの人間に顔を知られた女優だ。鶇（つぐみ）さんとおそろいの黒髪をセミロングに見えるように変え、サングラスと化粧を施せば、人混みの中では見つからなくなる。新宿駅西口から線路沿いに進むと、すぐ、旧青梅街道に出た。
新宿駅西口からほど近い、旧青梅街道沿いの雑居ビルは、線路の音が絶えず聞こえてくる喧噪と騒音に彩られた立地にある。エレベーターもないような雑居ビルを六階まで昇ると、目的の部屋に繋（つな）がる扉が見えた。アルミのドア。はめ込まれた磨（す）りガラスは大きくひび割れ、ガムテープで補修されている。きっと、前の入居者の処置だろう。ガムテープの隅にこびりついた埃（ほこり）やカビが、年季を物語っていた。錆（さ）びたドアノブは握るのも億劫（おっくう）になるほど薄汚れていたが、ため息一つで気持ちを誤魔化（ごまか）して、ドアを開いた。長らく空き家だった最上階のオフィスフロアは、床のタイルが剥がれかけている上に、蛍光灯も全て外されてしまっているため、昼間なのに薄暗い。

だだっ広い空間だが、部屋の中央だけはいやに派手だ。古めかしい木製のライティングデスクに、不釣り合いなライトブルーのオフィスチェア。モノトーンのファンシーなクローゼットがデスクの右に並んでいる。デスクの左には姿見があって、さらにその左には食い倒れ人形や骨格標本、それにネオンの外れた電光看板が並んでいて、何故か雑貨に紛れるように観音開きの冷蔵庫がある。なんとも言い難い無秩序な空間だった。その、姿見の前に、スーツの後ろ姿が見える。緑がかった黒髪をなでつけ、身だしなみを整える姿は妙に様になっていて、この無秩序な空間の主とは思えない。私はそんな彼女の背に、ため息とともに声をかける。

「はぁ……寝具やライトくらい置いたらどう？　エマ」

男装の麗人。私の後見人・閏宇さんの一番弟子、エマ。彼女を知ったのは五年ほど前のことだ。私の成人を待って渡米した閏宇さんから弟子を取ったという話を聞いたのは、二〇一五年の冬のことだった。気になってアメリカへ渡った私が出会ったのは、当時、十六歳の痩せっぽっちの女の子だった。女の子――エマは、よほど酷い生活をしていたのか、頬はこけ、指は骨張り、目元には濃い隈があったのだけれど……その頃から、特徴的なアッシュグレーの瞳は貪欲にギラついていた。エマは、閏宇が見出した〝天才〟なのだという。閏宇さんは、私に、『路傍で小遣い稼ぎをするだけじゃ、惜しい才能よ』なんて言っていたが、お人好しの閏宇さんのことだ。きっと、放っておけなかったのだろう。

そんな野良犬のようだった彼女が、今ではすっかり毛艶が良くなって、ついにはエマの師である閏宇さんの親友、鶫さんの出演作品に関わるまでに成長したのかと思うと感慨深い。もっとも、その本性は飼い犬と言うよりは凶暴な猛獣であることには、変わりはないのだろう。

「必要ないよ。机と椅子があるじゃないか。人間らしさはクリアしているのさ、桜架。ま、コーヒーの一杯も出せないが、気にすることはない。座りたまえよ」

エマは飄々とそう言うと、私に向かって振り返る。きっちりと着こなしたネイビーストライプのスーツ。磨き上げたダークブラウンの革靴。紫のシャツに、グリーンのネクタイ。格好ばかりは絵になる男装の麗人といった風貌だが、やはり、そのアッシュグレーの瞳は、獣のようにギラついていた。エマは、ライティングデスクに腰掛けると、私にオフィスチェアを勧める。

「立ち話でも良いのだけれど……まぁいいわ」

近づいて、オフィスチェアに身体を預ける。妙に硬い座り心地が、どうにも癪な気がした。

「それで？　天下の大女優、霧谷桜架が何の用だい？」

不思議そうに首を傾げるエマに、私は少しだけ言葉に迷う。本当は電話一本でも良かったのだけれど……当初、閏宇さんに聞いていたエマの訪日の予定は、まだ二か月も先だった。だというのに、妙に早く訪日してきたことが気になっては、いた。その時点ですぐに連絡は取らなかったのだけれど、少々、事情が変わってきたのだ。

（最近、私の周りが妙に騒がしい。凛の様子もおかしいし……あの男が動き始めたことも気になる）

あの男——鶇さんの友人でもあった俳優、四条玲貴。業界でちょっとした噂になっていたのだが……どうもあの男、凛の所属する子役の芸能事務所、ブルーローズの講師に就任したらしい。鶇さん関連のことで動きがあるのなら、『紗椰』のリメイクのために訪日したエマに関わりが無いとは、逆に考えにくい。

「……少し遅れてしまったのだけれど、顔見知りに挨拶に来たのよ」

「ほほう？　早く日本に渡ってきた理由を知りたくなった、のではなくてかい？」

こちらを動揺させようとするような口ぶりに、ため息で返す。

「ええ、それもあるわ。……駆け引きなんていつ覚えたの？　閏宇さんに教えたら感激してくれるのではなくて？」

「はは、これくらいじゃ揺らいでくれないか。ま、美宇に知られても痛くはないよ。どうせため息を吐かれるだけさ」

美宇とは、閏宇さんの本名だ。閏井美宇で、芸名を閏宇。エマは、閏宇さんのことを下の名前で呼んでいた。

「それで、どうしてこんなに早く日本に？　貴女、無駄なことはしないでしょう？」

「もちろん、無駄なことなんかじゃないさ」

エマはライティングデスクの上に立ち上がると、なにもない天井を見上げて笑う。

「私はね、自分の映画に出演するキャストは、自分で選びたいのさ！　丁寧に丁寧に包装してオブラートに包んで呑み込んだ人間の本性を暴き！　それを全て、作品の中に晒し出したい！　そのためなら、遠出するくらいワケないのさ」

「なるほど。で、良いキャストは見つかったのかしら？」

「ああ、もちろん。とりあえず、桜架、キミ以外に一人、二人、いや三人だったかな？」

「曖昧ね」

エマは顎に手を当てて考え込み、ライティングデスクに座り直して、子供のようにぶらぶらと足をばたつかせる。そうしているうちに考え事に飽きたのか、口角を上げて語り出した。

「まさしく金の卵でね。ずいぶんと窮屈そうにアイドルなんかしているが、アレの本質はそうじゃない！　曝け出して暴き出して世間様に見せつけてやれば、アレがアイドルなんて偶像に収まる器じゃ無いことはすぐにわかるだろうさ！　だからボクはアレの本性が見たい。そのためにちょうど良い話が降って湧いたから、乗っただけさ。より面白くなりそう、とも思うがね。おおっと、ダメだよ桜架、キミに詳細は教えてあげられない。一応、仕事の内だからね。守秘義務というやつさ！」

一息で言い切ったエマの様子に、私は内心で、彼女の言う『アイドル』に同情した。こんな奇天烈な人間に気に入られるなんて、ずいぶんと運がない。

「知りたいのはそれだけかい？　なら、次はボクの番だ。ちょうどいい会合の舞台はないかな？　なるべく面白いところが良い」

エマにそう言われて、顎に手を当てて考える。エマのことだ。密室でやれば良いような大事な話を堂々とする気だろう。それならそれで、その場に〝偶然〟居合わせたりできる可能性がある。

「牛込の『Slash』というカフェが良いわよ。雨の日を狙えば、極端に客入りが少ないわ」

「ほう？」

「エマ、あなたの先生の親友、桐王鶫が役者を志して住み込みでアルバイトをしていたところでもあるわ」

「ほう！」

私の言葉に興味を持ったのか、エマは頬を歪ませ薄気味悪く笑う。

「いいね、そこにしよう。……しかし、キミはまだ、桐王鶫を引きずっているのかい？　桜架」

楽しげに笑うエマ。彼女には、他人の本性を暴きたいという悪癖がある。大方、そんな言い方で私を動揺させたいのだろう。私の提案に容易く乗って、その口ぶりのまま、私を揺さぶろうとする。これが、鶫さんとの約束を思い出す前なら激昂の一つもしていたのかもしれないのだけれど……今の私には、無駄だ。

「日常会話でも監督思考？　そういうところ、よく似ているわよ。洞木監督に――」

「言うな！　……その名前を、ボクに、聞かせるな」

　飄々とした、奇天烈な態度を崩し、歯をむき出しにして激昂するエマ。そんなエマに私は、今日何度目になるかもわからないため息を吐いた。

「煽られる耐性がないのなら、人を煽ろうとは思わないコトね。いい教訓になったでしょう？」

「すぅ……ハァ……ハッ、まだキミをやり込めるには、遠そうだ」

　これは、エマが閏宇さんに引き取られて、しばらくあとに知ったことなのだけれど……エマの本名は、洞木エマ。かつて、『紗椰』の撮影に携わった、伝説的な映画監督、洞木仙爾の孫娘。どういった経緯で彼女がアメリカに渡ったのか、一人で痩せこけていたのかは知らない。ただ唯一言えることは、洞木監督は映画には天才でも、家族にはそうではなかった、と、きっとそれだけのことなのだろう。

「はぁ……桜架、キミが性悪だからやる気をなくした。帰ってくれ」

「はいはい。映画の話だったらいつでも聞くから、そのときにまた話しましょう？」

　私が席を立つと、エマは無言で手を払うような仕草をする。弱っているようにも見えるが、明日には元どおりだろう。私は踵を返すと、エマに向かって後ろ手を振る。来たときは握ることさえ億劫だったさび付いたドアノブも、この部屋をあとにすると思えば幾分か気軽に回すことができた。

Scene 1

■東京都港区白金台（しろかねだい）・白金台駅出口。
ツナギは目的地に向かって歩き出す。

芸能事務所『ブルーローズ』は、東京都港区白金台に撮影スタジオ付き社屋を持つ大手子役事務所だ。駐車場完備の七階建てのビルは、外部から講師を招くこともあるため、板張りのレッスンルームも設置されている。

日頃、実家のラジオブースに引きこもって配信で世論調査や情報操作に明け暮れる私が、一人で東京まで出てきてやれる仕事なんか、これまではほとんどなかった。でも、ブルーローズに講師として潜入した父さんのアシスタント、という新しい仕事ができたので、こうして東京まで出てきた。午前中は姫芽（ひめ）の歌詞作りと家事の手伝いをして、午後は二時間少々かけて東京へ。今はもう三時過ぎだ。平日の日中は比較的電車が空いているのでまだ良いのだけれど。

空を見れば、まだまだ日が落ちるのには早い時間にもかかわらず、暗い雲があたりを覆っていて、薄暗い。東京都心は背の高いビルが多いからか、圧迫感と閉塞（へいそく）感を覚える。思わずついためめ息を、頭を振って誤魔化した。明るくて飄々とした〝ツナギちゃん〟は、ため息なんか吐かないのだ。目深にかぶったキャップの位置を整えて、ブルーローズの社屋に足を踏み入れた。来客用のスリッパに履き替えて、白いタイルの廊下を歩きながら考えるのは、今日までのことだ。

夜旗凛。彼女が私と父さんの思惑どおり、「親友に並ぶ力」を求めて連絡を取ってきて数日。凛は今、父さんが手配した役者の卵やブルーローズの人間を相手にレッスンを重ねている。それも、なぜか凛と仲が良いというブルーローズ所属の子役……朝代珠里阿や夕顔美海との接触がないようスケジュールを組んで。

（父さん……）

私が覚えている最古の記憶は、病院で眠る母さんと、母さんに寄り添う優しい父さんの姿だ。人は、誰かを忘れるとき、まず声から忘れていくらしい。幼い頃の記憶は曖昧で、父さんと母さんがどんな会話をしていたのか、私はまったく覚えていない。母さんがいなくなったショックで、記憶が曖昧になったのかも、なんていう、なんとも頼りない穴だらけの自己診断。覚えていたら、なにか変わったのかな、なんて、そんな風にばかり考えてしまう。父さんは、桐王鶫のことばかりだ。母さんのことなんて、もう、忘れてしまったんだろうか。私と、同じように、曖昧な記憶と途切れ途切れの思い出を胸に、生きているのだろうか。母さんのほとんどを忘れてしまった私に、なにか言う権利などないのだけれど……最近の父さんは、少し、変だ。元々、目的のために手段は選ばないひとだった。でも、だからといって、あの桐王鶫と名付けられた人形のいる家に、他人を住まわせるなんて思わなかった。でも、映画のキャスティングに口出しすることと引き換えとは言え、とくに葛藤すら無く、父さんは姫芽を家に住まわせている。それに、今回のこともそうだ。プライドの高い父さんは、親御さんに知られるかも、なんてリスクともいえないようなことのために、六歳程度の子役仲間までそれとなく遠ざける……なんてことはしないはずだ。なのに、今、わざわざスケジュールを調整してまで、それを避けている。

（慎重に……絶対、この計画を成功させようとしている。凛以外に、第二の桐王鶫となるための適性を感じられる子役がいないから？　でも、父さんに聞かされてきた桐王鶫と凛が似ているとは思えない。なら、今回失敗しても、まだいくらでも、代わりはいるはず、だよね？）

そりゃあ子供の洗脳なんて、外聞は悪いだろうけれど、父さんは大物俳優でコネも伝手もあるのだから、隠蔽はお手の物だ。今回失敗したところで、またやればいい話だろう。だって父さんは、生涯を懸けて、桐王鶫を復活させ、桐王鶫を認めなかった社会に復讐をすると言っているのだから。

（いま、急がなければならない理由は何だろう。父さん……もしかして、なにか理由があって、焦っている？）

頭を振って、だめだ、と頭から考え事を追い出す。どのみち確認する術はないし……なにより、父さんを疑うコトなんて、あってはならない。私には私の夢がある。桐王鶫の復活を願うようになってから、父さんはおかしくなり始めた。なら、父さんの夢が叶えば、あの頃に戻るはずだ。父さんを、優しかったあの頃に戻すために、振り向いていられないのは私も同じ。突き進むしか、道はない。誰を、犠牲にしてでも。

(——と、いけないいけない)

無意識のうちに目的の部屋に近づいていたのだろう。白いタイルの廊下、目の前には、グレーに塗られたアルミのドア。冷たいドアノブに手を掛けてドアを開くと、蛍光灯の光がキャップにかかる。板張りのレッスンルームは、一〇メートル×八メートルのほぼ正方形に近い形をしていて、ドアの正面、左右一〇メートルの壁一面に姿見が備え付けられている。普段は清潔感のある爽やかな空間なのだろうけれど、今は少し様相が違っていた。

凛とのトレーニングか、父さんのレッスンか、その両方か。よほど過酷なものだったのだろう。父さんが外部から招いた役者の卵や、ブルーローズ所属とみられる、十代前半程度の少年少女。ざっと見回して七~八人の人間が、板張りの床に汗を散らしてへたり込んでいる。息荒く蹲る者、呆然と虚空を見つめて座り込む者。状態には違いがあれど、一様に、立ち上がる気力を無くしていた。

その中央に、体操着姿の凛と、かっちりとしたスーツに身を包む父さんが佇んでいる。凛は瞳から色をなくし、ただ、父さんの言葉に頷いているが、どこか機械的だ。凛の演技におけるスイッチが、切れていないのだろうか。役に入り込んだまま戻ってこられないような、そんな印象。一方で、父さんはどこか高揚しているように見える。今日のレッスンの振り返りをしながら、演技の質を評価する口ぶり。まるで桐王鶫のことを語るときのような、興奮した口調。私なんかでは引き出せない、声色。

下唇を噛んで、すぐに離す。キャップを少し持ち上げて、口角を上げ、印象良く、明るく見えるように。

「遅れて申し訳ありません、父さん。……それと、やっほー、凛。調子よさそうだね」

「ツナギか……いいや、構わないさ。俺は今、機嫌が良い。さぁ、凛、ツナギに挨拶をしてあげなさい」

父さんは機嫌良さそうに笑うと、凛に声をかけながら、指を弾く。ぱちん、という小気味の良い音で、凛の瞳に光が戻った。

「――はい、先生。あ、きてたんだ、ツナギちゃん」

「そりゃあアシスタントで……凛のトモダチ、だからね。私も凛の力になりたいのさ」

軽快に、明るく、言葉尻に照れを誤魔化すような語尾。凛はむずがゆそうに微笑むと、私に小さく「ありがとう」と頷いた。そんな凛を見て、父さんが、出入り口側の椅子を指差す。

「凛。ちょうど良いタイミングだ。少し休憩をとりなさい」

「はい、先生」

凜は、床に倒れ伏す練習相手たちを一瞥もすること無く、平然と、椅子まで歩いて腰掛ける。そして疲れが出たのか、僅かに船をこぎ始めた。

「さて、ツナギ」

「はい、父さん」

呼ばれて、報告するのは〝情報操作〟の進捗だ。私は、配信で最初に凜の名前を取り上げることで、視聴者の意識を凜に向けさせた。その後、対決企画でつぐみを推すことで、凜に向いていた意識を、つぐみに向くように誘導した。単純につぐみのみ推していたら、「やっぱり、夜旗凜もいい」と言って凜を支持するひともいたのだろうけれど……私が、彼らの推す〝ツナギちゃん〟が、凜からつぐみに変えたのなら、自分たちもそうしよう、そういう、同調圧力で、潜在的に凜を推していた人間たちのほとんどに、つぐみに投票させた。

この後に起こるのは、簡単だ。今、インターネットで検索すれば、『対決に不正？　本当の勝者』というような、陰謀論めいたゴシップから、『専門家が語る演技対決の結果をその場の投票に委ねるリスク』といった堅苦しい記事まで、様々な情報が見つかることだろう。私は父さんにそれらのことを簡単に解説しながら、次のステップについて語る。

「世論は、『夜旗凜に正当な評価を』というように動くことでしょう」

「く、はは、さすが、俺のツナギだ。良い仕事をしたね」

「っ……はい、ありがとうございます、父さん」

凛は、私たちが用意する次のつぐみとの対決の場で、今度こそつぐみに勝つことだろう。それは現段階の力量を見れば当然のことだし、世論の後押しも強い。とはいえ、今の凛は、その勝利を父さんと私のおかげである、と、そう認識するはずだ。そうなれば、あとは、凛自身の意志で霧谷桜架から完全に離れる。私たちの手元で、桐王鶇へ進化するための手ほどきをしていける。

「では、ツナギ。次の段階に進もう。いいね」

「はい、父さん」

「俺は凛をもう少し休ませたら、次のレッスンを施しておくよ。く、ははは、楽しみだ。ああ、実に、ね」

私は父さんに一礼すると、居眠りをし始めた凛の横を通り、ドアノブに手を掛ける。小さく顎を引いて眠る凛の横顔は、あどけなく可愛らしい。決して、〝ホラー女優〟なんてものが似合うものではない。

(ごめんね、なんて、言わないよ。怨んでくれて良いから)

私は心の中で、凛に向かってそう告げる。それから、ドアから外へ出て、ブルーローズの社屋をあとにした。

ぽつぽつと、霧雨が降り出す。傘を差すまでもない、というくらいだ。あいにく折りたたみ傘どころか手鞄の一つも持ち歩いてはいない。わざわざコンビニで傘を買わなくても良いだろう。なんとなく水に濡れたくて、白金台駅までの道のりを歩いていく。歩きながらスマートフォンを取り出して、私は、目当ての人物の連絡先をタップした。ひとに聞かれたくない話をするのなら、歩きながらするのが一番良い。歩幅を合わせて盗み聞きするような怪しい行動をする人間がいたら、一目瞭然だから。

幾度目かのコール。音声が繋がる。向こうが奇天烈なことを言う前に、私から声を上げた。

「こんにちは、エマ。今、良いかな？」

どこにいるんだか。ノイズが走る。でもそれもすぐに収まって、スピーカーから色気のあるアルトボイスが響いた。

『――もちろん良いとも。ずいぶんと機嫌が良いね、ツナギ。恋人でもできたのかい？』

「そんなんじゃないよ、エマ」

『はは、照れなくてもいいのに。キミは相変わらずだね。そうだ、今度一緒にコーヒーでもどうだい？　ハチミツをたっぷり入れて、砂糖もミルクも生クリームも入れよう。全部真っ白に塗りつぶせば、キミのその、なんていったかな、まぁいいや、ほらあれだよ、いつまでも心の奥底で燻っている熾火に、ちょうど良い火が灯るんじゃあないか？』

エマ。桐王鶫の親友で、芸能界を引退しハリウッドでメガホンを取る女監督、閏宇の一番弟子。緑がかった艶のある髪と、アッシュグレーの瞳。男装の麗人という言葉がよく似合う、スーツ姿の女性。一見クールな印象だが、その実、奇天烈で訳のわからない言動と、化け物じみた洞察力を持って人の本質を暴いてくる、妖怪のような女。私は、このひとが苦手だ。

「ちょっと何を言っているのかわからないよ、エマ。そんなことより、本題に入るよ」

『会話の一つも楽しめないなんてナンセンスだよ。どうでもいいが』

嫌みったらしい口調が、急に平坦になる。情緒のジェットコースターについていこうとすると、私まで不安定になりそうだったから、無視して本題を切り出した。

「進捗の共有がしたい。いいかな？」

『電話じゃヤダなー。そうだ、カフェにしよう。コーヒーが飲みたいナァ』

「はいはい、わかったよ。場所に指定はある？」

『ああ、あるとも！』

エマの指定する場所は、毎回、どうしてか奇天烈だ。ビルの上とか、ハチ公の足下とか、高速道路の高架下とか。せめて椅子は欲しいと思いながら、続きを促した。

「どこでも行くよ。どこがいいの？」

『渡り鳥の住むところ。止まり木にして始まりの地。私の先生にとっても思い入れが強い場所。神楽坂の隘路の果て。隙間の向こうの隠れ家』

「は？」

言っている意味がわからなくて、聞き返す。するとエマは、何がそんなに愉快なのか、喉の奥でくつくつと笑って、それから、たっぷり間を空けて答えた。

『〝Slash〟というカフェがある。キミたち親子が愛して止まない、桐王鶫ゆかりの地、さ』

喉の奥からせり上がる不快感を呑み込んで、「わかった」と返事をする。エマは楽しげな口調で『姫芽も連れてくるように』と付け加えると、こちらの返事を待たずに電話を切った。

「ほんと、嫌いだ」

白金台駅、ホームに繋がる地下通路の入り口を前に、通話の切れたスマートフォンに吐き捨てる。エマも、桐王鶫も、大嫌いだ。……なんて、今度は言葉を呑み込んで、私は駅のホームに降りた。

Scene 2

夢・一九九九年・葛西臨海公園。

つぐみは、過去の夢を見る。


深夜の葛西臨海公園は、薄く霧がかかっていた。撮影を終えてへとへとの身体だっていうのに、撮影後に葛西臨海公園まで来てくれないか？　なんて、ずいぶんと自分勝手な言い分だ。声色が真剣じゃ無ければ、「じゃ、あんたが来なさいな」とでも突っぱねて、いつものように居酒屋をハシゴさせていた、と思う。ホラー女優魂が夜の公園にちょっぴりわくわくしてしまった、だなんてことは、三十路で言うべきではないと承知しているから言ってやらないけれど。

コンクリートで舗装された河川敷から、ぼんやりと運河を眺める。石の一つでもあれば水切りに興じたモノを、なんて、ちょっと子供っぽすぎるかな。らしくもなく、この、呼び出しという状況を楽しんでいるのかもしれない。

（うーん。ここから演技をするとしたら、やっぱり突然ブリッジからの跳躍がいいかな？　それとも、無言で運河に飛び込んでみる？）

そういえば、新しい撮影のオファーがあったことを思い出す。タイトルは確か『血色』というもので、自殺した女性が悪霊になって復讐するモノ。それから、焼死体が動き出す『心音』という作品の二つ。撮影時期がずれているから二つとも受けられないこともないのだけれど、さすがにオーバーワークになりそうだ。『心音』はさくらちゃんや閏宇にも声をかけているようだし、久々に二人とも共演したい。『血色』はやめておいて、スケジュールが過密になりすぎないようにしようかな。

「……へくちっ」

なんて、色々と考え事をしていたら、冬の寒さが肌をつく。マフラーを巻き直して、手袋に息を吹きかけると、白い吐息が気休め程度に寒さを和らげた。

「さて、と」

もう充分待ったよね。うんうんと頷いて、ぐーっと背伸びをする。もう帰ろうかと踵を返したところで、遠くに、こちらに向かって走る男の姿を捉えた。

「鶫！」

いつもキザったらしく決めたスーツをよれさせて、ネクタイをほどきながら走る金髪の男。寒いだろうに、コートの一つも持たない姿はなんとも必死さが漂っていて、哀れにすら思える。きっと、自慢の真っ赤なポルシェで来て、車の中になにもかも置いてきてしまったんだろうなぁと思うと、自然と、口元が緩んだ。

「遅い」

「うぐっ、す、すまない――柿沼め、覚えていろ」

「柿沼さんに迷惑かけたの？」

「いや、どこからか鶫と会うのを察して根掘り葉掘り問い詰められ――ああ、いや、違う。言い訳はしない。遅れてすまなかった」

しょんぼりと項垂れる姿は、どこか大型犬にも似ていて、声を上げて笑ってしまいそうになるのを堪えた。

「……で？　話って？」

「あー……こほん、んっ、んっ」

妙に畏まった様子に、思わず首を傾げる。はてさてどんな用事があっただろうか。凍えた頭をひねっても、浮かんでくるのは演技に関わることばかり。そういえば彼と最初に出会ったのも連続ドラマの撮影中でのことだった。関わりができたのはさらにその少し後。私の悪霊の演技で寝込んでしまい、悪夢に苛まれて寝不足になったと文句を言われたときだ。そんな彼に、ついつい吹き出してしまったことが私と彼の関係の、始まりだった。それからなんやかんやとあって――〝今〟があると思うと、どうにも感慨深い。

「俺とけっ、けっ」

「け？」

言いかけ、言いよどみ、口を噤む。なんだか、初めて会ったときのことを思い出させる様子で懐かしくなる。

「いや、その、はは。格好悪いな。こんな予定じゃ無かったんだ。俺はもっとスマートな男、なんだがな」

「初対面のときから、別にスマートでは無かったわよ？」

「くっ、ははは、違いない！　……君の前ではいつだって、そうだったな」

薄く伏せられた瞳。透き通った碧眼は、エメラルドのように深い翡翠。覗き込めば、湖に顔を浸したときのように、深い青が垣間見える、不思議な色。白馬の王子様なんて呼ばれることもあるみたいだけれど、私からすればもっと身近な存在だ。共に夢を語り合った好敵手であり、友だ。だから、きっと、私はわかっていなかった。彼が、私をどんな風に見ていたのか。なにを、伝えようとしていたのか。心の準備の一つもなく、まっさらな心でただ、受け止めてしまった。

「だから、順序を立てよう。俺は君に、誰よりも君に、側に居て欲しい」

「へ？」

「君が好きだ。鶫――どうか、俺と、結婚してほしい」

寒空の下、小さな箱が差し出される。白い台座に輝く血の色よりも鮮やかなルビー。そういうことに疎い私でも知っている、私の、七月の誕生石。しもやけなんかじゃ説明できないほどに真っ赤になった彼の頰よりも、もっと赤い宝石。そのとき、私はただ、彼が、いつも余裕たっぷりで、空回りしても自信家な彼が、こんなにも葛藤と不安に苛まれた顔ができるんだ……なんてことに、少しばかりの感心を覚えていた。感心、という名の現実逃避であったことは、間違いないのだけれど。

「わ、たし、は――」

だから。だから私は、応えないと。真摯に突き出された手に、見合う答えを。釣り合う返答をしなければならない。なのに、さび付いたように動かない口を、不甲斐なく思った。でも。それでも、私は。

「玲貴、私は……——」


ローウェル邸・つぐみの私室。

つぐみは空に手を突き出した姿勢で、目を覚ました。


「——……あ、れ？」

ぱちり、と、目を開ける。あれ、えっと、なんの夢を見ていたんだっけ……？

「うう、おもいだせない」

頭を振って起き上がる。カーテンからは日差しが零れ、天蓋付きのベッドに眠る私に降り注ぐ。悲しい夢だったのかな。頬を伝った涙のあとが、乾ききって轍のようになっていた。それをハンカチで拭って起き上がり、なんとなしにスマートフォンを手に取る。メッセージアプリを開いてみて、新規メッセージを確認。珠里阿ちゃんや美海ちゃんに「おはよう」と返事をして……凛ちゃんからのメッセージがないことに、肩を落とした。いつもだったら、私が寝入った後の時間帯に凛ちゃんから送られてきたメッセージを確認して、朝が始まるはずだったのに。

「はぁ……」

思わずため息を吐く。『妖精の匣』の撮影もまだまだあるし、凛ちゃんと会える機会はある。あの日、凛ちゃんとの勝負の後、そうやって自分を慰めた私に降りかかったのは「手遅れだったんじゃないか」という現実だった。一緒に撮影して、一緒の控え室にいて、それでも……どこか、距離が遠い。

「……どうすればいいんだろう」

膝を抱えて、味気ないメッセージばかりになってしまったスマートフォンをベッドに置く。私と凛ちゃんの関係は、周囲から見たら違和感はないみたいで、小春さんなんかも私の「私と凛ちゃんの仲に違和感は無いか？」なんていう曖昧な疑問に、首を傾げていた。本当に、その程度のことなんだ。会話が減って、それだけ。だけど、肌で感じるこの寂しさは、なんなんだろう。いつまでたっても、その答えが出ない。

――♪

そうしていると、メッセージアプリから新着通知がきた。凛ちゃんからのメッセージかも？なんていう淡い期待、を、裏切られる怖さを押し殺して、恐る恐るアプリを開く。するとそこには、思いがけない人からのメッセージがあった。

「へ？　あれ？　こーくん？」

夜旗虹。外ならぬ、凛ちゃんのお兄さんからのメッセージだ。

『凛のことで聞きたいことがあるんだが、今、いいか？』

簡潔なメッセージ。短い言葉に、私はただ「いいよ」と応える。するとすぐに着信があった。凛ちゃんに設定してもらった受信音は、グレブレの主題歌だ。

「もしもし、そらほしつぐみです」

『あー……朝早くからわるい』

どこか、ばつが悪そうな声。時計を見れば、時刻は朝八時。早いかどうかは微妙だけれど、気遣いに心が温かくなる。そんな虹君の、小さなスピーカーから漏れる声には、逡巡と葛藤が見え隠れしていた。私はそんな虹君の様子に、ただ続きを促す。

「いいよ。どうしたの？」

『その、なんだ。凛のやつ、なにかあったのか？』

どきり、と、心臓が跳ねる。とくとくと、鼓動が速まった。でも、虹君に余計な心配をかけたくないから、私は、動揺を押し殺して答える。

「……せんじつの、特番のこと、かも」

『ああ、うん、やっぱりあれだよな……。なぁ、つぐみ、いや、疑ってるわけじゃ無いんだが、その、なんだ』

ハッキリとした物言いと堂々とした態度。素直じゃないけど、まっすぐ。それが、私が虹君に抱く印象だ。けれど、なんだか今日の虹君は、そう、言うなれば、〝らしく〟ない。それに、疑っている、という言葉も、虹君が選びそうにない言葉で、思わず聞き返してしまう。

「うたがう、って？」

『勝敗に、関わってない。そうだよな？』

勝敗に、と聞いて、虹君が言いづらそうにしている理由に思い至る。やっぱり、あの勝敗には納得がいってないってことなんだと思う。それは、私としてもまったくの同意見だ。だからこそ、虹君はこう言いたいんだろう。〝ずるをしてないか？〟と。

「やおちょうってこと？」

『……言い回しが古くないか？　それ』

ため息。八百長って古いの!?　な、なんだか唐突にジェネレーションギャップで叩かれて言葉に詰まる。

「ふるくないし、ずるもしてないよ！」

『古いと思うが、まぁ、うん、そうだよなぁ』

なんだろう。なんだか、へんな感じだ。電話越しの虹君の声色は、どことなく喉につっかえたような言葉選び。疑っているならきっと、虹君はそのことを物怖じもせずにズバッと言う、と、思う。とくに、妹想いの虹君のことだから、凛ちゃんが関わるとなれば、なおさら。

「……うたがってる？」

『いや、正直、つぐみのことは疑っていないんだが……なぁ、ツナギって知ってるか？』

疑われていない、ということにほっとするのもつかの間。言われた言葉を、口の中で反芻する。ツナギ、といえば、作業着のこと……じゃ、ないよね。たぶん。となるとあれかな。以前、凛ちゃんの部屋で凛ちゃんたちと視聴したyoltuberの、ツナギちゃん。ツナギチャンネル、という番組を配信している女の子、の、ことかな?

「えーと、yoltuberの、で、あってる?」

『ああ。ただ、その様子だと詳しくは知らないみたいだな』

「うん。りんちゃんやみみちゃんたちといっしょに見たことがあるだけ、だよ」

黒髪の女の子で、どことなく、見知った誰かに似ているような既視感がある。流ちょうな喋り口調と人を惹きつける笑顔。その様子は、目を瞑れば鮮明に思い出すことができる。

『よし。なぁつぐみ、今、yoltubeを開きながら話せるか?』

「やだなぁこーくん。電話しながら見たりはできないんだよ?」

『はぁ、そういや機械オンチだったか。悪い悪い』

な、なんだかちょーっとバカにされているような気がしないでもない、かも。そう、声を上げようとして。

「む。わたしだってさいきんは――」

『そういうことなら、いい。なぁつぐみ。会えるか?』

「――へ?」

出端をくじかれて、口ごもる。

『できれば近いうちに……空いてるんなら、今日とか明日でもいいから、その、なんだ。会えるか？　つぐみ』

真剣な声色。頭の中にスケジュールを思い浮かべて、瞬時に近い日をピックアップ。今日、は、さすがに無理だけれど、空いている日はもちろんある。今のところ、予定といえるようなお仕事は、『妖精の匣』しか抱えていないのだけれど。

「いいけれど、こーくんは、空いてるの？」

『ああ。スケジュール送るから、照らし合わせて連絡くれ』

「う、うん」

そう言って、切れた電話をじっと見つめる。なんだか、いつの間にか、虹君と会うことになった……みたい、だ。

Scene 3

牛込柳町（午前）。

車で移動中のつぐみ。

黒塗りのセンチュリーの後部座席。窓を打つ雨音に耳を傾けながら、真っ白の長靴に収めた足を、もぞもぞと動かした。濡れても目立たないように、モノトーンのワンピースに身を包み、白いマリンキャップにまとめた髪を隠した。以前よりも顔が売れてきたとはいえ、人より目立つ銀髪を隠してしまえば、そう目立つことはないだろう。隣に座る小春さんに目をやれば、彼女はきょとんと首を傾げた。

「つぐみ様？　なにか、ご入り用でしょうか？」

「ううん、ごめんなさい、なんでもないの。でも、あの、雨なのに、付き合わせちゃってごめんなさい」

「そんな！　お気になさらないでください。むしろつぐみ様のオフの日までご同行させていただけるなんて……私も眞壁も、感無量です！」

そう言って、小春さんは、自身と運転手の男性を指差した。眞壁一郎さんは、白髪を丁寧に整えて白い髭をたくわえた初老の男性だ。親子二代でうちの運転手をしてくれている。なんでも、マミィの実家の〝空星家〟からついてきてくれたのだという、古参の使用人だ。息子の二郎さんも素敵な男性で、年の頃は四十半ばといっただろうか。いつも助かっている。

「しかし、つぐみ様のお出かけだというのに……すっかり、雨になってしまいましたね」

「こればっかりは、しかたないよ」

小春さんに答えながら、私はもう一度、窓の外を見た。ざぁざぁと大きな音で降り注ぐ雨。街に煙る雨滴は、留まること無く車窓を濡らす。私は車だから良いけれど……虹君は、濡れてしまうだろうな。そう思ってスマートフォンを覗き込めば、虹君からのメッセージが一つ。

『到着。そっちも近づいたら教えてくれ』

約束の時間は午前十時。あと十五分もあるのに、先に到着して待っていてくれているのだという。いくら夏とはいえ、雨の中で待っていて、風邪を引いてしまわないのだろうか。

「ええっと……まかべさん、どれくらいでつきそうですか？」

「十分少々で到着致しますよ、お嬢様」

「わかりました。ありがとうございます。ええっと……『あと十分くらい。雨宿りしていて』」

慣れない手つきでスマートフォンのキーボードを入力する。そうすると、すぐに返事が来た。キーボード入力、速いなぁ。

『マネの黄金さんに送ってきてもらった。まだ車で待ってる』

続いて、ぽんっと写真が表示される。虹君は車の助手席に座っているのだろう。小さな運転席でピースサインをする男性の写真が送られてきた、樽形の体型で、むちむちころころしている様子がなんだか可愛い。目が細くて開いているのかいないのかわからないけれど、浮かべた笑顔は満面の笑み、というのに相応しい。明るそうな方、という印象だ。私は口元に手を当てて笑いをかみ殺すと、虹君に返事をする。

『写メありがとう。素敵な男性だね』

『写メっておまえ、おばさんかよ。うちのマネの黄金さん。実家が米農家なんだよ。だから米と日本酒が好きでこのアリサマ……ってのが、本人談、だ』

『おばさんって、ひどいよ、もう！　黄金さんに、今度お米を買いに行きますねって伝えておいて』

『良いけど買収はするなよ。うちも贔屓にしてるんだから』

『しないよ！』

虹君とのやりとりを終えて、肩から掛けたモノクロ調のポシェットにスマートフォンをしまう。虹君と凛ちゃんのことについて会って話そうということになった、その翌日。スケジュールを決めて出かけてみれば、空はあいにくの雨だった。しかも、虹君が指定した場所は、牛込柳町。新宿区牛込の中でもいっとう低い場所にあり、雨水や排ガスやらがなにかと溜まりやすい区域だ。路地裏なんかに行こうものなら、左右のビルから降り注ぐ雨樋の水で、腰までぐっしょり濡れてしまう……なんてこともある。とはいえ指定したからには、なにかあるんだろうなぁ。

「お嬢様、到着致します」

「あ、はいっ。えーと、こーくんへ……『到着したよ』っと」

交差点の手前で車を停めてもらって、先にささっと降りた小春さんが、傘を差しながら車のドアを開けてくれる。私は身体が濡れないように小春さんが差し出してくれた自分の傘を手に取って、空にかざした。お気に入りの、白いカエルモチーフの傘に雨が当たる。傘を叩く雨音が、どこか心地よい。

「お帰りの際に迎えに上がります。今日は一日、楽しんでいらしてくださいね、つぐみ様」

「うん、ありがとう、こはるさん。まかべさんも、よろしくおねがいします！」

ミラー越しに微笑んでくれる眞壁さんと、傘を片手に丁寧に顎を引く小春さん。二人に手を振ると、ちょうど交差点のはす向かいで、同じように車から降りる虹君の姿が見えた。赤くて丸い車だ。名前はわからないけれど、映画なんかで見たことがある。けっこう前からある車、なのかも。

虹君の格好は、白いカッターシャツに、カーキ色の七分丈のパンツ。靴はスニーカーだろうか。虹君、長靴とかあんまり似合わなそうだもんね。簡単な変装をしているみたいだ。濃いネイビーの傘が、なんとも渋い。

交差点の信号が青に変わると、大きな水たまりを踏まないように気をつける。スカートにまで跳ねてしまったら、洗うのが大変そうだしね。

「おまたせ、こーくん」

走り去っていく赤い車に手を上げていた虹君が、私の言葉に気が付いて振り返る。

「ん？　ああ、つぐみちゃん。いいや、こっちもさっき着いたばかりだから、気にしないで」

そう、柔らかい口調と穏やかな表情で応えた虹君に対して、思わず肩が跳ねた。

「ひぇっ……こ、こわい。だれですか?」

「怖いってなんだよ。優しくすればつけあがりやがって」

そういえばいつだったか凛ちゃんが、「兄は外では猫をかぶっている」とかなんとか言ってたっけ。思わず反応すれば、虹君はいつもの憮然とした表情で、吐き捨てるようにそう言った。

そうそう、やっぱりこのぶっきらぼうさがないと、なんとなく虹君って感じがしないいんだよねえ。

「……まぁいい。場所を用意したんだが、わかりにくいところにあってさ。案内するよ」

「そうだ。どうして、その、こーくんの用意した〝ばしょ〟が良かったの?」

集まるだけなら、色んな場所があると思う。カラオケとかも密室だしね。ただ、わざわざここをピンポイントで指定したからには、なにかあるんだろうな、と思ったのだ。

「一つ、普段からあんまりひとの入る店じゃないんだが、雨だと客足がゼロになる。もう一つ、夜はバーをやってるから、お忍びでくる芸能人とかもいるらしくてさ。そういうひと向けに、〝口が堅い〟っていう信用商売でやってる……らしい」

「らしい?」

なんでもズバズバ言うイメージの強い虹君にしては、なんとも珍しい曖昧な表現。じっと見上げて視線で追及してみれば、虹君は「いや、隠すようなことじゃないんだけどさ」と口を開いた。

「オレのマネージャーの黄金さんってさ、サックスが趣味なんだよ。で、夜はアマチュアバンドのメンバーと演奏会やったりもするんだと……あ、そこ、足下気をつけろよ」

「え、あ、ひゃっ……ありがとう、こーくん」

　話しながら路地裏に入ると、左右のビルの雨樋から、それはもうすごい勢いで雨水が噴射されていた。虹君は私を言葉で誘導しながら、より勢いが強い右側に立って歩いていた。ス、スマートだ……こういうの、どこで覚えてくるんだろう。やっぱり、月九の貴公子なお父さん、夜旗万真さんの教育なのかな。でもまぁ、雨の日に客足が遠のくのはわかる。店に通じる路地でこんなに雨水が襲ってくるのなら、雨の日にわざわざ行こうとは思えない、よね。

「ま、そんなワケで、あんまり聞かれたくない話の会場に、あそこを紹介してもらったんだよ」

　そう言って、虹君は、路地の先の建物を指差した。ビルの建ち並ぶ一角。雑居ビルの一階に煌々と光るネオン。磨りガラスのはめ込まれた木製のドアは古びているのに、『Slash』という店名が輝くネオン看板は、やけに新しい。エレベーターなんかついていなくて、ビルの中とビル脇の非常階段が、上に昇る手段。ビル脇から四階分、最上階まで伸びる非常階段は、当時のまま、さび付いていた。その、ビルを、その光景を、私は——知っている。

「かんばん」

「ん？　どうした、つぐみ」

「かんばん、新しいね」

「なんだその感想？ ──なんでも、初代から二代目に店を引き継いだときに、店の名前を変えたそうだぞ。確か、えーっと……前は、『渡り鳥』って言ったらしい。二代目は、初代マスターの孫娘なんだとか」

虹君の告げた、『渡り鳥』という店名に、私の知識が勘違いで無かったことを悟る。前世で私がまだ、東京に出てきたばかりの頃。私の、鶫の祖父母が亡くなる前に紹介してくれたのが、『渡り鳥』のマスターだった。鶫はこのビルの二階に部屋を借りて、演技の勉強をしながら、事務所に通っていたのだ。目を瞑れば、今でも、あの日々を思い出す。

二階奥の和室。ブラウン管のテレビはしょっちゅう明滅していて、映らないチャンネルもあった。それでも中古ショップで買ったビデオデッキを接続して、レンタルビデオ店で借りた映画やドラマで演技の勉強をした。裸電球の下、段ボールを机に、水道水で喉を潤す日々。朝は住み込みで働かせてもらっている分、薄給ながら賄いが出て、ときおり、マスターが淹れてくれたコーヒーで目を覚ます。慌ただしくて大変で、しんどいことも辛いこともあったのだけれど──あの日々は、確かに私の糧になった。

「おーい、つぐみ。大丈夫か？ なにかあったか？」

「ううん、なんでもない。ただ、こういうところ、初めてだったから」

「あー、そっか、おまえ、オジョーサマだもんな。ほら、行くぞ」

「うんっ」

やれやれとでも言いたげに口角を上げた虹君。彼に誘導されて喫茶店の前までくると、虹君はぴたりと足を止めた。

「あー、そうだ、忘れてた」

「こーくん？」

虹君は気まずげに頰を搔くと、入らないのかと首を傾げる私から、小さく目を逸らす。

「実は今回の会合なんだけどさ……もう一人、参加者がいる」

「へ？　ナイショのお話なのに？」

「そういう反応になるよなぁ。ま、これぱっかりは断り切れなかったオレが悪いんだが……癪だが、強力な助っ人には違いない。……ってことで、正体は会って確かめてくれ。さ、行くぞー」

未だ混乱から抜け出せない私を振り切って、虹君は喫茶店のドアに手を掛ける。からんころんと鳴るドアベルの音は、前世と何一つ変わらず、どこかやるせない、鈍い音をしていた。

喫茶店の中は、外観からはわからないほど奥行きがある。ドアから入って左側がカウンターで、カウンター席の椅子は六脚程度、等間隔に置かれている。こだわり抜いた木製のカウンターに、同じく背もたれ付きの木の椅子は、新しいモノと古いモノが混じっていた。カウンターの奥から、「いらっしゃいませ」と告げた女性が、この店の新しいマスターなのだろう。丸眼鏡にお下げの可愛らしい女性で、にこやかに来店を歓迎しているようにも見えるが、その口元は引きつっていた。雨の日に客が来れば驚く。ここは、そういう立地の店なのだ。

ドアから向かって正面には、小さなステージとグランドピアノが置いてある。夜はバーをやっていて、あそこで演奏会や手品や大道芸や漫才や……当時のマスターが、売れない歌手や芸人を連れてきて、あそこで芸をやらせてあげていたのを思い出した。

ドアから向かって右手側は、ちょっと珍しい構造になっている。四人がけのボックス席が、壁に張り付くように四セット。ボックス席とボックス席の間には、木枠の棚が置かれていて、グラスやコーヒーカップが綺麗に並べられていた。そう、隣り合ったボックス席が、互いに見えないような構造になっているのだ。とくに一番奥の席は、入り口からではまったく見えないモノだから、ステージで芸をやる人たちが、あの一番奥の席で準備をしたりしていた。

「お二人ですか?」

マスターに声をかけられ、はっと我に返る。あわあわとしていると、虹君が首を振って答えてくれていた。

「いえ、奥の席に連れが居ます」

「あら、そうでしたか！　では、どうぞー」

間延びした声は柔らかく、どちらかというと厳つかった前のマスターとずいぶん違う。私は虹君に続く形で、小走りで奥の席へ向かった。

「すいません、お待たせしました」

「気にしないで。飛び入りをしたのは私だもの。無理を言ってごめんなさいね？」

聞き心地の良い、柔らかい声。怜悧であり、温かみもある。聞く者を不快にさせないよう、天性の感覚でまとめ上げられた天稟の声。その聞き覚えのある声色に、ちょっとだけ、顔が引きつりそうになるのを堪えた。

「それから——こんにちは、つぐみちゃん。今日はよろしくね？」

丁寧にまとめられた長い三つ編み。帽子に、変装用であろう細眼鏡。淡いグリーンのシャツに白いカーディガンと、クリーム色のスカート。深窓の令嬢という言葉が似合うほど、紅茶を傾ける仕草の似合う女性。

「おうか、さん？」

「ええ。あら、聞いていなかったのかしら？」

さくらちゃん、こと、霧谷桜架。稀代の女優と謳われる、前世の桐王鶫の妹分で役者仲間。

そんな彼女が、にっこりと微笑みながら私を見ていた。

「突発的なことだったので。桜架さんに会ってから説明する、と、オレが言いました」

「なるほどね。ええ、わかったわ。では私から、経緯を説明しましょう」

桜架さんの言葉に頷いて、私と虹君は桜架さんの対面に座る。

「二人は、何が飲みたい？」

「コーヒーでお願いします。つぐみ、おまえはどうする？」

「あっ、わたしもコーヒーで……」

桜架さんは私たちの言葉を聞くと、虹君が気が付いて腰を上げようとするよりも早く、するりと立ち上がってカウンターに向かった。喫茶店は、レストランと違って自分でカウンターに注文をする。今世、注文を聞き取りに来てくれるようなお店にばかり行っていたせいで、そんな当たり前のことも忘れていて、一番の先輩を立たせてしまって、なんだか申し訳ない。

「さて、と。オレは準備してるから、おとなしくしておけよ、つぐみ」

「むぅ。わたし、落ちつきがないって、おもわれてる？」

「さて、どーだか」

虹君は私をからかいながら、持っていた肩掛け鞄から大きなタブレットを取り出した。カバーが「Z」字におり曲がって、パソコンみたいに起立する。すごい。

「察しは付いてると思うが、今日、話したいのは凛のことだ」

「……うん」

元々、今日の約束をしたときの虹君からの電話は、凛ちゃんのことについて、だった。直接会って説明した方が早いだろう、ということだった。なにかの動画を見るんだっけ？

「この動画について、何か知ってる人間がいないかって思ってさ。ダメ元で、おまえに話した後に霧谷さんに連絡をとってみたんだよ」

「それで……」

それで、と、言い切る前に、桜架さんがカウンターで受け取ったコーヒーを私たちの前に置いてくれる。桜架さんが対面に腰掛けながら虹君の事情説明を引き継いでくれた。

「そう。私も少し前から、凛の様子がおかしいことには気が付いていたわ。けれど、子供というのは、〝秘密の特訓〟が好きでしょう？　それが凛のためになるか否か、少し見極めようと思っていたのだけれど……兄の虹君がそこまで言っているのなら、放置しておけるものではないと思ったのよ」

「まぁつまり、なんだ。情報の照らし合わせと凛についての相談とか、作戦会議とかしようってワケだ。……つぐみ、おまえが普通の五歳児だったら、オレもおまえに言わずにこっそりどうにかしようかと思ってたんだが、まぁおまえは普通じゃないからな」

普通じゃない、という言葉に少々頰が引きつるものの、仲間はずれにされていたらと思うと、普通じゃないという扱いに感謝をしなくてはならない。桜架さんの認識も、虹君とあんまり変わらないんだろうなぁ。にこにことしているだけで、私と虹君の会話に疑問を持った様子も無いからね。

「では、まず。つぐみちゃん」

居住まいを正した桜架さんに、「はい」と答えて、こちらも背筋を伸ばす。

「先日のCM勝負は…… 〝残念〟だったわね」

言われた言葉に、思わず目を見開いた。そうか、桜架さんは、わかってくれたんだ。わかって、くれているんだ。あの日、本当の勝者が誰であったのか。誰が一番すごくて、そして――〝私が、敗者なのに褒められてしまった〟ことを、悔しく思っている……なんて、ことすらも、わかってくれてたんだ。

ぎゅ、と、スカートの上で拳を握る。下唇を噛んで、あふれ出しそうな感情を抑えて、瞳を閉じて堪えた。それから、また、背筋を伸ばして桜架さんを見る。

「はい。でも、つぎは負けません」

「ええ、そうね、つぐみちゃん。あなたならきっと、もっと上達できるわ。……ふふ、何故虹君がつぐみちゃんをここに呼ぶことを固持したのか、私もよくわかったわ。あなたら、きっと――」

「え？」

なにか、続けようとした桜架さんに首を傾げる。

「――いいえ、なんでもないわ。さて、じゃあ虹君？　始めましょうか」

話題が続くよりも前に、話を躱されてしまった。えーっと？

「あ、ああ、はい。わかりました。じゃあつぐみ、画面を見てくれ」

「う、うん……って、これ、yoltube？」

「そうだ」

動画配信サイト、yoltubeのトップ画面が映し出される。音量は小さめに設定されている。

虹君はそれから画面をいったりきたりして、一つの動画を流し始めた。

『さぁみんな、おっはよー！　今日も、ツナギチャンネルの時間だよ～！』

軽快に流れ始めたバックグラウンドミュージック。明朗にとおる声。黒髪の少女が画面いっぱいに現れ、挨拶をする。ツナギチャンネル。凛ちゃんが好きだと言っていたyoltubeチャンネルだ。聞き取りやすい口調で展開していく企画内容。それはちょうど、私と凛ちゃんが競った特番を配信の視聴者と同時に視聴する、というものだった。どういう意図があるんだろうと首を傾げていたら、察した桜架さんが口を挟んでくれる。

「権利の都合上、直接テレビ映像を流すことはできないわ。だからリアルタイムで一緒に観ることで、そうね、〝好きなアイドルやコメンテーターと並んでテレビを観る〟ような状況を疑似体験することができるのよ」

「なるほど……ありがとうございます、おうかさん」

視聴を続けていくと、いよいよ対決のシーンになる。私と凛ちゃんが演技を披露して、それぞれどこが素敵だとか、こういう意味があるんじゃないか、なんて考察しながら観ているのを見るのは、楽しい。ううん、違う。楽しく見られるように、言葉選びやタイミングを調整している？

（ツナギちゃん、この子、すごく頭が良い……！）

思わず感心しながら、私よりも年上であろう少女の様子を見る。抑揚や身振り手振り。その全てが、画面の向こうの視聴者を引き込んでいく。在野の天才。なんだか、そんな言葉が思い浮かんだ。そして、彼女の解説が卓越したモノである、という情報を前提に見ると、所々で違和感を覚え始めた。それは、私の演技を見ているときと、凛ちゃんを見ているとき。その解説や抑揚に込められた〝熱〟に、意図されたであろう違いが込められていた。それは、なんというか。

「わたしを、ひいきしてる？」

「そうね。私もそう思うわ」

桜架さんが、私の言葉に同意してくれる。贔屓（ひいき）、ということは、私のファンであるとも捉（とら）えられるのだけれど、ちょっと、なんだか、違うような気がする。そう、あの、夢。あまり内容は覚えていないけれど、先日見た夢の中で私は確かに〝熱〟を感じた。感情の名前は、きっと、〝好き〟だとか、そういう想い。好意の言葉には、熱が宿る。でも、ツナギちゃんの解説に好意の熱はない。それが、私の感じた違和感だ。

そして、その違和感は、最後のツナギちゃんの言葉で、徐々に形を成していく。画面の向こう。投票が始まるそのとき。ツナギちゃんは、熱狂の間に水を差すように、静かに燃料を投下し始めた。

『凛ちゃんのターンだね。凛ちゃんも可愛いけど——私は断然、つぐみちゃん派かなぁ。うんうん。やっぱり凛ちゃんの演技も良かったんだけどね。私はつぐみちゃんに一票かなぁ。みんなは、どう思う？』

ツナギちゃんのことが好きな視聴者が、ツナギちゃんの囁くような声に乗せられていく。その高速で流れていくコメント欄の様子に、私は、思わず、唇を噛みしめた。

「そんな……こんなの、だって」

思うように言葉が出ない。だって、こんな、こんなのは。憤り？　違う。私自身の不甲斐なさだ。今日まで、気が付かなかった。インターネットの中に、誰でも見られるように置かれていた状況を、知る努力もしていなかった。もっと早く、気が付いていれば。そんな後悔と痛みが胸を刺す中、私の言葉を、桜架さんが引き継いでくれる。

「聡いつぐみちゃんに言うのは酷かとも思ったわ。けれど、あなたは最初に私の言葉を真っ当に受け止めた。だから、あなたにも凛を救う一助になって欲しいから、言うわ。——これは、〝扇動〟よ。この結果になるように、煽って誘導している人間がいる。そして、それをこんな幼い少女が一人でやるのは、意味が無い。わかるかしら？」

桜架さんの言葉を受け止めて、少し考える。ツナギちゃんが一人で扇動をして、それでなんの意味があるのだろう。世論を操って悦に入る？　だったら、もうちょっと派手に動いた方がいいと思う。こんな風に、自然に扇動ができるほど頭の良いツナギちゃんが色んなところで宣伝をすれば、きっと、もっと大きなニュースになっていたんじゃないかな。でも、ツナギちゃんはそうはしていない。していたら、今日ここで聞くより前に、私の耳にも入っていただろうし。ごく自然に扇動して、そして私を勝たせて、それで得をする人がいる？

「おうかさん……だれかが、後ろにいる、ということですか？」

導き出した答えをぶつけると、桜架さんは小さく頷く。そんな桜架さんの仕草に続くように、虹君が口を開いた。

「オレはまぁ、事情があってツナギの連絡先を知ってる。ちょっとカマを掛けてみたが、知らぬ存ぜぬなのか、本当に操られているだけなのかわからないが、うまくはぐらかされたよ……だから、オレは霧谷さんに確認したんだ。この青写真を描いているヤツに心当たりが無いか、ってね」

桜架さんと虹君の言葉に、俯く。だってこれじゃあ、あまりにも報われない。あんなに努力して、あんなにまっすぐ私に挑んでくれた凛ちゃんが、あまりにも報われない。

「きっと、凛を本当の意味で救うには、私たちでは力不足でしょうね。凛を救えるのは、つぐみちゃん、あなただと思っているわ。ね、虹君？」

「……凛が見てるのは、霧谷さんでもオレでもない。おまえだ。だから力を貸して欲しい。情けねぇ話だけどさ――オレはアイツのアニキだから、アイツがやりたいこともできねぇで足掻いてもがいているんだったら、オレは、なにを使ってでも引っ張り上げてやらなきゃならねぇんだ」

こんなことが、許されていいはずがない。でも、請われたから助けたいのでも、ない。

「りんちゃんはわたしの親友で、はじめてのトモダチで、だから……わたしも、りんちゃんを助けたい！」

決意を胸に、そう言い放つ。すると、虹君も桜架さんも、笑顔で頷いてくれた。とはいえ、いったいどうすればいいんだろう？

「で、霧谷さん。なにか案でもあるんですか？」

「ええ、もちろん」

桜架さんは力強くそう告げると、悪戯気に微笑んで続けた。

「私の元後見人って、二人は知ってる？」

桜架さんにそう問われて、首を傾げる。後見人ってあれだよね、バックアップをしてくれるひと、というか……親権者がいないひとの資産とかを管理してくれるひと、の、ことだったと思う。いや、元、ということは桜架さんが、さくらちゃんが、成人したことで後見からはずれたひと、ということだから……あ。

「うる――」

思い出したことを口にしようとして、ほぼ同時、かぶせるように虹君が告げる。

「閏宇さん、ですよね」

閏宇、という名の響きに、懐かしさがこみ上げる。前世、桐王鶫(きりおうつぐみ)と閏宇が出会ったのは、確か、私が十六歳の時だ。河川敷でしつこい男にナンパされていた彼女を、私のまだ拙(つたな)かった悪霊演技で助けようとして、軟派男どころか閏宇にまで驚かれてしまった、というのが、出会い。二十歳になっても中学生料金で映画館に入れるような童顔と、顔立ちに似合わず堂々とした立ち振る舞いから、姉御肌なんて言われていた。彼女も、さくらちゃん同様、家庭に色んな事情を抱えていて――ともに泣いて、ともに怒って、ともに笑った。桐王鶫の親友だ。

「ええ、そう。正解よ、虹君。閏宇さんはハリウッドに行ってしまったけれどね、未(いま)だに国際電話で連絡を取り合っているのよ。そこで、偶然、彼女の一番弟子が来日したことを聞いたの」

閏宇を語る桜架さんの声は、とても優しい。未だに続いている二人の関係を嬉(うれ)しく思いながら、桜架さんの言葉に首を傾げる。

「いちばん弟子、ですか?」

私の問いに、桜架さんは「ええ」と微笑んだ。

「ハリウッドで閏宇さんの助監督として修業を積み、数年で独立。その後、自身でも何本か映画監督をこなし、新進気鋭の女性監督として名を上げつつある。そんな彼女が来日して映画を撮影するのだけれど……その映画に、私も嚙(か)ませてもらうことにはなっているわ。でも、事前に聞いていた日時よりも早く来日したものだから……なにかあるのかな、なんて思ったのよ」

そういってコーヒーカップを傾ける桜架さんに思わず声を上げたのは、虹君だった。

「それは……こじつけじゃないんですか？」

半信半疑という様子の虹君に、桜架さんは頷く。

「私も、件の女性監督についてはよく知っているの。快楽主義の変人で、だからこそ、興が乗らないことはやらないわ。早く来日してまでやりたいことがあったのは、間違いないのではないかしら」

桜架さんの言いたいことはわかる。普通の人なら、スケジュールを変更したら必ずその理由がある、というのは。でも、話を聞く限り、その監督さん？　は変人ということだし……常識が当てはまるのだろうか？　浮かび上がった疑問を、桜架さんにぶつけてみる。

「きぶん……とかではないんですか？」

「気分屋だから、気分で決めた、なんて可能性はもちろんあるわ。直接聞いても、はぐらかさり隠したりされたら、追及するのも難しいわ。だから、あえて、回りくどい提案をしてみたの」

「回りくどい、ていあん？」

「そう。『早く来日してまでやりたいことがあるのなら、客の少ない閑散とした喫茶店を教えてあげる』と、より客入りが少ない、雨が予測される日……つまり、今日の日付を添えてあげてね」

桜架さんはそう告げると、「ここ、雨の日にお客さん入らないから」と付け加えた。それは……乗ってくれたら、すごいことだと思う。でも、怪しい提案でもある。そう思ったのは虹君も同様だったようで、虹君は小さくため息を吐くと、眉を寄せて首を傾げた。

「乗ってくれますかね？ その提案」

「半々、といったところね。普通なら乗らないでしょうけれど、彼女は享楽主義なの。こういうあからさまな提案には、乗ってくると思うわ。それに、もう一つ情報を付け加えたからね」

私と虹君が揃って首を傾げると、桜架さんは上品な仕草で口元に手を当て、恍惚とした微笑を見せた。

「あなたの先生である閏宇さんの親友、私の鶫さん縁の地よ、とね」

楽しげな桜架さんの様子に、口元が引きつりそうになるのをぐっと堪えた。桐王鶫は桜架さんのものではないのですけれど、それはまぁ、置いといて……。

本当に、桜架さんはその監督さんのことをよく知っているのだろう。桜架さんは「乗ってこなくても、情報共有ができた以上、無意味な時間ではなかったでしょう？」と言って微笑んではいるものの、乗ってくるだろう、という確信があるのか、堂々とした佇まいだった。だから私はその信頼の根拠を聞いてみたくなって——ドアベルの音で、言葉を呑み込む。次いで聞こえてきた声に、思わず息を呑む。

「さて、諸君。ここが会議室だよ。ブラックコーヒー砂糖マシマシで三つ、頼めるかな？ マスター」

「ちょ、ちょっと、強引すぎます、監督！」

「いいのかなぁ」

「君たちは遠慮しすぎなのさ。ほら、姫芽、ツナギ、座りたまえよ」

大げさな口調。様子を確認したかったけれど、入り口から見えない位置にあるこの一番奥の席からは、当然彼女たちの姿も見えない。けれど、声の主は三人。三人ならカウンターではなくボックス席に座るだろう。席に座られたら、もう、木の棚で席が隠されてしまうから、いよいよ姿を確認するのは難しい。私はほんの僅かな時間でそこまで考えると、すぐ、スパイ映画の知識を記憶の底から引っ張り出して、ポーチから素早く手鏡を出して確認する。鏡の反射で気が付かれることもない、桐王鶫の特技の一つだ。大げさな口調の人は、男装の麗人とも呼べる、女性。光の加減で緑色にも見える黒髪に、ハッキリとしたアッシュグレーの瞳。その麗人に引っ張ってこられたのは、亜麻色の髪の少女。帽子やサングラスで変装しているけれど、すぐにわかった。先日、特番でご一緒したアイドルの少女、常磐姫芽さんだ。さらに続いて、現れた姿に、今度こそ呼吸が止まってしまったかのような錯覚を覚える。やれやれと肩をすくめているのは、黒髪に、角度によっては黒にもマリンブルーにも見える深い青の瞳を持つ少女——ツナギちゃん、だった。

まさかこんなにすぐに、会いたいと思っていた彼女の姿を見ることになるとは、思わなかった。隣で顔を寄せて手鏡を覗き込んできた虹君も、顔を引きつらせる始末だ。桜架さんの手腕に戦慄する。桜架さんは笑顔のまま、虹君が使っていたタブレットをメモ帳に替える。そこにタッチペンで文字を書いて私たちに見せた。

『ここから先は筆談で』

丁寧に書かれた文字に、虹君と二人、顔を合わせて頷いた。

Scene 4

都営大江戸線・車内（午前）。

ツナギは姫芽と二人、牛込柳町へ向かう。


東京都心の地下深くを走る都営大江戸線に乗って、暗闇ばかりの車窓を眺める。先頭車両の窓脇に立つ私は、姫芽と並んで電車に揺られていた。いつものように目深にかぶったキャップの位置を直すと、傘の柄を手元で弄びながら、思わず吐きそうになったため息をかみ殺す。

（なんだってこんな）

代わりに、悪態は心の中で吐いた。

「ツナ——ちゃん。なんだか、変なことになったんだね」

「あはは、なんだか付き合わせちゃったみたいでごめんね、姫芽」

姫芽は、周囲に人が居る電車内であることに気を配って、私の名前を短くして呼んだ。姫芽に名前を呼ばれるのは嫌いじゃないから、電車から降りたら普通に呼んで良いのだけれど。

「でもさ、ツナちゃん……あのひとは、なにを考えているんだろうね」

「さぁ、あのひとの考えることはわからないよ。奇天烈すぎて。考えすぎたらこっちの気が滅入る」

電車の中。周囲に万が一でも知られないように名を伏せた、あのひと――エマ監督。彼女が桐王鶫縁の地だというところを指定してきたのは昨日。そう、こっちの予定もなにも知ったことではないと言わんばかりに。思わずスマートフォンをたたき割るところだった。

「それよりもさ、姫芽。今日、仕事はホントに大丈夫だったの?」

姫芽、という名はまぁまぁいるし、私はあまり気にせず呼んでいる。姫芽も姫芽で、大きめの伊達眼鏡で顔を隠して、綺麗な亜麻色の髪をうまいこと編み込んでつば広の帽子に隠しているから、ぱっと見はあの常磐姫芽だとは気が付かれない……とは、姫芽本人の言葉だ。

「いやぁ、私がナニカ言う前にリスケされていたから……うちの事務所も、今回の歌詞制作には相当期待しているみたいで、さ」

「そっか……」

姫芽はそう、眉を下げて告げる。期待が重い、という気持ちはまぁ、私にも理解できるモノだ。慰めるように姫芽の手を握ると、姫芽はくすぐったそうに微笑んだ。

父さんの夢のためなら、多少の無茶は仕方がない。でも、わざわざ桐王鶫の縁の地まで行ってコーヒーを飲みながら進捗報告会をする意味がわからない。桐王鶫フリークの霧谷桜架でもあるまいし。でも、どんなに意味がなさそうなことでも、姫芽の歌詞作りに関わることならば、断ることはできない。それが、映画のキャスティングに口出ししたい父さんの、エマに対する約束なのだから。

「あ、ツナちゃん。もうすぐ着くみたいだよ」

「ん。じゃあ、行こうか。……雨、ひどくなってないと良いけど」

電車から降りて、地上までの長いエスカレーターを昇っていく。大江戸線の天井はパイプが編まれたような装飾がされていて、目を奪われる。でも、約束の場所が近づけば近づくほど、憂鬱な気持ちが勝っていく。

牛込柳町駅の改札を抜けて、周囲を見回す。周囲は煙るほどの大雨で、待ち合わせの相手を探すことすら億劫だった。

「あ、ツナちゃん、居たよ」

「もうツナギでいいよ、姫芽――ん、ほんとだ」

姫芽の指差す方を見ると、そこには見知った男装の麗人がいた。ネイビーのスーツに紫のシャツ。緑色のネクタイを締めて、耳には銀のカフス。駅から出てすぐの交差点の手前で、傘を差して佇んでいた。喋らなければ絵になるのは、本当に腹が立つ。胸をムカムカさせながら姫芽と二人並んで近づくと、向こうも私たちに気が付いたようで、片手を上げた。

「やぁ二人とも。わざわざ来るなんて暇だねぇ」

「あのさ、君が呼んだんじゃないか」

私が思わずそう吐き捨てるが、エマはそんな私の様子を無視して、さっさと踵を返して歩き出す。いちいち突っ込んでいられないし、そんな余裕もない。私は水たまりを踏まないように気をつけながら、姫芽と一緒にエマのあとを追った。

「さぁこの先だ。足下に気をつけたまえよ、諸君」

午前中だっていうのに、両脇に迫るビルと重い雲のせいで薄暗い路地裏。左右の雨樋から流れる大量の雨水を見るに、気をつけなければならないのは足下よりも頭の上だと気が付かされる。びしょ濡れにならないように身を寄せ合う私と姫芽の様子なんか、知ったことではないのだろう。エマは雨がかかることなど気にした様子もなく、ずんずんと路地の奥へ進む。

「さ、ここだ。入るよ」

「ちょっ、待って……あー、もう！　行くよ、姫芽！」

「う、うん。エマさん、強引だなぁ」

昭和レトロな喫茶店、『Slash』と書かれた看板をじっくり眺める間もなく、店内に連れていかれる。傘立てに他の傘があったかどうか確認する間もなく、慌てて入り口横の傘立てに自分の傘を放り込むように突き立てると、エマは勝手に私たちの分も注文をして、入り口一番手前のボックス席に座らせた。入り口を背にした側の席で、姫芽が奥で私が手前。エマは堂々と上座に着いた。

「それで、エマ。こんなところでなにを話すつもりなのさ」

「そう急くことではないよ、ツナギ。急がば……あー、なんだったかな？　姫芽」

「回れ、だと、思いますけど」

閠宇の弟子。経歴不詳の女性監督、エマ。スーツを着こなす彼女は、その長身も相まって、男装の麗人と称するのがよく似合う。とはいえ、アッシュグレーの瞳をぐるぐると濁らせているから、見てくれの美しさよりも気味の悪さが目立つ。

「さてさて、早速本題だ」

「急がば回れはどうなったのさ」

「じゃあやめた。脇道に逸れよう。姫芽、曲の進捗はどうだい？」

急に話を振られた姫芽が、びくりと肩を震わせた。

「っ……そ、それ、本題じゃ無いんですね。えっと、まだ、です」

「しっくり来ない。そうだね？　姫芽」

「そ、うです、が、何故、エマ監督は、それ、を？」

エマは、姫芽の言葉にぐいっと身を乗り出す。それだけで、姫芽は、蛇に見つめられたカエルのように縮こまってしまった。

「むき出しじゃ無いからさ。整えられた枯れ山水の石をひっくり返して暴くんだよ。それだけ、たったそれだけ。それだけでキミは、ある一つのことが達成できる」

「一つの、こと?」

「『尊敬するツナギちゃんを超える』こと、さ」

私は自身をやり玉に挙げられて、やれやれと肩をすくめる。私の本性はむき出しにする必要が無い。誰が好き好んで、明るく動くロボットのスイッチを切りたいと思うのか。私の本性はただの人形に過ぎない。父さんの夢を叶える人形。父さんが夢を叶えるまでは、私はただの人形なんだ。それを曝け出す意味が無いからしていないだけ、という説明は、この偏屈な女性監督には通用しないのだろうね。ま、いいけど。私は所詮、ただの仲介者だ。舞台に上がる気は無い。

「超えたい、なんて、思っていません」

「そうだろうね。諦めている以上は、ね」

「む」

あからさまに機嫌が急降下していく姫芽。まぁまぁと背をさすると、姫芽はどうにか気を落ち着かせたようだ。

「取り乱してごめんね、ツナギちゃん」

「いーよ。これくらい」

　そうこうしているうちに、カウンターにコーヒーが並べられる。エマは注文だけして動く気配はない様子なので、私が取りに行くことに。ため息を吐き、一人、カウンターにとりにいく。構わないのだけれど、最初からこんな調子じゃ、気疲れするよ。ただの進捗共有が、どうしてこんなことになったんだか。

「すいません、騒がしくして」

　ウェイトレス風のエプロンドレスを着たマスターらしき女性にそう告げると、女性は丸眼鏡の奥で目を細め、困ったように微笑んだ。

「いいえ。大丈夫ですよ。それよりも、一人で運ぶのは危ないですよ。テーブルまでお持ちしますね」

「……ありがとうございます。では、シュガーポットは運びます」

「はい」

　マスターが運んでくれたブレンドコーヒーは、真夏とは言えクーラーの効いた喫茶店で飲むのにちょうど良い温度だった。薫りが良くて、少しフルーティー。こういうのって飲みやすくてけっこう好きかも。これで砂糖を入れてしまうのはもったいない、なんて、思っていたら、エマは手元にコーヒーが届いた側からシュガーポットの砂糖を全て、コーヒーに入れてしまった。当然のようにコーヒーはカップから溢れてソーサーに溜まる。ああ、もったいない……。

「うーん、コーヒーは砂糖と等分でないとね。割が合わない」

エマはそう、とうてい信じられない口ぶりで、服を汚さないよう器用にコーヒーを呷る。熱さなんて感じてないのかな。

「姫芽、思うにキミは、サンプルが足らないのではないかな」

「さ、サンプル？」

「資料。いや、見本、というべきかな。肌で感じるリアリティがないから、真に迫ることができない。ようは、他人のリアルを突きつけられたことがない。自分の感性だけで殻を破ろうなんて無理なのさ」

唐突に始めるのは、姫芽の作詞についての話だった。エマ本人が理由を語らないからよくわからないけれど、エマはどうしても姫芽に映画のための曲を書かせたい。そのためなら、キャスティングに干渉したいという父さんの無茶に、頷いてしまうほどに。そんな独自の世界観をもつ変人だからと侮ることもできないのが、エマのこわいところだ。エマ、という人物に触れて、まだそんなに時間が経っていない。だからだろうか。よくわからないことの合間に差し込まれる奇妙な観点と鋭利な指摘の温度差に、背筋がぞわりと震える。本当になんなんだこのひと。私は、この奇天烈な女性のことが、苦手だった。

「その点で言うのなら、ツナギはリアリティの提供者という意味では不足だ。けれど、最高にマッチしているとも言える」

「どっちなのさ」

「どっちもさ。石を磨くことばかりに夢中になっているから、そんなことにも気が付かない。ボクが欲しいのはガラスさ。ガラスがいいんだと何故気が付かない！」

芝居がかった口調。大げさな身振り手振り。役者じみた言動の端々が、私の心をざわつかせる。言っている意味はよくわからない。でも、求められているのならなんでもしよう。エマの要求に応えて、姫芽の作曲が捗るのならそれだけで、父さんの夢へ一歩近づくのだから。

「やれと言われたらなんでもやるよ、私はね。リアリティが欲しい？　手首でもかっ切ってみせようか？」

「ツナギちゃん！　そんなこと、しなくていいよ！」

手首を曝け出した私を、姫芽が止める。そりゃそうか。こんなところでそんなことをしたら騒ぎになる。止めようとするのが当たり前、だと思うんだけれど、エマは興味なさげにぼんやりと私たちを見るだけ。おまけに、さんざん煽っておきながら、ため息までついてきた。

「ハア……だからダメなんだよ。ああもったいない、もったいないよ、本当に」

「あのさ、エマ。そろそろ真っ当に会話を――」

「そんなことだからキミたちは親子揃って、大事なところで取りこぼす」

言いかけた言葉を呑み込んで、出そうになった手を引っ込めて、それでも開きかけた口は止まらない。

「父さんは悪くない。なにかを取りこぼすとすれば、それは私の至らなさだ」

「クカッ、ツナギ、キミ、今、怒・っ・た・ね？　やればできるじゃないか！　空虚にしては実に熱い。熾火のようだ！」

エマは急に身を乗り出すと、両手で私の顔を摑んで引き寄せる。エマの、濁りきったアッシュグレーの瞳が爛々と輝き始めたかと思うと、私の瞳を覗き込んで、歯をむき出しにして笑った。

（――今……私は、なにを見抜かれた？）

足下がぐらつくような感覚。明るく陽気で飄々としたツナギちゃん、の、仮面を無理やり剝ぎ取ろうとされているような、とてつもない不快感。

「っ」

ぶるりと、足が震える。そうだ、さっきからずっとおかしい。姫芽だってそう。諦め癖がついている彼女は、実のところ、感情の起伏が激しい方ではない。私だってそうだ。父さんの夢を叶える人形である私に、怒りの感情なんて高尚なモノがあるはずがない。なのに私たち二人は、そろいもそろって乗せられて、言いたくもない言葉を言わされている。

（すぅ……はぁ……）

深呼吸。勝手に注がれた油を排出して、焚きつけられた心を鎮火する。これ以上、冷静でない状態で問答をさせられたら、おかしくなってしまう。それに急に上機嫌になったエマをこれ以上喜ばせるのも、なんか癪だ。

「ンフフ、そうだ、イイコトを思いついた」

「エマ、それ、絶対ろくでもないことでしょ」

「いいや、イイコトさ。姫芽、キミの悩みに光明が差すかもしれない」

またまた唐突に話題に上げられた姫芽は、きょとんと首を傾げる。そりゃあそうだろう。ついていけるような話の流れなんてなかった。エマには真っ当な普通の会話をしようなんて配慮は存在していないのだろう。私は諦念からため息を吐くと、いい加減話を進めるためにエマに続きを促す。

「で、エマ。なにをしようって言うのさ？」

「キミがこの間、引っかき回していたアレ。アレも面白かったけれど、やっぱり直接対決に限る。そう思わないかい？　ツナギ」

「はぁ？」

アレと言われて考える。思い当たるのは、先日、私が細工をした特番での勝負のことだろうか。思惑通りに進んだあの一幕を、エマが把握していたことに驚きを覚える。日本のみの放送のテレビ番組をわざわざ視ていたとは思えないけれど……なにか、私が思いも寄らないところで興味を持ったのだろうか？

いや、でも、実のところ、そんなことはどうでもいい。大事なのはたった一つだけ。この奇天烈だけれど腕は確かな監督に、凛を認めさせ、桐王鶫へ進化するための一歩を進ませる。たったそれだけだ。そのために、私は彼女の気まぐれに付き合っているのだから。

「――なぁ、ツナギ。ボクが一つ、とてもとても大事なことを教えてあげよう」

「大事なこと？」

「ああ、そうさ。いいかい、本質さえ摑めるなら、演技なんてモノは〝不要〟だ。なにかを為したいのなら、誰かになるのではなく、成すべき本質を探し当てれば良い」

「はぁ？」

意味がわからない。そう告げようとしたところで、エマはおもむろに立ち上がる。

「マスター！　ここ、貸し切りにできるかい？」

エマの唐突な呼びかけに、マスター……店主の女性がぽかんと口を開けて固まる。見るからに気弱そうな店主は、エマの勢いに引いてしまっているようだ。

「え？　え？　か、貸し切りですか？」

「ああ！　ここを余興のために使いたい。なぁに、ボクら二組以外に客はいないのだろう？もちろん、相応の対価は出そう！」

「ええっ、こ、困ります！」

突然話を振られたマスターは、困惑の声を上げる。いやでも待って。二組？　言われてぐるりと見回して、ある一角に目が行く。木棚に隠れるようにして、奥にもう一席？　変なこと、聞かれていなければ良いけれど……なんてどうでもいい心配をしている内に、エマはマスターに詰め寄っていた。

「そうだなぁ、なぁキミ、これくらいはどうだね？」

エマが懐(ふところ)の長財布から取り出したのは、一万円の束のようだった。座席からカウンターのやりとりを見ているから、金額まではよく見えないけれど……安くはなさそうだ。

「う、うーん……で、でも」

「よし。倍だ。どうだい？」

「ひぇっ……ひぃ、ふぅ、みぃ……あわわわわ……うぅ、どうしよう……ああでも、雨だしなぁ。おじいちゃんがマスターだったときも、『雨の日は適当にやれ。客なんか来ない』って言ってたしなぁ」

客なんか来ないって、それどうなんだろ。真面目そうに見えたマスターの意外な一面に、私は思わず目を細める。止める気にもなれなくて状況を見守っていると、重ねられていくお札に、私の隣で姫芽(ひめ)が「はわわ」と唸(うな)った。姫芽もアイドル業でまぁまぁ稼いでいるだろうに。

エマは頓珍漢(とんちんかん)だけれど、お金のパワーというモノをよく知っているようだ。思わず生唾(なまつば)を呑(の)み込み迷うマスターに、エマはさらにお札を重ねた。

「大丈夫。もう一組の客とて、ボクのよく知るひとでね。誰も困らない上に、雨で客が寄りつかず困っていたキミの懐も潤う。そうだろう？」

「…………きょ、今日だけ、ですからね！」

マスターが折れた。小賢しい勝利だった。あんな大人にはなりたくない。

「よし、決まったよ、ツナギ。じゃあキミが主役だ。演技の一つくらいはできるだろう？」

「そりゃあ、できるけれど……誰と？　いや、違う、何故演技をする必要が？」

私が疑問の声を上げると、エマは座席に座る私に歩み寄り、お辞儀をするみたいに腰を屈めて私の瞳を覗き込む。

「言っただろう？　リアリティさ。演技は虚構だ。間違いない。でも、勝負は違う。競争にはいつだってリアリティがある。勝負にはいつだって傷があり、凄惨さがある。だからツナギ、キミは勝負をするんだ。外ならぬ、リアリティを姫芽に見せつけるために。そうだな……キミが勝ったら、映画に、キミの父君の意見をもっと採り入れてあげよう。ほうら、やる気が出ただろう？　決まりだ！」

父さんの役に立てる。そう言われて頷かないわけにはいかないのだけれど、それでも、なんだかこのまま頷くのは癪で、こぼれ落ちた声は低く冷たかった。

「勝手に決めないでくれるかな？」

「いいや、決まりさ。約束は覚えているだろう？　ああ、忘れもしないあの夜！　キミの父君はボクにこう言ったんだ！　『君の新作映画のキャスティングに、推薦したい少女がいる。一考してくれないか？』と！　だがそれを、ボクは一度は断った！　なぜだかわかるかい？」

「それは――」

答えようとして、でも、エマの「そう！」と張り上げた声に遮られる。最初から、私の言葉を聞こうとしていない。エマは周りの視線も私の声も顧みず、大げさな口調で続けた。

「ボクは、ボクの映画に出演させる人間は自分で見極める！　だって人に任せてキャストを選んだって、ボクの映画に合うかわからないじゃないか！　だというのに、キミの父君はどうしても自分の欲望を通したいというではないか！　だからさ、ボクもね、すこーしだけ大人になってあげたのさ。それが姫芽！　キミだ！」

やり玉に挙げられた姫芽が、びくりと肩を震わせた。

「キミにはボクの望む才能がある！　キミこそが相応しいポジションがある！　でもキミは自分の魅力にちっとも気が付いていない！　だから、ボクは、ツナギ……キミの父君にこう答えたんだ！　覚えているよね？　そう！　姫芽の才能を開花させ、彼女に素晴らしい曲を作らせることができたら、キミたちが自信満々に推薦する少女とやらを、一考しよう……とね！」

大げさな身振り手振りと口ぶり。エマの役者じみた言動に振り回されながら――湧き出てきた言葉を呑み込む。エマのわがままに付き合うこと。エマが望む、姫芽の才能を引き出すこと。それをすれば、彼女の手がける映画に、父さんの思惑を混ぜてもらえる。それは、カネや権力じゃ動かない扱いづらいこの天才監督を動かす、たった一つの約束だ。ここで、拒否をするのは得策ではない。

（嫌だ、なんて言って、父さんに失望されるワケにはいかない。私は、私の役目を全うする）

役目もこなせない人形に、いかほどの価値があろうものか。固く結んだ唇を開き。「わかったよ」なんて口にする。姫芽を相手に、演技の一つでもすればいいのだろうか？　なんでもいい。人形は、演じることで生きていられる。私は人形。ただの人形。痛みも怒りも喜びも楽しさも苦しみも悲しみも嫌悪も好意も憎悪も愛情もなく、それらはすべて後付けに過ぎない。明るく陽気なツナギちゃんは、ただの演技によって象られた、都合の良い仮面に過ぎない。私はただ、人形らしく、求められたように振る舞えば良い。エマに乗せられて嫌がることなんてないんだ。ただ、父さんのために。

「私のような人形に、期待をされても困るのだけれど」

「ククッ、キミは己を人形だと思うのかい？」

声に出ていた。こんな状況だからだろうか、みっともなく口にして、聞かれていたなんて、なんて情けない。

「っ、なんでもない。さっさと始めてよ」

「話はついた！　さぁ、演技勝負をしよう！　いやぁ楽しみだな。ああ、実に楽しみだ！　ボクは誰よりも、〝彼女〟の才能を楽しみにしていたのさ!!　さぁ、復讐の幕が上がる！　そうだろう？　桜架!!」

「は？　おうか……えっ、桜架？　エマ、なにを……？」

エマの宣言に思わず疑問符を浮かべる。けれどそれよりも早く、私たちから死角になっていた一番奥の席から、ため息が聞こえてきた。

「はぁ……どうしてこう、気ままなのかしら。閏宇さんが聞いたら怒るわよ、エマ」

「あの人は怒りはしないさ！　呆れるだけだよ。ンフフフ」

一番奥のボックス席から立ち上がって歩み寄ってきた人物の姿に、私のみならず、姫芽まで息を呑んだ。長く編み込んだ髪。完成された美貌。宇宙のように深く、星空のようにきらめく瞳。現代の女優の頂点にして、父さんが話題に出したがらないひと。

「霧谷、桜架!?　なんで……」

霧谷桜架は、堂々と歩み寄り、私たちの座るボックス席の前に立つ。なんだか、見下されているような錯覚を覚えて、立ち上がって身構えることもできず、私と姫芽はただ呆然と席に座っていた。

「なんで？　ツナギ、そんなことはどうでもいいのさ！　この場には全てのピースが揃っている！　だからここで一つ、演技勝負をして欲しいのさ！　良いだろう、桜架？　年も近いだろう？」

年も近い？　言われて、奥の座席を隠していた木の棚の向こうから、誰かが出てくる。そこには、やれやれと頭を抱えた様子の虹。それから……私がyoltubeの配信で推薦した、あの銀髪の少女、空星つぐみが佇んでいた。その空のように澄んだ青い眼差しが、私を射貫いて離さない。

「話を進める前に、こちらの意見も言わせて頂戴な」

霧谷桜架(きりたにおうか)が呆(あき)れた様子でそう告げる。それに、エマが頷(うなず)くや否や、霧谷桜架は言葉を続ける。

「まず、ツナギちゃんに、常磐(ときわ)さん、ね。お話、盗み聞きしてごめんなさい」

丁寧(ていねい)に謝られて、つい、姫芽(ひめ)と揃(そろ)って「いえ」なんて答えてしまう。なんであんな奥まった席で話を聞いていたのか、とか、聞くべきところはあったはずなのに……私は、霧谷桜架の堂々とした佇(たたず)まいに、呑(の)まれてしまっていた。

「それで、エマ……演技勝負、ということだけれど……」

「ああ、そう、そうさ、桜架！　こちらのツナギとそちらのつぐみの二人で、演技勝負をして欲しい。良いだろう？　胸が躍るだろう？　『妖精の匣(はこ)』を見てね、ずっと興味があったのさ！」

「そう。で、あなたの興味とやらに私たちが……つぐみちゃんが付き合うメリットは？」

霧谷桜架の言葉に、思わず頷く。この演技勝負、私たちからすればメリットだらけだ。私は父さんの役に立てるし、姫芽は作詞に役立つリアリティとやらを獲得できる……かもしれない。それに対して、霧谷桜架たちにはなんのメリットがあるのか、皆目見当もつかなかった。

エマを見ると、彼女はちょうど霧谷桜架たちに答えるところだった。

「なにもない」

そして、短く告げられた言葉に、私はぽかんと口を開ける。それは霧谷桜架も同様の様子で、大きく、大きく、ため息を吐いてエマに確認をした。

「なにもないって……あなたねぇ。はいそうですか、いいでしょう、と私が答えるとでも思ったのかしら？」

「答えるさ。だってようは、やりたいかどうか、だ！　どうだろう、空星つぐみ！　キミは、やりたいか？」

エマの言葉が、つぐみに向けられる。それに釣られるようにつぐみを見て、私は、思わず息を呑んだ。

つぐみはゆっくりと立ち上がって、私たちの座るボックス席に近づいてくる。そして、ボックス席の正面に立つ、霧谷桜架の左隣に並んだ。つぐみから見て右側の席に座る姫芽を見て、姫芽の隣に座る私を見て、最後に、私の正面の席から立ち上がったエマを見た。つぐみはただ、立って、私たちを見ているだけだ。だというのに、その瞳から目が離せない。彼女は、つぐみという少女は、こんなにも強い瞳をする子だっただろうか？　テレビ越しの鬼気迫るような演技の、どれとも違う。なにが違うかは、わからない。でも、私は、なにも言うことができなかった。

「やります」

短い一言。鈴を転がしたような声。その声に気圧される。たった五歳の女の子が出せるとは思えないような威圧感。

「ようし、では桜架、それに、姫芽、夜旗虹、キミたちはボクと演技勝負の題材をなににするか考えようじゃないか！　つぐみとツナギに聞かせてはダメだよ。ほぅら、題材を考えている最中の、謂わば作戦会議なんて聞いても面白くは無いだろうからね！　やはり、何事も面白くないと！」

エマにカウンターへ引っ張られる姫芽と虹。そんなエマについていく桜架。カウンター席まで手を引かれる中、姫芽が、心配そうに私を見る。

「あの、ツナギちゃん、無理はしないでね。辛かったら、私がエマさんに言うから」

エマから演技勝負を提示されて私が渋っているのを見ていた姫芽は、私が演技を嫌がっているように見えたのだろう。姫芽に、安心させるように笑いかける。

「うん、まぁ私は大丈夫だよ」

このボックス席に残されたのは、私とつぐみだけだった。つぐみは、ただまっすぐ私を見ている。その視線から、どうしてだか、目を逸らすことができない。

「あー……初めまして、空星つぐみ。私はツナギ。短い間になりそうだけれど、どうぞよろしく」

「……ツナギちゃん。ツナギちゃんは、にんぎょうなの？」

幼い少女の唐突な疑問に、誤魔化すように笑いながら頬を掻く。ずいぶんと耳の良い子だ。さっきの私の失言を、聞かれていたんだろうね。一瞬忘れかけていたけれど、この子はまだ五歳の少女だ。そりゃあ気になるだろう。

「人形に見える？　……ごめんごめん、さっきのは言葉の綾だよ。だから気にしないで」

「――ねぇ、ツナギちゃん。あなたが〝わたしが勝つように〟しむけたのは、なぜ？」

……普通に考えれば、誰かになにか吹き込まれた、ということかな。そういや虹からも、あの日のライブ配信の内容について探るようなメッセージがきていた。それをはぐらかしたままで放置していたのがまずかったのかも。もう少しきちんと後始末しておくべきだったか。父さんが行っている凛への洗脳は、凛の所属事務所・ブルーローズが主導している〝現役俳優からの講義〟ということになっている。ブルーローズは父さんの洗脳を普通の指導だと思っているから、凛の家族がどう思っていようとブルーローズが庇ってくれるはずだ。だから、凛の様子がおかしくても、疑問の矛先は父さんではなくブルーローズに向くと思っていたのだけれど
……まさか、直接私に向けられるとは思わなかったな。油断していた。

「そういうつもりはないよ。ただ、君の演技を気に入っただけ」

そう、この場を誤魔化そうとして。

「ウソ、だよね」

つぐみに断言された。つぐみはただ、まっすぐ、私を見る。

「あなたの目は、りんちゃんに惹かれていた。なのに、ことばは、わたしの方ばかりをたたえていた。なぜ？」

「うーん、気にしすぎだと思うけれどなぁ」

「なにを求めているの？　なにがもくてきなの？　どうして、そんなに、飢えた目をしているの？」

重ねられていく質問を、はぐらかして、はぐらかして、それでも、少しずつ、押されていく？　私が、どうして？

「あのさぁ。君、初対面なのにずいぶんと失礼な物言いじゃ――」

「それが、あなたの言う〝父さん〟が、あなたに課したモノなの？」

私は、思わず立ち上がる。するとつぐみが、私のすぐ目の前に立った。

「――は？　なに、を」

違和感。

「あなたの父親は、あなたの意志を操れるようなひとなの？」

違和感。／なにか見落としている。

「父親に言われるがままに人形になって、凛ちゃんを追い詰めたの？」

違和感。／重ねられていく言葉に躊躇がない。

「ツナギちゃんが悪意でそうしたなら戦う。でも」

違和感。／そうだ。この子はこんな、こんなにも。

「ただ言われるがまま、人形として与えられた糸に従っているだけというのなら」

違和感。／鮮やかな銀髪／闇に溶けるような黒髪／澄んだ青い目／深淵のように暗い瞳。

(だれか、が、重なって、見える？　違う、凛のような共感覚は、私にはない。これはイメージだ。つぐみの、強い言葉が、まるで形を取っているように見えるんだ)

「私が、あなたの心の奥に封じた感情を、深淵の底から引っ張り上げて思い出させてあげるわ」

生唾(なまつば)を呑(の)み込む。つぐみは目と鼻の先に立っていた。私よりも低い身長で見上げているというのに、なんで、こんなにも、見下ろされているような感覚になるのだろう？

——準備ができたのか、エマがにこやかに近づいてくる。うっとうしいだけのはずだった彼女の姿に、どうしてか、私はひたすらに安堵(あんど)した。

Scene 5

喫茶『Slash(スラッシュ)』(昼)。

つぐみは、奥の席でツナギたちの会話を聞く。


奇天烈(きてれつ)に話を進める女性監督のエマさん。ツナギちゃんたちと繰り返す会話の中に、いくつか、気になるワードが出てきた。その一つが、「父さん」という言葉。エマさんは、ツナギちゃんとツナギちゃんの父親の二人を相手に、なにかの取引をしているようだ。その取引が理由で、私と凛ちゃんの勝負に、介入することになった？　そう思うと、むっとしてしまう自分がいる。私と組んだ姫芽さん、は、エマさんとなにか取引をしている？　うぅ、こんがらがってきた。

頭を抱えて唸っていると、隣の虹君が、タブレットになにかを書き込んでいた。えーと？

『霧谷さん。ツナギの父親について、なにか知ってますか？』

虹君のファインプレーに、ぱっと目を見張る。すごい、虹君、それ、私も聞きたかった！

そんな気持ちを込めて虹君を見上げると、虹君は深い、深い深いため息を吐く。間抜けを見るような目で私を見ないで欲しい。それはさすがに失礼では？

『確証は無いわ。でも、いくつかの前提から想像は付く』

桜架さんはそう、答えた。それから、続いて、少し躊躇したように続きを書いた。

『四条玲貴、という俳優を知っているかしら？』

その単語に、虹君は口を開き、慌てて自分の口を塞いだ。四条玲貴。しじょう、れき。桜架さんと双璧とされる俳優。男性俳優の頂点……まぁ、最近は、柿沼さんがどんどん演技が巧くなっているとかで、このひとを超えそうになっているとかなんとか、とも、聞いたけれど。

でも、なんだろう。どうしてだろう。この名前を見ていると、過去の、前世の記憶が疼く。

前世の私と関わってきた人間であるのは間違いない。確か、初めての共演で、私の悪霊演技で怖がらせすぎて、不眠症に追い込んでしまったひとだ。それからも時折共演して、そのたびに突っかかられて、唸らせたり唸らせられたりして。

――「君に負けるつもりはないよ。俺は天才俳優だからな」

声。そう、こんな声。澄んだ湖のようによく通る声の癖して、言葉遣いはどこか尊大で。

――「おいおい、また君か。今日こそ、どっちが天才かわからせてやろう！」

子供っぽいところがあって。それでも、まっすぐだった。私は才能なんかなかったけれど、彼は、私を天才と言って憚らなかった。

――「そうか……まったく、君は不器用だ。いいや、ははっ、それは俺も、か」

いつしか認め合って、肩を組んで居酒屋をハシゴしたり、仕事終わりにビルの屋上で夢を語り合ったり。ああ、そう、柿沼さんと閏宇と四人で口げんかをしながら夜通し飲んで、さくらちゃんに怒られて。

――「そんな君だから、俺は」

私は。ああ、どうして、忘れていたんだろう。そんなんだから、こうして生まれ変わっても因縁につつき回される。どうして、と、己に問う私の耳が、偶然、ツナギちゃんの呟きを拾う。

「私のような人形に、期待をされても困るのだけれど」

人形。彼の、玲貴の娘が、人形？　どうして、そんなことになってしまったんだろう。思考が引き戻される。心に、熱が灯る。唇を噛んで、拳を握って、ぎゅっと目を閉じて。感情が揺れる。ぐつぐつ、ぐらぐら。この感情の名前はなんといったかな。沈み込むように抑えられた胸の奥。瞑った瞼の裏で、白昼夢にも似た鮮明なビジョンを描く。真っ白な空間。手を伸ばせばそこには壁があって、壁の向こうは真っ黒な空間。その先には、前世で、鏡の中でよく見た光景。わたしは、私は、彼女に手を伸ばす。彼女は、桐王鶫は、鏡の向こうで、獰猛に笑った。

(そうだね。空っぽで、無感情、なにも込められていないなんて、許さない)

戦うのはいい。負けるのだって、悔しくても、誰かに当たろうとは思えない。でも、でもね。なにも考えていなくて、誰のためでもなくて、ただ糸で操られた人形でしかないなんて、そんなの、私にも、凛ちゃんにも、彼女自身にも、報いてないじゃないか。

「つぐみ、つぐみ?」

虹君の声で、引き戻される。目を開けると、すっかり冷めたコーヒーが、カップの底で揺れていた。

「よくわからねぇが、バレたみたいだ。霧谷さんが先に行った。オレたちも行くぞ」

「うん。わかった」

虹君に促されて、立ち上がる。私たちの座っていた一番奥のボックス席から立ち上がり、靴音を鳴らして一番手前のボックス席の正面に立つ桜架さんの横に並ぶと、向かって右のツナギちゃんと姫芽さんが、目を見張って私の姿に驚いていた。ツナギちゃんの正面でエマさんがにまにまと笑みを浮かべて、私たちを見る。私の後から追いかけてきた虹君は、私たちの一歩後ろに控えた。

私は知りたい。どうして、凛ちゃんが、追い詰められなければならなかったのだろう。私は知りたい。私が戦っている相手が、心ない人形なんかじゃないという証明を。桐王鶫には夢があった。ハリウッドで、世界中の人間を恐怖で繋ぎたいという夢があった。さくらちゃんには夢があった。かつて、桐王鶫のようになりたいと言いながら、ずっと、女優でありながらさくらちゃんを疎んでいた己の母親の呪縛から逃れ、自分の路を歩きたいと。誰もが夢や願いを抱いている。そうしてぶつかって、叶えて潰えて、そうやって、みんな、向き合ってる。

でも、人形は、違う。だって人形には夢が無い。願いが無い。自分自身の気持ちが無い。夢も想いもないのに、他人の心を壊して、満足することもできないなんて、そんなの。

(怒ることも、挑むことも、並ぶことも——許すことも、できないよ)

ツナギちゃんを見つめる。本当になにも無いのなら、それはしょうがないことだ。責めることなんてできない。でも少しでも、なにか、秘めるモノがあるなら、曝け出して。それでやっとスタートライン。それからやっと、目的とか、願いとか、ぶつけ合うことができるのだから。

桜架さんと虹君と姫芽さんは、エマさんに、作戦会議と言って引っ張られていった。その間に、私はツナギちゃんに向き合う。本当に、ツナギちゃんは、彼女のいう〝父さん〟のためだけに生きる人形なのかと問い詰めながら、私はまっすぐ、ツナギちゃんと向き合った。

「ただ言われるがまま、人形として与えられた糸に従っているだけというのなら」

ツナギちゃん。どこか、私の、桐王鶇の心をひっかくような姿をした女の子。あなたがただの人形として私の前に立ち塞がるのなら、私は。

「私が、あなたの心の奥に封じた感情を、深淵の底から引っ張り上げて思い出させてあげるわ」

宣言する。私の言葉を受けたツナギちゃんの瞳には、揺らめく炎のようなものが宿ったような、そんな気がした。

「やぁやぁやぁ待たせたね！　ツナギ、つぐみ！」

エマさんの言う、作戦会議を終えたのだろう。エマはとてつもなく上機嫌な様子で、私たちに声をかける。

「はぁ、マジで疲れた。おいつぐみ、気をつけろよ。この人、作戦会議とか言いながらずっと一人で喋ってたよ」

そんな上機嫌なエマさんとは対照的に、彼女とともに私とツナギちゃんの居る席に歩いてきた虹君は、どこかげんなりとしていた。そんなエマさんと虹君の背後を見れば、姫芽さんと桜架さんがカウンター席に腰掛けている。余裕そうな桜架さんに対して、疲労困憊といった様子の姫芽さんの姿が印象的だ。

「あはは、さくせんかいぎおつかれさま、こーくん」

「まーいーけどよ……って、ん？　なんか雰囲気かわってねぇか？　おまえ」

「そう？　……わたし、いまなら、にじゅうじんかくのさつじんきとかできそうな感じ？」

「いやなんで殺人鬼限定なんだよ。サイコパスか」

虹君も変なことを言うなあ。首を傾げると、虹君はますます訝しげに首をひねった。どうしちゃったんだろう。これ以上なにか問題事が増えると、さすがにキャパオーバーなんだけどなぁ。

首を傾げ合う私たち。そんな私たちの様子を気にとめた様子もなく、エマさんが両手を広げる。

「さぁ、二人にはこれから即興劇をやってもらう！　テーマは『無力と悪』だ！　嫌われ役の悪役はどちらがやりたい？」

なんともいえないテーマに、ぽかんと口を開けるツナギちゃん。私はそんな彼女を横目に勢いよく手を挙げる。

「はい！」

「早い者勝ち、ということで、君こそが悪だ！　つぐみ！　ということでツナギ、君は無力な少女だ。いいね？」

「え？　あ、う、うん、いや、いいんだけどね？　つぐみ、えっと、君はそれでいいの？」

なんでか控えめに尋ねるツナギちゃんに、首を傾げる。

「え？　うん。だってなんだか、ワクワクするよね、悪役！」

「ええ……」

引きつった顔で唸るツナギちゃん。頭を抱える虹君。首を傾げる姫芽さん。笑みを深めるエマさん。ため息を吐く桜架さん。それぞれの反応を受け止めて、不敵に笑ってみせる。無力な少女、というのも面白そうだけれど、やっぱり悪役ってワクワクするからね。

「うん、うん、決まったようで何よりだ。ではピアノの前で即興劇をやろう」

エマさんはそう言うと、店舗奥のグランドピアノと、その隣の空間を指差す。前世では、マスターが駆け出しの芸人や歌手に芸をさせていた場所だ。舞台風に言うのなら、奥行き三メートル、間口一〇メートルの、猫の額ほどのステージだ。

「場面指定はしないから自由にやっていいよ。ボクは監督。あとは観客だ。観客、いいだろう？　観客がいた方がわくわくするだろう？　ココロ躍るだろう？　クフッ、感謝して良いよ」

身振り手振りが大げさなエマ監督の言葉に、私は首をひねる。自由に、か。うーん、自由に、自由に、ね。

「ツナギちゃんは、どんな感じのひとをえんじたい？」

「エマの言葉に動じないんだ……つぐみ、君、もしかしてエマと相性良い？　……まぁ、いいよ。私は合わせるよ」

「そう？　うーん、たとえばあくりょうとひがいしゃだとたんじゅんすぎて、ツナギちゃんもおもしろくないよね？」

「――気にしないで良いよ。面白いとかさ、私、そういうのないから」

「ふぅん?」

面白いとは思わない。辛いとは思わない。楽したいとは思わない。怖いとは思わない。本当に? 疑問を抱いて、ツナギちゃんの正面から、彼女の顔を覗き込む。ツナギちゃんは、そっと目を逸らした。むぅ。

「なら、わたしとツナギちゃんはともだちで、いっしょにお話ししている。これでどうかな?」

「あとは成り行き? まぁエチュードならそんなもんか。いいよ、それで」

「ありがとう。……エマさん、決まりました!」

打ち合わせを終えると、エマさんがにっこり笑う。ステージから一メートル程度離れるようにカウンター席から引っ張り出してきた椅子を並べて、右から桜架さん、虹君、姫芽さん。姫芽さんの隣には、エマさんが招き寄せたマスターが、「良いんでしょうか」と恐る恐る腰掛けた。エマさんは四人の後ろで、楽しそうに足を組んで微笑んでいる。

「さぁ、準備はいいね? カウントダウンを始めよう」

観客席から見て右……上手に私、下手にツナギちゃん。二人で水平に手を上げたら、指先同士がくっつく距離。エマさんは集中する私たちを見ると、十から、ゆっくりと数を数える。だから、私は、ゆっくりと深呼吸をする。私は悪。ツナギちゃんは無力な少女。無力、とはなんだろう。私はきっととても悪い人で、ツナギちゃんは、無力で、ああ、そうだ。無力、だけど、悪人である私の友達で……？

（あ、そっか）

「……スリー、トゥー、ワン――」

無力〝だから〟友達、なんだね。ツナギちゃん。

「――アクション！」

幕が上がる。体中に流れる血液が、マグマのようにぐつぐつと煮えたぎった。さぁ、〝悪〟をはじめよう。どうしようもない、悪を。

喫茶『Slash（スラッシュ）』（夕）。

閉め切られた喫茶店。

ツナギは、戸惑いながら演技をする。

（どうしてこんなことに）

ため息を押し殺す。ゆっくりカウントダウンをするエマ。私の横で深呼吸をするつぐみ。観客の顔を見ていても良いのだけれど……まぁいいか。私は私の準備をしよう。目標設定は〝普通〟の少女。で、つぐみの友達。友達として振る舞えばそれでいいだろう。あとは臨機応変に、つぐみに合わせれば良い。

(つぐみはどうしたいのかわかんないけどさ……無力、なんて、一番私に合った役じゃん)

私は人形だ。父さんの夢を叶える操り人形だ。だから今は、この小さな劇場に己(おのれ)の身体(からだ)を置いて、流れという糸に操られよう。だって私は。

「――アクション!」

ただただ〝無力〟で〝普通〟の少女だから。


「ねぇ、ツナギちゃん」

「なに? つぐみ」

役名はそのままに、笑顔を浮かべるつぐみに素っ気なく返す。これでいい? それとも、もっと優しい少女が良い? 君が決めて。君の反応に、合わせるから。人形としてさ、全部全部、合わせてあげるから。

「私ね、人を殺したの」

「は……え?」

花開くような笑顔。柔らかくとろけた目元。恍惚と上気する頬。興奮を抑えるように胸元で合わされた手。つぐみは、私に、突拍子もないことを告げた。

「なん、で?」

「気になる? 気になるよね? あのね、あのね」

私に詰め寄り、右手を私に伸ばして、楽しそうに語るつぐみ。つぐみは、満面の笑みを浮かべていたが、伸ばした手で私の手を取った途端、ぱっと離す。手の温度が引いていく。さっきまで感じていなかった温度。演技。表情と内容、言動と行動。矛盾の寒暖差。

「あ、ごめんね、手、汚れちゃってない?」

「だい、じょうぶ、だけど」

「良かったぁ。アレの血で汚れるなんて、嫌だもんね、ツナギちゃん」

血。あまりにも現実的な言葉が、私をリアルに引き戻す。ただ呆然とするだけじゃだめだ。なにか答えないとならない。そう思って目を閉じれば、瞼の裏にはなんでか、父さんが自分の部屋に置いた〝桐王鶇〟という名の蠟人形が、映った。体温のない身体。虚ろな瞳。あれこそが私なのだと思い知る。思い出す。錯覚する。

「きゅ、急になにを言い出すのさ。冗談だよね？」

「冗談？」

ばん、と、大きな音。目を見開く。つぐみが、大きく足踏みをした音だった。

「冗談、冗談冗談冗談冗談冗談、アレはいつもそればっかりで嫌になっちゃうよね?!　そうやってツナギちゃんのことを虐めて、嫌味を言って、私の友達を馬鹿にして笑ってるんだ!!」

頭をかきむしりながら叫ぶつぐみに、一歩、後ずさる。私のために怒ってくれているのかな。でも、どうして？　私なんかのために怒るの？

「あっ、ごめんね。びっくりさせちゃったね」

優しい笑み。さっきまでの激昂がウソのような。ウソだったのかもしれない。だって彼女はこんなにも普通で。

「アレがね、ツナギちゃんの悪口を言ってたの。許せないよね？　だから、私ね、鋏(はさみ)でね。アレがもう二度とツナギちゃんの悪口を言えないようにしてあげたの！　ねぇ、偉いでしょう？　私、頑張ったんだよ」

「言わないように、って、まさか、本当に？」

「私、ツナギちゃんにウソなんか言わないよぅ」

からからと笑うつぐみの姿に。熱を持った左手で、私の頬(ほお)を撫(な)ぜるその温度に、心が冷える。悪口ってなにを言ったのさ。まさか、たったそれだけのことで？　私のためって、なに。褒めて欲しいからやったの？

「わ、私、私、つぐみに、殺して欲しいなんて頼んでない」

「はぇ……──？」

ぽかんと口を開けて、さっきまでは赤らめていた顔を青ざめさせて、つぐみは硬直する。私はそんなつぐみから一歩、二歩と離れた。だって、そう。これが普通。普通は、殺人犯と同じ空間に居たいと思わない。ただ、ただ、逃げなきゃ、と、感情が、揺れる。

「ね、ねぇ、どうしてそんなことを言うの？　ツナギちゃんが言ったんだよ？『あいつ、悪口ばっかり言ってうっとおしい』って」

「それは！　その、言ったかもしれないけど、でも！　私は――ぁ」

突き放して、声の震えるつぐみから距離を取る。どうにかしなきゃと思っていたのに。言わなきゃいけないのに。それ以上、言葉を紡ぐことができなかった。強い力で胸ぐらを掴まれて、引き寄せられたから。

つぐみの青い瞳が、よどんでいるように見える錯覚。吐息が当たるほどの距離。くらくらと、脳髄を揺さぶるような、甘い匂い。淡く優しい色の唇が開くと、血のように赤い舌が、白い歯の向こうに覗いた。どくん、どくん、と、早鐘を打つ心臓の音。これが、私自身の鼓動だと気が付くのに、些か時間がかかった。

「ツナギちゃんは私を見捨てないよね？　本当は嬉しくて仕方ないんだよね？　だってそうじゃないとおかしいもん。アレだけじゃないじゃん。あの小うるさい女も君のことばかり注意するアイツもいつも口出しだけしてくるアレもツナギちゃんの周りで囀るだけの小鳥なんてツナギちゃんにはいらないんだよ。そんなこと忘れちゃったの。なんで忘れちゃったの。アッハハ、そっか、私、わかったよ――痛くないから、忘れちゃうんだよね？」

抑揚の無い声。つぐみの髪が彼女自身の目元を翳らせる。光を失った瞳。私に詰め寄る右手には、なにを持っているの？　つぐみは痛いほど強く私を抱きしめて、私の背になにかを押しつける。つぐみの右手が押しつけられている。なにか、尖った、硬いモノが、私の背をなぞる。私のために殺したんじゃないの？　私に褒められたいんじゃないの？　だったらなんで、私のことを殺すの？　身体が芯から冷えていく。だって、こんなの違う。吐息がかかる。逃げられない。私はまだなにも成してないのに。なにも望んでいないのに。

（こわい）

いやだ。死にたくない。死にたくない、死にたくない、死にたくない、なら！

「じょ、冗談だよ。ごめんね、つぐみ」

「じょう、だん？」

「そう、そうだよ。私のためにありがとう、つぐみ」

震える手で、つぐみの頭を撫でる。声の震えを悟らせないように、ゆっくり、ゆっくり。そうしていたら、背に当たるナニカが身体から離れた。

「えへへ。やったぁ、褒められちゃった」

さっきの光景は、幻だった？　私から離れたつぐみは、柔らかい表情を浮かべる。だらしなく緩んだ頰。瞳をあざとく潤ませて、私に撫でられるがまま。

「ツナギちゃんの敵は、いつだって排除するから、だから、そうしたら、また私を褒めて？」

つぐみの言葉で、察する。ああ、そっか。私は、傷つくことが怖いんだ。痛いことも苦しいことも怖くて、だから何度も、拒むことができなくて、彼女が罪を重ねることを止められない。だって私は普通の人間で。普通の、臆病な人間で、だから。

「――私は、無力だ」

声に出すと、絶望は胸に落ちた。そうか、私は、無力だったんだ……と。

「――カット!!　く、ククッ、クハハハハッ！　実に素晴らしい！　良い演技だった！」

はっ、と、我に返る。どきどき、どくどく。早鐘を打つ心臓。恐怖の感情が、胸の内に宿る。力が抜けたように座り込んで、ただ呆然と、虹と霧谷桜架に囲まれるつぐみの姿を見上げる。

「おまえ、それ、いつの間に持ち出したんだよ」

「あ、こーくん。それ、って、このティースプーン？　さっきちょっと」

「つぐみちゃん、ちょっとこっち向いて。うーん、おかしいわね。さっき確かに……」

「ほぇ!?　おうかしゃん、ほっぺた、ぐにぐに、や、やめっ」

……さっきまでの空気はどこへ行ったのか。霧谷桜架にほっぺたをこねくり回されるつぐみの姿は、普通の五歳児にしか見えない。

しかし、本当になんだったんだあれは。私と父さんが鍛えてる凛が負けるなんて思いたくないけれどさ、あれじゃあつぐみの実力をある程度上方修正しなきゃ。まぁ、父さんの鍛えた凛は、つぐみに負けないけど！

（むぅ、悔しい）

早々に次のプランを考えないと。目指すは圧勝だ。あの調子のつぐみが敵に回ると厄介だ。所詮、私は裏方だから、裏方として出し抜いてやらな、きゃ。

「あ、あれ？」

私、なんで、こんなに熱くなってるんだろう。どくどく、どきどき。血液が、溶岩にでも変わってしまったようだ。こんな熱、私は知らない。知らない、けど、このままだなんて不公平だ。私だけやきもきするなんて、そんなこと。

「つぐみ」

「ん？　なぁに、ツナギちゃん」

さっきまでの雰囲気とは違う。子供らしい、きょとんとした表情。

「それでも、今のままじゃ、つぐみは私たちには勝てないよ」

「……そっか。うん、わかった。教えてくれてありがとう、ツナギちゃん」

呼吸が、止まった、ような、気がした。

「なんで、お礼、なのさ」

「だって、うん――わたしと、向き合ってくれてありがとう」

向き合う。向き合ってなかったかな？　そうじゃない？　どきどき、どくどく、ぐつぐつ。早鐘を打つ心臓が、つぐみの言葉を心臓に送り込む。熱だ。熱が、身体（からだ）を巡ってる。これを、私は知らない。知らないけれど、なんだかこれはすごく怖くて、でも、力になるような気がした。

向き合うって、なんだろう。立ち上がって、周囲を見る。心配そうな姫芽（ひめ）の目。だけど、彼女の瞳の奥には、心配以上に熱があった。ぐつぐつ、ぐつぐつと、煮えたぎるような。戸惑って、エマを見る。ギラギラと濁った狂気を瞳に宿している。けれど、その奥には熱があった。ぐらぐら、ぐらぐらと、噴火寸前の火山みたいな。

（じゃあ、父さんには？　凛には？　私は——凛を、ちゃんと、見ていなかった？）

私は父さんの人形だ。人形に情熱なんて必要ない。でも、つぐみたちを見ているとわからなくなる。本当に必要ないの？　こんなに力を持った感情が、父さんをあれほど突き動かす桐王鶫を生み出すのに、必要ない、なんてことがあるのだろうか。切って捨てるにはあまりにも魅力的な〝力〟を前に、吐き気にも似た歓喜を覚える。

（向き合わなきゃ。問いたださなきゃ。力を、得る、ために……！）

ふらふらと、歩く。姫芽の手を取ると、びっくりするほどの熱が、彼女に宿っていた。私は、姫芽の力になると言っておきながら、姫芽と向き合っていなかった。父さんから指示された〝仕事〟の一つも満足にできていなかったなんて、なんて無様な。

「行こう、姫芽」

「う、うん。ツナギちゃん、あの」

「なに？」

「……ううん。なんでもない」

「ん。帰ったら、ちゃんと聞く」

強く、握り返される手。凛と向き合う。それは、父さんからの仕事を完璧に遂行するための命題。だけど、うまくできるかわかんないし、だから、まず、姫芽に付き合ってもらおう。誰かと向き合うなんて、初めてだから。

（眩しい）
未だにもみくちゃにされているつぐみたちから背を向ける。どうしてだろう、疲労でいっぱいの身体はずっしりと重いのに、踏み出した足は羽のように軽かった。

Ending

四条邸（夕）。
ツナギは、玲貴の元に向かう。
歩きながら、今日のことを振り返った。

エマと別れて姫芽と家に帰ると、調理場に向かった姫芽を見送って、私室の鏡の前で髪を整えて、父さんの元へ向かう。元々、今日はエマと作詞や私たちの推薦するキャスト、凛の現状などの進捗を共有するためだけにエマに付き合わされていたのだけれど……今日のことは、いい収穫だった。姫芽は、あの、私とつぐみの即興劇でなにかを掴んでくれたようだった。どこか夢見心地のまま帰路についたその道中で、姫芽は、自分の中の感情に折り合いをつけられず、それを喜んでいるようにも見えた。

『本性。欲望。善と悪と。それを出すのって、悪いことでは、ないんだね』

戸惑いながら私に告げた姫芽のその言葉は、喫茶店で私とつぐみがやった演技のことを指しているのは、明らかだった。正直に言えば、私だって、あとで思い返したら「してやられた」なんて風に思ったほどだ。こちらを演技に没頭させるためだったのだろう、あの、得体の知れない温度差は。

常人と悪人の対比。あれに、私が思惑通り乗るのは賭けだろうに。それでもあの結果に持っていこうと即興でやった度胸に感服すると同時に、まんまと乗ってしまった自分自身に憤りを覚える。でもしかし、これで次のプランができた。私が父さんの夢を叶えるために、必要なこと。この熱を、利用する。

（すぅ、はぁ）

私室を出て、板張りの床を歩く。いつもは見るのが辛い最奥の部屋も、今日は少しだけ、まっすぐ見つめることができた。深呼吸。父さんの部屋をノックする。返事はない。基本的に返事は無いから、気にせずに入室する。

「失礼します。定時報告にあがりました」

暗い部屋。モニターに映る無数の映像。安楽椅子に揺られながらコーヒーカップを傾ける、父さんの後ろ姿。私は後ろ手で扉を閉めると、そのまま、今日の出来事を端的に報告する。

「やぁツナギ。あれからエマと姫芽の様子はどうかな?」

「はい。本日、凛と対決経験のある空星つぐみと交流し、姫芽はなにかを摑んだようです。エマ監督もこれには満足し、例の計画にも前向きな姿勢でした」

「そうか。よくやった。さすが、私のツナギだ」

父さんは相変わらず、私に背を向けたまま、無機質に私を褒めた。

「ありがとうございます、父さん」

いつもなら、これで終わり。でも今日は、もう一つ。

「……提案があります」

ぴくり、と、父さんの背中が揺れる。

「凛のプランなのですが、より理想に近づけるために、彼女の願望を模索し――」

「ああ、いい」

「――はい?」

父さんは、そう、告げて――コーヒーカップを、右手の壁に投げつけた。

「きゃあっ」

壁に当たって割れるカップ。どす黒い液体が、壁から床を濡らす。私は思わず悲鳴をあげて、扉に背を預け、尻餅をつく。父さんはカップの破片を踏み潰すことも厭わず、ゆらりゆらりと私の方へ歩いてきた。

「とう、さん、足が……」

ずるずると、血の跡がカーペットにこびりつく。裸足で破片を踏んだんだ。でも、父さんは痛がる素振りもなく、私の前にしゃがみ込んだ。

「なぁ、エマの熱気にやられてしまったかな？　悪い子だ」

父さんの手が私に伸びる。頬を摑む、骨張った冷たい手。吐息がかかるほどに私へ顔を近づけて、唸るように私に告げる。

「わ、私、は、父さんの、願いを叶える、ために」

「ああ、いい。そういうのはいいんだ」

父さんは私の顔から手を離すと、私の肩に両手を乗せる。ぎりぎりと力が込められて、痛みで、顔をしかめた。

「なぁツナギ。俺のかわいいツナギ。おまえはなんだ？」

父さんは笑っている。顔だけ、頬だけ、口元だけ、私の肩を摑みながら、歯をむき出して笑っている。父さんの問いに答えなければならないのに、声は震えるばかり。

「わ、わた、私、わたし、は……うぁっ、アアッ」

より強く肩を握られて、私の口から、悲鳴のような声が漏れる。大好きな父さんに向かって、悲鳴なんて上げたくないのに。まなじりに溜まる涙を自覚しながら、強く扉に押しつけられた背中が痛いだなんて、関係の無いことを考えていた。

「私、は、父さんの」

「そう！　俺の可愛い〝お人形〟だ。ツナギ」

「っ——ぁ」

そう、だ。私は、父さんの人形だ。父さんの言うことを聞いて、それだけでいい。たったそれだけの人形、な、はず？

「もう、わかったね」

「は、い。父さん。今までのように」

「ああ。良い子だ。おまえは父さんの言うことをよく聞いてくれる、いいお人形だよ、ツナギ」

「——はい」

父さんは私を解放すると、立ち上がって「立て」という。命令に従って立ち上がると、すくんだ足が震えた。父さんは立つのもやっとという私を一瞥もすることなく背を向けて、「戻れ」と命令する。私はただ言われるがまま、頭を下げて、震える手で扉を開けて、退室する。人形。そうだ、なんで忘れていたんだろう。私は人形だ。人形でないとならないんだ。

ふらふらと、おぼつかない足取りで歩く。窓から見上げた空はしっかり暗くなっていた。雲が出ているのだろう。星も月も、翳って見えない。窓の外を見ることを諦めて、自室に向かう。ラジオルームが私の部屋。仕事の部屋がそのまま、私の私室になっている。仕事と私の役割を、根底から、結びつけるために。

(私は、人形だ)

だって、父さんがそれを望むから。だから、私は人形でなくてはならない。そう自分に言い聞かせて、揺らいではならない。それなのに調理場から覗く姫芽の背が、楽しげな鼻歌が、私を人形にさせてくれない。人形のままの私を、許してくれない。私が人形でいることが、父さんの願いなのに。

(でも)

でも、人形のままだったら、姫芽の心を動かせない。姫芽の心を動かして作詞に没頭してもらわないと、エマは私たちの願いなんて聞いてくれない。だったら、やっぱり、人形のままではいられない。

でも、だったらどうしたらいい？　本当に、人形のままでいたところで、なにも解決しないのに？　なに一つ、前に進められなかった、のに？

「確かめなきゃ」

凛に話を聞いて、次のプランを練って、結果を父さんに認めてもらわないと。私は、人形のままでいたって構わない。それで父さんが幸せになるのなら、それでいい。でも、人形のままじゃ父さんの願いを叶えられないのなら、私は、変わるべきなんだ。

(そういえば、私はいつから人形だったんだろう)

もっと小さい頃、私は確かに父さんと母さんと、恵まれた環境で暮らしていた。幸せだった、はずなんだ。あの頃の、幸せそうだった父さん。今とは違う、狂気を孕んでいなかった、優しい父さん。父さんがあの日の幸福を取り戻したいのなら、私は……私は、決断しなきゃ、いけないんだ。

「よし……っ」

握りしめた拳は、僅かに熱を持つ。心臓に灯った火を絶やさぬように、深く深く、自分自身に誓う。父さんのためなら、父さんとの約束を破ってでも、成し遂げてみせる。私はただ、「ありがとう」と私に告げたつぐみの顔を振り払うように、瞳を閉じた。

——Let's Move on to the Next Theater——

Theater 11 Chapter A

つぐみ『と』鶫

Opening

新宿・雑居ビル（夜）。
エマは、買い取った雑居ビルの最上階で、一人ワインを傾ける。

西新宿、旧青梅街道沿いの雑居ビル。エレベーターも無い古いビルの最上階が、エマが借りている住居だ。剝がれかけのタイルには埃が溜まり、天井の照明は枠だけで、あるべき蛍光灯は一つも無い。広々とした四十坪のフロアの中央、ほんの十坪程度の空間にだけ、無秩序な生活感が見える。中央に姿見。姿見を正面に、右側にアンティーク調のライティングデスクと、ライトブルーのオフィスチェア。姿見から左を見ると、モノトーンのファンシーなクローゼットが置いてあり、さらにその左には、食い倒れ人形や骨格標本、ネオン看板など、どこかで拾ってきたようなモノが乱雑に置かれている。骨格標本がもたれかかるように置かれた冷蔵庫が、妙に浮いていた。

「ふん、ふんふん♪　ふふふん♪」

機嫌良く奏でられる鼻歌。無駄に美しい音色が、形の良い唇から零れる。端整な顔立ちは恍惚に歪められ、濡れた瞳は澱み濁る。緑がかった黒髪に、アッシュグレーの瞳。スーツを着こなした男装の麗人――エマは、今日の昼に喫茶店『Slash』で行われた演技対決を経て、上機嫌になっていた。

「ああ、それにしても、今日は収穫しか無かった！　君もそう思うだろう？」

愛しげに語りかけた相手は、冷蔵庫にもたれかかっていた骨格標本だった。エマは骨格標本に歩み寄ると、その身体を愛おしげに抱きしめた。

「空星つぐみ。ああ、彼女はなんという存在だ。演技に入る前までの純朴さ。演技に入ってからの苛烈さ。ああ、まるで緑の若木から熟れた林檎が瑞々しく破裂したかのような!!」

エマは抱きしめていた骨格標本を投げ捨てる。それから、観音開きの冷蔵庫の扉を両側とも勢いよく開け、中から熟れた林檎を取り出してかじった。冷蔵庫の扉を閉めるつもりはないようで、内部の棚に隙間無く敷き詰められた林檎が一つ、こぼれ落ちる。エマは落ちた林檎を一瞥することもなく、手に取った林檎を眺めていた。

「そう！　ちょうど、こんな感じさ！　……いや、ちょっと違ったかな？　ンフフ、そうだ、そうだ、そうしよう！」

林檎をかじりながら、エマは乱雑に置かれた雑貨の隙間から、黒電話を引っ張り出し、ダイヤルを回す。すると、意外にもきちんと電話線が生きていたのか、通話が繋がった。

「やぁ！」

『……やぁ、エマ』

少し置いて返ってきたのは、どこか掠れた男の声だった。

「なぁ、君、オーディションをしよう」

『ふむ。オーディション、かい？』

「そうだとも！　ははっ、キャストに口出しできる権利を得たからと言って、即『紗椰』に採用されるとは思っていないだろう？　玲貴。オーディションはするさ。あまりに相応しくなかったら要らないよ。配慮はしてあげるけれどね！」

男――四条玲貴は、電話越しにため息を吐く。堪えているよう、というよりは、呆れているような声色だった。

『ああ、そうだね。エマ、君のことだから、そう言い出すんじゃないかとは思っていたよ』

「うん。じゃあ、いつがいいか決めておくよ。準備をしておいてくれ」

『場所はこちらで決めて良いかな』

「いいよ。じゃ！」

エマはそれだけ言うと、一方的に電話を切った。林檎をかじって、逡巡する。迷う、という行動は、実のところ彼女にとって非常に珍しい行動だった。幾分か時間を置いて、黒電話を床に投げる。床にぶつかる黒電話の状態など気にとめることも無く、エマはアンティーク調の机の上に腰掛け、ポケットから画面がひび割れたスマートフォンを取り出した。

「やぁ」

コールの後、心なしか先ほどよりも気勢を失った様子で、相手に声をかける。返事は無い。

相手の「用件を言え」という圧を感じ取って、エマは林檎をかじった。咀嚼(そしゃく)音。電話が切られることは無い。エマはきちんと林檎を飲み込んだ。

「空星(そらほし)つぐみ。気に入ったからくれないかい？」

相手のため息。奇(く)しくも、さきほどの玲貴のものと同様、諦観の込められたモノだ。

『……はぁ。私のモノでは無いわ』

「おや」

『どちらかというと、私が気にかけているのは夜旗凛(よるはたりん)という少女の方よ。どうせ、知っているでしょう？　私の可愛い教え子なのよ』

エマの気の抜けた返事に、電話越しの女性は言葉を続ける。夜旗凛の師を名乗る女性——霧谷桜架(きりたにおうか)は、呆れを隠そうともしない。

「まぁね。ただ、ただの天才には興味ないんだよね、ボク」

『ただの天才なんて言葉、あなたしか使わないわよ』

桜架の声は淡々として抑揚が無く、感情が込められていないように聞こえる。だがエマは、そんな声の抑揚の無さに何か、普段の桜架らしからぬ感情の抑圧を覚えて、言葉を続けた。

「おいおい、桜架（おうか）。なにを素知らぬ顔をしているのさ。ボクはむしろ、君こそが、彼女に、つぐみに執着しているように見えたがね？」

『──そんなつもりは無い、と言いたいのだけれどね。ええ、そう、最初はそんなつもりは本当に無かったのだけれど』

戸惑い。躊躇（ちゅうちょ）。おおよそ〝らしく〟ない物言いに、エマは首を傾（かし）げる。

「君らしくないね。尋常ならざる天才の君としては、己（おのれ）の内面などすぐに解剖できてしかるべきでは？」

『そうねぇ……ねぇエマ。あなた、生まれ変わりって信じる？』

「信じない」

『そうなのよねぇ』

夢物語を口にする桜架に、エマは内心で〝桐王鶫（きりおうつぐみ）フェチが祟（たた）っておかしくなったか〟と思う。

「桐王鶫フェチが祟っておかしくなったか」

我慢できずに声に出した。もとより、我慢するつもりも無かったのかもしれない。

『失礼なことを言わないで。私のはフェティシズム（偏愛）ではなく純愛よ』

「そっちなんだね。ああいや、あなたらしいよ。嫌になるほどにね」

『そんなことはどうでもいいわ。本題に戻りましょう。で、つぐみちゃんがなに？』

無理やりな軌道修正だ。だが、その本題こそエマの求めていたモノだった。常人ならばもう少し桜架を追及するかもしれないが、エマは、なによりも己の欲求に忠実だった。

「『紗椰』のオーディションに呼びたい」

『わかったわ。話を通しましょう』

「おや、話が早いね」

桜架の沈黙とため息。それから、電話越しでもわかる威圧感に、エマは、口元を引きつらせた。

『悩んでいてもしょうがないでしょう？ 私もちょっとつぐみちゃんとゆっくりお話ししたくなったのよ』

「キミ、そんな威圧感マシマシで、つぐみと話を？ それは、つぐみに悪いことをしたかな？」

本気の同情。霧谷桜架という人物は、エマの視点では、〝ただの天才〟の枠には収まらない化け物だ。人間の皮をかぶっている妖怪かなにかだと、本気で信じているほどに。故に、本気で同情しながらも、つぐみとの話で桜架がつぐみのなにを確認したいのか、なにが桜架の琴線に触れたのか、エマの中で一さじの下世話な好奇心が鎌首をもたげる。

「なぁ桜架、キミが気になるつぐみのこと、もしもなにかわかったら」

『ええ。あなたには教えないわ。少なくとも』

「……君ってケチだなぁ。ま、つぐみにオーディションの話をするのは、忘れないでくれよ？」

『ええ、わかったわ』

エマは、力なく通話を終えてスマートフォンをポケットに収める。それから、立てた膝に肘を置いて頬杖をついた。

「つぐみのなにがあああも桜架を惹きつけるのか、は、わからずじまいか。残念無念また明日——だけど、クフっ、楽しくなりそうだねぇ、んひ、はははは!」

西新宿の片隅に、笑い声が木霊する。それはなんの暗示であるのか。夜のネオンに散らされて、やがて声は消えていった。

Scene 7

『妖精の匣』撮影用校舎(昼)。

つぐみは校舎裏の花畑で、凛と撮影を進める。


木造校舎の裏に広がる花畑で、今日の撮影を行う。内容は、なにかといじめっ子のリリィを庇う古参の先生、絹片幸造(柿沼さん演)が、リリィの担任教師の水城沙那(相川瑞穂さん演)と水城の同僚教師、黒瀬公彦(月城東吾さん演)に、ついにリリィの過去を話す、というシーンだ。ようは、回想シーンだ。

スタッフさん方の準備が終わるまでの間。私は、一緒に準備をしていた凛ちゃんに声をかける。入り時間がバラバラだったから、控え室で話したりはできなかったから。

（すぅ……はぁ……）

深呼吸。恥ずかしい話だけれど、心の準備がいる。どうにかこうにか調子を整えて、私は凛ちゃんの側まで行き、どうにかこうにか、その小さな背に声をかけた。

「あの、りんちゃん」

「ん？　つぐみ？　どうした？」

声をかけて。それから、どうしていいかわからなくなる。なにを聞けば良いんだろう。私は、こんなに不器用だったかな。ど、どうしよう。やっぱり天気の話？　うぅ。なんだか今の私、人見知りっぽい!?

「あのね、えっと、その、あのあれ――」

「そうだ！　つぐみ、この間は、いっぽうてきに電話をきってごめんなさい！」

「――は、え？　う、ううん。だいじょうぶ、だよ？　あれ？」

なん、か、普通？　凛ちゃんはごくごく普通の、いつもどおりの様子で、私にそう告げる。その様子に違和感は無い。なんだろう。もしかして、諸々全部、私の気のせいだった？　それならそれで、私が恥ずかしい思いをするだけですむ。凛ちゃんの調子が悪いよりは、何千倍もマシだ。けれど、なんだろう。なにか、なにかが引っかかる。

「よかった。つぐみ、怒ってないかなってシンパイしてた」

「怒ったりしないよ！」

「うん。良かった。ところで、なにか言おうとした？」

きょとんと首を傾げる凛ちゃん。なんだかその仕草がとても可愛らしくて、なにを言おうとしたのかわからなくなってしまった。

「えっと、あの、えへへ。なんて言おうとしたか、わすれちゃった」

「そう？　ふふ、へんなつぐみ」

「あはは……」

凛ちゃんはそう、眉を下げて笑う。／既視感。

（あれ？　いま、なにか）

凛ちゃんともっと話していたかったけれど、スタッフさんからお呼びがかかる。次の回想シーンの撮影では、リリィがまだ〝リリィとリーリヤ〟の二重人格になる前。無邪気で普通の女の子だった頃、凛ちゃん演じる秋生楓と二人で花畑で遊ぶシーンになる。脚本では、無邪気に子供らしく遊ぶようにということだったので、それこそ腕の見せどころだ。気持ちをしっかりと切り替えて臨もう。

花畑まで凛ちゃんと並んで歩く。凛ちゃんの横顔は、真剣そのもの。小さく深呼吸して、それからしっかり前を向く仕草。／既視感。

……あれ？　いや、えっと、そう、そうだ。私も負けていられない。スタッフさんも、私たちの姿を確認すると、声をかけて下さった。

「スタンバイお願いします！」

声に従って、私は花畑に座り込む。凛ちゃんはあとから来て私に声をかけるから、カメラの画角の外でのスタンバイだ。凛ちゃんは自分のスタンバイ位置に行く途中。一言、私に声をかける。

「きょうもがんばろうね、つぐみ」／既視感。

「う、ん？」

「わたしの演技、みてて」／既視感。

「わ、かっ、た」

既視感。既視感、既視感、既視感既視感既視感既視感。もう、目を逸らすことはできない。自分と他人を奮い立たせるような言葉選び、あるいはトーン、声色。演技に入る前に、自分の胸をとんと叩くような仕草。重心を感じさせない歩き方。意識して保っている呼吸のテンポ。あれは、あの感じは、もう、目を逸らすことができない。

（——……きもちわるい）

あれは全部、〝桐王鶫〟の仕草だ、と、心のどこかで気が付いてしまった。あるいは、気が付かなければ楽しく撮影をして、明日もまたいつもの日常を送れたのかもしれない。でも、気が付いてしまったら、目を逸らすことはできない。少しずつ、ちょっとずつ、ほんの小さな違和感から人格を侵食していく恐怖。まるで、くちなわ。蛇のようにするすると這い寄り、コールタールのような泥が滲んでいく。残酷でむごたらしい、ナニカ。

（あなたなの、玲貴。あなたが、糸を引いているの？）

困惑。不安。戸惑い。憤怒。一人の幼い少女の人格を、人生を、冒瀆するが如き所業。

「――三、二、一、アクション！」

監督の声が遠くに聞こえる。怒りの感情を抱いたまま、静かに演技のスイッチを入れた。無邪気。無垢。吐き気がする。まっさら。清純。無知。気持ち悪い。世間知らず。知らないということは罪？　ああ、だめ。怒りで、思考がまとまらない。それでも、私は、役者だから。花を撫でて、微笑みながら、服が汚れることも気にせず寝転がる。

日差しに手をかざす。大丈夫、私はできる。いや、違う。ここで感情に囚われるような三流役者に、凛ちゃんと競う資格はない。私の方が劣っているのならなおさら、どんなときだって、やり遂げないと。

「おひさま、あったかい」

そう、私は幼い少女。世間も、悪意も、怒りも知らず。ただ、毎日を玩具のように楽しみ、幸福を享受する少女。それでいい。今は、それだけでいい。世間の呪縛やら義務やら、今だけは全部解き放つ。宇宙を漂う小惑星のように、ほわほわ、ふわふわと。

「くうき、おいしい」

なんだかちょっと、眠くなってきた。だけれど、これでちょうどいい。どうにかこのまま、凛ちゃんとのシーンまでお日様に癒やされる少女を演じよう。なんて、思っていたのだけれど、その前に、カチンコの音が聞こえた。

「カット！ あー、すまん、つぐみ。少しいいかな？」

「はえ？ ひらがカントク？」

平賀監督は苦笑しつつ、私を呼ぶ。やっぱり入りが良くなかったかな。演技の上で、関係ないことを思い浮かべていたことを反省する。今は素直に怒られて、次に活かそう。そう、気合いを入れて前を向いて、どうしてだか言いづらそうにしている平賀監督に向き直る。

「あー、いい、いいんだがな。なんというか、無邪気と言うより世間に疲れたOLのようだったというか。まぁ、君は大人っぽいから、うん。子供のつぐみにこんなことを言うのは妙だが、もうちょっと童心に帰ってみようか？」

言われた言葉に、石のように固まる。いや、あの、ちょっと待って欲しい。それはひょっとして、ババ臭いということでしょうか。

「どうだ？　できそうか？」

「ひゃい……やります。やれます！」

「うん。まぁ、これまでつぐみは手がかからなかったからな。やっと、つぐみに対しても監督らしいことができるよ。じゃ、次のテイク、行ってみようか」

やれない、なんて言うつもりは無い。こう、ちょーっと、もうちょっと、子供の頃を思い出してみよう。前世の子供の頃は……物心ついた頃には、酒瓶が転がる畳の上で、のんだくれる父親の側で、まるで私と父の姿なんか見えていないかのように化粧をする母の……うん、よし、自分の経験を糧にするのは止めよう。悪霊の演技だって別に、私自身が悪霊だからやれてたワケじゃないんだし。これまでと同じ。想定して、それを演技に書き起こす！

深呼吸。集中する。スタッフさんに汚れを落としてもらい、専属スタイリストのルルに髪型を整えてもらうと、また、スタンバイ位置についた。遠くで、凛ちゃんがシンパイしているのが見えて、なんだか申し訳なくなった。

——まだ、ただ遊んでいれば良かった頃。誰かを疎んだり、攻撃したりしなくて良かった頃。そんな幼少期に私は、なにを考えて生きていたんだろう。見上げた空は青く、見下ろした花々は美しい。これから一緒に遊ぶのは、幼なじみで大好きな楓。リリィは、私は、彼女と遊ぶことが、なによりも楽しみで。

「――三、二、一、アクション！」

カチンコの音。そうだ。私は子供だ。だから、無邪気にただ、遊べば良い。

「むぅ、かえでちゃん、まだかなぁ」

足下の花を手に取って、編み込んでいく。花冠。きっと、楓ちゃんに作ってあげたら喜ぶだろうから。結んだ花冠を自分の頭にかぶせたり、調整したり、またかぶって笑ってみたり。そうしていると、私の姿に影がかぶる。

「あっ、かえでちゃん！　ほら、ほら、見て！」

「わ、花かんむり！　すごいね、リリィ」

楓ちゃんは、私の花冠を見て喜んでくれる。かと思えば、楓ちゃんは私の手を取って立ち上がらせた。

「ね、ね、リリィ！　あっちで、きれいなお花をみつけたよ！」

「ほんと!?　いこ！」

手を繋(つな)いでかけ出す。すると、あんまりにも勢いよく走り出したものだから、楓(かえで)ちゃんが転んでしまった。私は楓ちゃんに引っ張られる感じで一緒に転んでしまった。幸い、へんなところで転ばなかったから、服は泥だらけになってしまったかもしれないけれど、気が付けば、並んで一緒に笑っていた。この瞬間が、楽しくて仕方がないと、全身で表現するように。

「カット！　うん、うん、良かったよ」

平賀(ひらが)監督の言葉に、ほっと一息して立ち上がる。一度目はどうなるかと思ったけれど、無事に済んだみたいで——。

「とくに、あれが良かったよ。つぐみがせっかく作った花冠を放り出して、走り出したところ」

——え？　言われてみれば、そうだ。楓にかぶせるつもりで作った花冠。直前までは楓が来たらかぶせようと思っていたのに、私は、気が付いたときにはまるで無価値なものを捨てるかのように扱っていた。無邪気とは、つまり、無知ということ。花が可哀想(かわいそう)だとかそういう気持ちは、本当にまっさらな子供ではあまり思いつかない。言われてみたら、なるほど、それはまさしく無邪気な子供だ。

でも、それは、私がそうしようと思ってやったことではない。だから、おそるおそる隣の凛(りん)

ちゃんの様子を見て……思わず、息を呑む。超然と、当たり前のように監督の言葉を受け止める凛ちゃん。これが、もし、凛ちゃんの作戦だったら？　凛ちゃんの想定どおりの結果だったら？

（これは、たしか、そう）

特番での勝負企画のとき、凛ちゃんが呟くように使っていた技術。たしか、相棒役の演者さんを自分の演技に合わせさせる、ようなこと。その対象に、入れられていた？

（だとしたら、いつの間に？）

戦慄する。いつの間にか凛ちゃんは、こんなにも、腕を磨いていた。それ自体は良いことだ。親友の成長が誇らしくないはずがない。でも、それがあんな風に、桐王鶫の仕草を身につけるような冒瀆的な修練の果てに身についたモノだとしたら、私は、どうすればいいのだろう。

（私は、どうしたら良いんだろう。凛ちゃん……）

さっきまでの凛ちゃんの仕草を思い出す。凛ちゃんが今、こうして演技の中で築き上げている成功体験。もし、この他人を自らの手中に収めてしまう演技を自分で築き上げて成功していたのなら、手放しで褒めてあげたい。でも、今、凛ちゃんの背後ではツナギちゃんが暗躍している。世間を扇動して、世論も操作してしまうようなツナギちゃん。凛ちゃんのこの成功体験すらも、ツナギちゃんの――ツナギちゃんの裏で手を引いているのだろう、玲貴の手中にあるのだとしたら？　私はそう、不安を隠しきれず、唇を嚙んだ。

Scene 2

空星別邸（昼）。
サンルームのテーブルに突っ伏すつぐみ。

『妖精の匣』の撮影を終えた後。私は一人、テーブルに突っ伏していた。慌ただしく次の仕事現場に移動した凛ちゃんとはろくに会話をすることもできず、私は珠里阿ちゃんと二人で撮影するシーンを撮り終えて、今は別邸に立ち寄り、休憩中だ。急な移動で疲れないように、一休みをしてから帰ろう、という小春さんの気遣いである。特番の出演や細々とした雑誌撮影。色々とあるけれど、今は空き時間だ。空白の時間が増えると、どうしても、考えに耽る時間が増えてしまう。
サンルームに優しく日差しが入り込む。ぽかぽかとした陽光に照らされていると、ついつい眠くなってしまうから困りものだ。目を瞑って、狸寝入りをする。そうすると、どこかで控えていた私のマネージャーの小春さんがすっと現れて、そっと私の肩に毛布を掛け、ふっと気配を消した。小春さん、忍者かなにかなのかな……。

なんにせよ、これでしばらく放っておいてもらえることだろう。せっかくなので、目を逸らしていたことも含めて、少し、考えを深めてみることにする。題材は――四条玲貴。彼のことだろう。私が前世で彼と知り合ったのは、連続短編ホラードラマシリーズ『祈り』で共演したときだった。自信満々で高慢ちきで、才能に任せた演技をしていた彼を、ついつい本気で怖がらせてしまった……というのが、最初。そのあと、共演する度に絡まれて、いがみ合って、ケンカしたりお酒を飲み交わしたりしている内に、仲良くなって……それから？

（どうしてだろう。少し、記憶が曖昧だ）

深く、息を吸う。イメージするのは、追い詰められたときの演技。高揚して、周囲が私の演技の世界に塗り替えられて、なにもかもが演技の世界に閉じていく。そのときの様子を、そのときのコンディションを、そのときのココロの有り様を、今、この瞬間に投影していく。深く、深く、暗く、昏く、黒く。己の中に埋没していけば、不思議と、白昼夢を見るようにして、現実と夢の狭間が曖昧になっていった。この光景が、妄想か夢かはわからない。でも、イメージの中で水の中へ沈んでいくような身体が、この方法で合っているのだと告げているような気がした。演技のことに絡めれば、あやふやなやり方でも、意外となんとかなるみたいだ。

――イメージ／身体が宙に浮く。あたりは黒。深淵に落ちていく。

――イメージ／重力が小さい。ふわふわと漂うように底を目指す。

――イメージ／着地。水面に波紋が浮かぶ。黒い水。目を閉じて。

──イメージ／目を開ける。周囲は白。見回す。一面白の世界。

──イメージ／世界の中に違和感を探す。私の内面。でも、他とは違うところ。

──イメージ／壁を見つける。黒い壁。内面世界の中の違和感。壁に近づく。

──イメージ／壁の向こうは空間になっていた。壁の中に佇む影。影が口を開く。

『えっ、なんでここに？』

素っ頓狂な言葉だった。慌てている、というようにも見える。なんだかおかしくなって笑ってしまった。どうして、こんなに懐かしい気分なんだろう。自分の身体を見下ろす。私の姿は、変わっていない。いつもの空星つぐみ。舌っ足らずな〝わたし〟の姿だ。銀の髪が頬にかかる。白く、小さな手で掻き上げて、改めて、壁の向こうの影を見た。

黒い髪。長く伸ばした黒髪は、ホラー女優としての役作りの一環だ。黒い目。どことなく目つきが悪いのは、もう、血筋としか言い様がない。酒に溺れた父と、男に溺れた母。酒瓶と化粧道具が転がる十畳の世界が彼女の全て。全て、だった。不思議だ。向かい合っているのは間違いなく私自身であるはずなのに、なんで、向き合って立つことに違和感を覚えないんだろう。だからわたしは、思い切って、〝私〟──鶫に問いかける。

『ね、鶫。聞きたいことがあるんだ』

『んんっ……なに』

『わたしが思い出せない、四条玲貴のこと。……ううん、過去のこと。知ってること、教えて？』

『……聞いても、良いことなんかないよ。忘れていた方が幸せなこともある』

『ふふ、へんなの。人に自分の心を決めつけられることが嫌いな、鶇らしくない』

なにが幸せかを決めるのは、鶇ではなくわたしなのに。一歩踏み出す。壁に手を合わせた。波紋が壁に広がって、ひびが入る。そうすると、鶇は慌てて駆け寄って、わたしと同じように、波紋の壁に手を合わせた。すると、どうだろう、ビデオテープが巻き戻るようにひびが消えていった。未だ、わたしと鶇と隔てる壁は健在だ。その代わり、合わせた手のひらから、桐王鶇の記憶が流れ込んでくる。鶇は諦観からか、眉を下げてため息を吐く。それから、小さく微笑んだ。今にも、泣き出してしまいそうな笑みだった。流入は止まらず、けれど、手を離すことはできなくて。

きらきらと光る記憶の奔流。流れ込むその全てを抱きしめるように受け止めると、胸の奥がぽかぽかと温かくなった。熱が巡る。血液が、炎になってしまったかのように。そして。誰かの声が聞こえる。

――『鶇、ちょっといいかな？　話が、したいんだ』

緊張したような声色。生唾を飲む音。記憶の中で、おとこのひとの声が、聞こえた。

回想。桐王鶇。

彼と出会ったのは、短編ドラマの何度目かの撮影だった。今が売り出し中のハーフの俳優。名前は完全に日本人だったけれど、イギリス人だという彼のお母さんの色合いを濃く受け継いだ彼の容姿は、金髪碧眼の王子様然としていて、瞬く間にお茶の間のヒーローになっていた。容姿だけでなく演技の才能も抜群で、おまけに運動神経まで良くてセレブなものだから、どこの番組でも彼は引っ張りだこ。そんな人気絶頂絶賛売り出し中の俳優が、私の出演するそんなに視聴率も高くないようなニッチな深夜ドラマに出演すると聞いたときは、ディレクターは彼のどんな弱みを握ったのだろうかと驚いたほどだった。

そんな人気俳優、四条玲貴は、なんというか、人気を鼻にかけてそのまますくすくと育ってしまったような人柄だった。愛想良く振る舞ってはいるけれど、根本的に共演者を見下している。一生懸命やらなくても評価されるような演技ができてしまうから、出せる力を小出しにして、常に余裕と余力を持っている。私は、そんな彼を驚かす悪霊役をやらねばならないものだから、つい、こう、思ってしまったんだ。

(余裕そうだなぁ。演技、技術は卓越しているとは思うけれど、技術だけじゃ、人の心は動かない……うーん、四条玲貴さん、か。彼の本気の演技、見たいかも)

やるからには全力だ。全力で、本気で、悪霊として彼を脅かす。それで相手も本気になったら、それはどれほどの作品になるのだろうか。そう考えると、背筋が震えて、心が燃え上がった。だから、シーンの間で次の準備をする彼に近づいて、愛想良く声をかける。

「ん？　君は、えーと、桐生さん？」

「惜しい。桐王、です。今日はよろしくお願いします、四条さん」

「ああ、ごめんね、桐王、えー、桐王鶫さん、だね。うまく驚けるか自信ないけれど、よろしく」

四条さんの呼吸のテンポ、重心の傾き、仕草の癖。感づかれないように、さりげなく、把握していく。共演者の癖を把握することが、その方の心の隙をついて驚かすのに、一番手っ取り早いから。

「またまた。驚く演技、楽しみにしています。四条玲貴さん」

彼と会話する最中、彼の目の奥はずっと冷めたままだった。でも、彼が心を燃やして演技ができないのは、つまるところ、私たち共演者が彼にとって対等な存在じゃないから、だ。

今回の撮影での四条さんの役は、彼の経歴からするととても珍しい悪役で、結婚詐欺師の役だ。次々と若い女性を騙しては自殺に追い込んでいた彼は、今回のターゲットに感づかれて、夜の神社で彼女を殺そうとする。私は、というと被害者たちの『祈り』によって呼ばれた悪霊で、殺人犯の彼を呪い殺しに来た、というわけだ。被害者を追い詰める彼の背中から近づいて驚かす私は、好きなタイミングで動いて良い、と言われている。なので、さっき彼と会話をしたときにこっそり計った、彼の呼吸のテンポや重心といった癖を利用できないかと、頭の中で計算した。

「三、二、一、スタート！」

カチンコの音。演技が始まるその背後。悪霊のメイクと衣装に身を包んだ私は、静かに、風のざわめきを数える。ざわざわ、ざぁざぁ。風で揺れる葉。台詞、呼吸、音。テンポを合わせて、舞い落ちる葉のようにふらりと歩み寄る。膝を曲げて、重心を変えず、音を出さず、気配を溶け込ませて――まったく気が付く様子の無い彼の耳元に、そっと、呼吸を置いた。

「アア■■■■■ア」
「っ、は、っっっ!?」

彼の足が引かれる。左足。左側を軸に回転するつもりであろう彼の軸足に合わせて、振り向く彼の背に張り付くように、音も無く背後に張り付く。すると、四条さんの視点では、背後に居るはずの私の姿が、夢か幻かのように消えてしまったように見えることだろう。さらにその首に手を這わせる。事前に風に当たっていたから、充分冷えた手だ。

「ひっ、ど、どこだ、どこに……」

振り向く。合わせて、背後に回る。何度もやっていたらこの手品の種が割れてしまうことだろう。だから、今度は体勢を崩し、彼にひざかっくんをすると、大きく後ろに飛び退いた。彼の尻餅と私の着地を合わせることで、私の着地音はかき消える。そのまま、混乱が途絶えない彼の背後から、ちょうど、彼の視点だと私が逆さまに見えるように、勢いよく覗き込む。

「■■■■■エ■ア」

「つうわぁあああああああああ!?」

悲鳴。白目を剝き、倒れる四条さん。

「カット！　くぅう、やっぱり鶫ちゃんの悪霊怖すぎるねぇ!!」

監督の声。しんと静まりかえった神社は、すぐに、ざわめきを取り戻す。四条さんも気を失ったのはほんの僅かな間のことだったのか、はっと息を吐きながら飛び起きて、きょろきょろと周囲を見回す。それから、引きつった笑みを私に向けた。

「なっ、ななな、なんなんだキミは!?」

「なにと言われましても――いち、ホラー女優、とだけ」

「ホラー、女優……覚えたぞ、桐王鶇！　今回は俺の負けだ。だが、次は俺が勝つ」

貼り付けたような〝さん〟付けが取れて私を呼び捨てにする彼の姿は、なんだか、さっきまでよりもずっとイキイキとしていた。そんな彼の姿がおかしくって、私は、胸を張ってこう言ったのだ。

「ええ、楽しみにしているわ。四条玲貴」

それが、私と玲貴の出会い。こんな、なんとも血なまぐさささすら感じる出会い。その十日ほどあとに再会した彼の第一声が確か、『おまえのせいで悪夢ばかり見る。おかげで不眠症だぞ！　どうしてくれるんだ！』だったものだから、そのときは腹を抱えて笑ってしまった。

そんな私と彼が、いがみ合いながらも友情を覚えるようになったのは、むしろ当然の流れだったのかもしれない。共に向いていた方向が同じで、共に情熱を抱いて演技に打ち込んでいたから。

いつだったか、そんな玲貴と二人で飲み交わしていたとき、彼の夢を聞いたことがある。居酒屋のテーブルに頬杖をつきながら、珍しく目を伏せて。

『俺さ、子供の頃、いじめられっ子だったんだ』

『玲貴が？』

『ああ、意外だろ？　その頃は親に甘やかされるまま、好き放題やってて脂肪ばっかりついて、ボールみたいにコロコロしていてさ。それが、同年代の子供にとっては格好の的だったんだろうさ。よくなじられたり荷物を持たされたり……惨めだったよ』

『……そっか』

『学校に行くのも嫌になるような毎日だったんだが……ある日、いつものように虐められていた俺を、助けてくれたひとが居た。俺よりも小さな女の子でさ。壁に追い詰められて囲まれていた俺の前に割り込んで、いじめっ子たちを睨み付けて追い払ってくれたのさ。俺は、突然現れた彼女の姿を妬んだ。どうしてそんなに強くあれるのか理解できなくて、ひどく羨んだ。格好悪いだろう？　彼女は俺を助けてくれたっていうのにさ。でも……でも、違ったんだよ』

『違うって、なにが？』

『俺のことを一瞥して、手を貸すことも無く颯爽と去った彼女を追いかけたのさ。彼女の強さの秘密が知りたくて、どうしようもなく自分のことばかり考えていた俺は、その、強さの秘訣をかすめ取りたかった。だが、だがな、追いかけた先、シャッターの閉まった商店の軒先で、一人で震えている彼女を見つけて、気が付いたんだ。自分よりも体格の大きないじめっ子に立ち向かって、怖くないはずがない。いじめっ子に報復されるかもしれないんだ。恐ろしくないはずがない。そんな当たり前のことも、俺は、想像できていなかったんだと思い知らされたよ。だから――だから俺はそのとき、自分自身と、声をかけてお礼を言うこともできなかった彼女に、心の中で誓ったんだ。怖くても、苦しくても、誰かが踏み出す一歩を支えられる人間になりたいってね』

……と。そうして夢に向かって踏み出して、でも、彼の両親は、彼の芸能界での活躍を認めようとしなかったそうだ。家のしがらみから逃げ出すように役者になって、それで、何年経っても囚われている。それはもしかしたら、彼の、四条玲貴という人間の原点であるかのような、そんな気がした。

(ああ、そうだ、思い出した)

——そんな彼との関係が変わったのは、居心地の良い関係のまま、友として過ごしたある日のことだった。

『どうしてもキミと話したいことがある。今日の夜十時、葛西臨海公園まで来て欲しい』

わざわざ夜の葛西臨海公園に呼び出した玲貴に……玲貴の、迫力に、思わず頷いてしまった日のことだった。まだまだ夜風が冷える冬の終わり。震える身体を抱きしめながら待って、もう帰ってやろうかと思い始めていたとき。品の良いスーツをよれさせて、走って近づいてきた彼の瞳には、確かな熱があった。

「遅い」

「うぐっ、す、すまない——柿沼め、覚えていろ」

「柿沼さんに迷惑かけたの?」

「いや、どこからか察して——ああ、いや、違う。言い訳はしない。遅れてすまなかった」

「……で?　話って?」

「あー……こほん、んっ、んっ」

キザったらしい玲貴らしくない、畏まった様子。背筋をぴんと伸ばして緊張する姿は、なんだか、大型犬みたいに見えてしまって、笑い出しそうになるのを堪えるのに必死だった。

「俺とけっ、けっ」

「け？」

「いや、その、はは。格好悪いな。こんな予定じゃ無かったんだ。俺はもっとスマートな男、なんだがな」

「初対面のときから、別にスマートでは無かったわよ？」

「くっ、ははは、違いない！　……君の前ではいつだって、そうだったな」

エメラルドグリーンの瞳は、覗き込んだら青くも見える。珊瑚礁の海。そんな鮮やかな瞳が薄く伏せられて、らしくもなく苦笑する唇は、優しく弧を描いていた。

「だから、順序を立てよう。俺は君に、誰よりも君に、側に居て欲しい」

「へ？」

「君が好きだ。鶫――どうか、俺と、結婚してほしい」

硬直。身じろぎするというだけのことが、どこか息苦しかった。関係、とか、思い、とか。色んな感情がせめぎ合う。玲貴がジャケットのポケットから取り出したのは、黒い箱だった。玲貴は、傍目に見てもわかるほど緊張した様子で、箱を開ける。白い台座に輝くルビーつきの銀のリング。血の雫（しずく）みたいで綺麗（きれい）だ、なんて思ったらあまりにおどろおどろしくて、赤く輝くルビーに責められているような気さえした。

「わ、たし、は——」

返事をしないと。そう、焦る気持ちで、唇を動かす。

「玲貴（れき）、私は……——」

喉を震わせながら、なんとか、感情を整理する。好き？　誰が？　玲貴が。私を。本当に？

「鶫（つぐみ）——君のような素敵な女性が家に入ってくれたら、あの頑固な両親も納得することだろう。納得させるつもりだけれど」

そうして混乱していたから、だろうか。その一言が、うまく入ってこなかった。

「家に入る……って？」

「苦労はさせない。女優なんかやらなくても、俺の帰りを待っていてくれたら良い。好きなモノは何だってあげるよ。どんなものだって用意する」

必死な様子で、一生懸命告げる玲貴の表情を、うまく見ることができない。

「はぁ、そう」

でも。

「ああ、だから」

「——断るわ」

「は、え？」

だからこそ、煮えたぎった感情が、想像以上に冷たい声色になってあふれ出た。少なくとも私は、四条玲貴を信じていた。ライバルとして、友達として、仲間として、あるいは、一握りの愛情を抱いて、信頼していた。だから、私はこのとき、確かに、こう思ったんだ。

「私は女優の道に誇りを持っているわ。だから、ごめんなさい。家に入ることはできない」

我ながら冷たい返答だとは思う。でもそれ以上に、私が抱いた感情。彼もまた、私を置いて出ていった両親のように、私を〝裏切る〟のか、という。

「ッ結婚して、家に入って、子を産み育てることが女性の幸せだろう？」

「それはあなたの価値観よ。私の価値観ではないわ」

「だったら、ああそうだ、だったら仕事ができなくなれば良い！　断るのなら、鶫に仕事が回らないようにすることだって――」

「――玲貴」

冷たい失望。それが、私が彼に抱いた――〝最後〟の印象だった。

「っ、ぁ」

「やれるものならやってみなさい。泥水を啜るのは慣れているわ。何度崖っぷちに立とうと、幾度だって立ち上がって這い上がる。そのときを、恐怖と共に悪夢に見てなさいな」

「お、俺は、ただ、君と」

「良い機会だから言ってあげる。私は、私の信念を穢すモノを許さない。覚えておきなさい」

もう、彼の姿は見ない。視線を切って、彼を置いて、歩き出す。

「まっ、待ってくれ、鶫、鶫ッ——鶫ィィィィッ!!」

叫び声は遠く、追いすがる姿も見えない。追いかけようとして踏み出した足を、私が視線で制したから。だから、もう、これで終わり。いやだな、仕事もなくなるのかしら。それならそれでいい。いつか死にゆくその日まで、もう、一日たりとも休まず働けば良い。

一九九九年、ノストラダムスの予言のように世界は滅亡したりしなかった。それ以上に騒がれていた二〇〇〇年問題も、結局なにごともなかった。そんな、私の最期の年の始まりは、裏切りと悲しみでスタートした。

どうして、こんなにも悲しいのだろう。考えてみれば、すぐにわかった。きっと私も、心のどこかで、玲貴のことを——なんて、もう、詮無いことを夜闇に捨てて——記憶の中から、意識が浮上する。

(思い出した——でも、どうして忘れていたんだろう)

前世の記憶が辛すぎて封印していた？　もしも、そんなに繊細だったら私はもっと早く世を儚んでいたことだろう。だって両親は控えめに言って毒親で、小学校では友達の一人も居なくていつも飢えた目をしていた。幸いにも私はやたらと図太かったから、気合いと根性と鈍感さで乗り越えてこられたんだろうなぁなんて、我がことながら呆れるばかりだ。辛かった。苦しかった。その果てに忘却を選ぶなんて、自分自身から逃げているのと一緒じゃないのかな。そんなんで、他人の恐怖を呼び起こすホラー女優になれるはずがない。なら、どうして忘れていたんだろう。

思考は続かず、夢のような空間が崩れていく。やがて、なにかに引っ張られるように、浮遊感が襲いかかった。抵抗する間もなく、心が浮上していく。夢から覚めるように、私は、目を開いた。

「あ、やっと起きた」

と、同時に、飛び込んできた珠里阿(じゅりあ)ちゃんの声に、思わず首を傾(かし)げてしまうのだった。

Scene 3

空星(そらほし)別邸・サンルーム（夕）。

夕焼けの差すサンルーム。

目を覚ましたつぐみは、珠里阿と美海(みみ)の姿を見る。

腰に手を当ててため息を吐く珠里阿ちゃんと、眉を下げて微笑む美海ちゃん。二人が目の前にいることに疑問を持って、首を傾げる。

「ふたりとも……どうしたの？」

私の問いに答えてくれたのは、珠里阿ちゃんだった。珠里阿ちゃんはぴんと人差し指を立てると、私に説明をしてくれる。

「教室のシーンがおわってさ。つぐみに声かけてからかえろーって、みみと話してたんだ」

「つ、つぐみちゃん、ぐっすりだったから……えへへ、じゅりあちゃんと、起きるの待ってたんだ」

苦笑する珠里阿ちゃんと、ほんわか笑う美海ちゃんの姿に癒やされる。思い返せばここ最近、癒やしの一つもなかったからね。友達二人と久々に一息吐いたせいか、心に余裕が生まれている気がする。気にしなければならないことはまだまだ山積みのはずなんだけどね。

……もしかしたら、〝思い出した〟おかげかもしれないけれど。なにも知らないでいるのは苦しい。でも、知ることができたのなら前に進める。悩みを晴らすための光明を得られる。それだけでも、心の持ちようは変わるのかもしれない。

「つぐみ、つぐみ」

「んぁ、なに？　じゅりあちゃん」

「つかれてないか？」

疲労、という意味ではまったく疲れてない。やたらとハイスペックな私の身体は、未だ体力の底が見えない。フルマラソンとかも余裕でできちゃいそうな雰囲気がある。ただ心労という意味では、なんとも言えない。やだなぁ、心労とか言っちゃう五歳児……。

「だいじょうぶ。じゅりあちゃんとみみちゃんとお話ししてたら、元気がでてきたから」

「それまではつかれてたって意味だろー。ほら、みみもなんか言ってやれ」

「え、ええっ」

珠里阿ちゃんの無茶振りに、美海ちゃんは眼鏡をズリ落としながら困惑する。なんだかその様子が面白くって、頰が緩んでしまう。

「……ふふっ」

そんな私の声をどう解釈したのか、珠里阿ちゃんはそっと美海ちゃんに声をかける。

「笑われてるぞ、みみ」

「うぅ……でも、つ、つぐみちゃんに笑われるのなら、ホンモーだよ！」

すると美海ちゃんは、珠里阿ちゃんの言葉をすっかり真に受けて、胸を張って宣言した。あの、えっと、どうしよう。そんな風に困惑する私に、珠里阿ちゃんはやれやれと肩をすくめた。

「ほらつぐみ、笑うとこだぞ、ここ」

「ええ……それはちょっと、申し訳ないかなぁ」

どことなくつまらなさそうに口笛を吹く珠里阿ちゃん。ほっとしたような残念なような、複雑な表情を見せる美海ちゃん。凛ちゃんが忙しくなって、二人も心配していると思う。でも、私に気を遣わせないようにしてくれている、んだと、思うから、私も二人の心遣いに応えたい。

友達に恵まれたなぁ、なんて風にも、思う。

と、不意に、珠里阿ちゃんはぽんと手を叩いた。

「っと、そうだ。忘れるところだった」

「わすれる？」

同時に、美海ちゃんも「あっ」と声を上げる。首を傾げる私に説明してくれるのは、やっぱり珠里阿ちゃんだった。

「つぐみとお話がしたいっていうひとがいて、待ってもらってるんだった」

「わ、忘れてた！　お、おまたせしちゃってるよ、じゅりあちゃん!?」

「ま、あわてなくていいよーって言ってたから、だいじょうぶじゃないか？」

のほほんと告げる珠里阿ちゃんと、慌てた様子の美海ちゃん。そして、石のように固まる私。

待ってもらっていたって……え？　いつから?!

「じゅりあちゃん、みみちゃん、そのひとっていうのは……」

「ん、呼んでくるよ」

「じゅ、じゅりあちゃん、わたしも！」

さっと身を翻し、サンルームを出ていく珠里阿ちゃん。そんな珠里阿ちゃんに、慌てた様子かった。
で追いすがる美海ちゃん。私はただ、慌ただしく退室した二人の背中を見送ることしかできな

そのまま少し、手持ち無沙汰で待っていると、サンルームのドアの向こうから足音が聞こえてくる。足音の数は三種類。二つは珠里阿ちゃんと美海ちゃん。もう一つは、大人のモノだと思う。小春さんや、小春さんのお母さんの御門春名さんが足音を立てるとは思えないし、そもそも小春さんは、気配と姿を消しているだけで、側に控えていることだろう。そうなると、誰だろう？

（うーん？）

私に用がある大人の方。ぱっと思い浮かべることができなくて、ただ、身だしなみをささっと整えて背筋を伸ばし、扉が開くのを持つ。やがてノックが聞こえると、私はそれに「はい」と答えた。すると、扉の向こうから、とても聞き覚えのある女性の声が、「ありがとう。ちょっとお邪魔するわね」と、優しく聞こえてきた。

「こんにちは、つぐみちゃん」

「おうかさん……？　えっと、こんにちは？」

長い黒髪を編み込んだ、美貌の女性。かつてのさくらちゃんこと霧谷桜架さんが、サンルームに踏み込んで、優しく微笑んだ。私がきょとんとしていると、桜架さんの背後からひょっこ

り顔を出した珠里阿ちゃんと美海ちゃんが、私に手を振る。

「じゃ、あたしらはジャマになっちゃうかもだから、先にかえるから」

「ま、またね、つぐみちゃん」

「うん、わかった。じゅりあちゃん、みみちゃん、来てくれてありがとう。またね」

走り去っていく二人の背を、桜架さんと一緒に見守る。なんだか変な感じだ。桜架さんと二人きり（気配と姿を消している小春さんは数えないとして）で同じ空間にいるなんてこと、生まれ変わってから初めてだから、どことなく、気まずい。そんな私の様子に気が付いてくれたのか、小春さんがすっとどこからか現れて、桜架さんに声をかけてくれる。

「霧谷様」

「っ……え、ええと、マネージャーの御門さん、ね。どこから現れたのかしら……」

「はい。ただいまお茶を用意致しますので、どうぞおかけ下さい」

「ええ、ありがとう」

桜架さん、何事にも動揺とかはしないのかと思ってたけれど、さすがに虚空から人間が出現するのは少し驚くようで、ほんの僅かに口元を引きつらせていた。なんだか、超人じみた桜架さんのそういう人間らしい反応を見ると、同じ人間だもんね、なんて安心するような気がする。

桜架さんは小さく咳払いをして動揺から立ち直ると、勧められるままに、私の対面に腰掛ける。

「ふふ、一度、あなたとはこうしてゆっくりお話をしてみたかったの」

「あ、えっと、ありがとうございます」

なんと答えて良いかわからず、お礼を言う。常識的に考えれば、桜架さんほどの大女優に目をかけてもらえる機会なんか無いからね。うぅ、そう思うと、なんだかどっぷり演技の話がしたくなってきた。

「つぐみちゃん、『妖精の匣』、観させてもらったわ。とても良かったわね」

「ありがとうございます！　……あの、よければ、どんなところが良かったか聞かせてもらってもいいでしょうか？」

社交辞令という言葉が脳裏を過る。けれどすぐに、桜架さんは、そういう無駄なことを言うひとではないと思い返した。

「視線誘導と体幹の技術をきちんと演技の中に落とし込んでいるところ、かしら。先日の、カフェでの即興劇のときも思ったことだけれど、つぐみちゃんはひとの視線や行動にとても敏感なのね」

にこやかに話してくれる桜架さんだけれど、根幹の技術について真っ向から言及されると思っていなかったから、思わず顔が引きつりそうになる。演技が上手とか、そういう次元ではなくて、ちゃんと分析してくれている。齢五歳の新人子役を、対等な役者として観てくれているんだ。

――かつての、桐王鶫とさくらちゃんの姿を、この場に幻視する。私はあの当時のさくらちゃんほど上手な役者ではないと思うし、今の桜架さんはかつての桐王鶫よりも数段上の実力を秘めていることだろう。それでも、今、この構図は、かつての私たちを想起させた。

（本当に、大きくなったね……さくらちゃん）

胸が打ち震える。歓喜か感動か、寂しさかはわからない。けれど、彼女が、他人を信じていなかったかつてのさくらちゃんが、他人に優しい笑顔を向けてこうしていることが、なにより嬉しかった。

「差し支えなければ、つぐみちゃん、あなたがどこでその技術を身につけたのか、教えてくれないかしら？」

問われて、ほんの僅かに逡巡する。確実な嘘をつくためには、ほんの僅かに真実を混ぜると良いのだとか。今の両親が資料や先生を用意してくれた、というのは簡単だ。彼らにも守秘義務があるし、トレーニングの内容をよそに漏らしたりはしないとは思う。けれど、他人を巻き込んだ嘘はボロが出るし、ボロが出たら言わなくても良いことも言わなければならなくなる。ので。

「えいぞう、です。いろんな映画やドラマでべんきょうしました！」

「そうなのね……何が一番、参考になったのかしら？」

「えっと、りんちゃんたちと見た『竜の墓』とか――」

「へぇ、そう」

——あれ？　なにか、間違えたかな？

　桜架さんはどことなく笑みを深めてそう言った。あ、でも、私からしたら顔から火が出るほど恥ずかしいことだけれど、桜架さんは桐王鶫フリークとして有名らしいから、桐王鶫出演作品が話題にあがって嬉しかったのかも。

「確かに、あの作品は桐王鶫の原点とも言える作品ですものね。あの作品がきっかけでホラー女優、桐王鶫がホラー映画界隈に知られ始めたと言っても過言ではないわ。とくにホラー作品ファンの心を後世まで摑み続けた『悪果の淵』や……『悪果の淵』は観たことがあるかしら？」

「い、いいえ」

「そう。『悪果の淵』や、未だに根深い人気があって最近になってブルーレイボックスがリリースされた『祈り』シリーズにも共通する根幹があることで有名ね。遺作『血色』や幻となった『心音』にも考察が繫げられることでも有名で、桐王鶫ファンクラブの中では未だに有志による考察が続けられているわ。なかでも『竜の墓』は前期の作品ということもあり、桐王鶫という名優の演技の妙だけでなく、生前パートではあどけなさやいじらしさも垣間見えて、ファン垂涎の作品ということも評価の対象なのよね。やっぱり、表情の豹変技術も『竜の墓』から？」

「は、はい。あれですよね、わるい人に指を差しておこったシーンの——」

　圧倒される、という言葉が相応しい。まさにマシンガントーク。まさかこんな、堰を切ったように桐王鶫の話題があふれ出すなんて夢にも思っていなかったから、返事をしてついていくので精一杯だった。とにかく話題に置いていかれないように返事をしていると、桜架さんは「あ」と、どこかわざとらしく声を上げたので、私は思わず首を傾げて。

「ごめんなさい、そのシーンは『竜の墓』ではなく『悪果の淵』の方だったわね。あれ、でも『悪果の淵』は、見たことがなかった、のだったかしら。ふふ」

今度こそ、わたしは顔を引きつらせた。すっと細められる桜架さんの目。ふふふ、と、妖しく笑う声色。そっと持ち上げられた口角。桜架さんは気が付いている。つぐみと鶫の関係性に気が付いて、私がボロを出さないか揺さぶりをかけている！　肉体のスペックを駆使することで、混乱する心を表情に出さないようにとどめる。それから、私も、どことなくわざとらしくなってしまったけれど、「あ」と声を上げた。

「えへへ、りんちゃんといっしょに、yoltubeでちょっとだけ観ちゃったんです。あの、その、ねんれーせーげん？　があるみたいなので、ナイショにしてください」

「そうだったの。凛も一緒にね。それなら仕方ないから今回は内緒にしてあげるけれど、次はこっそり……んんっ、大きくなってから観ましょうね？」

「はい、ごめんなさい」

お互い、目を合わせて。

「ふふふ」

「えへへ」

そう、笑い合った。あ——っぶなかったぁ!! セーフ、セーフだよねこれ!? 桜架さん、どこで私のことを怪しいと思ったのだろう。いや、でも、普通、輪廻転生なんか信じないよね。となると、本当に鶫が転生してここにいるのならラッキー程度の気持ちで、からかい半分で言葉遊びをしてみようと思ったということなのかなぁ。なんにせよ、今後はもっと気を引き締めよう。

私たちが奇妙な空気のまま笑い合っていると、小春さんが紅茶の入ったティーカップとともに戻ってきて、私の背後に控える。

「さて、ついつい楽しくなって話し込んでしまったけれど、本題は別にあるの。……御門さんも、聞いて下さるかしら?」

なんだかどっと疲れた……というのは置いといて、名指しされた小春さんも、私の背後に控えたまま「承知いたしました」と丁寧に答えていた。私ももちろん、断る理由もないので頷く。

「つぐみちゃん、オーディションに興味は無いかしら?」

「オーディション、ですか?」

「ええ。子役を一人、募集しているそうなの。先方があなたに興味を持って、ぜひ、と」

先方、というけれど、誰だろう。映画に誘うということは、プロデューサーか監督だろうけれど。首を傾げる私に、少しもったいぶった言い方をしていた桜架さんが、笑みを深めて続きを告げる。

「監督はエマ。作品は――『紗椰』。ホラー映画のリメイクよ」

「っ」

思わず、息を呑む。『紗椰』といえば、私自身、前世の自分を代表する作品だと思っている。

ストーリーの概要は確か、田舎町を舞台にしたものだ。過疎化の進むある田舎町の学校〝鍵御原高校〟。紗椰は五十年前、この高校でひどいイジメにあって自殺した少女だった。恨みも苦しみも風化し、形のない未練を残したまま消えゆく紗椰は、霊が見える少女〝咲恵〟と出会ったことで変化していく。紗椰と咲恵の友情。あるいは、親愛を描いた前半のパートは非常に穏やかだ。絆を育み、心を許し、救われていく紗椰。幽霊と人間、死者と生者。美しくも儚い友情。その神秘的な一幕が、裏返る。卒業式の日に通り魔に暴行され、心を壊され人形のようになってしまった咲恵。悲しみに暮れる紗椰は事件の二年後、廃校になることが決まった鍵御原高校で行われた同窓会で、暴行の犯人が咲恵のクラスメートであったことを知る。そこから始まる、紗椰という悪霊の復讐劇が軸の映画だ。前世で私は悪霊の〝紗椰〟を演じ、さくらちゃんは犯人グループの一人の、妹、〝沙希〟を演じた。私とさくらちゃんが出会った作品だということもあり、とても思い入れがある。子役の募集、ということは、かつてさくらちゃんが演じた〝沙希〟の役、ということかな。

「知っている、かしら？」

「はい。観たことはないんですけど……」

「ふふ、充分よ。まだ内緒にして欲しいのだけれど……私ね、この映画で〝悪霊〟をやるのよ」

悪霊。かつて、桐王鶫（きりおうつぐみ）が演じた、紗椰というお化け。それを、さくらちゃん――霧谷桜架（きりたにおうか）が、演じる？　それは、なんて。

「出たいです。オーディションに、出たいです、おうかさん」

なんて、面白そうなのだろう。スカートの上で握りしめた拳が、ぶるりと震える。まっすぐ見据えた桜架さんの表情には、どことなく喜色が浮かんでいるような気がした。

「ふふ、そう言ってくれると信じていたわ。御門（みかど）さん、スケジュールのすりあわせをしたいのだけれど、いいかしら？」

「はい」

スケジュールを合わせてくれる二人をよそに、私は大きく息を吸い込む。感慨。そういえばいいのだろうか。胸に満ちる興奮が、私が吐き出した息に熱を持たせているような、そんな錯覚を覚えた。そんな私に、桜架さんはそっと声をかける。

「つぐみちゃん」

「んっ、は、はい」

「オーディションの参加者は、あなたを含めて二人だけ。相手は、凛（りん）よ」

「え……？」

桜架さんが告げた名前に、私は、吐き出したばかりの息を呑む。

「どちらかを一方的に応援したりはしないわ。ただ、私は、あなたたちが全力を出して向き合えることを、祈っているわ」

その言葉の意味を、噛みしめる。あのときのような、特番での演技勝負のときのような、曖昧な結果では、凛ちゃんは納得しない。だから、私が目指すべきなのは、もっと、誰の目から見てもハッキリとした結果だ。

「――……はいっ！」

胸に手を当てて、握りしめる。凛ちゃん。あなたが今、なにに巻き込まれて、どんな思惑に呑み込まれようとしているのかわからない。でも、本当に、心の底からあなたと向き合うためには、私はきっと知らなければならない。

四条玲貴が何故、凛ちゃんに目をつけたのか。彼がなにを思い、なにを考え、なにをしようとしているのか。ツナギちゃんが何故、それに協力しているのか。知らないままで、凛ちゃんと向き合うことなんかできない。その基点にはきっと、私の前世の――桐王鶫の死が、関わっているのだと思うからこそ、私は全てを知るために動くことを決意した。

Scene 4

空星邸（そらほし）・リビング（夜）。

つぐみは、これまでの自分を振り返る。


ソファーとテーブル。それから赤い絨毯（じゅうたん）のリビング。夜、夕食後。母と父と並んで映画を観る。右に父がいて、左に母がいて、一緒に観ているのはホラー映画の『紗椰（さや）』だ。例によって年齢制限付きの映画ではあるものの、リメイク版のオーディションに参加するに当たって観ておいた方が良いだろうと、二人とも、忙しいだろうに、時間を割いて一緒に観てくれている。

怖いか、と問われれば、どうだろうと答えてしまう。だってほら、劇中で一番の恐怖の対象は、外（ほか）ならぬ桐王鶫だからね。過去の演技の振り返り、という感覚が近い。意外なのは、両親とも平気そうなことかな。私はときどき音にびっくりして、父や母の手を握って、そのたびに優しく握り返してくれて。うん、やっぱり、あったかいなって思う。

桜架さんと別れた後、私はオーディションに推薦された、という事情を話し、両親にお願いして、『紗椰』を観させてもらっていた。桐王鶫が『紗椰』を演じたのは、二十五歳のときだ。

色々な経験や積み上げた努力が一つの形に昇華され、実に恐ろしい悪霊の演技ができるようになった。今も、画面の中で濁った声を上げながら、犠牲者役の俳優さんを追い詰めている。CGを使わず、声や仕草といった悪霊としての演技と、照明、音声、編集を駆使した監督たち制作陣の妙技が組み合わされて完成した〝画〟だ。

（この頃が、一番充実していた気がするなぁ）

ただ、努力を積み上げていれば良かった。信頼できる仲間たち。演技を委ねることができる監督やスタッフ。未来を語り合える先輩。私なんかを憧れてくれる後輩。そして――。

（玲貴……四条玲貴。私のライバルで、同業者で、仲違いしてしまった人）

どうして、玲貴は凛ちゃんに目をつけたのだろう。玲貴は昔、いじめられっ子で、いじめから助けてくれた女の子の姿に憧れた、と言っていた。そんな玲貴が、どうしてツナギちゃんを道具みたいに使って、凛ちゃんを洗脳するようなことをするのだろう？　胸に、こびり付くような疑問が膨らむ。そして、膨らんだ疑問は、私の中でどんどん、どんどん、大きくなっていった。

そもそも、私は何故、玲貴とのエピソードを忘れていたのだろう。玲貴に呼び出されて、告白を受けてすれ違ったこと。あの日のことは、決して忘れられるような記憶じゃなかったはずだ。いや、そう考えると、次から次へと色んな疑問が生じる。例えば、『妖精の匣』の撮影用校舎で美海ちゃんとケンカをしたとき。階段から転がり落ちて不審者と対峙する前、私は美海ちゃんを〝対等な役者〟という仕事仲間としての視線ではなく、〝同年代の友達〟として見て、接していた。そのことに違和感を覚えなかったのだけれど、それも妙な話だ。心を許して対等な友人だと思ったのなら、今もそうでなければおかしい。でも今、私は、美海ちゃんを同年代の気安い友達、ではなくて、信頼できる仕事仲間であるかのように見ている。それは、何故なんだろう。

膨れ上がった疑問で、頭がパンクしそうになる。怖がる振りをして横目で父を見ると、私によく似た空色の瞳が、私を見返していた。いつから見ていたんだろう。気恥ずかしくなって母を見れば、母は私の頭を撫(な)でて、微笑(ほほえ)んでくれた。私なんかにはもったいない、できた両親だ。前世では、両親にろくな思い出がないから。

(そうだ……両親。私は、前世の両親との別れの記憶が曖昧(あいまい)だ。母は出ていった。でも、父は?)

桐王嗣(きりおうみつぐ)。それが、前世の父親の名前。母が菫(すみれ)、という名で、酒乱の父と、外出の多い母だった。最初に父がいなくなり、次に母が出ていった。でも、どうして父はいなくなったのだろう。どうして、父がいなくなった日のことを、覚えていないのだろう。だって、ずっと家に居たんだ。昼間から酒を飲んで、酒がなくなったら寝て、起きて酒がなかったら私に暴力を振るう。そんな父がいなくなったら、安堵(あんど)の記憶だろうがなんだろうが、なにかしら残っているはずだ。でも、首をひねって思い出そうにも、ぽっかりと穴が開いてしまったかのように、記憶が欠如している。

「どうしたんだい？　つぐみ。眠いのかい？」

不意に、父に声をかけられる。私が「だいじょうぶだよ」と言うと、今度は母が、「眠くなったら、寝てしまってもいいからね」と優しく声をかけてくれた。胸が、ぽかぽかと温かくなる。私の両親は、ダディとマミィの二人だ。優しくて、信頼できる両親。前世の自分にとって、両親とはどんな存在だったのだろうか。自分の、前世の記憶への違和感。欠如している、というのなら、必ず理由があるはずだ。なら、私はその理由を突き止めないとならない。自分の足下も定かでない人間が、誰かを助けるなんておこがましいと思う。だから、私は向き合わないとならない。生まれてきて、膨らんだ、たった一つの疑問――。

（わ・た・しは、空星つぐみは、本当に――桐王鶫の生まれ変わりなの？）

向き合わなければならない。もう、知らないことにしていられないから。自分のこともわからない人間が、誰かと向き合えるはずがない。それは、外ならぬ私自身が、ツナギちゃんに告げたことだから。

画面の向こうでは、咲惠が壊れて人形のようになってしまったことで、ただの地縛霊だった紗椰が、おそろしい悪霊に変貌していた。彼女はこれから、親友を傷つけてきた世界の全てに報復をするのだ。恐ろしい、化け物として。

「ダディ、マミィ。もしもわたしが、朝おきて、おばけみたいになっていたら――ううん、なんでもない」

なにを聞こうとしたんだろう。なにが聞きたかったんだろう。わからなくなって俯いた。そのわたしを、両親は、左右から抱きしめてくれた。

「つぐみはつぐみだよ。見た目が変わっても、性格が変わっても、ぼくの天使だ」

「つぐみはつぐみよ。たとえ私たちより大きくなっても、強くなっても、私たちの愛の結晶」

あたたかい。そっか、いいんだ。どんな〝わたし〟でも、いいんだ。なぁんだ、そっか。

「そっか」

「ああ、そうだよ」

「ええ、そうよ」

「うん――そっか、そうなんだ」

目を閉じる。ねぇ、紗椰。あなたがあなたのままでも受け入れてくれた親友がいたように、私がどんな〝わたし〟でも受け入れてくれる家族がいるよ。なら、うん、怖いものはないかな。なにもない。今の〝わたし〟は、たぶん、最強無敵に違いない。


映画を観終わって、今日はもう眠ることにする。一緒に寝ようかと提案してくれた二人に断りを入れて、私は、「また明日」と二人に告げて自室に戻る。それから、お気に入りのパジャマに着替えて、天蓋付きのふかふかなベッドに身体を沈めた。可愛い白蛇がプリントされた枕に頭を預けると、そっと、目を閉じた。別邸のサンルームで、玲貴の記憶を思い出すために内面の世界に潜ったあのときのように、深く深く、心の奥底へ沈んでいく。

――イメージ／沈むように。

――イメージ／浮遊／空から落ちて、海へ。

――イメージ／深く／暗く／昏く／深淵へ。

――イメージ／海底に着地をする。波紋。揺らぐ天蓋。

目を開ける。真っ白な空間だ。上も下も、右も左も、後ろも。ただ真正面に透明の、ひびの入った壁があって、そこから先はずっと向こうまで真っ暗だ。そこに、浮かぶように、一人の女性が立ちすくんでいた。

「こんにちは。初めまして、〝私〟」

声をかけると、女性は、桐王鶫は、顔を伏せる。それから、どこか諦めたように苦笑して、顔を上げた。

「こんにちは。ええ……はじめまして。〝わたし〟」

前世の記憶。鏡で自分の姿を見たことは何度もある。メイクなんかもそうだけれど、姿見や窓ガラスの前で動きの確認などは何度もやった。だから俯瞰的な全身像もはっきりと記憶にある。黒くて長く伸ばした髪。つり目気味な目元。手足は細く見えるように鍛えた。全身が、ホラー演技のための努力の証。私は――〝わたし〟は、鶫に一歩、また一歩と近づいていく。鶫もまた覚悟を決めたように、一歩、一歩とわたしに近づく。空星つぐみと桐王鶫は、なにもかもが真逆だ。容姿も、環境も、家族も。それでも、確かに今日まで、桐王鶫は〝わたし（空星つぐみ）〟で、〝私（桐王鶫）〟は空星つぐみだった。だから、わたしは、気後れした様子の鶫に手を伸ばす。

「わからないことだらけで、それはもしかしたら〝あえて〟なのかもしれない。でも、知らないままではなにもできない。だから、教えて？　鶫」

　わたし（空星つぐみ）の言葉が、あなたにどれだけ響いているかはわからない。けれど、わたしだって、覚悟を決めてここにいるんだ。鶫も、それはよくわかってくれていると、思う。

「知らないままではダメ？　どうしても必要だというのなら、知識はあげましょう。でも、桐王鶫は死者にすぎない。こんな残骸（ざんがい）は、新しい生には不要よ。そうは思わない？」

「わからない。だって、わたし（つぐみ）はまだ、あなたのことを知らないから」

　桐王鶫。何故（なぜ）、自分自身であるはずの彼女とこうして対話できているかわからない。けれど、もしわたしか彼女のどちらかが偽物だったとしても、彼女の人生を追体験してきたわたしが、彼女の人生と共に生きてきた今のわたしが、桐王鶫とはまったくの別人として生きろと言われて、頷（うなず）けるだろうか。

「わからない？　私のようなものは、記憶は、幼いあなたには不要じゃないかしら？」

　俯（うつむ）いて、目を伏せ、静かに告げる鶫。なんだか、へんな感じだ。ずっと自分自身だと思ってた。でも、もしかしたら違うのかもしれない。だったら、わたしはなに？　そんなのは、わからない。でも、ダディとマミィはわたしに大事なことを教えてくれた。どんな〝つぐみ〟でもいいって、愛してるって言ってくれた。だから、もう迷わない。

「生きているから、死んでしまったから、大人だから、子供だから。そんな言葉じゃ納得できないよ。だから、教えて。ぜんぶ」

一歩踏み出す。内面世界が揺れて、わたしと鶫の間の壁に入っていたひびが大きくなった。もう一歩踏み出して、境界に手を当てる。それから、鶫がたじろぐよりも早く、透明な壁の向こう側へ突き進んだ。

「――まったく、誰に似たんだか。強情ね。つぐみ」

「――誰の〝おかげ〟で強情なんだろうね？　鶫」

境界が溶ける。白と黒の世界が混じり合って、溶け合って、やがて、意識が、もっと深いところに落ちていった。羊水の中に浮かぶ胎児のように、ぷかぷかと、沈んで揺らいで、意識が、落ちる。

十畳一間。

つぐみの前に酒瓶が転がっている。

つぐみは、鶫の記憶の中を俯瞰していた。

――一九七〇年七月二十七日・桐王嗣・菫の間に鶫が生まれる。

桐王鶫の原初の記憶は、部屋の角で蹲る自分の姿だった。足下に転がる酒瓶と、真昼から寝転がりいびきを立てる父親。母親が夜の仕事から帰ってきて、化粧を落とす。誰も鶫に見向きせず、鶫もまたそれを当然の光景として受け入れている。桐王鶫という幼い少女の物心は、そんな、一般的とは言い難い光景の中で始まった。

両親は鶫に無関心だった。鶫の父、嗣は暴力を振るうことは滅多になかった。まれに、なにが気に入らないのか、酔った勢いで小突かれたり、仕事に行く前の母に食事を求めて突き飛ばされる。ごくごく、普通に、家に住み着く小人かなにかのように思われていたに違いないと、当時、鶫は思っていた。義務教育が始まると、給食が鶫の生命線であった。都会の喧噪の中では、子供一人が食事にありつくのにゴミを漁ることも難しい。成長期に突入しようとしていた鶫にとって、給食だけで生きていくのは難しく、ホームレスの縄張りであったゴミを漁るのも難しく、成長に必要な栄養は、親の目を盗んで、母が職場から貰ってきたであろうお菓子や父の酒のつまみを拝借するようなモノだった。それでも、ときおり、気まぐれのように作られた母の味が、鶫は好きだった。嫌いに、なれなかった。ホラー映画に触れたのも、そんなある日のことだった。互いに無関心としか言えなかった両親が、自分を挟んで、恐怖に震えて身を寄せ合う。ばらばらで無関心で、息苦しいだけだった家族が、恐怖によって繋がれたことを自覚した。だから鶫は、〝もっと〟と思った。思ってしまった。

桐王鶫が十歳になった頃。鶫の父が入院をした。アルコール依存症の症状だった。鶫は一度だけ、父の見舞いに付き合ったことがある。といっても、母も見舞いに行ったのはその一度きりだった。すっかりアルコールが抜けた父は、まるで別人のようだった。鶫を見て頭を撫でたその大きな手を、鶫は、忘れたことはない。

（――でも。生まれ変わった空星つぐみは、その記憶を知らない。どうして、鶫は、お父さんの記憶をなかったことにしたかったの？）

父は、母が家に先に帰った後、鶫に色んな話をした。婿養子で、旧姓は荒木ということ。母のことが好きで駆け落ち同然で結婚したこと。事業に失敗して酒浸りになったこと。鶫の、己の名前が、冬を越して空を羽ばたく渡り鳥のように、強い子になって欲しいからとつけられたということ。理解できない話も多かったが、その言葉そのものは鮮明に覚えていた。鶫にとって数少ない、家族との大切な思い出だったから。だから鶫は、また来たいと思った。酒が抜けて穏やかに鶫と向き合う父と、もっと会話がしたいと思った。

そして、それは叶わなかった。

（――もっと、もっと深く、もっと……教えて）

父はそれから、病院を脱走するようになってしまった。正気に戻ったことで現状を憂い、抜け出して、麻薬を求めるように酒を欲した。そうして入院と脱走を繰り返していたある日のことだ。鶫が見舞いにいくと父が脱走をしていたため、鶫もまた、捜索に加わることになった。けれど、父の居そうなところに心当たりなどなく、昼前から捜していたのに、いつの間にか夕焼けが空を染めていた。そうして、鶫は父を見つけた。母が仕事に使っていた小さな車の中で。鶫は、そのことをひどく鮮明に思い出すことができる。車のマフラーからホースが繋(つな)がれ、窓の中へ。窓は内側から目張りされていて、その意図が察せられた。そして、眠るように、座席に身を預ける、赤らんだ顔の父の姿。呆然(ぼうぜん)と見つめる鶫は、その後のことを覚えていない。ただ、気づいたら家で寝ていて、起きてすぐ母に黒い服を着せられていた。それから、見たことも来たこともない施設の中で、黒い服を着た母が弱々しく鶫の手を引いて、父を焼いた煙が煙突から揺らぐのを眺めていた。

　一九八一年。まだ秋が終わったばかりの頃だった。

（そっか……だから、知られたくなかったんだね。だから、思い出したくなかったんだね。お父さんのことが好きだったから。好きになってしまったから）

　鶫の母、菫(すみれ)は、一人では生きていけない女だった。生活能力はある。でも、愛されないと生きていけなかった。手探りで始めた鶫との二人暮らし。あの十畳一間のボロアパートで、酒を飲む旦那(だんな)の姿と酒瓶(さかびん)が転がる畳を見ることができないという事実に、心が耐えきれなくなっていた。父がいなくなった翌年。正月三が日が過ぎてすぐのこと。卓袱台(ちゃぶだい)の上に千円札が二枚置かれていた。母はもう、帰ってこなかった。鶫は、一人になってしまった。

祖父母が鶫を引き取ったのは、それからすぐのことだった。初めて誰かに愛されるということを知った鶫は、自分が心を寄せた父が自ら命を絶ったせいで、祖父母の愛情を素直に受け取ることができなかった。その年の暮れには、有名になって、多くの人に愛される自分になれば祖父母が喜ぶような気がして、潰れかけの芸能事務所の門を叩いた。鶫が所属した当初は少数ながらも所属する役者がいたが、弱小事務所であったためよそからの引き抜きにあい、結局、所属する役者が鶫一人になると演技を教えてくれる人間もいなくなり、鶫は独学で演技の勉強をするようになる。

一九八四年。祖父母に頼み込み、祖父母の知人が経営していた喫茶店『渡り鳥』で非正規雇用の〝手伝い〟として、働かせてもらえるようになった。あっさりとアルバイトを認められた理由が、祖父母が自分たちの死期を悟り、預け先を探していたためだったと知ったのは、『竜の墓』が公開された年のことだった。一九八五年。十五歳の誕生日に、鶫は血縁の全てを失って、生涯ただ一度、最初で最後、この世を呪った。

『竜の墓』で悪霊役が認められるようになると、鶫には悪霊や化け物の役が多く舞い込むようになった。一九八九年に『悪果の淵』で一気にホラー女優としてその名を界隈に轟かせ、一九九五年、連続短編ドラマ『祈り』でテレビの深夜帯に常駐する悪霊となり、同年、『紗椰』でヒット作を生む。ただ、がむしゃらに走り続けてきた十年だった。祖父母が死んでからの十年、後に親友となる閏宇と出会い、共に未来を語り合う柿沼宗像と出会い、二〇〇〇年初頭に決別することになる四条玲貴と出会い、別れ。ただ走り抜けてきた。

二〇〇〇年十月二日。運命の日が訪れる。四条玲貴との決別は、置いていかれ続けた鶫の心に小さくない傷跡を残していた。プライベートを振り返る余裕も無いほど仕事を詰め込んで、現場と現場を繋ぐ道を急ぎ、交通事故にあってしまう。その場で死んだはずの鶫が目を覚ますと、事故現場の上で浮遊する、本物の幽霊になってしまったことに気が付いた。でも、物語の悪霊のように、誰かに干渉するようなことはできなかった。

人通りの少ない交差点。道路に刻み込まれたブレーキ痕と、未だ散らばる車の、金属片。車が擦ったような跡が残るガードレールに縋り付き、泣きながら花を供えるさくらにも、唇を噛みしめて泣くのを堪えながらさくらの肩を抱く閏宇にも、事故当時シートベルトとエアバッグに助けられ、後遺症でぼろぼろの身体になりながらも、なんとか生き残ったのであろうマネージャーの座り込む姿にも、事故現場を何度も何度も訪れてその年の新作の、ホラー作品のパンフレットやビデオテープを置く所属事務所の所長令嬢にも、ただ呆然と事故現場を見て、逃げるように立ち去った四条玲貴にも。鶫は、なにもできることはなく、ただ、交差点の上でぷかぷかと浮かんでいた。

『そんなときだよ。つぐみ、あなたのことを見たのは』

突然唐突に、すぐ側から響く声に戸惑う。交通事故の現場、花が供えられたガードレールの真上。夜空の中を浮遊霊として浮かんでいたはずの鶫が、そのさらに上で俯瞰していたわたし差した。

を見上げた。そして鶫は、『ほら、見て』と真夜中のアスファルトを走る、一台の救急車を指

『あの救急車で運ばれているのは、つぐみ、あなたのお母さんの、美奈子さんだよ。美奈子さんは破水して運ばれていて、その美奈子さんのお腹の中に宿る命の光が、ひどく小さくなっていたことに気が付いた。どうしてそんなことができたかわからない。でも、漂うだけの私が誰かを救うことができたら――繋ぐことができたらって祈ったら、なんでかそれが叶った。きっと、ホラー映画の神様が、最後の最期に悪霊を哀れんでくれたのかもしれない。だから、私は決めたの。結局誰の命を繋ぐこともできずに死んだ私でも、死んで命を繋げるのなら、この子を救おうって。そう決めて、美奈子さんのお腹に宿る光に私の魂をくべたら、小さかった命が大きく輝いた。だからね、つぐみ。あなたはこんな理不尽な過去の残骸のことは気にせず、前を向いて、のびのびと生きて欲しい。それが、私のただ一つの願い』

救急車が離れていくと、また、静寂な夜空の景色に戻る。わたしと鶫は道路の上で浮遊していて、周囲に人気は無い。ただ、夜空だけがわたしたちを見下ろしている。わたしは、鶫と目を合わせる。穏やかで、決意に溢れた目。死にかけていたわたしを助けてくれた、優しいひとの目。わたしは結局、桐王鶫の生まれ変わりなんかじゃ無かった。でも、この半身は間違いなく。桐王鶫のものだった。なら、わたしの答えは決まっている。

「鶫。でも、でもね。それじゃあ鶫は、いつ、幸せになるの?」

『ばかね。私はもう幸せよ。あなたを見守って共に在れたのだもの』

「そうじゃない。そうじゃないよ。鶫がわたしのことがわかるように、わたしも鶫のことがわかるんだ。鶫は、ずっと、愛が欲しかったんだよね。燃え上がるような情熱じゃなくても良い。ただ、日向で穏やかに寄り添うような、優しい愛が」

ダディとマミィに愛されているとき。それを実感する瞬間。確かに、わたしの胸は奥の奥からあったかくなっていた。それが、わたし一人の感情だとは思わない。思えないよ、鶫。

『愛して欲しいとは言わないわ。それはもう、充分に貰っているもの、あなたを通して』

「じゃあ、今度は一緒に受け止めようよ。ダディも、マミィも、受け入れてくれる」

夜空の下、ダンスにでも誘うかのように、わたしは浮いたまま鶫に近づいて、手を伸ばす。

『自分の子供に巣くう異物を？』

「自分の子供を助けた、もう一人の子供を、だよ」

鶫はわたしの手を取らない。でもわたしは、躊躇う鶫の手に強引に触れた。

『強情』

「頑固」

それから、頑なに動かそうとしない鶫の手を、強く握って。

『わからずや』

「鶫に似たからね」

そのまま、鶫の手を、引き寄せた。

『後悔するわ』

「後悔なんかしないよ」

鶫の目を覗き込む。わたしの半身。ずっと一緒に歩いてきた、たいせつなひと。そのわたしの眼差しに折れたのは、鶫だった。

『あー、もう！　私の負け』

「えへへ、わたしの勝ち！」

頑なな鶫の内面を表したような交通事故の爪痕を遺したままの世界が、急速に変化する。交通事故の現場、アスファルトにひびが入り、そこから草木が生えて、花が咲く。同時に月が沈んで東から太陽が昇ってきて、青空になる。日光にあてられた鶫の姿は、もう、浮遊霊のものではない。光の粒子になって姿がほどけていって、やがて、光の球になって、青空の下で浮かんでいた。

「一緒に生きよう。ずっとずっと、ずっとだよ」

『一つになる、か。ええ、そうね。いつか別れるその日まで』

光が胸に飛び込む。色んな感情とか、思い出とか、心とか。温かいことばかりでは無い。胸が凍えるような冷たい感情もある。それでも、その全部が、わたしが求めていたモノだ。溶けて、混ざって、満ちて、かたまって、融け合って、一つになる。

目が覚める。

天蓋(てんがい)付きのベッド。父と母が拵(こしら)えてくれた、わたしの部屋。

「んー……うん。良い朝」

開け放ったカーテンの向こうは、青空が広がっていた。

Intermission

公道（夕）。

虹(こう)は自身のマネージャー、黄金(こがね)の愛車の助手席に座っている。


夕暮れの街を走る、オレのマネージャー、黄金さんの愛車。赤の二〇〇七年型フィアット五〇〇は、黄金さんが丁寧(ていねい)に整備して乗り続けている車だ。仕事を終えるといつも、黄金さんはこの車でオレを家まで送ってくれるから、オレとしてもなじみ深い。うちの家族は互いに仕事で忙しいから、家族旅行なんかしない。だから、滅多に乗らない父さんの車なんかよりも、ずっと落ち着く。オレは、シートにもたれかかってため息を吐く。今日はドラマの撮影のあとに、雑誌の写真撮影。それからインタビューまで終えて、この業界に長いとはいえさすがにちょっと疲れた。そんなオレの様子を横目で見ていた黄金さんは、陽気な笑顔を浮かべてオレに声をかける。

「今日はちょっとハードだったかな？　虹」

「別に。このくらい、どうってことないよ」

「ははっ、頼もしい！　さすが、次世代のスターだね」

大げさな物言いだが、だいたいは本音で話しているということは、長い付き合いだからよくわかる。黄金さんはオレが六歳で子役デビューしてから七年、ずっとマネージャーをやってくれていた。おまけに凛のマネージャーは黄金さんの妹だし、黄金さんのお兄さんが経営している米農家からは毎年米が一俵も届く。家族ぐるみ、といってもいいくらいの濃い付き合いだ。

「そういえば、虹。君、〝Slash〟に行ったんだろう？」

「ん？　ああ、喫茶店。行ったよ」

「そうかそうか……良い店だっただろ？」

「閑古鳥が鳴いてたけどね。……コーヒーは美味しかったよ」

「うんうん。いやぁ、二代目もちゃんと味を引き継いでくれたみたいだからねぇ」

黄金さんはそう、俵のような体型を器用に揺らしながら、感慨深そうに頷いていた。そういえば、黄金さんの過去のことについては、あんまり深く聞いたことが無い。遠慮するほど遠い関係でも無いんだ。最近のモヤモヤを晴らすヒントになればいいかと思い、聞いてみることにした。つぐみ――じゃない、凛、凛のために、だ。

「黄金さんは、昔からあの喫茶店に通っていたんだっけ？」

「ああ、そうだよ。サックス片手に故郷を飛び出して、昼はバイトで食いつなぎながら、夜はあの喫茶店……初代のマスターの頃は、『渡り鳥』っていう名前でね。根無し草の僕にはちょうどいいなんて感傷に浸って、演奏させてもらっていたのさ」

感傷に浸る一匹狼、なんて、今の黄金さんからは想像もできない姿だ。黄金さんといえば、飄々とした楽天家、なんてイメージが湧く子供のような大人、だ。ヤンチャは若い頃で懲りた……なんてトボけた口癖の裏に、付き合いの長いオレでなきゃ気がつけないほどほんの僅かな哀愁を滲ませるような、そんな大人だ。

いつもだったら、あんまり黄金さんの過去のことに踏み込まない。でも、つぐみと、ツナギと……あんなことがあったからだろうか。オレは、初めて、黄金さんの話に踏み込んだ。

「黄金さんには、さ。『渡り鳥』だっけ？　サックスやるの、そこじゃなきゃいけない理由とかあったのか？　やっぱり、コーヒーの味、とかさ」

黄金さんは糸のように細い眼をほんの少し見開いて、それから小さく微笑んだ。サイドミラーを確認して、周囲に車が無いとみると、オレに「缶コーヒー、飲むかい？」と尋ねる。

「……ブラックで」

「はは、オーケー」

黄金(こがね)さんは車を自販機のあるところで路肩に寄せて降りると、缶コーヒーを二つ買って運転席に戻ってきた。夕暮れとはいえ、冷房があまり効かない黄金さんの愛車は少しだけ蒸し暑かったから、冷えた缶コーヒーがありがたかった。

「虹(こう)君は、初恋って覚えているかい？」

「忘れた」

「はは、虹君らしいね。素直じゃない」

初恋、なんてそんなもの、オレは知らない。ほんとにもっとガキの頃は、霧谷桜架(きりたにおうか)みたいな女優が……いやいやいやいや、オレはいずれ霧谷桜架を超える男だ。惚(ほ)れた腫(は)れたに恋だなんだと浮かれている暇はない。今は凛(りん)のことだって大変なのに。つぐみだって――って、いややいやいや、つぐみこそ別に今になって惚れた腫れたの比較対象に思い浮かべる必要は無い。

「っはぁ……で、黄金さんはどうなのさ」

「覚えているよ。それはもうはっきりとね。ま、フラれたんだけどね」

「あー……それが、繋(つな)がるんだ」

「そうそう。察しが良いね。当時の『渡り鳥』は昼は喫茶店で夜はスナックを経営していてね。

そのスナックで働いていた女性に、当時の僕は一目惚れをしてしまったのさ」

思い出に浸る黄金さんの横顔は、優しく眇められた瞳に反して、どこか寂しそうだった。黄金さんはコーヒーの缶を傾けて唇を濡らし、明るく笑ってみせる。

「これがまた滑稽でね。当時の若い僕は、借金の返済のために働くと言っていた彼女を支えてあげられる自信が無くてね。もう少しビッグになったら、とか、そんなことを考えている内に、彼女はけっこうなお金持ちの方に見初められて、結婚しちゃったのさ……もっとも、当時の僕のような若造と苦しい生活をするよりも、ずっと幸せになれたことだろうと思うけれどね」

黄金さんはそう締めくくると、寂しさを誤魔化すようにコーヒーを呷る。とっさに、慰めようとした。そんなことない、黄金さんでも幸せにできた、なんて。でも、オレには、既に苦い過去とかそんなんじゃなくて、ちゃんと失恋を思い出話に昇華しているであろう黄金さんに、そんな風に下手な慰めをするのは失礼なんじゃないかって、そんな風に思った。オレと黄金さんは、大事なビジネスパートナーだ。対等に接するのが、誠意だ。だからオレは、黄金さんの思い出に、ただ、耳を傾ける。

「素敵な人だったよ。借金があっても笑顔を崩さない人でね。人生をめそめそして過ごすなんてもったいない、だなんて、明るく笑う人だった。……そうだ、写真もあるよ。面白いのが一つ」

「写真、って……持ち歩いてんの?」

「はは、車のグローブボックスになんでもかんでもしまっておく癖がどうにも抜けきらなくてね。稲穂にバレたら『整理しろ』って怒られるから、内緒だよ」

　そう言って、黄金さんはオレの正面のボックスを指差す。オレは半目で黄金さんを見ながらため息を吐くと、グローブボックスを開いて中を確認する。なにかの書類、詰め込まれた紙束。ごちゃごちゃとした中で一際目立つ、Ｂ５サイズのアルバム帳が目に入る。シンプルな黒いカバーで、ところどころが色あせていた。引き抜くと、詰まっていた紙束が広がってしまって、もう、どこに戻せば良いかわからなくなる。本当に大丈夫なのかよ、これ。元のように閉まるのか……？

　黄金さんの視線に促されて、アルバムを開く。黄金さんの若い頃の写真や、黄金さんの音楽仲間とみられる男女の写真。その中で目を引くのはやっぱり、黄金さんが耳を赤くして照れた様子で女性と並ぶ写真だった。連続でシャッターが切られたのだろう。一枚目はカウンターに並ぶ二人の姿。二枚目は、肘でグラスを倒したのか、驚き慌てる黄金さんと、きょとんとした女性の姿。三枚目は、顔を真っ赤にして目を逸らす黄金さんのシャツを、苦笑しながらハンカチで拭う女性の姿。思わず微笑ましく見てしまう写真ではあるが、それ以上に、オレは、想像もしていなかったものに目を留めずにはいられなかった。

（この女の人……誰かに……）

　黒い髪。涼やかな目元。人目を惹く笑み。それは、まるで、オレのよく知る少女に――ッナギに、とてもよく似ていた。

「あの、さ、黄金さん」

「ん？」

二の句が継げない。なんて言えば良いのか詰まって、どうにか絞り出す。

「このアルバム、写真撮っても良い？」

「ははは、いいよ。面白いだろう」

「いや、良い写真だと思うよ。ホントに」

「そうかい？ そう言ってもらえれば、あの日、グラスを倒した失敗も報われるよ」

スマホのカメラで写真に収める。それから、少し悩んで、つぐみにメッセージを送った。まだこれだけじゃ、なんにもわからない。だけど……糸口になるような、そんな気がしたから。

ついでにふと、聞き忘れていたことがあったことを思い出す。

「そういえば、黄金さん。この人、なんて名前だったのか覚えてる？」

「もちろん。花の名前でね、〝菫（すみれ）〟と呼んでいたよ。ま、とはいえ、源氏名だけれどね。本名は知らないよ」

名前を聞いて、とりあえず、オレの知る名前じゃ無いことはわかった。本名じゃ無いから当たり前なんだろうけどさ。でも、なにかの足しになればそれでいい、と、つぐみに伝える情報として、頭の片隅に追いやった。

—Let's Move on to the Next Chapter—

Theater 11 Chapter 3

ホラー女優『で』
天才子役!

Intermission

夜旗家（夜）。

凛は、夕食を食べ終えて自室に戻る。


家族四人揃った夜旗家の食卓は、いつも賑やかだ。テレビを観ながら誰の演技がどうで、今日のニュースが何々と、会話が絶えない。それはまだ幼い凛も同様で、いつものように歓談し、いつものように食事を終え、いつものように……日常が折り重ねられていく。食器をシンクに運んで母に手渡した凛は、寝ぼけ眼を擦った。

「あら、凛、もう眠いの？」

「うぬぅ……だいじょうぶー……」

「寝るなら、歯を磨いて寝なさいよ」

「わかったー……」

凛はふらふらとおぼつかない足取りで、洗面所に歩を進める。端から成り行きを見守っていた虹は、己の両親に〝自分が見るから〟と目配せをして、あとをついていった。

「おいおい、すっ転ぶなよ。おまえ、トロいんだからさ」

「む。兄よ、わたしはすばやいぞ。——ほら」

　凛は一言そう告げると、一足で大きく進む。距離でいえば二メートル程度だが、凛の歩幅を考えれば驚異的な距離だった。少し膝を落として、滑るように動く歩法。それは奇しくも、『妖精の匣』でつぐみ演じるリーリヤが見せたモノと、よく似ていた。虹はその滑らかな動きに、ほんの一瞬、息を呑む。

（なぁ凛……それってほんとうに、おまえの演技に必要なことなのか？）

　出そうになった言葉を呑み込む。虹にとって、本当に困るのは、凛に「家族は敵」だと思われることだった。故に、虹はあえて、いつものように、少し偉そうな態度でため息を吐く。

「忍者にでもなるつもりか。もうちょっと、おしとやかさってヤツを勉強した方がいいんじゃねーの？」

「兄はわかってない。これをしゅーとくすると、色んな役にちょーせんできる」

「ふぅん。で、だれの受け売りだ？」

「……〝先生〟」

　先生、という言葉に、虹はすぐに思い至る。凛の所属する芸能事務所、ブルーローズは子役専門の事務所だ。子役を卒業すると、自動的に姉妹事務所のレインボーローズに移行する。虹はまだ十代前半の子役であり、凛と共にブルーローズに所属している。とはいえ、幼少期から活躍する虹は既に売れっ子の役者であり、事務所に立ち寄ることはそうない。かの四条玲貴が出入りして講師として子役に接している、ということは知っていても、彼の講義を受ける機会は無かった。虹に撮影の仕事が入っているときにばかり四条玲貴の講義があるためだ。

（避けられているっていうのは考えすぎか？　四条玲貴はオレに……凛の身内を相手にやましいことがあるのかないのか……あんまり、見られたくもないのかな）

凛はまだまだ子供だ。小学校低学年。その幼い虹の妹が嫌がりでもすれば四条玲貴と引き離せるが、今のところ必要性を感じない。引き離せるだけの根拠がない。

一方で、凛もまた、兄の不器用な気遣いを察していた。元来、凛には特殊な感覚がある。目で見た光景。とくに演技に関わるモノや人に対して、光や色、あるいは音といった形で、複数の感覚で視界を塗り替える――共感覚、と呼ばれる目だ。人によって匂いや味を感じることもあるというこの共感覚は、凛にとっては、見た光景に対して〝燃えているような〟とか、〝輝いているような〟といった、イメージ画像を重ねるような見え方をするのだった。もっとも、普段はとてもぼんやりとしたもので、集中せねばハッキリとしたイメージが重なることは無いのだが。今、虹が放つイメージは、翼だ。凛を優しく包むような、翼。

（兄は、私を心配してくれてる。でも）

でも、凛にはなさねばならないことがある。凛の親友、空星つぐみは不思議な少女だ。彼女に重なるイメージは、夜空と黒い海。最初は夜の光景だった。それが時間が経つにつれて、変化してきていた。黒い海と青空、や、青い海と黒い空、や、ひび割れた空と嵐の海、など。そのちぐはぐさの奥に見える、苛烈な光。光と闇を常に抱くような、凛の見たことのない光景。その光景の主は、ハチャメチャな人間なのかと思えば、そうではない。常に凛に向き合って、時にはぶつかって、並び立ってくれる大切な友達。だから、凛は、この演技が上手で強くて可愛い友達に並びたいと思った。それが、凛が強くなりたいと願ったきっかけだ。そして今は、ちぐはぐな彼女の心が壊れてしまわないかと心配し、葛藤し、その葛藤が無駄だと気が付いた。

（つぐみは、私に相談をしてはくれない。私に、弱みを見せてくれない）

いつか、なにかの箍が外れて壊れてしまいそうな、凛の大事な親友。凛は、珠里阿や美海のことも好きだ。でも、つぐみに対しての気持ちは、いつも二人への感情を上回っていたことは否めない。そんな大好きなつぐみが、一人でなにかを成そうとして、なにもかも一人で抱え込んで、傷ついて、少なくとも凛の目から見て誰にも頼らず、何度も壊れてしまいそうになっていた。それは、つぐみを失いたくない凛にとって、耐えられないことだった。

（つぐみが私を頼ってくれないのは、私が頼りないからだ）

つぐみが壊れてしまいそうということは、凛が特殊な〝共感覚〟を得ているが故に、気が付いてしまったこと。つぐみのほころびを見抜き、けれどそのほころびに、外ならぬつぐみが気が付いていない。そうして傷ついても抱え込んでしまうつぐみに、凛は、なにもできなかった。

（私が弱いから、つぐみは私を頼れない）

そんな中で現れたツナギたちは、凛にとって、無力感という名の地獄に垂らされた蜘蛛の糸だった。「強くなる方法が知りたい」と告げた凛に、ツナギは親身になってくれた。玲貴は、桜架のほどこす特訓ではカバーしきれないことを、と、わざわざ普段の桜架との練習の方法と矛盾が生じないように、レッスンの方法を調整してくれた。おまけに、凛の知らない〝常識〟まで、教えてくれたのだ。

（人は、強い人を真似ることで心を強くする。それは、私にぴったりのやり方）

四条玲貴は凛にそのことを教えると、玲貴の知るもっとも強い人間の仕草を教えてくれた。ゆくゆくは、玲貴の言う〝強い人〟が持っていた技術の全てを凛も習得して、凛は、さらに強く――巧くなる。だからこそ、今は、すぐに眠くなってしまうほど疲れても、なすべきことをなすのだ。

（つぐみに「よりかかっても安心無敵」と思ってもらえるような、強いひとになる）

凛は、虹に挨拶を交わし、早々に部屋に戻る。それから、気怠げに着替えて、崩れるようにベッドに飛び込んだ。

（先生の思う、〝一番つよいひと〟――私は、つぐみのために、〝桐王鶫〟になる）

決意は固く。

「だから、くるしくなんて、ない」

脆く、凛を蝕む。

「つぐみと、いっしょに、いたい、から」

それは甘く、毒のように。

Scene 7

撮影用工場地帯・廃ビル（昼）。
平賀大祐は『妖精の匣』最終回のために、
カチンコを手に取った。

廃墟に拵えられたセット。照明とカメラに囲まれたコンクリートの上で膝をつく、美しい銀髪の少女。俺が監督としてメガホンを揮うこのドラマも、いよいよ、今日の撮影でクランクアップだ。心に燃料をくべて完成度を上げるためにも、俺は、今日までに撮影したシーンを脳内で振り返る。

リリィという少女は元々、奔放で無邪気な女の子だった。そんな彼女の最初の担任教師が柿沼さん演じる絹片幸造であり、熱血教師であった絹片は、共働きの柊家から頼まれていたこともありリリィの教育に熱を入れるも、リリィの奔放さに振り回されることが多かった。なにかと言い訳をして遊びに出かけようとするリリィ。絹片はそんなリリィから、「知らない人が家の前に居るから学校に行きたくない」という電話を受け取る。だが、サボりたいための嘘だと判断した絹片は、強い口調で登校を促した。けれど、その不審者は本物であり、リリィは誘拐されてしまう。無事に保護されたリリィだが、すでに不審者によって腕に深い傷を負い、また、人格が変質してしまっていた。自分の心を守るために、他者を支配して有利な立場につこうとするリリィ。そんなリリィに、彼女を守れなかった罪悪感から付き従う絹片。そして、リリィの意識が眠っているときだけ表に出てきて、リリィの暴走を止めようとする主人格、リーリヤ。ここに、相川さん演じる水城が新任教師として赴任することで、物語は進んできた。そして、ついに迎えた最終回。かつてリリィを攫った不審者、藤巻が現れる。藤巻は一見すると、天然パーマに眼鏡をかけた好青年だが、彼こそがかつてリリィを攫い、逮捕されたが逃げ出した脱獄犯だった。脱獄した藤巻は、再びリリィを狙い、リリィを庇おうとした凛演じる楓も一緒に攫ってしまう。

最後の撮影は、撮影用に借りた工場地帯の一角にある、今は使われていない廃ビルを使用させてもらう。現場の空気感を保持するため、このあとの〝病室〟のシーンもまとめて撮影できるように、近隣の病院も確保してある。そして、その労力をかけるだけの価値のある脚本と役者だ。仕上げてみせるさ。

「三、二、一」

カウントダウン。息を呑むスタッフ。かつてリリィを誘拐し、脱獄した犯人、藤巻を演じる庄司さんが位置についた。藤巻は廃墟の一室から廊下に出て右側の階段上。リリィと楓が室内。コンクリートの床は黒ずみ汚れ、窓ガラスはひび割れ、天井の白いタイルは色がくすみ、ところどころ剝がれ落ちている。そんな薄汚れた床に、ビニールテープで両手と両足を縛られて転がされているリリィと楓の、二人のシーンからスタートだ。

リリィはずっともう一人の自分、リーリヤという人格を、彼女の敵になるかもしれない周囲への〝攻撃〟という手段で守り続けてきた、自分の心を守る防衛機能としての人格だった。だが、度重なる明里や美奈帆との対立がやがて、攻撃という方法しか知らなかったリリィ自身の心に「本当にこの手段で主人格を守れるのか？」という疑問を植え付け、また、変わらぬ献身を続けた楓の親愛が、リリィの警戒心を溶かした。リリィのその葛藤を、その行動を、つぐみ、君ならどう演じる？

「シーン――アクション！」

最初に動いたのは、リリィだ。リリィの腕には、裂傷のメイクが施されている。リリィは肌を傷つけながら割れたガラス（飴細工のフェイクガラス）でビニールテープの拘束を切り、肩で息をしながら立ち上がった。側に転がっているのは、今回の誘拐に巻き込まれた楓の姿だ。

リリィは楓を一瞥すると、睨むように廊下の方へ視線をやる。それから、周囲をぐるりと見回して、ガラスが割れた窓の方へ近づいた。

「行けないこともない、わね」

廃屋の外縁を伝っていけば、ビルの裏の駐車場へ出られる。ただし、この部屋はビルの三階部分に位置する。迂闊に足を滑らせて落ちたら、無事では済まないことだろう。リリィは元来、何事においてもスペックの高い少女だ。リリィ一人なら、うまく雨樋やパイプ管を伝って、逃げられるかもしれない。けれど、リリィはその選択をしない。

「ダメ、ダメよ、だって、そう、足を滑らせてしまうかもしれない」

リリィは自分自身に言い聞かせるように呟く。まるで、逃げ出さないことに言い訳を並べているような、気まずさの込められた声色だった。外縁を伝うことを諦めて廊下から出れば、藤巻と遭遇してしまうかもしれない。けれど、楓を連れて逃げるには、それしかなかった。

「ほんと、滑稽」

切る。

俯いて、唇を歪ませるリリィ。彼女はガラスの破片を手に、楓の手を結ぶビニールテープを

「痛っ……起きなさい、さっさと行くわよ」

「り、りぃ？」


ガラスで切ったのだろう。血の滲む指を舐めて……血の滲む？　あれはアドリブだろう。腕に施されたメイクから、血糊を指につけていたのか。でも、なんのために？

――そうだ。リリィは自分がもう傷つかないように、他人を攻撃してでも自分を守ることがすべてだった。なのに、楓のために自分の身体を傷つけた。それは、矛盾だ。リリィの心の動きを、これまでのリリィなら絶対にやらなかったこと、という形で表現したんだ！

（そうだ、それでこそ俺が認めた子役だ。さぁ、もっと魅せてくれ、つぐみ……！）

楓に肩を貸し、廊下へ出る。階段は左右にあるが、右側の階段の上には藤巻がいる。微かに聞こえてきた藤巻の鼻歌が藤巻との距離を示してきて、リリィは苦虫をかみつぶしたような表情を浮かべた。

「リリィ、だめ、だめだよ。私を置いていって」

「はっ。あなたがいないと、誰がリーリヤの友達をやるの？　あなたは、いつもみたいに、バカみたいに側に居れば良いの」

「でも、それじゃあ、追いつかれちゃうよ」

「だったら走りなさいな……っ」


ガラス片やコンクリート片が落ちた廊下を進む二人。リリィは唇を嚙んで、ぼろぼろの身体を突き動かす。足取りは重く、ガラス片を踏む度に、藤巻に感づかれやしないかと震えて、それでも、足を動かす姿は、歪だ。歪な、二人三脚だ。それでも成長の中で再び手を取り合った二人の姿は、薄汚れて歪でも、美しかった。楓はリリィの覚悟に息を吞む。それから、今度はしっかり、リリィの胴に手を回す。


「なら、一緒に逃げよう。一緒に、生きて帰ろう」

「最初から、私は、そう言っているつもりよ」


二人の間に築かれた絆は、ぐちゃぐちゃで一方通行だ。過去しか見ていなかった楓と、今しか見えなかったリリィ。その二人が今は揃って、同じ未来を夢見ている。二人は何度もよろめきながら、それでも進んでいく。カメラもその横について進んでいくが、彼女たちの目にはカメラなんて見えていないようにすら思えた。そうしているうちに、二人が部屋から逃げたことに気が付いた藤巻が姿を現す。二人との距離はざっと三〇メートルほどだろうか。藤巻は楽しげに声を張り上げて、鬼ごっこを始めた。


「おやぁ、まるでうつくしぃ蝶々が二匹、逃げていくようだねぇ！」

「っ来たわ。急ぐわよ、楓」

「うん！」

「ははははぁ、わかった、鬼ごっこだね、いいよぉ……ずぅっとボクが鬼だ！　ひっひゃっははっはははは！」


どうせ逃げられはしないだろうと、藤巻の足取りは緩やかだ。逃げられそうにも見えるが、既にぼろぼろなリリィと楓はそう早く走ることができない。息を切らしながら走る先にあるのは、崩れた渡り廊下と、もう、どこにも行けない道だけだ。


「う、そ」

「待って、待って、リリィ、あれ！」

崩れた渡り廊下の先は、三階として演出をするが、実際は二階程度の高さで下にはネットが張られている。飛び込む演出のためだ。少し怖いだろうが、リハーサルでも安全検証はされている。だが、演者である二人の目には今、違うものが映っている。別撮りで合わせるが、下には救護用のブルーシートを持ってきた黒瀬（月城）、水城（相川）、絹片（柿沼）、そして明里（珠里阿）と美奈帆（美海）の姿があるのだ。今度こそ生徒を傷つけさせないと覚悟を決めた絹片は、廊下を逃げる二人の姿を見つけた美奈帆の言葉でとっさに先回りを提案。彼らは絹片の作戦に乗り、先回りをしていた、というシーンだ。

「よし、カット！　準備を！」

「はい！」

シーンは一度きり、演者のメイクをチェックしながら楓の腰に細いロープをセット。あとで編集で消すが、安全対策に必要なものだ。

「よし、いいな。三、二、一、スタート！」

再びカメラが回り始める。二人はその間、一言も喋らなかった。心が、役が、少しも抜けていないのだ。

老朽化から、階段の手前で床が抜けて、落ちた床の重みで二階の床まで抜けてしまったのだろう。思わず足を止めた二人の視線の先には、ぽっかりと開いた穴の下に、コンクリート片が散らばった一階の床が見えていた。絶望を前に戸惑う二人だったが、それもすぐに塗り変わる。工事現場にあったのだろう、大きなブルーシートを広げて、絹片と水城と黒瀬、それから明里と美奈帆の姿があった。同時に身を投げれば、二人とも助かるかもしれない。けれど、自分たちを追いかけてくる藤巻は、看守の目をくぐり抜けて、刑務所から脱獄するような男だ。追いつかれないと、どうして言い切れるのか。どうせすぐに追ってくるに違いない、というのが、リリィと楓の共通認識だったのだろう。だが、どちらかがこの場に残れば、囮になることができる。囮以外は、傷つかずに済む。楓は、藤巻の手によってリリィだけでなく、助けに来てくれたみんなが傷つくことを厭い、囮になることを提案した。

「リリィ、先に行って！　私はあとから追いかけるから、だから！」

台本には、徹頭徹尾リリィを優先する楓の姿に絆されたリリィが、楓を突き飛ばして笑う、とある。最後の最期で、主人格やリリィ自身のことではなく、楓を優先するのだ。脚本の赤坂先生は、「これまでリリィに替わってみんなを助けてきたリーリヤとしての表情を前面に出して、突き飛ばした楓に笑いかけるのが良いと思うけれど、もっと良い案があればそちらでも良いよ」と言っていた。俺や演出家の浦辺さんは、改心の意味を込めて、みんなを助けてきたリーリヤではなく、みんなの敵であったリリィとしての表情を前面に出した方が良いのではないか、と提案した。

（さぁ、つぐみ、君はどちらを選ぶ？）

さほど、時間は無い。でも演出上、僅かに言葉を交わすことはできる。リリィはほんの僅かに、楓から身体を離した。

「楓」

「リリィ？」

「特別よ。ほんと、あなただけは特別」

「リリィ？　なにを？　急がないと――」

楓の肩を、力強く押すリリィ。

「特別に、私のことは忘れていいよ。だから、幸せになってね、楓」

緩く微笑む口元。／フラッシュバック。

華やかに眇められた瞳。／花畑で引いた手。

優しく紡がれる穏やかな声。／それは、リリィでもリーリヤでもなく。

「ばいばい」

薄汚れた廃墟の中。思わず、佇む彼女に手が伸びる。

「リ、リィ……？」

その笑顔は、彼女が二つに分かれてしまう前――ただの、何も知らない普通の女の子だった頃の、無垢な彼女の笑顔だった。

「ひ、ひひひ、つーかまえた」

「私に触るな」

「は？」

リリィの表情が変わる。今度は……今度は、誰だ？　リリィでもリーリヤでも、無垢な彼女でもない。一つの成長を遂げた姿。幼い身体に押し込められたトラウマが、彼女の踏み割るガラスのように、音を立てて砕けるような。

……違う。融合だ。人格の統合だ。今この瞬間、誰かを守るために攻撃性を獲得した。後の展開とも繋げられる絶妙な演出。
（リリィとリーリヤが、〝一つ〟になったのか……！）
かつてリーリヤが魅せたステップで、藤巻の脇を通り抜けるリリィ。ここで自分があっさりやられたら、次の標的は仲間たちだ。この異常者から、友達を救わなくてはならない。逃げる時間を稼がなければならない。だからリリィは、藤巻を躱して廊下を走り抜け、逃げ場のない〝上〟に繋がる階段へ走る。

「うーん、いいねぇ、そういう趣向も嫌いじゃないよぉぉ！」

階段のシーンをカメラで追う。藤巻の追撃を躱しながら、上へ、上へ、走っていく。そして、シーンは地上六階、屋上部分へ変わる。屋上を覆うフェンスは、やはり、老朽化でところどころ穴が開いていた。その中でも、リリィは子供一人通れるサイズの穴の前に立つと、背後の藤巻を睨むように振り返る。追い詰めた藤巻。追い詰められたリリィ。けれど、覚悟を決めた彼女の瞳からは、光が、失われていない。

「もう逃げ場はないよ。さぁ、ボクと楽しいことをしよう、前よりも、ずっとずっと！」

「嫌よ。もう、あんたなんかには囚われないわ。いつだって、私の心は私だけのものだから」

「はぁ？ なにを、言って――まさか！」

フェンスの隙間から身体を乗り出すリリィ。そのすぐ下に突き出すように設置された足場とマットは、編集で消される仕様だ。そのため、下にはなにもないように演技をしなければならないのだが……完全に役が入り込んでいるリリィは、まるで、そもそもマットなんか見えていないように振る舞う。

「今度は殺人よ。きっともう、一生、外には出られないわね」

「待っ――」

そうして、リリィは身を投げる。空に吸い込まれていくかのような、晴れやかな笑顔で。

「――カット！ このまま、続けていくぞ！」

リリィが、つぐみが、綺麗にマットに沈んだところを確認する。心が打ち震える。あの瞬間、確かに、俺たちはリリィの笑顔に吸い込まれた。リリィの表情に呑み込まれた。ああ、ならば、この場に残るこの熱を、途切れさせたくない！

つぐみを引き上げて、彼女の体調を確認しながらすぐ次のシーンに移る。リリィが囮になったことを瞬時に見抜いた絹片は、楓を水城たちに任せて、藤巻たちを追っていた。リリィと藤巻の追いかけっこの間に、水城たちは工場の外へ移動。穴の開いたフェンスの状況からリリィの意図を察した楓が、水城に頼み、廃工場内を進む絹片へ、携帯電話で遠隔指示をし、穴の開いたフェンスの真下に回ってもらった、という流れだ。真下の階でとっさに両手を突き出して、落ちてきたリリィをキャッチする絹片。間一髪、みんなのチームプレイでリリィを助けることができた、というシーンだ。摑まえるところはあとで合成するので、廃工場の一室、割れた窓に腕を引っかけて傷つくのも厭わず、リリィを腕に抱く絹片を撮影する。

「よし、三、二、一、スタート！」

カメラが回る。絹片が息を切らして腕に抱くのは、数年前は救えなかった少女の姿だ。

「──ぁぁ、良かった、良かった、本当に」

リリィは動かない。固く瞳を閉じてはいるが、微かに胸が上下している。絹片は彼女を優しく抱き上げると、リリィを揺らさないように慎重に、廃墟から出ていく。そこに怯えた目の、後悔にまみれた教師の姿はない。力強く踏み出す一歩は、絹片もまた、人間として成長したということを意味するのだろう。

「カット！　いや、文句なしです、さすが柿沼さん！　さぁみんな、移動だ！」

俺のかけ声で現場が動く。柿沼さんの腕から降りたつぐみが専属のスタイリストに連れられるのを見送ると、ロケバスに戻りながら段取りの再確認。

「残すところはクライマックスだ！　みんな、気合い入れていこう！」

『おー！』

一致団結。半年間、共に作品を作り続けてきた仲間たちの声。

全員の心の火が弱まってしまわないうちに、次のシーンを撮影しなければ、なんて、久しく感じていなかった青臭い情熱が、俺の心を導いているかのようだった。

（これはすごい、すごい画が撮れる……！）

現場に指示を出しながら、移動時間も考慮して素早く準備を進めていく。この熱が冷めないうちにシーンを移動して、最高の演技をしてもらいたい。泣いても笑っても今日でクランクアップだ。この歴史に名を残すであろう役者たちに最高の舞台を与えられなかったとなれば、俺も、メガホンを置くしかない。

メンタル状況やメイクをチェックしながら、撤収班を現場に残しロケバスで移動する。その間に台本をチェックしておくことも忘れない。ロケ用の病院は、近場に押さえてある。駐車場から入って、あらかじめ準備していた病室で、病院着に着替えたつぐみを寝かせた。

「調子はどうだ？　つぐみ」

「いつでもやれます！　平賀(ひらが)かんとく！」

「はは、良い返事だ」

腕には点滴。身体(からだ)にはシーツが掛けられ、瞳を閉じるつぐみは穏やかだ。全員が位置についたことを確認すると、俺は、周囲に指示を出してモニターをチェックした。準備は万端だ。今日はこのあと、水城(みずき)と黒瀬(くろせ)のラストシーンを撮影してクランクアップ。子供たちのシーンはこれで終わりだ。ここで、彼女たちと出会ってから築き上げたドラマの集大成が紡(つむ)がれる。

「三」

カウントダウン。同時に、つぐみの顔色が変わる。役に入ったのだろうか。穏やかな表情は、まるで死人のように無色の表情に変化した。

「二」

空気が変わっていく。夏の日差しで暖かかったはずの世界が、じわじわと熱を失っていくように。

「一」

表情。呼吸。身じろぎ。そんなもので、君は、観客の心を動かすのか。CGではできない、表現の神髄。その一端(いったん)を見せられているかのような気分になる。

「――アクション！」

カチンコが打ち鳴らされ、シーンがスタートする。柊(ひいらぎ)リリィの両親は仕事で家を空けることが多く、今日も海外出張中だ。事前に「リリィが倒れた知らせを海外で聞き、慌てて帰国する」という様子が撮影されている。両親の帰国は間に合わないので、病室に飛び込んでくるのは子供たちだ。

　大人たちは医師と共に病室の外で様子を見守っている。幸い、リリィの命に別状はない。大人に襲われて恐怖を覚えたことだろう。まずは、友達と会わせて安心させてあげようという判断だった。


「リリィ！　どうして、どうして、こんな無茶を」

　まずリリィに縋るのは、楓だ。楓は涙を流しながら、リリィの手を握る。

「そうだな。あたしたちは、こいつにキッチリ話を聞かなきゃ。――みんなに謝って、そしたら、今度こそ友達になれると、思うし」

「明里ちゃん、自信、ないの？」

「美奈帆……言うようになったよな」

　リリィに縋る楓の後ろで、明里と美奈帆が言葉を交わす。

　明里に最初のような苛烈さはなく、美奈帆にあの頃のような怯えはない。楓も誰に遠慮することもなく、ただ、リリィの友達として、胸を張っている。みんな成長を果たした。誰もが前を見て、誰もが未来を夢見ている。だからこそ。

「こ……こ、は？」

リリィの目が開く。死人のように眠っていた彼女は、ゆっくりと身体を起こし、ぐるりと周囲を見回して。

「リリィ！　良かった。大丈夫？　痛いところはない？」
「おいおい楓、迫りすぎだって」
「まぁまぁ明里ちゃん。楓ちゃんだって、安心したいんだよ」

大人びた子供たちの言葉に、リリィは――

「どうして……？」

――ただ、困惑のままにそう告げた。それに、首を傾げるのは明里だ。明里はリリィと鏡合わせしたかのような困惑を前に出して、そのままリリィに告げる。

「どうしてって、なにが？」

「なにが、って、あなた、私になにをされてきたのか忘れたの？　明里も、美奈帆も、楓だって！　責めなさいよ、怒りなさいよ！　あなたたちにはその権利があるのよ!?」

「……って言われても、なぁ？」


リリィは、既に〝ただの暴君〟であった頃のリリィではない。統合された人格。大人びた表情には優しさと後悔が滲み、それでいて、〝一つ〟であることに戸惑っているような様子だ。統合された自分の人格が理解できないのだろう。どことなくアンバランスさのある繊細な演技に、思わず唸る。まるで本当に、自分の中で大きな変革があって、心のバランスの取り方がわかっていないようにさえ思えるほどだ。そんなリリィに対して一歩前に出るのは、かつてリリィに虐められ、そして立ち直り、最初の〝反逆者〟となった美奈帆だった。


「ねぇ、リリィちゃん」

「……なに、よ」

「みんなに、言うことがあるよね？」

　リリィは美奈帆の言葉を受け止めている。胸に手を当て、滲むような罪悪感が、リリィの唇を震わせていた。その葛藤は、かつてのリリィのものか、リーリヤのものなのか。リリィはやがてベッドの上で背筋を伸ばすと、頭を下げた。

「許してとは言わないわ。ひどいことをして、ごめんなさい」
「はい、許します。明里ちゃんと楓ちゃんは？」
「は？　ゆ、許すって、あなた」

　戸惑うリリィをよそに、明里と楓が続く。

「謝ったんだから許すよ、あたしは。楓は？」
「……私の方こそ、いつも、足を引っ張ってごめんなさい」
「明里まで。そ、それに、なんで楓が謝るのよ。ひどいことをしたのは、ぐすっ、わっ、私、なのにっ……！」

　そうして、ついに耐えきれなくなってきたのか、言葉の端々を震えさせ、まなじりに涙を溜めるリリィ。そんなリリィに、感極まったように抱きつく楓。リリィの背に回された楓の手は、微かに震えていた。リリィの胸に押しつけた小さな身体が手と共に震えているのを見て、リリィは目を見開き、楓を抱きしめる。

「リリィ、リリィ！　無事で良かった！　ほんとうに、死んじゃうかと思った！　もう、もう、あんなことしないで！　置いていったり、うぁっ、しないでよぉ……!!」

「楓……ごめ、ぁあっ、ごめんなさ、っ、ごめんなさい、ごめんなさいっ、楓っ、うぁああぁっ!!」

抱きしめ合い、涙を流す二人。泣かないよう踏みとどまっていたリリィも、ついに、声を上げて涙を流す。そんな楓につられるようにして、明里と美奈帆も目元を拭った。そうして、涙が引き始めたころ、明里がリリィに提案をする。

「謝りあったんだ。そしたらさ、次にやることがあるよな？」

「やる、こと？」

困惑するリリィと、リリィに抱きついたまま離れない楓。そんな二人を前に、明里は、美奈帆に目配せをした。イタズラっぽい明里の笑顔を受け止めた美奈帆は、リリィに向かって手を差しのばす。

「ごめんなさいをしたら、次は、友達になるの。だから、リリィちゃん。私と……私たちと、友達になって」

「……私で、いいの？」

「うんっ！」

美奈帆が差しだした手を、リリィが受け取る。第一話の焼き直しのような光景でありながら、明確に、なにかが変化した。その変化を演じきった彼女たちに、俺は、拍手を送りたい。

「カット！　――素晴らしい。みんな、ありがとう、本当に！」

ただ今は、彼女たちの努力をねぎらおう。一人のプロフェッショナルとして、賞賛しよう。

それがこのドラマに携わることができた俺たちの、最大限の謝意だと思うから。

Scene 2

牛込柳町・交差点（朝）。

『妖精の匣』のクランクアップ翌日。

つぐみは虹と再び待ち合わせる。


無事に『妖精の匣』の撮影を終えた翌日。わたしは、虹君から送られてきた写真の真相を突き止めるために、再び、牛込柳町の交差点まで来ていた。なんだか上機嫌な御門さん（小春さんのお母さん）に丁寧にコーディネートされ、小春さんは少し遠くから見守っている……という形で、今日はわたしが先に待ち合わせ場所で虹君を待つことになった。

雰囲気を変えましょう、と満面の笑みの御門さん。それから、お仕事でも無いのに聞きつけて途中参戦したルル。二人の手によって、すっかり着飾らされてしまった。ノースリーブの水玉模様のワンピース。三つ編みにされた髪。白い上品なポーチと、ワンポイントが可愛いローファー。靴下も、淡い柄物で品が良い。

（デートとか思われているのかもなぁ）

そりゃあ虹君は格好いいし、そう思われるのもしょうがない。なんて思う一方で、前世から数えると一回りも年下かぁ、なんて気持ちも湧く。なんだかこう、〝一つ〟になったバランスがまだとれていなくって、われながらとてもちぐはぐなんだよね……。こんなんじゃ虹君に笑われちゃうよ、まったくもう。この身体でやるのは気乗りしないけれど、ブリッジ階段駆け下りどっきりでもして、調子を整えようかな。

「つぐみ、わるい、待たせたか？」

「あ、虹君！　大丈夫、今来たところだよ」

なんだか映画のワンシーンみたいだ。虹君は白のサマーニットに黒いスキニー。それからスニーカー。すごくシンプルなのにスマートで格好良く見えるのは、やっぱり素材のパワーなのかな。

「そうか。……なんだ、めかし込んできたのか？」

「御門さんとルルに……虹君だって、おしゃれにしてきたね？」

「そうかぁー？　こんなの、オシャレのうちに入んねぇだろ」

サマーニットを引っ張って告げる虹君は、嫌味なほどサマになっていた。

「じゃ、行くぞ」

「うんっ」

虹君と並んで歩く。こうして見るとよくわかるけれど、虹君、わたしに歩幅を合わせてくれているんだよね。演技バカの鶫も、子供でしかなかったつぐみもあんまり気にしてなかったけれど、虹君のこういうところってやっぱりお父さんの万真さんに教わったのかな……。

（いやいや、それよりも今は……）

今日、今から向かうのは、先日もお邪魔した喫茶店だ。『Slash』という名前だけれど、今の女性店長さんの前は、わたしもよく知る前世で昔、お世話になったマスター、渡さんの経営していた『渡り鳥』というお店であり、今の店長は渡さんの孫娘さん、であるらしい。事前に小春さんに頼んで、当時働いていたという〝菫〟という源氏名の女性について調べてもらっているけれど……まだ足取りがつかめていないみたいだ。足取り、つかめたらつかめたで我が家の情報収集力にびっくりしちゃうのだけれど。

菫。その名前は、前世の母の名前だ。それだけならあり得る話だ。だってそんなに珍しいモノでもない。でも、件の写真の女性が、桐王鶫にも似ている、としたらどうだろう。一見するとツナギちゃんによく似た女性だった。けれど、はっきりと血を感じさせる程度には……〝そっくりさん〟で収まらない程度には、前世のわたしと――前世で、祖父母の家で見つけた、鶫の母の、若い頃の写真にもよく似ていた。

「ついたぞ、つぐみ」

「うんっ」

「ぼーっとしてんなよ？」

「わかってるよぅ」

喫茶店の扉をくぐる。すると、女性の店長、このお店のマスターがぱぁっと顔を輝かせて出迎えてくれた。雨の日で無くても閑古鳥が鳴いていたようで、席はがらんとしている。わたしと虹君は並び立って会釈をすると、そのままカンター席に腰掛けた。

「いらっしゃいませ。先日は素敵な舞台を、ありがとうございました」

「いいえ。自分たちの方こそ、場所を貸していただいてありがとうございました。ああ、そうだ、オレはコーヒーを。彼女には、なにか甘い物をお願いします」

「まぁまぁ！　素敵ですねぇ。承知いたしました。少々お待ちくださいね」

三つ編みお下げに眼鏡の女性。彼女が、マスターの渡さんだ。渡さんは手際よく準備を進めてくれる。その間、わたしは、頭二つ弱くらい背が高い虹君を盗み見る。わたしは、なんだか虹君の猫かぶりモードが気になって仕方がなかった。渡さんにはすでに、前回の即興劇のときに本性を見せていたような気がするんだけど……ダメなのかなぁ。

「ねぇ虹君、いつまで猫をかぶるの？」

「礼儀正しく他人に接することを、猫をかぶるとは言わないんだよ。第一、いつもの態度でぶっきらぼうにやってたら、ファンがガッカリするだろ。おまえも曲がりなりにもファンクラブがある身なんだから、『ケータイ電話で写メ送りたいです』とか言うんじゃねーぞ」

「うぐっ」

写メ、という言葉がもう使われていないということは理解してますよ。ええ。凛ちゃんに教わったのだけれど。でもしょーがないじゃない。知識のベースは一九九〇年代なんだから。ケータイ、とも、まだ時々出ちゃうけれど……ちゃんとスマホって言わないと、世間一般の方からババ臭いって言われちゃう。

「あー、悪かったから、そんなに落ち込むなよ」

「うぅ、どうせババ臭いよ、むむむ」

そうして頭を垂れていると、わたしの前にココアが置かれる。虹君はコーヒーで、当然のようにブラックだ。ここのコーヒー、美味しいからねぇ。ココアもココアでけっこう美味しい。風味が豊かで甘いから、子供の舌にもよく合う。真冬に部屋で凍えながら勉強をしていると、よく当時のマスターが出してくれたなぁ、なんて、懐かしいことを思い出した。甘いココアについつい一息吐いていると、虹君がケータイ……じゃなくて、スマホを取り出す。それからささっと操作をして、画面を渡さんに見せる。

「あの、すいません。この女性って、マスターはご存じですか？」

「ん？　あー！　菫さんね！　懐かしいわねぇ。まだ私がつぐみちゃんぐらいだった頃に、よく遊んでもらったわ」

まさかの一発でヒット。思わず目を丸くして、虹君と顔を合わせた。

「本名とか、今どうしているか、とか、わかりますか？」

「んー……どうだったかなぁ」

考え込む渡さんの仕草を、固唾を飲んで見守る。すると、眉間に皺を寄せていた渡さんは、ぽんっと手を合わせた。

「今どうしてるか、とかはわからないのだけれど……昔、一緒に撮った写真があるから持ってくるわね！」

ばたばたと軽快にカウンターの中から裏へ繋がる扉を開け、二階部分に上っていくと、上からどんどんがらがらと心配になるような音が響いてくる。虹君はその音と揺れる天井に、少しだけ、頬を引きつらせていた。

「おいおい、大丈夫か……？」

「た、たぶん」

築何年かわからないけれど。そう思いつつ、二人で待つこと幾ばくか。ココアがぬるくなってきた頃に、渡さんが一冊のアルバムを持ってきた。

「あははー、お待たせしましたー」

心なしか煤けて見える渡さんに、虹君がそっと頭を下げる。

「なんか、無理言ってすいません、マスター」

「き、気にしないで。黄金さんにはよくお世話になってるから。で、えーと、うーんと……ほら、ここら辺かな」

黄金さん、というのは、虹君のマネージャーさんだ。ここでよく楽器の演奏会をしているという。その黄金さんの若い頃と思われる写真も点在している中、古ぼけた写真には確かに、件の〝菫〟さんの写真が見えた。とても明るく、太陽みたいに笑うひとだ。前世の母にも、前世のわたしにも、ツナギちゃんにも似ているひと。彼女は、どういう存在だったんだろう。

（ん？　あれ？　この写真……）

一枚、二枚。ふと、気になる写真を見つけた。連続写真かな。幼い頃の渡さんであろう少女が、どこかでぶつけたのか額を赤くして泣いている。二枚目は、そんな渡さんを慰める菫さんの姿だ。額に濡らしたハンカチを当てて、飴玉を差し出している。そのハンカチには、刺繍が入っていた。慌てて、以前、虹君が送ってくれた、黄金さんの写真をスマートフォンで確認する。若い頃の黄金さんが水を零してしまい、それを菫さんが拭き取る写真だ。写真に写る菫さんの手に握られた、一枚のハンカチ。そこにも、確かに、同じイニシャルがあった。

（T・K……って、どこかで――ぁ）

そうだ。以前、小春さんに聞いた話。小春さんが転んで膝をすりむいて泣いていたとき、手当てをしてくれた女性。その人から貰ったハンカチに、〝T・K〟の刺繍が入っていたという。もし、もしも、この人の名字が〝桐王〟だと、するのなら……イニシャルは、Kになる。

「つぐみ？　どうした？」

「――優しい人、なんだね。この菫さんって方」

「ああ、そうみたいだな」

とっさに誤魔化してしまったけれど、前世の情報込みの推察はさすがに言えない。根拠もまだ曖昧だし。でも、それでも、調べてみても良いかもしれない。二人であーだこーだと言いながらアルバムを見せてもらって、それから、アルバムを渡さんに返す。渡さんは、「なにかあったら教えてください」とにこやかに告げて、アルバムを大事そうに抱えた。虹君は、飲み干したカップをカウンターに返しながら、爽やかな笑顔で渡さんにお礼を言う。

「アルバム、ありがとうございました。なにかわかったらお伝えします」

「ありがとうございました！」

「いえいえー。また、遊びに来てくれると嬉しいですー」

わたしと虹君に、渡さんはそう返す。二人揃って喫茶店を出るまでの間、渡さんはずっと手を振っていてくれた。なんだか前世の影響か居心地が良すぎて、ついつい長居してしまいたくなるなぁ。

「ふぅ……結局よくわからなかったけどさ、まぁ、オレの方でも黄金さん経由でちょっと探ってみるよ。つぐみも、なんかわかったら教えてくれ。〝イニシャル〟のこととか」

「んぐっ、ふぇ？」

突然告げられた虹君からの言葉に、思わず息を呑む。なんで気付かれたのか。疑問を込めて虹君を見上げると、じとーっとした半目で見下ろされた。

「あんなに凝視してて、気付かれないとでも思ってたのかよ……。なんか言えない事情でもあるんだろ、おまえのことだから」

ばれてる。申し訳なさに俯くと、ため息が一つ落ちてきた。

「虹君……ごめんね」

「はっ。そういうときはごめんじゃなくて、もっと言うことがあるんじゃないのか？ うん？」

虹君は突然しゃがみ込むと、おもむろに、私の両頬を摑んで、あろうことか、こねくり回してきた。海さんといい、桜架さんといい、虹君といい、なぜひとのほっぺたをこねくり回すのか！

「ふにぇっ!? や、やめ、はなっ、ふみゅっ」

「くっ、ははっ……いやほんとよく伸びるな」

感心したような声。本当に、ひとのほっぺたをなんだと思っているのか。鏡餅みたいになったらどうしてくれる。これは、妖怪ほっぺたお化けとして枕元に立って欲しいというアピールだろうか。解せない。

「こーくん!?」

「ははは、わるいわるい。で？」

抗議の言葉は受け流され、手を離してからもニヤニヤしている。つねり返してやろうかとも思ったけれど、ぐっと我慢して、深呼吸。

「……なんだか素直に言いたくなくなっちゃったけど――その、ありがとう」

それから気持ちを入れ替えて頭を下げると、虹君は、わたしの頭にぽんっと手を乗せて撫でた。

「最初からそれでいいんだよ。ま、じゃ、無理はすんなよ」

優しい言葉。温かい声。この人は、凛ちゃんのお兄ちゃんなんだなと、実感する。

「うん！　虹君こそ、だよ」

「オレの心配なんか百年はえぇよ」

虹君は周囲を見回して、迎えに来てくれた小春さんを見る。そして、ひらひらと後ろ手に手を振りながら、その場を歩き去っていった。やっぱり、妙にスマートなのが悔しい。

「つぐみ様……お邪魔でしたでしょうか？」

「ん？　なんで？」

「いえ。気のせい、だったようです」

「そう？」

なぜだかほっと息を吐く小春さんに、首を傾げる。もしかして、気を遣わせちゃったかな。それはそれで申し訳ないかも。

「あ、そうだ。それでえっと、今回のことで、寄って欲しいところがあるのだけれど……いい？」

一つ、どうしても確かめたいことがある。空振りに終わるかもしれない。でも、もしかしたら。そんな一縷の望みと共に。

「はい、承知いたしました。つぐみ様の、仰せのままに」

恭しく一礼する小春さんの姿は、洗練されていて様になっている。そんなに畏まって欲しくはないけれど、小春さんだからなぁ。いつかもっと、気軽な距離になれたらいいな。

「では、参りましょう」

「うんっ」

車を回してもらって、移動する。後部座席からお店の方を振り返ると、路地の先、隘路の中の店舗は、とっくに見えなくなっていた。喫茶『渡り鳥』は、前世でずいぶんとお世話になった場所だった。二階が下宿用の小部屋や物置で、三階がマスターの居住スペース。冬は寒くて夏は暑い、六畳一間のスペースに、中古のテレビと卓袱台を置いて。

——目を瞑る。あの日の光景。寂寥感。マスターの淹れてくれたココアの味が、渡さんのココアの味とかぶって思い起こされた。引き継がれている。そう思うと、何故だろう。心がぽかぽかと、温かくなったような気がした。


北新宿四丁目は、新宿駅から遠く、あまり近場に駅もない下町だ。このあたりは雑居ビルや古めかしいアパートが多く、街並みは新旧入り乱れたレトロとも新しいとも言いにくい、そんな、どこか地味でノスタルジックな街だ。雑居ビルの建ち並ぶ路地の先に、そのアパートはあった。前世の記憶から思い浮かべた風景より、ずいぶんとおんぼろになっているものの、その立地から佇まいまで、なにも変わっていない。錆びた網格子の階段。コンクリート造りの壁と廊下。二階建て八室のアパート。そのアパートから、一人の老婆が出てくる。ゴミ袋を手に、敷地内のゴミ捨て場にゴミ袋を置いて、額の汗を拭う女性。

もしも、これを運命だというのなら、神様はずいぶんとこの生まれ変わった悪霊のことが気に食わないようだ。皺だらけで、白髪だらけで、ああ、それでも、年老いたくらいで、わたしがあの人の顔を見間違うモノか。

「小春さん」

「はい？」

「少し、待ってて」

「あ、つぐみ様!?」

車から出て、みすぼらしい老婆の後を追う。あの人の、あの老婆の考えそうなことだ。邪魔になったから捨てた癖に、思い出もなにもかも足蹴にした癖に。それでも、一人で生きられないから、一人になってしまったら、捨てた思い出に縋るように戻ってくる。どうせ、そんなことだろうと思った。そうでなかったら、どこかで幸せになって、この場にいなかったら——それでもいいと、思っていたのだけれど。

「あの」

「……どこの子？　ハーフ？　何の用？」

しわがれた声。でも、本質的には変わっていない。落ちくぼんだ目には、諦観と疲れが、ドブのように濁っていた。

（あなたは、変われなかったんだね、〝母さん〟）

老婆――桐王菫は、自室の扉に手を掛けたまま、多くの失望に疲れた顔で佇んでいた。

「喫茶『渡り鳥』で働いていた、菫という女性について調べています」

簡潔に。きっと、もう、彼女には、問答する余裕なんかこれっぽっちもないだろうから。そうじゃなければ、祖父母にわたしを預けてから遠くへ消えれば良かった。ううん、もっと懸命に、父さんのお酒を止めていれば良かった。それができなかったのは、彼女が、苦労を背負うのをいやがったからだ。だから、わたしはただ突きつける。桐王鶫の悲しみと、空星つぐみの怒りを滲ませて。

「……あの子の関係かい。はっ、待ってなさい」

母さん――いいや、もう彼女は、わたしにはなんの関係もない、ただの老婆だ。しわがれた老婆は、ずかずかとアパートの中に入り、すぐに戻ってくる。わたしに投げ渡してきたのは、一通の茶封筒。厚さ的に、これは、ビデオテープが入っているのかな。

「これで約束は果たしたわ」

「約束？」

「それで来たんでしょう？　自分のことを聞いてきた相手に、それを渡せって。は。これで、私の役目は終わりよ。さっさといきなさい。――もう、とっくにこの世に居ない娘の、〝千鶴〟の話なんか、聞きたくも無いわ。あの子は死んだのよ。私には、関係ない！」

娘……娘、か。わたしを置いて出ていって、再婚して、そこで作った子供も捨てて、あなたはここに戻ってきたんだね。自分の思い通りにならなかったから。それっきり、老婆は扉を閉めて暗い部屋に帰っていく。わたしの手に残されたのは、古ぼけた茶封筒だけだった。

茶封筒を眺めたまま一歩も動かないわたしを心配したのだろう。小春(こはる)さんが、珍しく足音を立てながら駆け寄ってきた。

「つぐみ様！　さきほどの老女が、つぐみ様になにか？」

「……ここに来れば、これをもらえるって〝聞いた〟から、だから、それだけ。もうなんでもないよ。帰ろう？　小春さん」

「承知いたしました。ですが、危険なことはなさらないでくださいね？」

「うん。心配かけてごめんね、小春さん」

この、十畳間のアパートに、もう用は無い。わたしは小春さんの手を取って、この場を去る。もう、振り返ることは無かった。

Scene 3

空星邸・シアタールーム（夕）。つぐみは小春にビデオの再生を頼む。

夕暮れの自宅。備え付けのシアタールームに入って、小春さんにテープの再生をしてもらえることになった。一人で観たいと告げると、小春さんは幾分か逡巡した後に、頷いてくれた。虹君や、あるいは、桜架さんを誘った方が良かったのかもしれない。迷ったけれど、旧桐王家のことを説明できない以上、入手経路を問われたらなにも言えない。わたしだけが観てもなにもできない類いのモノだったらそのときに考えよう。行き当たりばったりといえばそうだけど……考えるだけで行動しない、なんて器用な真似ができるのなら、あっさり死んじゃいなかったろうし――なんてのは、ブラックジョークが過ぎるかな。

「では、つぐみ様。なにかあればこのベルを鳴らしてください」

「うん。ありがとう、小春さん」

ベルを受け取って、脇に置く。鳴らせばきっと瞬く間に来てくれることだろう。そう思うと、なにがあっても安心だった。緩む口元を自覚して、少しだけ気を引き締める。吸い込んだ息が、零れて消えた。

「よし」

スクリーンに光が当たる。最初は砂嵐。それからすぐに、画面が切り替わった。画面の端に表示されているのは、撮影された日付だ。二〇〇九年二月二十二日、まだ肌寒い季節。どこかのリビングだろうか。画面に映るのは白い壁と、机と、机に手を置いてカメラ越しにこちらを見る女性の姿。黒い髪と、どこか微かに紫がかって見える黒目。その容姿は――〝鶫〟に、本当によく似ていた。背筋を伸ばし、ただ、微笑みながら佇む女性。彼女は優しげで、どこか儚くさえ思えるような表情でこちらを見つめたまま、じっと動かない。

『……あれ、これ、カメラ回ってる？』

ようやく声を上げたかと思えば、出てきた言葉はどこか間が抜けていた。あっけにとられる中、映像の中の女性はため息と共に格好を崩し、頬杖をついた。けれど、誰かの視線に催促されるように、居住まいを正す。

『まぁ良いわ。えー、このたびは、未来の私にビデオレターを送りたいと思い、この映像を残させて――なによ、それ。え？　カンペ？　堅苦しくなくって良いって言われても、そうねぇ』

カメラのうしろに居るであろう〝誰か〟に向かって言葉を投げかける女性。この女性が、千鶴さん、なのだろう。想像とは結構違ったけれど、なんだかとても明るそうな方だ。今世の母や前世の母とも少し違ったタイプの女性。この方が、ツナギちゃんに関係のある方、なのかな。

『今日は、未来の家族へ、ビデオレターを送りたくて撮影している、の、だけれど、なんで私一人で写っているのかしら？　私の誕生日プレゼントになんでもしてくれる……って言い出したのはあんたでしょうが。それなのに、出演拒否ってどういうことよ。まったく、こんなところで恥ずかしがらなくていいのに』

呆れたような物言いだけれど、撮影者の方のことが本当に好きなのだろう。呆れた仕草の中に、温かさと愛おしさが見え隠れしていた。相手は、やっぱり件の、黄金さんが口説き落としている最中に千鶴さんが結婚してしまったお相手なのかな。その結婚が幸せだったから、今、千鶴さんはこんなにも幸福そうに笑っているのかな。なんだか、ちょっぴり羨ましいかも。でも、本当に楽しそうに話をするひとだ。こうして映像を見ているだけなのに、なんとなく、わたしも千鶴さんとお話ししてみたいような気持ちになってくる。不思議なひとだ。

『未来の私はきっと、たくさんの子供と優しい家族に囲まれていることでしょう。今、幸せ？　私はそりゃあもう幸せなのだけれど、もしかしたら、十年後、二十年後には倦怠期が訪れて家庭はしっちゃかめっちゃかになっているかもしれないわ。そこで、今日この日の気持ちを忘れないためにも、ここに、どうして今、幸せなのか、手っ取り早く映像で残しておくことに――え？　聞いてない？　止めたいなら出てきなさいよ。……まったくもう』

人差し指を立てて、自慢げに話す千鶴さん。彼女に、おそらくカンペかなにかでストップが入ったようだけれど、結局、撮影者はカメラの前には出てこなかった。それにしても、やっぱり幸福なご家庭なんだ。桐王鶫と千鶴さんの親が親だから、心配していたのだけれど。

『そもそも夫が私と結婚した理由は、私が夫の「初恋の人にうり二つ」という理由で、私を買ったから』

――んん？　ここまでの、微笑ましい気持ちが一気に揺らぐ。えっ、いいの？　そのひとと結婚して、本当に良かったの？　口元に手を当てて、あわあわと混乱してしまう。だって、その、えっと、口の悪い虹君の方がよっぽどデリカシーあるよ？

そんなわたしの混乱と戸惑いをよそに、ビデオは進んでいく。どうしよう。止める手立てが無いから、とにかく続きを観ていくしかない。千鶴さん。前世のわたしの異父妹は、どうにも破天荒な人生を歩んでいたようだ。

『「君は従順であれば良い」とか、「家族の前では貞淑でいろ」とか、「子供が生まれさえすれば用はない。そのあとなら好きに生きろ。手切れ金はたんまりくれてやる」とか、私の夫はそれはもうひどい男だったのよ』

ほんとうにそのひとで良かったの？　なんて疑問がまた、むくむくと湧き上がる。桐王鶫の人生も中々他で見ない波瀾万丈さだったとは思うのだけれど、その血縁者もこんなことになろうとは。お姉ちゃん、会ったことも話したこともないあなたのことが、今、猛烈に心配です。けれど、なんだろう。楽観的とは少し違う。酸いも甘いも舐めてきて、受け入れ方と乗り越え方を覚えて、キラキラと輝く目で語る千鶴さんの話から、目を逸らすことができない。

『だからもし、もしも、うちの宿六が将来、拗らせてしまったときのために、ここに私が実際に実践した対処法を残すことにしたの。幸せへのステップよ。将来の私か、私の子供か……

もしくは、同じように偏屈なひとと結婚してしまった私の子の相方は、しっかり聞いておくように』

あっけらかんとした話し方。ウィンクをするお茶目さ。苦境に遭っても笑っていられる強さには、どこか、前世の自分(桐王鶫)に似た性根が見えて、少しだけ笑ってしまった。

『えーまず、「君は従順であれば良い」って言われたときは確か、「はい、じゃあ離婚ね。お金が弱みだと思った？　頼み込むから頷(うなず)いてあげただけよ。私の人生を金で縛れると思わないことね」で、解決だったわね？』

解決。解決、だけれど、思ったよりも強かった。出端(ではな)をくじくとはこのことだろう。爽快感やら困惑やらで、すぐに立ち直ることができないわたしもいた。

『で、「家族の前では貞淑でいろ」には、なんだっけ？　――そうそう。「仲良くなって欲しいならそう言いなさい。ちゃんと努力はするから。ただし、私のやり方でね！」って言ったのよね？　え？　はっ倒した？　なんのことだかわかんないわ』

なんだか、こう、イメージと違う。気まずげに目を逸らす千鶴さん。そんな千鶴さんにカンペかなにかでメッセージを書いて見せたのか、撮影者にむくれてみせる彼女は可愛らしく見えた。とても、撮影者の方に気を許しているのだろう。

『で、あとは、あれね。喧嘩(けんか)して荒れてたとき。「子供が生まれさえすれば用はない。そのあとなら好きに生きろ。手切れ金はたんまりくれてやる」なーんて言ってさ。そんなこと、思ってもいないのに、突き放すような言葉を使う悪い癖。焦ったり追い詰められたりするとすぐ、強い言葉を使っちゃう。不器用なひと』

伏せた瞳。

柔らかく緩む口元。

僅かに朱の差す頬。

『おい、その辺で』

『なによ。喋れるんじゃない。だったらあんたも入りなさい』

『……俺は、いい』

『おっさんが照れるな』

そして、この声、この撮影者は、まさか。がたん、と、音がしてカメラが倒れる。横向きになった映像の奥。窓辺から差し込む光が、二人の男女を淡く照らしていた。

『まったく、しょうがないわね』

『しょうがないのはどっちだ』

『どー考えても、あんたの方だと思うけど？』

千鶴さんは、頬を掻く男性——玲貴のネクタイを摑んで引き寄せる。体勢を崩してよろめく玲貴と千鶴さんの影が、逆光の中、重なった。

四条玲貴。彼の姿が映ったことで、全てのピースが嚙み合っていく。この女性は、千鶴さんは、ツナギちゃんのお母さん。彼女の夫の初恋の人、というのは桐王鶫のことで、桐王鶫の代わりとして結婚させられて――それでも、自分自身の力で運命を切り開いた、強いひと。そんな強い絆で育まれた二人が、何故、今、一緒にいないのか。離婚、なんて風には思えない。だって、玲貴は、そんなに諦めの良い男じゃないし、凛ちゃんみたいな子供に鶫の真似をさせるはずもない。だったら、千鶴さんは、もう。

『あ、ビデオ切らなきゃ』

『俺の調子をくるわせて満足か？　君は、本当に――ふ、はは』

『あ、今、バカにしたでしょ』

『ああ、したな』

『こんにゃろう』

ビデオカメラに駆け寄った千鶴さんが、カメラを持ち上げる。電源を落とすのかと思えば、その前に、千鶴さんの微笑みで画面がいっぱいになった。カメラのレンズを覗き込むように。

『ほんと、不器用なひとだけどさ。さみしがり屋で臆病で強がりで、でも、愛の深い人なんだ。ね、未来にこのビデオを見ている誰か。もし、また彼が不器用になっちゃったら、そのときは――ふふ、ぶん殴ってやんなさい』

『おい、なにをしているんだ。今日は君の誕生日デート、なんだろ？　早く行くぞ……千鶴』

『はーい。すぐ終わるから待ってなさい！　……いい？　辛いときこそ笑いなさい。そしたらきっと、辛い現実なんか吹き飛ばせる。私が、保証してあげる。じゃ、ばいばい』

画面が砂嵐になって、それから、暗転する。あとに残ったのはシアタールームの白いスクリーンだけ。何も映さなくなった画面を、わたしはただ、じっと見つめたまま動けなかった。

最初は——最初はきっと、千鶴さんは私の代替品だったんだと思う。でも接していく内に、千鶴さんの奔放さに惹かれていったんだろう。言葉は柔らかくなり、心は開き、笑みを見せるようになり、いつしか、本当に、愛する妻として彼女を受け入れていた、ん、だと、思う。でも、桐王菫は、娘の千鶴は死んだとわたしに叫んだ。千鶴さんが死んで……ビデオレターであんなにも心を寄せていた千鶴さんを失って、きっと、玲貴は壊れてしまったんだ。彼の怒りと、後悔と、失望と、悲しみと、寂しさが、胸の内をぐるぐると渦巻く。

(ねぇ、玲貴。わたしが死んで、千鶴さんも失って、悲しかったのかもしれない。でもね)

目を閉じる。強く、強く。それから手を握りしめて、震える感情のまま開いた。

「それが、子供を踏みにじる言い訳にしていいはずがないんだよ、玲貴」

噛み合っていく。燃えるような感情が、つぐみと鶫を強固に繋げていく。まだまだ、知らなければならないことは多い。けれど今は、この怒りに身を任せよう。そんなに悲劇に酔って、悲劇を生み出したいのなら、その土台と基盤を全部ひっくり返して、ホラー映画の犠牲者に仕立て上げよう。

「四条玲貴。あなたが敵に回したのが誰なのか、ゆりかごの中で自覚なさい」

誓いは胸に。桐王鶫改め空星つぐみ。久々に、胸の奥底に特大の火種が生まれたことを自覚して、わたしはそっと、心の導火線に火をつけた。

Scene 4

四条邸・応接室（夜）。
四条玲貴は、エマと向き合う。

四条邸の応接室は、ツナギの私室であるラジオブースと廊下を挟んだ正面にある。滅多に使わないその部屋で、二人の男女がソファーに腰掛け向き合っていた。煌々と輝く暖炉の火。アンティーク調の机とソファー。くすんだ金髪の男——玲貴が、わざわざ取り寄せた赤い、血のようなワイン。グラスを掲げると、緑がかった黒髪の男装の麗人、エマは、上機嫌にワインを傾ける。玲貴はその光景を愉快そうに眺めていた。その上機嫌な様子を崩さないまま、玲貴は、エマに語りかける。

「進捗はどうかな？　エマ」

進捗、と告げた玲貴の言葉に、今度はエマが、愉快そうに頬を歪めた。

「それはボクの台詞さ、玲貴。ボクはボクのやりたいように進めているだけで、始まりも終わりも唐突に訪れる。むしろ、一歩一歩着実に準備をしなければならないのはキミの方だろう？　なぁ、玲貴」

囁くような声。潜むように告げられた言葉。だが、玲貴はそれに機嫌を損ねたりはしない。

「いや、一本とられたな。まったくもってそのとおりだよ、エマ。だが、俺の方は気にしなくていい。順調だよ。なにもかも。今はまだ基盤ができたところだが……此度の勝利が礎になる。プランのままさ」

玲貴は欲望で濁った目をグラスに向けてワインを呷る。その濁った目を、エマは楽しそうに見ていた。

「ううん、キミの執着を感じるよ。いいねぇ。キミ、そのまま、演技の世界に戻らないかい？　ボクの舞台で面白おかしく踊りなよ。きっと素敵な舞台になる！」

調子を崩さず、淡々と話す玲貴。そんな玲貴に対して、エマの情緒は安定しない。落ち着いていたかと思えば声を上げ、高笑いしたかと思えばつまらなそうに肩を回す。彼女の脳内ではどのような光景が広がっているのか……それはきっと、かの天才、霧谷桜架にも計り知れぬことだろう。

「いいや、今はまだ、遠慮しておくよ。夢が結実するのはまだ先の話だからね」

「ああ、キミの、あのいたいけな少女の心をもてあそぶ計画の」

「おいおい、エマ。聞こえの悪いことを言わないでくれ。俺はただ――将来有望な少女に、道を示しているだけだ」

玲貴はそう、笑みを深める。三日月のように薄く歪んだ笑み。彼の〝夢〟は、霧谷桜架のものと似通っていて、その根本が大きく異なる。桜架のやろうとしていたことは、桐王鶫の器を求め、桐王鶫の〝ような〟人間を作り、後世に桐王鶫の夢を遺すこと。その根底には、桜架に刻まれた鶫の思想が織り込まれていて、決して、凛を鶫〝そのもの〟にしようとはしなかった。対して、玲貴の根本には、そのような〝正気〟は残されていない。エマは、そんな玲貴の計画を反芻するかのように、口にした。

「しかし、キミも回りくどいことをする。つまりあれだろう？　輪廻転生を実現したいのだろう？　キミは」

「そういうことになるのだろうかね。俺はただ、単純に、桐王鶫そのものへと変質することが、夜旗凛という少女にとって最適だと――その方法でしか、あー、なんだったかな？　そう、彼女の親友よりもすごい役者になりたい、という目的は叶えられないのだと、道を示しているだけさ」

玲貴の計画とは、桐王鶫を〝造る〟ことだった。最初は仕草。それから技法。次に性格。思考、思想、過去。丁寧に丁寧に、青い布を、周囲にそうと気が付かれないうちに、藍色に変えてしまうかのように。誰も彼の邪魔をすることはできない。玲貴はただ技術を伝授しているに過ぎない。そこに疚しさはなく、無理に玲貴から凛を引き剝がしでもしたら、「大物俳優である四条玲貴の善意を踏みにじった」というレッテルを貼られ、玲貴から凛を引き剝がした者の未来が閉ざされるだけだ。

「ただ――そう、俺の〝娘〟が、少し〝親身〟になってあげているだけ、なのだから」

玲貴はそう言って、真っ赤なワインを一息に呷った。仕草を教え込むのは、技術伝授の一環として玲貴が担っている。だが、思考や思想に触れるのは、玲貴では無く、彼の娘であるツナギの役目だ。親身になって近寄り、サポートと称してあらゆる思考を誘導する。玲貴の可愛い人形であるツナギは、ただ、玲貴の思うがままに動く。そうして最後には、役割を変えるのだ。玲貴の人形から、〝鶫〟の〝付き人〟として――玲貴になにがあってもその代わりを務められるような。

目的に向かって着実に駒が進められている。確かな実感にくつくつと唸るような笑い声を零す玲貴に、エマはふと気になったとでも言いたげな仕草で、首を傾げた。

「うーん、でも、玲貴。キミはそう言うけれど、ボクにはどうにも気になっていることがあってね」

「なに……？」

「キミの目的さ。いや、結果は理解しているよ。けれど、そうなった後の結末は？」

そう、エマは問う。

「桐王鶫を世に再臨させて、キミはなにを願う？」

淡々と、ただ、無邪気な子供のように。そんなエマに、玲貴もまた、静かに言葉を返した。

「死者を蘇らせるのさ。かつての桐王鶫という女優がいかに素晴らしい人間であったかを、誰も知らない。式峰？　閏井？　朝代？　柿沼？　四条？　そんなものはどうでもいい。彼女は本当はあんなところで終わる才能では無かった。終わって良い人間では無かった。だが見ろ！」

玲貴はワイングラスをテーブルに叩きつける。手の下で砕けたグラスの破片で指を切り、血が流れ、それを気にもとめない。

「世間の無知蒙昧な愚民どもは彼女の時代も知らずに空っぽの脳みそで演技の世界の上澄みを舐めとり満足している！　こんな未来を願ったことなど、望んだことなど一度も無い。ならばもう一度彼女の再臨を願うことこそが遺された我々のなすべきことだろう。そう、これは復讐だ！　俺は、桐王鶫を認めなかった世界に、復讐を果たすのだよ!!」

ワインボトルをたたき落とし、血とワインで濡れた手をエマに差し出す。その、愛に溺れて澱んだ男の、どうしようもない激情を――

「玲貴。ボクはキミの夢を聞いているんだ。そうじゃないだろう？　キミが求めているのはそんな大言壮語じゃないはずだなぁ教えてくれよキミの執着の正体を執念の内側を愛憎の果てにくるおしいほど求めた渇望の、飢えの、憎しみの、愛の、夢の、果てをどこに求めているのか!!」

――玲貴を上回るほどのさらなる狂気が、彼の狂気を塗りつぶす。後天的に狂気に侵された人間では無い。生まれながらの狂気。エマはその感情を玲貴にぶつけるように、血が滲んだ玲貴の手を握りつぶさんばかりに掴みかかり、身を乗り出し、口づけでも交わそうとするかのような距離感で、玲貴を問い詰めた。

「さぁ、答えろ玲貴！　キミの狂気はなにを求めているのか‼」

狂気。激情を宿した言葉。圧倒してくるそれを一身に受けた玲貴は、一歩、身体を退く。その脳裏に浮かぶのは、まさしく、エマが聞きたがった執着の〝中身〟だ。ぐるぐる、ぐるぐると、走馬灯のように、かつての日々が想起される。

いつのことだったか。玲貴は鶫と飲み歩いた先で、情けないと封じていた気持ちを吐露したことがある。「いつも、俺の道は親が決めていた。資産家だから、責任があるから、俺の未来は親が決めていた。俺が、自分で夢を見ることは許されなかった。なにもかも、何年経っても、〝四条〟の家に縛られている」そう吐露した玲貴に、鶫はただ胸を張って言い放った。

『恥ずかしくてもがむしゃらでも、みっともなくても汚くても、進んで見せなさい。そうしたら少しはあなたのこと、認めてあげる』

その日のことを、忘れたことはない。そう言い張れるほど、鶫の死から今日までの時間は、短くなかった。

（なんて偉そうに。鶫はなんで、俺が誰かに認めて欲しがっていたなんて気が付くんだ。普段

は鈍いくせに、そういうときだけ鋭い女だった。だから）

だから、と、玲貴は想う。だから求めた、鶫によく似た女性。持てる権限を駆使して探し当てた女性は、けれど、何もかもが玲貴の想定と違っていた。我が強く、気が強く、まっすぐで。容姿以上に、その魂の気高さが、玲貴の最愛のひとに似ていた女性。だが、彼女すらも、玲貴を置いていってしまった。

白い病室／ベッドの上／微笑む彼女／痩せた手／こけた頬／青白い肌／点滴／血／声／未来／伸ばされた手／その手を。

（誰も彼も、俺を置いてゆく。俺もまた、そう遠くない日に、あちらへ行くだろう。ああ、だが、俺は、ほんとうにあの世なんかに旅立てるのか？）

玲貴は、怨むように、祈るように、思ったのだ。同じところへ行けるはずがないと、思い込んでしまったのだ。鶫に、認められてもいないのに、と。だから、玲貴は、ただ。

「俺は、お、れは、ただ、赦しを――……ッ、はぁッ、づ、ごほっ、ごはッ」

玲貴は途切れ途切れの言葉を零し、そのまま、咳き込むように真っ黒な血を吐き出した。

「おや、キミ、病気だったのかい？　よゥし、いいよ。聞きたいことも聞けたから、今日は帰ろう」

「づッ、は、はっ、はっ――異常者め」

あっさりと平常に戻ったエマが、くるりと踵を返す。そしてそのまま、憎まれ口を叩く玲貴を一瞥(いちべつ)もすること無く、扉に向かって歩いていった。

「ははっ——それ、映画監督(ボク)には褒め言葉だよ、玲貴(れき)」

ただ最後に一言、そう告げて。

Intermission

四条(しじょう)邸・玲貴の私室（夜）。
玲貴はアームチェアに腰掛け、
無数のモニターを見ている。

暗い私室。無数のモニターには、桐王鶇(きりおうつぐみ)出演作が映し出されている。いくつも、いくつも、いくつも。当時の彼女がいかに素晴らしい女優だったのか、片時も忘れないために映し出している。

「もうすぐ、もうすぐだ……もうすぐ、君に会える……ぁあ、鶇……ぐっ、ごほっ、ごほっ」

せっかく鶇の映画を観ているというのに、身体(からだ)が思うように動かない。咳(せ)き込み、口元を手で拭う。べったりと塗りつけられた赤色が、不快で仕方がない。夜旗凛を桐王鶇に塗り替えてしまえば、もう、この身体がどうなっても構わない。鶇に一目会えたのならそれでいい。だから、そのときまで保てば十分だ。

「もうすぐ、夢が叶う」

高揚と、それに反して気怠い身体。ほんの少しだけ眠っておこうと、アームチェアに腰掛けたまま、瞼を落とす。もうすぐ鶇に会えるのだ。体力を温存しておいた方が良い。そうたくさんの理由を頭の中に並べながら目を閉じる。意識は、すぐに薄れていった。

夢。

玲貴は、かつての夢を見る。

二〇〇〇年秋。

このときの俺は、スランプに陥っていた。理由は考えなくてもすぐわかる。あの日、鶇にプロポーズを断られてからというもの、なにをやっても手に着かなかった。誰が悪いのかと問われれば、俺しかいない。柿沼宗像をはじめとして、鶇の周りには有能な男が多い。誰が先に彼女を振り向かせるのか、わかったものではない。俺は、あの奔放で根性があり、いつだってまっすぐ向き合ってくれる鶫のことが、好きだ。だから他の男に取られる前に彼女のことが欲しかった。だというのに、結果はどうだ。両親から嫁を取れとせっつかれるままに、独占欲と焦りのままプロポーズして、あっさり振られた。もちろん、本気で圧力をかけて仕事をなくしてやろうとした訳ではない。だというのにあの日から、鶫は片時も休むことなく仕事をしている。改めて話し合おうとしても、スケジュールが合わない。

「まだ、まだチャンスがある。癪だが、閏宇に頭を下げて、鶫のスケジュールの隙間を教えてもらうか？　鶫の親友と嘯いているんだ。それくらいは知っているだろうし」

二つ折りの携帯電話を開いて、電話帳から閏宇の名前を探す。普段は女の連絡先など聞くことはしないが、鶫の親友というだけの理由で、閏宇から電話番号を無理やり聞き出しておいたのが功を奏した。あの女、すさまじく嫌そうな顔をしやがって……俺だって、俺より鶫に近い人間に連絡なんかしたくない。でも、こういう、鶫とケンカをしたときに、役に立つと思ったんだ。

そうやって、携帯電話を操作していると、着信がきた。電話の相手は――黒部珠美。鶫の所属する黒部芸能事務所の所長令嬢だ。あれも大概、鶫にべったりだ。あからさまに鶫に好意を向ける俺をよく思っていなかったはずだが……何の用だろうか。

「玲貴だ。なにか用か？　黒部嬢」

『しじょう、さん……ぐすっ……う、っ……あ、あなたにも、連絡、ぐす、れんらく、を』

「おいおい、なんだっていうんだ。泣いていたらわからないよ」

『つ、うっ、うぁ、っ……つ、鶫、さん、が……鶫さんがッ……事故で――』

携帯電話を取り落とす。手から落ちた電話に気を払う余裕なんか無かった。

「鶫、が……――し、んだ……？」

信じられなかった。どうせまた、俺を驚かせようとしているのだろうと、そう思った。でも、同時に、あの黒部珠美という女は、他人を騙すために泣けるほど器用な女では無いことも、よく、理解していた。鶫が、気にかけていた人間の、一人だったから。

それからのことは、あまり覚えていない。告別式で、鶫の遺体に縋り付くさくらの姿。肩を震わせて泣く閏宇の姿。崩れ落ちて立ち上がれない黒部の姿。呆然と涙を流す柿沼の姿。たくさんの人間が鶫の死を悼む中、俺は、ずっと、彼女の死を受け入れることができなかった。

「俺は、俺は、まだ、なにも話せていなかったのに。君と、なにもッ！」

告別式はいつの間にか終わり、鬱陶しい記者たちも適当に追い払い、あとに遺されたのは、ただ空虚な絶望だけだった。もう二度と、鶫の笑顔が見られないだなんて、信じられなかった。信じたく、なかった。だから、なにか、鶫の形見が欲しかったんだ。四条の家は貿易で栄えた名家で、両親は政略結婚だ。イギリスから旧貴族の令嬢を招いて結婚したという。そのため、国内外問わずコネは多い。俺は今まで使おうとも思わなかったコネを使って、葬式に訪れなかった鶫の家族について調べた。鶫の父親は死別。母親は親権を己の両親に譲り渡し、失踪。その失踪先で結婚し、一子を儲け、離婚。子供に借金を押しつけてまた失踪……と、目も当てられないような屑だった。だから、最初は、その子の借金を肩代わりしようと思っていたんだ。そうすることが、鶇になにもできなかった俺が、鶇に対して唯一できることなんじゃないかと思ったんだ。桐王鶇の異父妹を、助けることが。でも、実際に彼女——桐王千鶴を見つけて、そんな簡単なことができなくなってしまった。

(似ている……鶇に、似ているッ)

借金を返すために夜のバーで働いていた彼女は、驚くほど鶇に似ていた。少しだけ鶇よりも色素の薄い瞳以外、うり二つだった。

(だが、だからどうした？　彼女は鶇じゃない。妹だから、似るのなんか当たり前で、でも)

でも、だが、今度こそ鶇が手に入るのだとしたら？　そう考えれば考えるほど、身体の奥から、心の奥から、煮えたぎるような激情が溢れていった。鶇の妹だ。きっと、一筋縄ではいかないだろう。だが、彼女には、鶇と違って負い目がある。到底一人では返せないであろう、借金という負い目が。なら、恩を売って、鶇の代替品を手に入れることができるのではないか？

それからしばらくは葛藤し、けれど、鶇同様言い寄る男が多いというところまで調べが付くと、もう、歯止めが利かなくなった。思うがまま、傍若無人に接触し、借金返済の代わりに籍を入れ、そして、それから——案の定、というよりは、想像以上に、彼女は俺の言うことなんか聞きやしなかった。

例えば、そう。気の強い千鶴に、「君は従順であれば良い」なんて言おうモノなら、即、鼻で笑われた。

『はい、じゃあ離婚ね。お金が弱みだと思った？　頼み込むから頷いてあげただけよ。私の人生を金で縛れると思わないことね』

借金返済に明け暮れていたとは思えない女の言葉だった。それから、そう、例えば、桐王鶫のように振る舞うように演技の練習をさせてみたら、即『無理』と断言された。

『女優にでもしたい訳？　私に初恋の人を重ねるのは結構だけれど、お人形遊びはよそでやってちょうだい。私は私よ。私は桐王千鶴。それ以下でも、以上でもないわ。文句ある？』

なんて、胸を張って言ってきたモノだ。ああ、だが、その中でも一番、心に響いたものがある。両親に千鶴を紹介したとき、両親は千鶴に辛く当たった。俺の両親は、俺に家業を継がせたかった。だから俳優業にも反対していたし、俺の嫁は自分たちが気に入った女をあてがうつもりだった。そんな俺の両親に、彼女はただ、『ふざけないで』と言い放ったんだ。

『私の旦那は私が決めるし、玲貴の嫁は玲貴が決めるのよ。自分たちの子供だからって、心の中まで自由にしていいはずがないわ！　玲貴の嫁も、夢も、あんたたちが決めて良いものじゃないッ！』

その言葉に激昂する両親から千鶴を引き離して、家を出て車に乗せると、千鶴は自分の手のひらを目に当てて、泣いていた。あの気丈な女が、何を言っても突っぱねる強い女が、泣いていた。

『あんなの、あんまりじゃない。なにさ、息子の夢も家族も自分の玩具みたいに！　ぐす……なんで、なんでッ、こんなに頑張って役者やってる息子を、誇りに思ってやれないのよ！』

どんなに辛い境遇でも。どんなに理不尽な状況でも。どんなに、無理を強いられても泣かなかった千鶴が、俺のために、千鶴を金で買うような男のために、泣いてくれていた。その横顔が、あの日、俺をいじめっ子から助けてくれた彼女の横顔に重なって——俺はそのとき、鶫とよく似た彼女に、鶫の代替品としてではなく、千鶴という一人の女性として、彼女に惹かれた。そのとき初めて、千鶴とともに生きたいと、そう願った。

『ありがとう、千鶴』

『は、ぇ？』

『俺は、バカだ。ずっと、欲しいものを手に入れていることに、気が付いていなかった。俺は、君のことが好きだ、千鶴』

『えーっと……姉に似ているから、だっけ？』

『いいや、違う。誰に似なくたって良い。破天荒でなくても気丈で、誰をも対等に見なくても優しい。君のままの君が、俺は、好きだ。愛してる。……俺と、結婚してくれてありがとう、千鶴』

珍しく、耳まで赤くした彼女に、初めての口づけをした。あの日の少し乾燥した唇の甘さを忘れたことは、一度も無い。

でも、運命の神とやらは、どこまでも残酷だった。

千鶴との結婚生活は、驚きと幸福の連続で、なにもかもが新鮮で、心を豊かにしてくれた。真っ当な家族との、真っ当な幸せ。こんなものが手に入るなんて、想像もしていなかった。そうして生活している内に、俺たちの間に子供ができた。桐王の血の強さを痛感させるほど千鶴によく似た女の子だった。真っ白の病室で、赤子を抱いて、微笑む千鶴。出産に疲労する彼女の顔は、とても美しかった。

『普通に過ごしていたらまず交わることが無かった、私と玲貴の子供。だから、この子も、私と玲貴を鶇姉さんが繋げてくれたように、誰かと誰かを繋げて、幸福を呼べるような子供になって欲しい、だなんて、高望みしすぎかな？』

『そんなことはないさ。この子の幸福と、この子がいずれ作る友達や、新しい家族を繋げられるような子になって欲しいと、俺も、そう思うよ。千鶴』

『そっか。じゃあ、この子の名前はツナギ。四条繋、だよ。いいよね？　玲貴』

『ああ、もちろん。……もちろんだ』

幸せが繋がっていくと思った。幸福が続いていくと思った。だが、運命は残酷で――千鶴に病気が見つかったのは、娘が三歳の頃だった。

余命幾ばくも無い。医者からそう告げられても、千鶴はめげたりへこたれたりはしなかった。繋と、俺を、懸命に愛してくれた。余命宣告の時期を過ぎ、二度目の春を過ぎた頃。危篤の知らせを受けて病室に駆け込んだ俺が見たのは、繋の手を握って眠る千鶴の姿だった。俺はまた、間に合わなかった。愛する人の最期も看取れず、呆然と泣く繋を慰めることもできず、まだ温かさの残る千鶴に縋り付いて泣くことしか、できなかった。

悲しみと後悔を抱いたまま生きることに、意味を見いだせなかった。それでも、千鶴の面影が残る繋を育てることだけを動力にして、ただ、ただ、生きるためだけに生きた。どうして俺は間違うのか。どうして俺は、愛した人間の側にいることすらできないのか。千鶴と鶫によく似た娘を抱きしめながら考えるのは、いつも、「どうしたらやり直せるのか」という無駄な考えばかりだった。

なにもかも捨ててしまいたい。もう楽になってしまいたい。でも、鶫を失い、千鶴の命を奪われた無力な男のまま終わって良いのか。頭がおかしくなってしまったかのように、毎日毎日毎日、無駄な思考だけが回る。そんな日々の中で、俺にもまた、病気が見つかった。千鶴の命を奪った病と、同じモノだった。

『終わるのか……なにもできないまま、彼女たちの意志も遺せないまま、終わるのか？　いや、そうだ、意志だ。千鶴の最期の言葉は聞けなかった。ああ、でも！　そうだ！　俺は、鶫の夢を知っている！　ああ、そうだ！　鵺の意志を継げる人間を作ろう！　俺がこの世からいなくなる前に、鵺をこの世に刻みつけよう！　彼女を評価する前に失わせたこの世界に復讐をして、そして、鵺を強く世界に刻みつければ——鵺は、死なない。鵺は人々の中で永久に生き続ける!!』

　鵺はもういない。いないなら、作れば良い。そうだ。どうしてそんな単純なことを思いつかなかったんだ。心が高揚し、生きている実感が湧いてくる。死の間際まで鵺に尽くせるという恍惚とした喜びに浸り、打ち震える。

『……とうさん？　どうしたの？』

　ああ、だから、この子にも協力してもらおう。ち■るの娘。ああ、なんだったかな。頭が痛い。ああ、そうだ、俺の娘だ。鵺によく似た、■づると、俺の……■■■の、むす、め？

『ああ……つなぎ、ツナギ、そうだ、ツナギだね。いや、なに、良いことを思いついたんだ。新しい、夢を見つけたんだ』

『ゆめ？』

『ああ、そうだよ。ツナギ。父さんの夢を叶えるために、父さんの言うことをよく聞いて、手伝ってくれるかい？』

『言うことを……おにんぎょうさんみたいに？』

『くくっ……ああ、そうだ。俺の人形になってくれるね？　俺の可愛いツナギ。鵺を蘇らせるまでの、繋ぎ』

『おにんぎょうになったら、とうさん、うれしい？』

『もちろんだとも！　そうしてよく言うことを聞いて、父さんの夢が叶ったら――きっと、幸福が訪れるのだから‼』

『わかった！　わたし、とうさんのゆめを叶えるおてつだい、する！』

『そうか、そうかそうかそうか！　ああ、良い子だね、ツナギ。俺の娘。可愛い可愛い、俺の人形よ……くふっ、カハッ、はははははひひゃはははははハッ‼』

　そうだ、そうだとも。俺の夢は、鶫をこの世に蘇らせることだ。他にはもう、何も要らない。俺の幸福は、鶫を無知なこの世界に刻み込み、鶫を蘇らせ、鶫を認めなかったこの世界への復讐を果たすことなのだから！


「――は、ぁ。居眠りをしていたか」

　目が覚める。身体は未だアームチェアに揺られ、暗い部屋に灯るモニターの光が少し眩しい。違和感を覚えて頬に触れれば、水が伝ったような痕跡があった。微かに濡れた涙のあとを、指で拭う。この俺としたことが、ついつい鶫の出演作に感じ入ったか？

　ため息を一つこぼして、また、モニターを見る。鶫、鶫、俺の愛しい鶫よ。もうすぐ、君と、再会することができるよ。そう思うと、胸の奥が張り裂けそうなほどに痛んだ。歓喜の痛みに違いないと、ただ一人、笑った。

Scene 5

四条邸・客室（朝）。

姫芽は、隈を浮かべた瞼を擦る。


四条玲貴に割り当てられた客室で、目を開ける。ここ数日、私の脳裏を占めるのは、ツナギちゃんとつぐみちゃんの演技のことばかりだ。

（ツナギちゃん、すごかった。すごかった、のに）

何度も何度も何度も、頭の中で反芻する。ツナギちゃんは自分のことを人形だと言う。人形として、命令を待って、そのとおりに動いて、誰かの人生も自分の人生も踏みにじって、それで正しいと言おうとしている。それが我慢できなくて、でも、自分のこともままならない私には、それがなんで我慢できないかもわからなかった。

スマートフォンを確認する。そこには、ツナギちゃんから送られてきたスケジュールのメッセージ。もうすぐ、オーディションが始まる。そのオーディションを見れば、きっと、私に良い影響があると言うツナギちゃん。だから、早く会場に来てくれと請うメッセージからは、言葉の節々に優しさを感じた。

（親身になってくれるのは嬉しい。前よりも、距離も近づいた。でも……）

あの日から、ツナギちゃんは少しだけ明るくなった。けれど、明るい笑顔の裏に、痛みを隠すようになった。一緒に向かい合ってご飯を食べる。何気ない会話をしながら、今日あったことを報告したり、なんの実りも無いような会話をしたり。ツナギちゃんはまだ十歳だというけれど、そんな風に見えない……なんだったら、私よりも大人っぽく見えていたから、実年齢がいくつだとか、まったく気にしていなかった。でも、最近はどうだろう。

例えば、温かいご飯を前にしたとき、日常会話に花を咲かせたとき、並んで音楽を聴いているとき、手を取り合って、同じ布団で眠るとき――ツナギちゃんは、以前よりもほんの少しだけ、和らいだ表情を見せるようになった。

例えば、なにか失敗をしたとき。ライブ配信で心ない言葉を浴びせられたとき。四条さんに呼び出されたとき。凛ちゃんと、話したあと。ツナギちゃんは、以前よりも強く、苦しい表情を見せるようになった。

あんなにすごい演技ができて、あんなに楽しいストリーミング配信ができて、あんな風にひとに向き合えて、どうして、こんな、苦しい目に遭わないとならないのかな。

今日だって、そうだ。朝、オーディション会場へ行くというツナギちゃんを引き留めて、少しだけ、会話をした。目を瞑れば、そのときのやりとりを、鮮明に思い出すことができる。

『ツナギちゃん……本当に、いいの？　ツナギちゃんが苦しいのなら、逃げたって良いんじゃないの？　私が、私が一緒に居るから、だから……！』

もう、私にとってツナギちゃんは、利用し合うというだけの関係じゃなかった。私にとってツナギちゃんは、トモダチのようで、妹のようで、家族のような、とても近しい感情を抱く、大切な子だった。だから、四条さんに追い詰められていく彼女を、助けたかった。でも。

『心配してくれてありがとう、姫芽。でも大丈夫だよ。これが終われば、全部、解決する。私も今の肩書きと役割を捨てて、新しい私になれる。だから、姫芽は見てて』

『ツナギちゃん、でも……』

『だいじょーぶ。ね？　あ、それじゃあ私はそろそろ出るね。行ってきます！』

肩書き。役割。ツナギちゃんが、ツナギちゃん自身に言い聞かせるように、強く声に出して言った言葉。ツナギちゃんは、気が付いていたのだろうか。その言葉を発したとき、少しだけ、声が震えていたことに。

「私に、できることってないのかな」

ツナギちゃんは、私に希望を示してくれた。私の手を取ってくれた。きっと、四条玲貴という男にとって私は、エマ監督を動かすための駒に過ぎないのだと思う。けれど、ツナギちゃんは違う。はじめは淡々と、だんだん、柔らかく接してくれるようになって、あの喫茶店での即興劇からは熱を持って、向き合ってくれる。エマ監督は、私にさほど期待はしていないと思う。だってあのひとから、私に対する〝熱〟を感じないから。そんなのきっと、ツナギちゃんならすぐに見抜いちゃうと思う。でも、それでも、ツナギちゃんは私が成し遂げることを期待してくれている。どうせエマ監督に期待されていないのなら、頑張る意味なんかないいんじゃないか、なんていう、暗い思考を打ち崩してくれる。

だから私も、ツナギちゃんになにかがしたい。なにかを返したい。ツナギちゃんは、強くてすごくて優しい子なんだって、声を上げたい。でも、私にできることなんて――

「あ」

――一つ、ある。たった一つだけ。ギターを手に取って、楽譜を捨てて、あぐらをかいて、ただただ、思いを込めて。

「やりたいことがやれないなんて、嫌だ。私はいい。でも、私の大好きなひとたちが、足掻(あが)いてもがいて苦しんでいるだなんて、そんなのはイヤ、イヤよ」

本当は誰だって、やりたいことがあるはずだ。それをできないのには、きっと、色んな理由がある。でも、本当にそれでいいの？　強要されることが、強要することが、幸せに繋(つな)がるの？

だから、だったら、私は「どうして？」って、「本当にいいの？」って、叫び続けよう。私が持っている武器で。剣よりも弱くて、ペンよりも小さいかもしれない。それでも、どこまでも響き渡って伝わって、聞いている誰かにとっての、一つのきっかけになるように。

「私の、たった一つの武器で——私の、歌で」

ただ、今を生きようと、暗闇の中へ足掻く人へ問いかけよう。


ブルーローズ・レッスンルーム（朝）。

ツナギは、凛へ最後の仕掛けを施す。


ブルーローズ内にある、板張りのレッスンルーム。ここに今、父さんは居ない。部屋の中央では、凛が、壁一面の姿見に全身を映して、準備運動をしている。伸びたり縮んだり、身体の、関節の動きが正常か確かめたり。私は凛の向いている方とは反対の壁に背中を預けて、凛の様子を見守っていた。

ついに、今日はオーディション当日だ。空は晴れ渡り、ブルーローズの外は、雲一つない空と陽光でじりじりと暑い。いつものようにキャップの位置を直しながら、私は、ジャケットとデニムパンツの組み合わせは暑すぎたかな、なんて風にも思った。でも、日焼けしちゃうから、長袖長ズボンは必須だし。……そんな風にとりとめのないことを考えながらも、私は、感慨と迷いを胸に、今日までのことと父さんの計画を振り返る。

父さんがずっと進めていた、桐王鶫という女性を復活させ、彼女を認めなかった世界に復讐をする、という計画。そのために、父さんはずっと、桐王鶫に成るのに相応しい人間を探していた。条件はいくつか。まず、容姿が整った子供であること。桐王鶫に似ていなくても良い。ただ、桐王鶫を連想させる程度の容姿は欲しい。次に、感受性が豊かであること。桐王鶫の所作や経歴をすり込んで、似たような演技をさせ、少しずつ、桐王鶫そのものであるかのような振る舞いや思考をすり込み、桐王鶫としての新たなアイデンティティを形成させる必要がある。父さんはその対象に凛を見出し、次のステップに移った。それが、凛をかつての桐王鶫の出演作に出演させ、桐王鶫と凛が関連付けられるような、運命的な出会いを演出することだ。今日までずっと、凛は、完璧な人間の手本として桐王鶫の演技や所作・思考をすり込まれてきた。そこに、関連作品の映画への出演が叶うという成功体験を刻み込むことで、凛に、桐王鶫のように振る舞うことが一番成功に繋がるのだと体験させる。そのために必要だったのが、桐王鶫出演作『紗椰』のリメイク作品に、凛を出演させることだった。そこで、父さんは独自の伝手で『紗椰』のリメイク作品の監督がエマであることを突き止めると、エマに連絡を取れるようこぎ着け、姫芽が作詞するのを手伝うことを交換条件に、キャスティングに干渉。姫芽の作詞はまだ終えていなかったが、父さんが言うには、エマは凛をオーディションに参加させるという形で譲歩してくれた、らしい。そして今日、行われるのが、『紗椰』への出演権をかけたオーディション、だ。

レッスンルームで息を整える凛を見つめる。昼過ぎにはオーディションが始まる。父さんの最後の仕上げ。凛は今日ここでつぐみに勝つことで、その在り方を変質させることだろう。

変質。幼い頃は表情に乏しかったような子でも、大人になるにつれて表情豊かになっていくことはよくあることだという。それを利用した性格改変の、催眠のようなもの。今日の勝利をきっかけに、凛は示された方向性に従って、〝成長〟を始める。それが父さんの願う道だ。そこに、私は感情のスパイスを入れる。父さんは淡々と進める気だったようだけれど……それじゃあ、だめなんだ。それじゃあ、ひとの心は動かない。心を動かすキーワードはきっと、熱にこそあるんだと、そう思う。

今日、私の役割は、凛の最後の仕上げだ。私の中で、迷いはある。つぐみと演技したときに感じた衝動が、ほんとうに、この薄っぺらいやり方でひとの心を動かせるのかと問いかけてくるような気がする。でも、でも、父さんの夢を振り切ってまでやり方を変えることは、私にはできない。できな、かった。

深呼吸。意を決して、切り替える。今ココに立つ私は、いつものように「はい、父さん」と命じられたことに頷く人形ではなくて、〝明るくて陽気なツナギちゃん〟だ。

「凛、コンディションはどう？」

「うん。大丈夫。いつでもいけるよ」

そう言う凛の声は、確かなやる気をみなぎらせていた。今日まで厳しいレッスンに耐えてきたんだから、自信もつくはずだ、と思う。私にできるのはサポートくらいだったけれど、この天才少女にはそれで充分、というような気がする。

今日のオーディションの、対戦相手のつぐみだけれど……彼女はもう、脅威にすらならないだろう。あの日、『妖精の匣（はこ）』の最終回の収録日、大勢のスタッフに紛れてこっそりと演技を見守っていたけれど……つぐみのレベルは変わっていないように見えた。いや、それどころか、私が「今のままじゃ凛（りん）に勝てない」と言ったことを気にして変な風に特訓でもしてしまったのか、あの、喫茶店で勝負したときに比べ、なんというか、こう……そう、〝ちぐはぐ〟になってしまっているかのようにさえ見えた。まるで、慣らし運転のできていない乗り物を、無理やり操縦しているかのような。あんなにふらふらとした運転じゃ、スポーツカーのように仕上がった凛には、まず勝てないだろう。

「ね、凛」

「ん？」

だから私は私で、最後に、思うように、仕上げを行えば良い。ただ、父さんのために。

「オーディションの前に一つ、心構えの話をしてもいいかな？」

「……うん、いいよ」

まるで、凛のためとでも言うかのようにすり込むのは、外（ほか）でもない、桐王鶫（きりおうつぐみ）が生前大切にしていた、という心構えだ。それをさも善意で教えるかのよう、凛にすり込む。全部、父さんのためにやっているのだということは、気づかせずに。

「今日も、これから先も、凛の前には色んなひとが立つと思う。どうか、凛は、そのひとたちのことを〝対等〟に思って欲しい」

「たいとう？」

「うん。そう」

桐王鶫は、誰も彼もを対等に見るようなひとだったという。その価値観を、まさに凛の変質が始まるであろう今日のオーディションの〝前〟に話しておきたかった。

「誰が上とか、誰が下とか、そういうんじゃなくてさ。演じるときは、みんなかけがえのない仲間で――」

そして、強く刻み込むために、私の本心を入れ込む。みんな演者仲間だというのは当然だろう。理解できる。けれど同時に、こうも思うのだ。

「――強力なライバルだ、ってね」

私は、私自身は、全員が全員、仲良しこよしで芸能界を生き抜いていけるなんてみじんも思っちゃいない。私より上だろうが下だろうが、そこにいるのは等しくライバルだ。油断すれば足下を掬われるし、相手が油断したらこちらが相手の喉笛に噛みつく。その程度の気概は必要だろうと、そう思うから。だから、私はまっすぐ、凛に向かってそう告げた。これだけは、つぐみとの勝負で得た。この熱だけは、父さんの言葉じゃない。桐王鶫や、他の誰かの言葉じゃない。私の、言葉だ。私が私の経験で得た、かけがえのない価値観だ。父さんの意向に反するるものではないから、これくらいなら付け加えても大丈夫、だと思う。

「仲間でライバル――うん、わかった」

「うんうん。凛は飲み込みがよくて助かるよ」

これで、準備は終わり。あとは、つぐみが予想どおり負けてくれたら本当に、それでなにもかも終結する。このあと、凛は凛のマネージャーに連れられてオーディション会場に赴く。私が凛に桐王鶫の思考を吹き込んでいる、という情報が漏れる心配を少しでも減らしておきたいから、私は早々にその場を立ち去る。なにもかも、予定どおりだ。

「じゃ、私は色々準備があるから、先に行くね」

「うん、わかった――と、そうだ。ツナギちゃん」

レッスンルームから出ようとしたところを呼び止められる。振り返って首を傾げれば、薄く微笑んだ凛と、視線が交わった。

「ずっと、アドバイスをくれて、ありがとう。うれしかった」

そう、柔らかく告げた凛に、私は、『たいしたことじゃないよ。健闘を祈るね』とでもさらっと言ってしまえば良いのに、口が、縫い付けられたかのように動かない。私は、四条玲貴とツナギは、夜旗凛という無垢な少女を、さも凛のためにしているという体で桐王鶫の思想を吹き込み、騙しているのに。

「ツナギちゃんが友達で、よかった」

そんな風に、友達なんて言われる資格、私には無いのに。

「――どういたしまして。じゃあね」

そう答えて、笑顔が演技だなんてバレないように、足早にその場を去った。

(私は――私は、父さんのために)

私は――私は、父さんの夢を叶えるための人形だ。凛が桐王鶫になればきっと、優しかった父さんが戻ってくる。曖昧になった幼い頃の記憶の中で、母さんと、私のために笑ってくれた父さんが戻ってくる。そうしたらきっと、凛のことだってよくしてくれるはずだ。優しい父さんなら、今後、桐王鶫に成った凛が苦しんでいたら、助けてくれるはずだ。きっと、きっと、きっと。

(ほんとうに？)

ブルーローズの社屋を出て、大通り沿いの歩道に立つ。これからタクシーを呼んで、オーディション会場に向かう予定だ。父さんが懇意にしているタクシー会社で、話は通してあるという。呼べばすぐに、近隣のタクシーが来て、私を乗せてくれる。呼べば、すぐに。なのに、スマートフォンを持つ手が震えて、電話帳アプリを開くことができない。

前は――つぐみと演技勝負をする前は、なにも考えずに父さんを信じることができた。父さんはいつも、夢を叶えることが一番で、そのあとには幸福が待っている、と、私に言ったから。だから私は、父さんの言葉を信じて、いつも、いつも、「はい、父さん」と言って従っていた。父さんは、私を人形と呼ぶ。桐王鶫を復活させるための、人形と呼ぶ。だから私は人形らしく振る舞って、父さんの夢を叶えようとがんばっていた。でも、その先は？

父さんの言葉。父さんの夢。その果てに、もし、人形である私の存在が不要だったら？　父さんの言う幸福な世界の中に、私の存在がなかったら？

歯がカチカチと鳴る。自分の身体を抱きしめて、蹲る。まだここは、ブルーローズの社屋の前だ。こんなところで蹲るわけにはいかない。周囲をぐるりと見回すと、ビルとビルの間に薄暗い路地が見えた。おぼつかない足取りで路地に入り、積み上げられたコンクリートブロックの上に腰掛ける。スマートフォンの時計を見れば、まだ、そんなに急がなくてもいいことがわかって、胸をなで下ろした。

（こんなところにいるわけにはいかない。早く、タクシー会社に電話しないと……）

わかっているのに、指が動かない。私を心配してくれた姫芽を振り切って、私と向き合ってくれたつぐみから目を逸らして、私を信頼してくれた凛を裏切って、もし、父さんが私を捨てたら？　父さんの娘でもなく、父さんの人形でもない。一切の肩書きを失った私に、どんな価値があるというのだろうか。〝明るく陽気なツナギちゃん〟の演技をしているとき以外にひとの視線を集めるのがイヤで、地味なジャケットとデニムパンツ姿がデフォルトで。ひとと目を合わせるのがイヤだから、いつでも視線を遮れるように、キャップを目深にかぶって。本当はいつだって、期待と視線が怖いのに、嘘で塗り固めて平気な振りをしている、弱い私。もしも全部失ったら、そのあとに残るのは——誰よりも私自身が嫌いな、根暗で根性なしな私だけだ。

（こわい）

身体が震えて足が動かない。その理由を——恐怖を自覚すると、余計に、震えが強くなった。

（こわい、怖い、怖い、怖い……！）

でも、だからといって、父さんに逆らえはしない。つぐみとの勝負のあと、「はい、父さん」以外の言葉を言った私を、父さんは、押さえつけて恫喝した。あの日のことを思い出すと、今でも、心が冷えて、寒くなって、恐怖が背筋を伝う。もう、もう、父さんに、無能だと思われたくなくて、私は、スマートフォンの電話帳アプリを開いて。

——……♪

「はわっ!?」

突然鳴り響いた着信音に、思わずスマートフォンを落としそうになった。

「うわ、とととっ、あ、危なかった。だれだよもう……って、姫芽?」

表示された名前は、常盤姫芽。メッセージアプリではなくて電話をかけるなんて珍しいな、なんて思いつつ、姫芽の名前を見ただけで恐怖が薄れたことを自覚する。まずいな、私、姫芽に甘えているのかな? 甘えなんて、弱さなのに。頭を振って、深呼吸。いつもの明るいツナギちゃんとしてのスイッチを入れると、私は姫芽からの着信に応答した。

「はい、私だよー」

『ツナギちゃん』

少し、疲れたような声。どうしても気になってしまう。憔悴というほどでもないと思うのだけれど……うーん、大事を取って休んでもらってもいいかもしれない。色んなことを考えて、かいつまんで説明をする——よりも、少し早く、姫芽の言葉が響く。

『歌詞ができた』

姫芽はただ、そう告げた。

「ほんとに⁉ じゃあすぐにでも、エマに知らせて……」

『ううん。一番最初は、ツナギちゃん。あなたに聴いて欲しい』

遮るように言われた言葉に、たじろぐ。一番最初に、なんて、そんな資格が私にあるんだろうか。戸惑って、躊躇して、それでも、どうしてだろう。聴きたいって、そう思った。

「——……わかった」

『ありがとう』

一曲、聴いてからでも充分間に合う。そう自分に言い聞かせて、姫芽に続きを促した。

「ねえ、姫芽、曲名は?」

『Appreciation』

短く、それだけ告げる姫芽。それから姫芽はもうなにも言わず、大きく息を吸い込んだ。

『ぼくの形を飾るのはいつだって、金銀財宝の綺麗(きれい)な石。
誰かに見られるために拵(こしら)えられた、綺麗で美しいだけの箱。
囚(とら)われて、巣喰(く)われて、嘆いて足掻(あが)いて、壊れた。
鉄(てつ)の定規で測られる、空虚な心の秤(はかり)。
この狭い水槽(すいそう)の中で、誰かが決めたラベルを貼られる。
この息苦しいビオトープが、ぼくの値段を測るバランサー。

打ち破れ。
踏み出せ。
もういやだ。
嘘(うそ)つきの言葉なんか
聞き飽きた。
「逃げてもいい」なんて、
言ってもいいの？

ぼくの価値を決めるのは、ぼくじゃない。

ぼくの身体を飾るのはいつだって、罵詈雑言の棘の海。
誰かに決めつけられるためだけにつけられた、真っ白で無垢なレッテル。
捕らわれて、掬われて、啼いて燻って、乞われた。
金の天秤で量られる、ぼくの運命の重さ。
この狭い箱庭の中で、ぼくはラベルを貼り付け。
この息苦しいアクアリウムが、ぼくの価値を測るスケール。

打ち破れ。
踏み出せ。
もういやだ。
嘘つきの言葉なんか
聞き飽きた。
「逃げてもいい」なんて、
言ってもいいの?

ぼくの値段を決めるのは、誰かなんだ。
リストに並べられたラベルたちが、植物園の中で叫んでる。

ショーケースに張られたレッテルたちが、籠の中で泣いている。
プラスチック製の心の傷。
クレイアニメーションでできた美しい記憶。
貼り付けられて象られた、ぼくの意思の値段は。
書き換えられて強要された、ぼくの意志の価値は。
真価は。
（誰かに決めつけられるのは、もういやだ）

言ってもいいか？
「逃げてもいい」なんて
聞き飽きた。
嘘つきの言葉なんか
もういやだ。
踏み出せ。
打ち破れ。
ぼくの真価を決めるのは、ぼくだ。

ぼくのココロを象るのは、なんにもないキャンバスだ。
誰かに笑われて貶されても、ぼくの意思は揺るがない。
囚われず、救って、笑い飛ばして、請われよう。
他人が勝手に作ったルールで、ぼくは縛られない。

この何もない空の下で。
四方に広がる満天の星を、眺めよう。

自由を繋ぐ渡り鳥のように。
ぼくの翼は解き放たれた。』

曲が終わる。なんて、言えば良いんだろう。感想を言わなきゃ。すごいって、褒めてあげなきゃ。ぐるぐると回る感情は、けれど、いつまで経っても言葉にならなかった。レッテル。ラベル。人形という役割。誰かに貼り付けられた値札で価値が決められる。でも、それって本当に、私の価値なんだろうか。ううん、私だけじゃない。大抵のひとは、誰かから貼り付けられたレッテルをぼんやりと受け入れて、自分自身の価値もわからず生きている。姫芽の力強い感情が込められた歌は、私自身に向けられているかのように感じた。

姫芽は、歌い終わった後、小さなうめき声を零して、それから寝息を立て始めた。この歌にどれだけのものを込めていたんだろう。ほんの僅かな歌唱に、全ての力を使い果たしたみたいだった。

（オーディション会場に向かわなきゃ）

わかっているのに、足が動かない。揺さぶられた心が、行く先を見失っている。私は、それでも、私は……父さんのために。父さんは、孤独なひとだ。さみしがり屋で、苦しさを受け入れられないひとだ。だから、支えてやってくれって――〝母さん〟が、私に、お願いしてくれたから、だから。

（だから？）

ぐちゃぐちゃになった感情が、思い出とともにあふれ出す。そうだ。私は、母さんが死んだとき、とてもショックで、辛くて、悲しくて、苦しい気持ちから逃げるために、母さんとの思い出を封じ込めてしまっていたんだ。ああ、そうか、本当なら、私は――私は真っ先に、父さんを支えてあげなきゃいけなかったんだ。

――真っ白の病室。母さんにたくさんのコードや機械が繋がれていて、とても綺麗だった母さんの横顔は、痩せこけていた。母さんは骨と皮だけになってしまったような青白くて細い手で、私の頰を撫でてくれて。

『玲貴は、お父さんは、孤独で、さみしがり屋で、苦しい現実を受け止めきれないひとなの。

強がりで優しくて、でも、とても脆いひと。だから、繋。あなたが支えてあげて。それから、お父さんには、しっかり繋を支えるようにって、言ってやって。私の、ぶん、まで……どう、か……しあわ、せ……に……』

事切れた母に縋り付いて泣いて、伝えなければならなかった言葉も忘れて、それでも、生きていかなきゃならなくて。だから、私は、父さんのために父さんを支えてあげなきゃいけないんだろう。

（〝でも〟）

姫芽の声が、歌が、感情が、心を揺さぶる。あの日、つぐみと渡り合って生まれた私の感情が、初めての動揺と恐怖と興味と希望の間で揺らめいて、なにかを訴えようとしている。胸をかきむしりながら、腰掛けたブロックの上で膝を抱える。私は――もっと幼い頃、私は、父さんと母さんと三人で幸せに暮らしていた。本当に小さい頃で、そんなにハッキリ覚えているわけでは無いけれど、不器用な父さんと、明るく強い母さん。思い出のほとんどは、白いベッドに眠る母さんと、母さんに寄り添う父さんの姿だった。優しい母さん。私の母さん。母さんの病状が悪化して亡くなってしまったときは、胸にぽっかりと穴が開いてしまったような、そんな風に思った。でも、私なんかよりもずっと辛かったのは、父さんの方だったんだろう。大切な人を亡くすのは二度目だと、そう、聞いた。

（それから、少しずつ、少しずつ、壊れてしまった父さん。そんな父さんになにもできなかっ

た。母さんに、父さんのことを頼まれたのに、私はなにもできなかった。だから）

だから、父さんのためになんでもすると誓った。でも、でも、父さんのためになんでもすると言って、理由も考えずに父さんの人形になることが、父さんのために〝ならない〟のだとしたら？　父さんが私に人形のレッテルを貼ったように、私も、父さんに身勝手なレッテルを貼っていたのだとしたら？

「ほんとうに……桐王鶫を生まれ変わらせることが、父さんのためになるの？」

ずっと、ずっと、目を逸らしてきた。母さんが、四条千鶴が蘇るのではなくて、なんで桐王鶫なんだろう。それほど、父さんにとって特別な人だったから？　それとも、なにか目的があった？　わからない。だって私は、知ろうともしなかったから！

「私は、私のやるべきことは、本当に、これでいいの？」

「さて、どうかしら。ただ、誰かに助けを求めてもいいと思うけれど」

「っ」

降りかかってきた声に、思わず顔を上げる。悩みすぎていて、まったく気が付いていなかった。けれど、どうやら私は、目の前の〝彼女〟に、聞いて欲しくない独り言を聞かれていたようだ。そう、自身の顔から血の気が引いていくのを自覚する。

「霧谷、桜架……！」

「こんにちは、ツナギちゃん。ちょっとお話を聞かせてもらっても良いかしら？」

「は、はは——私は、その、ほら、車を待たせているから……」

「送るわ」

そう告げると、霧谷桜架は私の手を引いて路地から出る。大通りにハザードを点滅させながら停車する、一台の車があった。霧谷桜架はコレに乗って来たのだろうけれど、運転手は誰なんだろう。海外仕様の赤いレンジローバー。日本の駐車場に、あんなサイズ、止まるのかなぁ。

「四条玲貴が関わっているようだから、切り札を用意しておいたのだけれど……ふふ、いい拾いものをしたわ」

「切り札……？」

「ええ、そう」

にこやかに微笑みながら、霧谷桜架は私の前で腰を曲げて、視線を合わせる。それから、なにを考えているのかよくわからない表情で、微笑んでみせた。

「いい、ツナギちゃん。あなたに一つ、とても良いことを教えてあげる」

「良い、こと？」

霧谷桜架の言葉に戸惑う。だって、この状況でそんな言葉を聞くなんて、思ってもいなかったから。だから——私の頭に置かれた手が、存外に温かくて、もう、どうしたらいいかわからなくなってしまった。

「大人は子供を助けるものなの。子供は、助けてって、そう言えば良いのよ。——私があなたよりも幼い頃に、鶫(つぐみ)さんともう一人、大切なひとに教えてもらった金言よ」

「っ——は、ははっ、なにそれ」

霧谷桜架は苛烈(かれつ)な女性だ。孤高の天才。規格外の鬼才。頂点にして超越者。人間の枠で語られることが少ないひと。そんな彼女が、まさか、こんなにも優しい表情をするなんて、思ってもいなかった。

「たす、けて。私は——私は、いい。でも、父さんと、私のわがままで追い詰めてしまった凛(りん)を——私なんかに〝ありがとう〟って言ってくれたあの子を、助けて……！」

「ええ、いいわ。……もっとも、私にできることは少ないけれど、少なくとも、玲貴(アレ)はなんとかしましょう」

そう、霧谷桜架——桜架さんは、私に手を差しのばす。私は、幾分か逡巡(しゅんじゅん)して、でも、結局、その手を取った。

Scene 6

社用車・センチュリー・後部座席（昼）。
つぐみは、小春、ルルと共にオーディション会場へ向かう。

見上げるほど高く、雲一つ無い晴天だった。車の後部座席で、わたしを中心に、小春さんとルルが両隣に腰掛けていた。ルルは、時折わたしの髪を弄ったり整えたりしてくれている。わたしは、ルルに髪をみてもらいながら、小春さんに今日の段取りの確認をしていた。

「つぐみ様、こちらがスケジュールです」

「ありがとう、小春さん」

事前に確認済みだけれど、もう一度、念のため。そう、わたしは小春さんのタブレット端末を借りてスケジュールを再確認する。オーディション会場は、私立鴨浜学園。竜胆大附属、ウインターバード俳優育成学校と並び数えられる演技系の有名校。この学校の施設内に備え付けられている大型の舞台施設で、オーディションを行うのだとか。所属学生や他、色んな賓客を招いて本当の舞台のように見せる、ということだけれど、桜架さんのドキュメンタリーのオーディションのときのようにテレビカメラを入れるということはしないみたい。本番さながらの舞台を用意しておきながら、審査基準は非公開。それがイヤなら出なくて良い、という、エマさんでしかやれないような、強気な審査方法。また、条件を完全に対等にするためにも、審査方法もその場で発表されるそうだ。まさか、決めてないとは言わないよね？　エマさん。思わず顔を引きつらせていると、それを緊張とみたのか、小春さんが心配そうに声をかけてくれた。

「調子はいかがですか？　つぐみ様」

「うん、だいじょうぶだよ、ありがとう、小春さん」

そのやりとりを聞いて、ルルまでもが、わたしに声をかけてくれた。

「なに？　あなたの実力で、怯える舞台など一つもないでしょう？　蹴散らしなさいな。あなたの武器は、凡百に負けたりはしないわ」

「あはは……ルルも、ありがとう」

ルルはそれきり会話も続けず、作業に戻る。奇抜で直球で、でも、わたしの演技の腕を買ってくれる最高のスタイリスト。ルルの期待に応えたい、なんて思わせられちゃうんだから、不思議だ。

(凛ちゃん、ツナギちゃん、玲貴……わたしは)

手を握る。わたしの小さな手で、なにができるのかな。色んな感情が渦巻いて、どうしたら凛ちゃんを助けられるのか、わたしにできるのか、どうしようもなく不安になる。

「つぐみ様、到着します」

「うん。わかった。ありがとう」

私立鴨浜学園の関係者用の駐車場は、学校の地下部分にある。専属運転手の、初老の男性、眞壁さんは、とても丁寧に車を停めてくれた。そんな小さな気遣いが、緊張する自分の心に伝わって、なんだか安心できた。

「ありがとう、眞壁さん」

「さ、つぐみ様、参りましょう」

「うんっ！」

小春さんに手を引かれて車を降りる。オレンジ色のライトで照らされた地下駐車場には、既に他の関係者と思われる方の車も停まっているようだった。芸能関係者が多いのだろう。そこそこ顔が売れてきたわたしを見ても、とくに騒ぎになったり注目されたりしなくて、ほっとした。そう、胸をなで下ろしていたわたしに、声がかかる。

「っ、良かった。間に合った。つぐみ、今いいか？」

「虹君……？」

竜胆大附属から抜け出してきたのか、ブレザー姿の虹君が、わたしを見つけて駆け寄る。

「センチュリーなんかに乗ってるようなの、おまえだけだからな。目立って助かったよ」

「悪目立ちする車でわるぅございましたー。それ、言いに来たの？　虹君」

「んなわけあるか。むくれるなむくれるな」

虹君は苦笑すると、ちっちゃい女の子にするみたいに、わたしの頭を撫でる。そりゃあわたしは前世持ちの変わった人間ですが、今は年頃の女の子なのでもう少し大人の扱いをして欲しいものなのだけれど。

「……で、だ。あっちに、凛を待たせてる」

「っ」

驚いて見上げると、虹君は頰を掻いてそっぽを向いた。凛ちゃんを引き留めて、会話をするチャンスをくれたんだ。その思いに応えたくて、わたしはぐっと頷いた。

「小春さん！」

「はい。ルルとお待ちしています」

「ありがとう！」

虹君の案内で、駐車場の一角に行く。すると、そこには、記憶の中の彼に比べて何倍も老け込んでいて——それでいて、出会ったばかりの頃の彼のように研ぎ澄まされた表情の、四条玲貴が、凛ちゃんと並び立っていた。とはいえ、虹君のマネージャーさん、樽っぽい体型の男性、黄金さんが玲貴に絡んでいて、凛ちゃんはどことなく手持ち無沙汰そうだ。黄金さんは細い眼を薄く開けて、虹君に向かって妙に様になったウィンクをする。なんだかとてもコミカルで、面白い方だ。ちょっとだけ、黄金さんと玲貴の会話に耳を傾ける。

「いやぁ今日のオーディション、楽しみですねぇ。四条さんはなんでもブルーローズで凛ちゃんを指導なさっていたとか？　どうですか？　仕上がりのほどは」

「ははは、順調ですよ。もっとも、俺だけの力ではありません。凛はもちろん、個別で指導にあたっているという霧谷女史の力もあってのことです。さて、では俺たちはそろそろ――」

「なるほどなるほど、さすがは大俳優、四条玲貴と大女優、霧谷桜架の手腕というワケですね！ところで僕の実家は米農家でして、うちの米、いかがですか？　特別価格で提供しますよ？」

「は？　米？　いや、そんなものはどうでも――」

「というのもですね！　ご存じのとおり、凛ちゃんのマネージャーの稲穂は僕の妹でして。凛ちゃんにもうちの農家の米を食べてもらってるんですよ。これも元気の秘訣といいますか！　ぜひ家族ぐるみのお付き合いということで四条さんも、ね！　どうでしょう？」

「いや、だから――」

　昔からなにかと強気な玲貴が、黄金さんに完全に圧されていて、なんだか不思議な光景だ。

……と、ぼんやり見ているわけにもいかないので、わたしは虹君に目配せをする。すると、玲貴が黄金さんを捌きかねている隙を見て、虹君は凛ちゃんを手招きしてくれた。そうすると、凛ちゃんは虹君とわたしに気が付いたみたいで、ぱっと目を輝かせて、近づいてくる。

「兄、つぐみ……きょうはがんばろう、つぐみ」

　いつものように見える。見える、のだけれど、僅かな違和感。どう返して良いかわからず曖昧に頷くわたしをよそに、虹君が凛ちゃんに声をかけてくれる。

「よぉ、凛。緊張してないか心配してたんだが、ずいぶん落ち着いてるじゃねぇか」

「ふん。兄に言われるほど、子供じゃない。ただ、ひとつ、イシキをかえたんだ」

「意識だぁ？」

「うむ。――だれであっても〝たいとー〟に、向き合ってきめた。だから、なにもこわくない。みんないっしょだから」

虹君は、「対等ねぇ」なんて呟いている。けれど、その考え方は、なんだか前世の自分によく似ていた。愛を知らないまま、わたしになった鶫という女性に、とても。だから……ううん、違う。なら、わたしは、一つ、どうしても凛ちゃんに聞かなければならない。

「凛ちゃん。凛ちゃんは、どんな演技がしたいの？」

「つぐみ……？　う、うーん。どんなって……上手な？　うん、でも、つぐみに負けない演技をする。つぐみ、きょうは私は、つぐみのライバルだから！」

不敵に笑いながら、ビシッと人差し指をわたしに向ける。凛ちゃん。その凛ちゃんの言葉に、態度に、仕草に、思考に、思想に、わたしの中の炎が轟々と燃え広がった。

「そっか」

「うん！」

凛ちゃんに笑いかける。わたしに勝つ。そのために演技をする。うん、それはわかった。でも、凛ちゃんはどうも、見逃していることがあるみたいだ。誰かに勝つために演技をする。もっと巧く演技をする。うん、それもモチベーションを上げるにはいいかもしれない。でも、でもね、凛ちゃん。わたしたち役者は、相手を打倒するために演技をするんじゃないんだ。

「凛ちゃん」

「うん？」

凛ちゃんが突き出した指に合わせるように、わたしは拳を置く。首を傾げる凛ちゃんが可愛らしくて、ついつい、口元が緩んでしまった。そうしている間にも、胸の奥はこんなにも燃え上がっているというのに。

「今日は目いっぱい、楽しもう。あっと言わせてあげるから、ね」

「……うん。のぞむところだよ、つぐみ！」

踵を返す。ねぇ、凛ちゃん。わたしは演技をとおして、どうしてもあなたに伝えなきゃいけないことができたよ。凛ちゃん、ツナギちゃん、そして、玲貴。演技をするということは、なにかになるということは、どういうことなのか。

「わたしが、思い出させてあげるわ」

混ざる。混ざる。混ざる。まだ足並みを合わせられていなかったわたしと私が、ぐるぐると混ざり合い、融け合い、一つになっていく。それは、二人揃って同じように燃え上がる炎が、融合剤にでもなっているかのようだった。

鴨浜学園・観客席・最前列（昼）。

ツナギは、やや遅れて、玲貴の待つ席へ向かう。


（助けて、とは言ったけれどさぁ）

私は後ろを歩く霧谷桜架……桜架さんの姿にため息を堪える。まさかこんな、なんの前振りも無く私と一緒に父さんに会おうとするなんて思わなかったから。

私はにこにこと笑顔でついてくる桜架さんから意識を逸らすように、オーディション会場を見回した。今回使う舞台は、奥行き一〇メートル、間口一二メートル、高さ六メートル、舞台の高さ八〇センチ、三八六座席という、下北沢の本多劇場にインスパイアされて作られた舞台だ。最前列は五席、通路、十二席、通路、五席の並び。それより後ろは、六席、通路、十二席、通路、六席の並び。この最前列が関係者席になるのだけれど、父さんたちはもう、舞台袖にいることだろう。舞台左手の通用扉から中へ入ると、スタッフさんたちによる慌ただしい人の流れの中に、ぽつんと空いた空間があった。父さんと、それから、凛の姿だ。凛はとても集中しているのか、目を瞑って自己暗示を繰り返している。私たちが来たことにも、気が付いていないようだ。

「おお、ツナギか、遅かったな」

「ごめん、父さん。捕まっちゃってさ」

言葉に詰まる父さんの前に、一歩踏み出したのは、桜架さんの姿だった。桜架さんは、にこやかに微笑みつつ、父さんに声をかける。

「久しぶりね、玲貴。ずいぶんと元気そうで安心したわ」

「やぁ、さくら。キミもずいぶんと元気そうだね」

父さんが、嫌味たっぷりに告げた〝さくら〟という名前。父さんの先制攻撃、だろう。

「ふふ、いやね。引きこもりすぎて脳が退化してしまったのかしら？　早めに入院をオススメするわ。手続きくらいならしてあげましょうか？」

そんな父さんのジャブに対して、なんともひどいことを言う桜架さん。そのどこが父さんに響いたのか、天才ならざる私にはわかりかねるのだけれど、父さんには桜架さんの言葉のなにかが効いたようで、苦虫をかみつぶしたような表情を浮かべた。

「……相変わらず口が悪いな、桜架」

「それほどでもないわ」

謙遜なのかなんなのか、よくわからない問答。仲が悪いのは知っていたけれど、これほど刺々しい感じだとは知らなかったなぁ。

「ねぇ、玲貴。もうここで、終わりにしない？　今なら、間に合うわよ」

桜架さんはそう、父さんに向かって静かに告げる。

「ずいぶん良い子ぶるじゃないか、桜架」

けれど、父さんはそれに堪えた様子は無い。

「まぁ、そうよねぇ。所詮は同じ穴の狢ですもの。私の言葉なんか、響かないわよねぇ」

「ふん、わかっているじゃないか」

あっさりと諦めた桜架さんの姿を、私はただ呆然と見上げる。あんなに格好良く私の前に現れて、結果がこれ、というのはどういうつもりなのだろう。疑問に思う私の様子に気が付いたのか、桜架さんは、父さんにばれないようにウィンクをしてくれた。桜架さんが父さんに声をかけたのはダメ元で、他に作戦があるのかも。

「さて、私は凛の激励に来たのだけれど、当然、かまわないわよね？」

「……ああ、俺も、彼女の〝先生〟として激励に来ただけだからな」

「ふふ、そう」

その〝そう〟になにが込められているのか、私にはわからない。けれど桜架さんは本当に激励だけ、という様子で、たった一言二言、凛を抱き寄せて言葉を告げた様子だった。凛は凛で、桜架さんに抱き寄せられてやっと集中状態から抜け出せたのか、桜架さんが来たことに気が付いた様子だったのだけれど、桜架さんがすぐに離れてしまったから、凛もまたきょとんと首を傾げながら、舞台の方へ歩いていった。

「さ、観客席に戻りましょう、玲貴。ツナギ」

「君に指図される謂われは無いが、まぁいい。行くぞ、ツナギ」

「はい、父さん」

　私たちは桜架さんに先導される形で、観客席につく。夏場だから冷房はいれているのだろうけれど、大きな舞台は少し蒸し暑い。最前列は関係者席で、その中でも、私たちが座るのは中央十二席のうちの、左端通路側だ。通路側から順に、桜架さん、父さん、私の順番。十二席の内の六番目、前列真ん中にはオーディションを主催するエマがいて、その右隣には、今日、あの大きなレンジローバーを運転していた小柄な女性が腰掛けていた。私は、桜架さんから彼女の正体は秘密だ、と、茶目っ気たっぷりに教えられていたのだけれど……丸眼鏡に金髪お下げという格好で私にはてんで見覚えがなく、誰だかわからない。父さんも一瞥だけして、すぐに興味を失っていた。父さんにも誰だかわからなかったようだけれど、桜架さんから、桜架さんの知人であることを口止めされている私に、父さんになにか教えるようなことはできなかった。

　キャパシティ三八六席の会場に、人が集まり始める。開始時刻は十四時。もうまもなく、といったタイミングで、エマが席を立って私たちに近づいてくる。

「やぁやぁ、今日は来てくれてありがとう。とくに桜架。君が来るとは、驚かされたよ」

　いつでも誰にでも慇懃無礼で余裕綽々なエマにしては、珍しく……ほんっとうに、彼女にしては珍しく、桜架さんに対しては余裕な態度で接することができず、冷や汗をかいているようだった。エマはその引きつった表情を咳払いで誤魔化すと、改めて、私を見る。

「それと、ツナギ。先ほど姫芽から音源が届いたよ。キミはもう聴いたかな？」

「うん。聴いたよ」

私の答えに、父さんが「ほう」と感心したように声を上げる。父さんから――現実から目を逸らすのを止めると、見えてくるモノがある。それは必ずしも見たいことばかりではないけれど、いい。受け入れる準備も受け止める覚悟もできていないけれど、もう父さんから目は逸らさない。そう決めたから。私はいつもの癖でキャップに伸びた手を、止める。もう、キャップを目深にかぶって視線を遮るのは、やめる。

「そうか、そうか、聴いたか！ なら話は早い。あれこそが、ボクが示したかったモノなのだよ」

「ホラー映画向きかって言われると、難しいと思うけれど？」

「違う、違うよツナギ。あぁ、なにもわかっていないじゃないか！ だが無理もない。いいかい、一つ教えてあげよう。享受さ。受け入れるということ。本性、本能、むき出しの獣性！ 誰しもが秘めていたい心の内側を無遠慮にひっかくことこそが映画の本質なのさ！ ……だから、よく見ていたまえよ、諸君。今日の舞台はきっと、心が揺さぶられることだろうから!!」

そう叫ぶように宣言し、それから、いそいそと席に戻っていくエマ。エマは座席に座ると、すぐ隣の金髪の少女に、一言二言なにかを告げられ、肩を落としていた。どうにもあの金髪お下げの少女の前では本領を発揮ができないようで、心なしか、肩が煤けて見えた。そんなエマの姿を見送った父さんは、小さく、呟(つぶや)く。

「ふん、ばかばかしい。今の凛(りん)に、たかだか才能があるという程度の子供が勝てるはずもなかろうに」

そう、ため息と共に。それに、私がなにか言おうとして――マイクで拡声されたエマの言葉に遮られた。

『本日はお集まりいただきありがとうございました。これより新作映画出演子役オーディションを行います。皆様どうぞ心よりお楽しみください。……テーマは、『妖怪』と『人間』。どちらがどの役を、ということは決めません。彼女たちがどのような演技でそれを導くのか、ご期待と共に大きな拍手を!!』

拍手が会場を満たし、ライトが落ちる。もう一度明かりがついたとき、舞台の中央には、既につぐみと凛の姿があった。二人の距離は、おおよそ五メートルくらいかな。二人の歩幅なら、五歩ずつあるけばぶつかる程度の距離。ピンマイクで声を拡張する形式で、ほんとうに舞台形式だ。さて、どんな感じにするのか。凛を見ると、凛は口の中でなにか、唱えていた。マイクに乗らない程度の声。口の動きから察する。あれが凛の自己暗示。彼女独特の〝共感覚〟の視点を用いて、相手を自分のペースに巻き込む技。その名も、『調律(フラットリンク)』。スカイツリーの演技勝負でも使っていた技だ。あれを使われたら、もう、つぐみは凛のペースだろう。どんな演技をするのか。二人が、どんな風にこのエチュードを演じるのか、柄にもなく楽しみにしている自分がいて、私は、そんな私自身の変化に戸惑う。人形というレッテルを受け入れていたときは、こんなに感情が揺れ動いたりしなかったのに、と。

『では諸君。そろそろ始めよう！　スリー、トゥー、ワン――』

エマの声が響く。今日、この場で、なにもかもが変わる。そう思うと、心臓は痛いほど早鐘を打った。

『――アクション！』

カチンコの音。静まりかえる会場。――先手は、つぐみだ。そう、最初に声を上げたのは、意外なことにつぐみの方だった。てっきり、先に凛が主導権を握ろうとするのかと思ったのだけれど。

「こんにちは。こんな深い森の中に、なんのご用かしら？」

静かに語りかける声。優しい微笑み。瞬時に〝この場は森で、尋ねてきたのは凛〟というように場所と環境の状況設定を凛に押しつけた彼女の手腕に、思わず舌を巻く。いいや、でも、これだけじゃ凛をどうにかするのは難しい。父さんを見れば私と同じ感想なようで、表情に変化は無かった。じゃあ桜架さんは、というと……なんだか、薄気味悪いほどにっこにこだった。なんで？

それはともかく、環境設定は終えた。ざっくりしすぎて難しいテーマ。事前準備なしにエチュードでやらせるという、子供相手とは思えないエマの狂気じみた手法。それに呑み込まれることなく、凛は言葉を返す。

「妖怪を探しに来ました」
「妖怪を？　なぜ？」

凛はそう告げると、一歩踏み出す。おずおずと差し出した一歩が表現するのは、躊躇いかな。まるで、怖がっているような、不安なような……恐怖の感情を演出している。それは、つぐみが怖がられるような妖怪側だと決定づけるための一手だろう。巧い。凛は、今、状況を利用して自分のペースにつぐみを巻き込もうとしていた。

審査基準が非公開である以上、ただ役を全うするしか無い。凛もつぐみも、己の役を全力でやりきろうと、ぶつかり合っているように見える。

「村の人たちに頼まれたからです」
「頼まれた？　なにを？」

凛はまた、一歩踏み出す。足の裏でしっかりと地面を摑むような、しっかりとした一歩。その足音をマイクが拾い、舞台を叩く音が観客席にまで響いた。恐怖・克服・挑戦。物語に必要なストーリーを踏み込みで表現した。

もしここで躊躇うような踏み込みだったら、観客は「つぐみは、凛があんなに怖がるほど恐ろしい妖怪なのだろうか？」と、つぐみの方へ強く興味を抱いてしまったことだろう。でも凛は、強く踏み込むことで、自分に観客の視線を集めさせた。凛は、元々が感覚派の役者だった。けれどここ数日の間に、父さんと私の手でたくさんの知識と技術が詰め込まれたことで、技術の土台を得た。感覚で最適解を導き出せるような人間が、技術という土台を得ると、表現の幅がぐっと広がる。今、凛はまさに、表現の選択肢を大幅に増やした上で、感覚で最適解を選び続けている。大幅に増えた表現力が、一歩一歩の移動すら、演技に昇華させている！

「人々に迷惑をかける妖怪を、退治して欲しい、と」

「迷惑！　それは不思議ね。わたしはここで暮らしているだけなのに、まるで悪い妖怪みたいに！」

「誰も、あなたのことだとは言っていない。どうして自分のことだと思ったの？」

「……」

凜の問いかけに、黙り込むつぐみ。否応なしに二人の一挙手一投足に注目してしまうのは、彼女たちの技術の粋のなせる技なのかな。全部、出しているんだ、この場に。でも、つぐみには気の毒だけれど、圧倒しているのは凜だ。凜の技術には、桐王鶇をベースに古今東西の技術が詰め込まれている。父さんの目指した桐王鶇の技術の継承とは、すなわち、観客や共演者の意識の隙間をつく技法なのだという。会話、仕草。その中に、凜は、自分のペースにつぐみを誘導して、それにつぐみは動かされている。

……これでもしも、凜がつぐみに勝てば、凜は本当に、私や父さんが教えてきた、桐王鶇の技術や思考こそ自分に必要なものだと思い込んで、凜自身の個性や長所を捨てて、桐王鶇そのものになってしまうことだろう。だから、つぐみには、凜の意識を変えるほどの演技をして欲しい、の、だけれど……つぐみに、凜以上の演技ができるのかと言われると。

（難しい、よね）

今も、凜の言葉に返すことしかできていない。つぐみは悪い妖怪で、凜は妖怪を退治しに来た人間で、つぐみは凜に退治されて終わる。筋書きが見えて、ため息を吐く。私は自分の肩を抱いて、舞台を包む肌寒さを誤魔化すように、展開を見届け、て？

（あ、あれ？）

疑問。肌寒さ？　そんなはずはない。だって最初に席に着いたとき、私は、蒸し暑いと思った。なのに、どうして、こんなにも肌寒く思うのか。理解できない状況に、寒さからカチカチと歯を鳴らしながら、父さんを見上げる。すると父さんはこの状況にまだ気が付いていないのか、ただ、ため息を吐いて演技の評価をし始めた。

「やはり、凛相手には足りないな。普通の少女では、俺の作り上げた彼女には――」

だから、私は父さんの言葉を遮って、告げる。

「父さん、っ、気が付かないの？」

「――なに？」

どうしてこんなに寒いんだろう。その理由を探して……ただ、ただ、息を呑んだ。

「〝さむい〟」

「は？　そう、だな、確かに、だが、夏場で、さほど冷房は強く設定していないのに？」

それはそうだ。さっきまで寒いなんて思わなかった。けれど、違うんだ。父さんの話した、意識の隙間に入り込む技術。それができるのが凛だけだと、私は、すっかり思い込んでいたんだ。

「あなたの目が、わたしを疑っていたから。あなたの言葉が、わたしを追い詰めていたから。あなたたち人間が、わたしを悪と決めつけているから！」

つぐみの指。白く、震える指先。時々、己の肩を抱いて、まるで、ひどい寒さを堪えるように震える仕草。吐く息が白いのだと錯覚させているのは、外ならない、つぐみの誘導。つぐみは最初から、準備をしていたんだ。二人は舞台にいる。どちらがより注目されていても、二人とも視界に入る。だから、寒がるような仕草を繰り返すことで、観客の意識に、「ここは寒い場所だ」と錯覚させた。ごく自然に、凛にも、観客にも、気が付かせないように！

まるで真夏のこの舞台を真冬の雪山かのように錯覚させてしまうような、意識の隙間にねじ込まれた認識の誘導！

「あえて凛を目立たせることで――サブリミナル効果を狙った？」

例えば印象的な音楽が流れるミュージックビデオの間に、カンマ何秒といった短い広告を挟む。無意識下に脳は印象に紐付いたイメージを記憶してしまい、広告は視聴者に刻み込まれる。つぐみがしたのはつまり、そういうこと。印象的で派手に立ち回ろうとする凛を〝利用〟して、自分の演技を刻みつけた！

「それ、は」

舞台が回る。じわじわと、毒のように、互いの立ち位置を蝕みながら。それを私たちはただ、固唾を飲んで見守ることしかできなかった。

鴨浜学園・舞台上（午後）。
凛はつぐみと対峙する。

舞台の上。凛は、持てる技術を使いながら、静かにつぐみを見ていた。つぐみの次の言葉を誘導し、それに合わせて、己が主役であるかのように牽引する。それが、玲貴によって植え付けられた、凛の新しい演技だった。その演技の傍ら。脳裏で、凛は桜架の言葉を思い出す。舞台袖に激励に来たという桜架は、凛を抱き寄せて、ただ一言、こう告げた。

『楽しんでおいで』

――と。それは、駐車場で会話をしたとき、つぐみが言った言葉と同じ意味だ。つぐみも、楽しむ、と言った。けれど凛には、それがよくわからない。だって、勝たなければ、より巧くならなければ、次のステップに進めない。つぐみのことを守れない。だから凛は、桜架とつぐみの言葉をいっとき忘れることにする。

(胸が熱い。目が熱い。肌寒いけれど、それ以上に、つぐみに勝てている実感がある)

玲貴の言うことは正しかった。ツナギの言葉は正しかった。「強い人を真似れば強くなる」と玲貴は凛に教え、玲貴の知る一番強い人――桐王鶫の技術を吸い取れば、凛は、もっと強くなれると、玲貴は言った。そしてつぐみとの演技で、それは正しいのだと思えるような、そ

んな実感があった。だから凛は、つぐみを演技で糾弾する。ただ対等に向き合うために、手を抜かず、つぐみの全てを見抜いて、その意識を取り込もうとして。

「あなたの目が、わたしを疑っていたから。あなたの言葉が、わたしを追い詰めていたから。あなたたち人間が、わたしを悪と決めつけているから！」

——不意に、凛の〝共感覚〟が、吹雪の光景を映し出す。肌が凍るような風が、凛の活性化された感性に突き刺さる。

「それ、は」

凛は、想定外の状況に、一歩退いた。それは凛が今日初めて見せた、狼狽の一歩だった。

「わたしがいつ、人を攻撃したの？　わたしがいつ、誰かを食べたの？　いつもいつもいつも、そう！」

そうして凛は、とっさに身構える。例えば『妖精の匣』。例えば、そのオーディション。例えば、桜架のドキュメンタリーの選抜のための勝負。つぐみは、対決する相手に恐怖の感情を呼び起こさせ、狂気で塗り替える演技が得意だ。それを知っていたから、凛は耐えるように構えて。

「わたしが！　……なにをしたっていうの？」

「え？」

崩れ落ちて涙を流すつぐみの演技に、戸惑うことしかできなかった。思わず構えを解いて、つぐみに手を伸ばして、演技中だからと引っ込めて、手持ち無沙汰にスカートの裾を摑む。その一連の仕草は、観客からすれば、妖怪を助けようとして躊躇った少女のモノでしかなかった。

凛は、気が付く。今、自分はつぐみのペースに乗せられている。このままだと、また、呑み込まれる。だから凛は、この戸惑いも利用することにした。

「わからない、わからないよ。あなたの吐息が色んな人を苦しめているのは間違いない。そうでしょう？」

本当は、自分だってこんなことはしたくない。食いしばった歯。伏せた目。まだペースは取り戻すことができる。だったら、次はどうする？

（つぐみは、次はどうする？）

躊躇うようにつぐみに向ける視線。するとつぐみは、今度は顔を青くして、ぺたんと座り込んでしまった。


「っ、あなたたちが、山に踏み込まなければこうはならなかった！　わたしは、ただ！」

「わざとじゃ無ければ何をしてもいいの？」

「そんな、つもりじゃなかったの、わたしは」


たたみかけ、返され、次の展開を状況に当てはめ、つぐみは次の手を繰り出して。

（――しい）

怒れば嘆き、退けば泣き、たたみかければ言い合いになり。

（―のしい）

凜のやりたいことをやらせないようにしながらも、次々と、新しくて〝すごい〟演技ができて。

（たのしい）

二人だけになってしまったかのような世界で、凜は演じる。敵対者として向き合っていたはずのつぐみと、演じ合う。

（たのしい！）

「ただ、ただってなに？　言い訳は、もういいよ」

「じゃあ言わせてもらうけれど、心して聞きなさい！」

「うん。いいよ、ほら、言って」

殺伐とした空気だったはずだった。なのに、気が付けば、観客もまた苦笑していたり、引いて見せたり、楽しんでいた。そうして改めて、凛はつぐみを見る。苦しいだとか、悲しいだとか、強いだとか弱いだとか、そんなのは関係ない。演技をしている最中のつぐみはこんなにも輝いていて、楽しそうで、凛とどこまでも対等だった。

（そっか。私は、一番最初を間違えていたんだ）

いつも強くて頼りになるつぐみにだって、悩んだり苦しんだりすることもあるだろう。ただそれでも、演技の上では苦悩一つ感じさせず、こんなにも楽しそうに振る舞うことができる。だからきっと、凛に必要なのは、つぐみに頼られるほど強くなることではない。ただこうして、心から真剣に、演技を楽しむことができる相手が必要で――その楽しい演技こそが、外ならぬつぐみを安らかにするのだ、と。

凛は演技の間に、観客たちの姿をまた、盗み見る。展開を楽しんでくれているたくさんの観客の顔。この舞台がもっともっと広がったら、どんなに楽しいことだろうか。つぐみが、桜架が言いたかったことの意味を思い出す。桜架が、エマが、ツナギが、玲貴が、ただまっすぐ自分の舞台を見てくれていることを、受け入れる。こんなにも世界は鮮やかで、演技は、こんなにも楽しいのだと。


「わたしは、ただ、人間と友達になりたかっただけなんだからぁーっ！」

「……でも、人を襲った」

「襲ってないわ。熱いから冷やしてあげようとしたのよ。それなのにあの人間、あんなに悲鳴を上げて！」

「怪我をした人もいる」

「わたしはしがない雪女よ！　この細い腕のどこにそんな力があるの⁉」

「……じゃあ、亡くなった方は？」

「え？　ど、どんな風に？」

「それはもう無惨なバラバラ……」

「だから！　バラバラには！　できないの‼」

凛は最初は、人間と妖怪がすれ違うような、悲劇的な話にしようとしていた。けれど、つぐみは、エマがテーマを緩く設定したことを逆手にとって、友情を主題にした喜劇寄りの話に変えた。凛は、つぐみがそうしようとした理由を察する。人間は、ギャップに強く惹かれる。最初はシリアスな舞台だと思っていた観客は、その方向転換に引き込まれ、ギャップを受け入れて楽しんでいる。

(かなわないな)

最初から、前提が違った。つぐみと向き合おうとしていた凛に対して、つぐみは、役者として観客を楽しませようとしていた。その違いはとても大きくて、だからこそ、凛は小さく微笑む。

「違うよ！　……あなたの、友達に」

「え？　妖怪に？」

「じゃあ、私がなってあげる」

でも、と、凛は思う。

(いつか、必ず、私もつぐみみたいに、みんなも、共演者も、ワクワクさせる演技がしたい！)

……と、ただただ、願うように。そしてその夢は、誰かに強制されたものではない。凛が自分で見つけて、自分で抱いた夢だ。その夢は、知らず知らずのうちに玲貴（れき）の手によって植え付けられようとした〝ホラー女優〟への道を、打ち砕いていた。


「いいの？」

「うん。だって、ほら」


つぐみの手を取る。凛は、冷たい、と思った。


「こうすれば、寒くもないよ」

「――……うんっ！」


熱が宿る。目を合わせて微笑み合えば、とたんに、大きな拍手が会場を包んだ。演技の区切りを、観客が察した。そのタイミングで、穏やかな笑みを浮かべたエマも拍手をして、歓声が上がる。だから凛は、つぐみと二人並んで、観客席に向かって頭を下げた。

「ね、凛ちゃん」

「ん？　なに、つぐみ」

「楽しかった？」

「……うん」

「なら、またやろう？ わたしね、凛ちゃんと演技をするの、好きだよ」

「うん。私も、つぐみと演技をするの、すき」

強く握りかえされたつぐみの手が、ぼんやりと温かい。凛はその熱を忘れないように、また、つぐみと目を合わせて、笑った。

■ 鴨浜学園・観客席（午後）。
玲貴は、呆然と舞台を見る。

花火が爆発しているのではないかと思わせられるほどの大歓声。拍手の音が鳴り響く舞台を、俺はただ、呆然と眺めていた。引き込む演技。涙を誘う展開から、急な転換。それこそ最初は鶫の演技を思い出した。意識の隙間に刻み込む巧みな意識誘導を、あの、自分が気にもしていなかった少女が成したことに驚愕した。ただ鶫がやれたことを習得した凛とは違う。あの少女は、鶫の技術の上をいった。かつての鶫ではできなかった、恐怖から喜びへの転換。雰囲気をがらっと変える柔軟性。ホラー映画に不要だからこそ不得意としていた演技を、あの、鶫と同じ名前の少女は成し遂げてみせた。まるで、俺がやっていたような、才能ある少女に技術と思想を刻み込み人工的に名優を作るような行動に意味は無い、と、とあざ笑っているような……そんな錯覚を覚えてしまうほどに、卓越した演技だった。

俺の行動を、演技によって否定されたその結果は、今、目の前の状況が物語っている。凛はつぐみの手を取り、自分のやりたかったことを見つけてしまったことだろう。俺の行った洗脳じみた意識誘導なんて、無意味だと気が付いて振り切って。もう、凛の才能を奪うことはできない。一度覚醒した天才は、いかようにも手をつけられない。それは、霧谷桜架という前例が、嫌味なほどに示していた。

「――もう、いい。帰るぞ、ツナギ」

「父さん？　う、うん」

立ち上がる。俺には、やらなければならないことがある。もう、俺には時間がない。早く、早く、次のプランを練らなければならない。鶫を復活させられなかったのなら、次のプランだ。鶫を死なせないために、他の方法で、桐王鶫という名優がいたのだということを、世界に刻みつけなければならない。早く、早く、早く、この身体が動かなくなってしまう前に。だから、こんなところで立ち止まるわけにはいかない。おぼつかない足に鞭を打ち、進む。歓声を背に、この程度の計画を成功させられなかった己への憤怒を足に、進む。あれこそが、鶫が求めた光景なのではないか。演技で、人の心を動かす、あの二人の光景が――などという妄言を唾棄して、進む。エマや桜架に捕まる前に、舞台袖から抜け出して、関係者用の通路を通って、地下駐車場へ向かう。まだ、ここに戻ってきている人間はいないようで、地下駐車場は静まりかえっていた。当たり前だ。あの興奮冷めやらぬ会場から抜け出せる人間など、いるはずがない。

だから、俺は。

「ねぇ、父さん」

「どうした？　ツナギ」

「――もう、やめようよ」

　ツナギの言葉に立ち止まる。俺の人形が、心でも折れたか？　なら、直さねばならない。そう、振り向いて。

「っ」

　まっすぐ、俺を見る目。伸ばした背筋。意思の炎が、瞳の奥に揺らめく。それはまるで、鵺と、■■■のような。

（ッ、頭が、痛い。誰だ？　鵺じゃない。俺を、見るのは、誰だ？）

「ずっと目を逸らしてきた。それが父さんの幸福になるって信じてたから。でも、違うって、それじゃあダメだって気が付いたよ。つぐみは凛の手を取ってみせた。信じられない、奇跡みたいなことをやってみせた。だから、奇跡は起こせるんだ。誰も傷つけずに、夢を叶える方法だってあるはずなんだ！」

　声。この子の声は、こんなにも、力強かったのか。破天荒ではなくても気丈で、誰をも対等に見るわけではないが優しい。この視線を、この声を、俺は、知っているはずなのに。

『玲貴(れき)』

脳裏に響く、俺の名を呼ぶ声。まるで、愛(いと)おしいと告げているような、優しく柔らかで、強い声。俺は、俺は。

「ッ、そんな方法はどこにもない！　桐王鶫(きりおうつぐみ)の存在を刻むには、誰かを犠牲にしなければならない！　そのためなら俺は、悪魔に魂だって売ろう。凡百では、鶫を、呼び起こせはしないんだ」

自分に、中身が無いような感覚を覚える。俺の言葉は、こんなにも、薄っぺらかっただろうか。こんなにも空虚だったのだろうか。頭が、痛い。なにか、なにか、なにかを、忘れてはならなかったなにかを、手放してしまっているかの、ような。

「試してもいないのに、そんなこと言うな！　私がッ――私が、いるのに。誰かを犠牲にして傷つく父さんを見るくらいだったら、私がやる。私が、桐王鶫になる！」

「ダメだ!!」

何故(なぜ)、何故ダメなのか。最初からそうすれば良かった。もしもこの子が、せめて髪や目の色だけでも、ち■るの黒色ではなく、俺の金色に生まれていたら、それが、例えば、ちづ■と同じ女では無く男に生まれていたら、■づるへの罪悪感を殺して、鶫を目指させていたかもしれない。だがダメだった。ツナギは、■■■に――ちづる、に、似過ぎている。見る度に、千(ち)

鶴を思い出す。対等に笑って、愛して、泣いて、抱きしめた彼女を。

（ち、づる？）

——桐王鶫を求めて出会って、ぶつかり合って喧嘩をして、泣いて笑って、抱きしめた、俺が鶫の次に愛して、そのうち誰よりも好きになっていた女性。千鶴を喪ったことで、これ以上、大切な人間を失うことが怖くなった。だから、俺は、せめて。

「俺は、俺の手で、鶫を——」

鶫を、どうするというのか。声にならない声でナニカを言おうとして、言葉に詰まる。俺は、俺には、為さねばならないことがある。それが、千鶴との愛の結晶を踏みにじることに繋がるというのなら、俺は、俺は、なんのために？

「くそ、黙れ、黙れ、黙れ！　俺は、こんなところで立ち止まるわけにはいかないんだ。まだ俺は、鶫に謝れていない！　贖罪の一つもできていないのにッ！」

そう、だ。世界に鶫を認めさせる？　鶫の復活？　復讐？　違う。違うだろう、四条玲貴。俺は、鶫に余計なことを言って、そのせいで鶫は仕事を増やしすぎて事故にあった。俺が、彼女の未来を奪った。千鶴だってそうだ。俺が彼女を買わなければ、あんなに苦労をかけることもなく、もっと健やかに生を全うできたかもしれない。俺が関わったことで生まれてしまった悲劇に、終止符を打ちたかった。俺のせいで死んだ二人に、贖罪がしたかった。なのに、俺は、病に負けて心が折れて、いつしか、本当に為さねばならないことを見失っていた。ああ、だが、今更、贖罪なんてどうすればできる？　俺にその資格は無い。無いなら、どうする？　わからない、わからない、わからないわからないわからない、わからない、なにも！

「ッ、だから、俺は、くそッ！　だからッ！」

「とう、さん？」

だから、の、先に、なにを言えば良いのかもわからない。わからないまま頭を抱え、ツナギの戸惑う声を受け止めて、顔を上げようとして……ツナギの背後から聞こえてきた足音に、身を竦ませる。

「情けないことを言って子供に八つ当たりをするのはみっともないわよ、玲貴」

「——ッ誰だ⁉」

かつかつと歩み寄る小さな影。小柄な少女。分厚い眼鏡と金髪のお下げ。見覚えの無い出で立ちだが、聞き覚えのある声。俺がその正体を思い出そうとする前に、彼女は、金髪のカツラと眼鏡を投げ捨てた。

「な、なっ、なんで、貴様が⁉」

「貴様、とは、ずいぶんな言い草じゃない。玲貴」

黒のボブヘア。角度によっては黄金色にも見える、赤褐色の瞳。せいぜいが二十代前半にしか見えない容姿と現役を退いてなお衰えず進化する実力から、〝極東の魔女〟と呼ばれ恐れられる、鶫の親友。

「アメリカにいるんじゃなかったのか!?　閏宇!!」

「どっかのバカがバカをやらかしていると可愛い妹分から教えられて、飛んで帰ってきたのよ。そうしたらこんなことをやらかして——草葉の陰で鶫が見下しているわよ」

閏宇。鶫の親友にして、一番の理解者。桜架の後見人で姉貴分。驚愕するツナギをよそに、俺は、その登場にうろたえる。

「鶫のような役者が作りたいんだったら、教育者になって専門分野の開拓でもやりなさいな。第一、振られ男が図々しい」

いちいち、ひとの気を逆なでしないと気が済まないのか、この女！

「ぐぅ……は、そんな時間があれば、それも良いだろう。だが、俺は」

「ッ父さん、それ、どういうこと？　時間が無いって、なんで!?」

「あ」

俺は、言わされたのだと気が付く。現役を退いて、監督業に現を抜かしていても、この女は一線の役者であるということなのだろう。鶫と長く居た彼女は、当然のように鶫の技術を操る。意識の誘導。切磋琢磨する中で身につけたという、鶫と閏宇の友情の結晶。今になってこんなところを見せつけられるなんて、想像もしていなかった。ああだから、俺はこの女が嫌いなんだ。

「はぁ。やっぱり言ってなかったのね。じゃ、入院ね」

「いや、なにを言っている？　そうそうに治らないからこそ、俺は……」

「今回、ちょっと協力してくれるところがあってね。カルテの情報もそうだけれど、一人娘が健やかに過ごすためなら、人間一人に最先端医療を紹介してくれるくらい訳ないってね」

言われて、頭を巡らせ、思い至る。そんな力を持った企業は、俺が知る限り一つしかない。

世界の情報機器の最先端に立ち、あらゆる業態に狼の横顔を刻んだ化け物企業――ローウェル。あの、凛を打ち負かした少女の、親。

「なら、俺は、どう、すれば――」

呆然と、膝をつき。

「どうすれば？　そんなの、決まってるでしょ!?」

頬に、熱が落ちた。思わずふらつく身体。胸ぐらを摑んで引き起こすのは、目を真っ赤に泣きはらした、ツナギの姿。俺が身勝手に振り回した少女の……一人娘の、姿。

(平手打ち……こんなところまで、千鶴に似たのか)

ツナギは、俺の胸ぐらを摑んだまま、まっすぐ、俺を見た。

「生きていれば、何度だってやり直せる！　だから、だからッ、ぐすっ、私を、置いて逝かないでよ、父さんッ!!」

「――すまない、ああ、すまない、ツナギ……繋」

おそるおそる、抱きしめる。微笑んで成り行きを見守る閏宇のことが気に入らないが、甘んじて受け入れよう。この小さな身体を手放そうとしていたのか、と、俺はただ、千鶴によく似た髪を、撫で続けることしかできなかった。

Ending

病院・中庭（昼）。
つぐみはツナギを待つ。

燦々と光る真夏の太陽が、ベンチに座るわたしを照らす。ここ、國本記念病院は、東京都心という立地ではあるが、大きな中庭があり、患者さんやお医者さん、見舞客なんかがお散歩できるように作られている。もうずいぶん前のことに感じるが、だいたい四か月くらい前、わたしが鶫の記憶を呼び起こして目覚めた病院が、ここだ。ダディやマミィもよくお世話になっている、という、ローウェル家にとってもなじみ深い病院なのだけれど、今日、わたしがここに来ているのは、家族や自分の用事ではない。わたしは胸元に抱えた紙袋を覗き込んで、中身がちゃんと入っているか確認する。紙袋に入っているのは、万が一でも濡れたりしないようにストックバッグに収められた、一本のビデオテープだ。これをツナギちゃんに渡すために、この病院に立ち寄った。

今日はこのあと仕事があるから、ルルに整えてもらった白いワンピースに皺が寄らないように気をつけながら、ベンチの背もたれに身体を預けた。熱中症防止の麦わら帽を少しあげて、のんびりしながら周囲を見回す。杖をつくご老人、車椅子の青年と看護師さん、病院着の子供たち。わたしが入院していたときに見た子もいれば、見たことのない方もいる。そんな中庭の人間模様を観察していたら、その中に、目的の人物を見つけた。

黒い長い髪に、ほんの僅かに緑がかった黒い瞳。どこか鶫の、桐王一族の血を感じさせる、ちょっと強気そうな目元。今日ここで会って話がしたい、と、わたしが連絡をした少女——ツナギちゃんは、グリーンのシンプルなワンピース姿でわたしに手を振る。

「わざわざ病院まで足を運ばせてごめんね、つぐみ」

「こちらこそ。時間、作ってくれてありがとう、ツナギちゃん」

ツナギちゃんはそう、以前までとは比べものにもならないほど穏やかな微笑みを浮かべる。凛ちゃんを利用していたときとは違う。暗躍する必要もなく、誰かを傷つけることもない。優しく、温かな笑み。

「いいよ。私もつぐみに話したいことがあったし」

「話したいこと？」

「それはまたあとで」

ツナギちゃんは心なしか早口でそう言う。言うのが気まずいようなお話、なのかな。わたしが顎に手を当てて考えていると、ツナギちゃんはゆるく首を傾げてわたしに問う。

「それで——今日は、なんの用事？」

ツナギちゃんの言葉に答えるように、わたしは紙袋を差し出す。

「ツナギちゃんたちのことをよく知らなかったときに、ツナギちゃんや玲貴さんのことを調べていて……その途中でね、たぶん、玲貴さんやツナギちゃんに関わってるであろうビデオテープを見つけたの。今更かもしれないけれど、これは、ツナギちゃんが持っていた方が良いと思うから」

ツナギちゃんはわたしから紙袋を受け取ると、中を覗き込む。

「ビデオテープ？」

「うん」

紙袋の中身。ビデオテープの内容は、あのボロアパートから老婆——鶫と千鶴の母、桐王菫から受け取った、玲貴さんと千鶴さんのホームビデオだ。以前のツナギちゃんに渡してもきっと混乱させてしまうだけだったろうけれど……愛し愛されていたツナギちゃんの両親の映像は、こうして穏やかになったツナギちゃんなら、受け止められるだろうから。

「つぐみのことだから、どーせ、意味が無いことではないんだろうね。ありがとう」

「いいよ。……その、ツナギちゃんは、あれからどう？　玲貴さんとのこととか……」

ツナギちゃんがわたしへのお話を切り出しやすいように、まずは世間話から……なんて話題を振って気が付いたのだけれど、これ、けっこう重い話題だ。でも、どうしても気になってしまった。あのあと、凛ちゃんが解放されて、玲貴がその場からいなくなったあと、わたしは桜架さんからほんのちょっぴり顛末を聞いた。やや大雑把な説明の仕方で、桜架さんはにこやかに笑って、わたしにこう告げたのだ。

『玲貴、病気が不安でおかしくなっていたみたいだから、お説教してあげたら改心したわ』

……けっこうあんまりな言い方だし、そんな単純な話では絶対になかったと思うのだけれど、桜架さんはそれ以上は教えてくれなかった。あるいは、凛ちゃんと笑顔で手を取り合うわたしたちを傷つけないように、あえて、大人の事情を伏せたのかもしれない。

「父さんは、なんとか大丈夫そうだよ。それもこれも、つぐみのご両親のおかげ、かな。さっきまで父さんの病室にいたんだけどね。憑き物が落ちたみたいだったよ」

「そっか……ツナギちゃんは、もう大丈夫？」

「うん。凛にもね、謝ったんだ。利用した、ということについては、言ってないんだけどね」

凛ちゃんに全てを話して謝ることが正解かどうか、わたしにはわからない。凛ちゃんは、今回のことを全部自分の経験として吸収して、技術を身につけて、それをとてもポジティブに捉えている。だから、今、その前向きな感情の奥底を掘り返してネガティブな感情にさせることが、良いこととは限らないような気もするから。

　でも、俯いて、それから罪悪感を噛みしめるような表情のツナギちゃんには、気になることがある。だって、どうしてそんなに辛そうなのに、話さないという選択肢を選んだのか。

「そうなんだ。でも、どうして？」

「閏宇さん……あ、閏宇って人、知ってる？」

　突然出てきた名前にドキリとする。知っているも何も前世の親友なのだけれど、それを言うわけにはいかない。

「しってるよ。エマさんの先生、だよね？」

「うん、そう。元女優で現監督のすごい人」

　とっさの演技で動揺を隠し、悟られなかったことに心の中で胸をなで下ろす。あ、危なかった……。

「その、閏宇さんがね、父さんと私の仲介に入ってくれたんだけど、改心して凛に謝ろうとしていた父さんに、閏宇さんが『大人に裏切られたなんて経験を、子供にさせるな。無茶をさせたことは謝って、フォローもして、罪悪感は一生抱えなさい。それがあんたにできる償いよ』って。父さんが言わないなら、私が言うわけにはいかないし――私も、この罪悪感を抱えて、それでも、凛ともう一度ちゃんと友達になりたいって思ったんだ。だめ、かな？」

　ツナギちゃんはそう言って、膝の上に置かれた手を強く握った。閏宇の言葉はいつだって厳しい。でも、それは、閏宇が憎まれ役を買って出ているという優しさでもある。ツナギちゃんは、そんな閏宇の優しさを感じ取って、凛ちゃんに裏切りを明かさず、玲貴と共に背負うと決めたのだろうか。だったら、閏宇の元親友としては、少し嬉しい。わたしは、膝の上で震えるツナギちゃんの手に自分の手を重ねて、少しだけ、寄り添う。

「きっと、玲貴さんといっしょだよ」

「父さん、と?」

「無茶をさせたことはあやまって、それから、仲良くなりたいって凛ちゃんに言おうよ。凛ちゃんが、いいよって言ったら――いつか、オトナになったら、今は言えないことを凛ちゃんに話そう。心配なら、わたしも、いっしょにいるから」

玲貴と同じ、だ。玲貴と同じで、裏切りだけは、いつか未来で謝って、今は、他のことを謝ろう。なにが正解かなんてわからないし、虹君にはすっごく怒られるかもしれない。でも、それも全部含めて贖罪なんじゃないかなって思うんだ。

「ありがとう、つぐみ。はは、つぐみ、五歳も年下なはずなのに、なんだかお姉ちゃんみたいだ」

「お、おね？　ババ臭いということでしょうか……？」

「はっ、はははっ、あはははっ、なんでそうなるのさ！　オトナっぽいってことだよ、ふふっ、もう！」

「うぐぅ」

目に涙を溜めて、お腹を抱えて笑うツナギちゃんに、唸り声をあげてしまう。

「ね、つぐみ」

それから、穏やかに告げられたわたしの名前に、顔を上げた。その真剣な表情に、ツナギちゃんがわたしにしたかった〝お話〟をするのだと察し、わたしは背筋を伸ばす。

「つぐみがあのとき、『Slash』で背中を押してくれたから、私は前を向けたよ。凛ともやり直せそうで、姫芽ともっと仲良くなって、父さんの手を取ることもできた」

ツナギちゃんはベンチから立ち上がって、わたしの正面に立つ。

「だから、ありがとう。私、つぐみと出会えて良かった」

そうして、ツナギちゃんは、ひまわりみたいにパッと笑った。陽気で明るい、飄々としたツナギちゃんではない。本当のツナギちゃんはきっと、こんな風に笑う子なんだろうと思う。陽気でなくても穏やかで、飄々としていなくても柔らかくて、優しい女の子。

「どういたしまして」

私がただそう告げると、ツナギちゃんは照れたように頬を赤らめて、身体の前でもじもじと指を絡ませる。

「それでね、あの、あのね」

「うん？」

「つぐみ……あのそのえっと、その、あの――私と、友達になってください！」

勢いよく頭を下げるツナギちゃん。その、下がった頭の頭頂部がちょうどわたしの目線に揃って、髪の間から見える肌は、首から耳まで真っ赤になっていた。だからわたしも、ベンチから降りて、ツナギちゃんの前に立つ。

「わたしは、もうとっくにツナギちゃんのお友達だと思っていたんだけど……違う？」

わたしの言葉に、ツナギちゃんは下げたときよりも勢いよく頭を上げて、それから、また、パッと笑った。花が咲くような笑顔だった。

「ちがわない！」

抱きつくツナギちゃんを、抱きしめ返す。わたしの背に回された手が僅かに震えていて――わたしはただ、その熱を享受した。


ツナギちゃんと手を振って別れて、わたしは社用車に乗り込む。運転手には、いつもの初老の男性。穏やかな笑みが特徴的な眞壁さん。右隣には小春さんで、左隣にはルル。いつもの二人に挟まれて安心したのか、わたしの口から「くぁ」と情けない声とあくびがこぼれて、思わず恥ずかしくなって俯いた。

「つぐみ様、目的地までお休みなさいますか？」

「つぐみ、あんたの髪は到着までにセットしてあげるわ」

「うにゅ……うん、ふわぁ――ありがと、ふたりとも」

眠気に負けた身体は、優しい言葉ですぐに意識が薄れていく。思えば、今日に至るまで色々あった。交通事故でこの世を去ったと思ったら生まれ変わって、輪廻転生かと思ったら少し違っていて、でも、今は、わたしは二人で一つになった。

前世で関わりのあった人と知らず知らずのうちに再会したり、すれ違ったり、向き合ったりして、今世でも新しい友達ができて、ぶつかって、仲直りして。

(我ながら、波瀾万丈だ。こんなことになるなんて、夢にも思わなかったなぁ)

ゆらゆらと、車に揺られて、頭がぼんやりする。意識がふわふわとして、また、大きくあくびをして。

「つぐみ様、つぐみ様、そろそろ到着しますよ」

「ふわ……んにゅ、ごめんなさい。おしえてくれてありがとう、小春さん」

「いいえ、最高に愛らしゅうございました」

感激した様子の小春さん。そんな小春さんを、冷たい目で見るルル。そんな二人の様子に首を傾げながら、わたしは貸しスタジオの駐車場で、小春さんに手を引かれて降りる。今日は、中目黒にある大型の貸しスタジオで、エマさん主催の本読み兼顔合わせだ。なんともエマさんらしい話なのだけれど……あのオーディションで合格したのはわたし――ではなく、わたしと凛ちゃんの二人。なんとエマさん、「甲乙つけがたいから両方使う」とかなんとか言って、二人とも合格にしてしまったのだ。

貸しスタジオのロビーで持参の上履きに履き替えて、白いタイルの廊下を歩く。目的の大きな観音開きの扉を小春さんに開けてもらうと、そこには既に、出演者の大半が揃っていた。

「やぁ！　つぐみ、早かったね」

手を上げるエマさんに、首を傾げる。目的の時間よりも三十分程度早いのは間違いないが、すでにけっこうな人数がいるような気がした。そこには凛ちゃんはもちろん、柿沼さんやトッキーのCMで共演した海さん。皆内さんや桜架さんに、それから、姫芽さんの姿まで。

「あの、おそかった、ではなくてですか？　エマさん」

「ん？　もちろん。なにせ全員に違う集合時間を伝えていたからね！　全員集めてから個別の話をするなんて面倒だろう？　来た人から順に言えばボクが楽なのさ！」

決して暇ではない名優方をつかまえて、とんでもないことを言い出したエマさんを見て、桜架さんは大きくため息を吐いた。

「エマ、あなたには今一度、常識というモノを教えなければならないようね」

「それで良い映画が撮れるのなら良いけれど、枠にとらわれて自由な画が撮れるのかい？」

「ああ言えばこう言う……もう」

桜架さんがなにを言おうと、のらりくらりな様子のエマさん。そんな二人の様子を眺めていると、凛ちゃんが小走りで近づいてきた。

「つぐみ、つぐみ」

「凛ちゃん！　おはよ、凛ちゃん」

「ん！　おはよ！　ね、つぐみ――この映画さつえーも、たのしもうね！」

「っ――……うんっ！」

手を取り合って、額を寄せて、なんとなくぎゅっと抱き合ったりしてみて、痛感する。あの日、向き合えたから、今日こうして凛ちゃんと手を取り合えているのだと、心の奥底から実感した。そんなわたしたちの様子に構うエマさんではない。エマさんは桜架さんとのやりとりを終えたのか、わたしにズバッと効果音が鳴りそうな勢いで指を差した。

「さて！　つぐみ、キミには重要な役割がある！」

「はぇ？　重要な役割、ですか？」

「そう！　キミには今回の『紗椰』のリメイク……『SAYA』で初登場する新キャラクターを演じて欲しい。今回、桜架が演じる悪霊、『紗椰』から別れた良心、という設定の幽霊、『紗代』が、キミが演じるキャラクターさ。ああ！　だが、もちろんわかっているよ。旧作のファンが多い映画のリメイクで新しいキャラクターが出てくると、叩かれやすい！　まぁキミが難しい、というのなら、設定を少し弄っても良いが、どうする？」

エマさんの提案に、息を呑む。なるほど、新キャラクターか。それなら、凛ちゃんが当時の桜架さんが演じた子役、『沙希』を演じてもまだ、同年代の子供に役割ができる。

周囲を見る。心配そうな柿沼さんや海さんたちに反して、凛ちゃんや桜架さんは、なんだか、わたしがなんて答えるのか、わかっているようだった。

「やります」

「ほう？　いいのかい？」

「はい。だって――」

生まれ変わって、色んなことがあった。楽しいことや嬉しいことだけじゃなくて、苦しいことも悲しいことも、たくさんあった。それでもわたしは今、こうして、演技に魂を燃やしている。なら、このまま、立ち止まる理由なんてどこにもない。

「――こんなおもしろい役、やらないなんてもったいない！」

道半ばで夢が絶たれ、生まれ変わってみたら前より恵まれた環境で。
なんだか色んなことがあったし、きっと、これからも色んなことがあるのだと思う。
それでも、わたしはきっと何度でも、同じ夢を見るのだと思う。

今度こそハリウッドを目指して、そこで、わたしの演技で世界中の人たちを繋（つな）ぐ。夢とか、愛とか、思いとか。それが恐怖であっても感動であっても構わない。ただ、今を迷う誰かが、夢を叶えられますようにと願いを込めて。

空星（そらほし）つぐみ。今度こそ、ハリウッドで夢を繋ぎます！

——The movies All Clear Congratulation!——

あとがき

鉄箱

この度はホラー女優が天才子役に転生しました　三巻を手に取っていただきありがとうございました。そして、発刊まで支えていただいた担当様、今回も最高のイラストを手がけていただいたきのこ姫先生、そしてなにより読者の皆様に、この場を借りて格別の感謝を捧げたく存じます。

さて、一巻のあとがきでも触れましたが、私はあとがきの作法というものをイマイチよく理解しておりません。とはいえ、三巻でこの物語はひとまずの幕引きとなります以上、やはり最後の最後も、彼女たちについて書き記し、締めとさせていただきたく思います。せっかくなので、桐王鶫（きりおうつぐみ）が事故に遭って空星（そらほし）つぐみとして目覚めるまでの年月。その年月と同じ二十年を経た後の彼女たちの記録を。

○夕顔美海（ゆうがおみみ）

幼少期は自己主張の乏しい臆病な少女であったが、二十代も半ばになると、母親似の堂々とした演技が評価されるようになる。嫋（たお）やかで力強く、けれど包容力のある彼女の演技に、多くの人間が魅了されるようになる。

○朝代珠里阿（あさしろじゅりあ）
天真爛漫な演技が評価されていたが、あるとき悪役を演じ、その迫力のある演技に視聴者は度肝を抜かれた。以降、様々な役をこなし、影のあるヒーロー、不器用な悪役など、二面性の強い役に抜擢されるようになり、オファーがあとを断たない。

○夜旗凛（よるはたりん）
かの霧谷桜架（きりたにおうか）の弟子ということもあり、幼少期から注目を集め、後に、変幻自在な演技と自由気ままでマイペースな私生活のギャップを見せつけ、人気を博す。現在は、年々進化を続ける表現力を武器に、霧谷桜架を越える天才女優としてメディアを騒がせている。

○空星つぐみ
悪役女優として衝撃的なデビューをし、妖精のような容姿に似合わず多くの悪役・敵役をこなす。その表現力は悪役の枠には収まらず、どんな主人公であろうと、敵役であろうと、路傍の石であろうと確実にやりきる演技力に、今日も国内外から彼女を求める声が響く。

GAGAGA
ガガガ文庫

ホラー女優が天才子役に転生しました3
〜今度こそハリウッドを目指します！〜

鉄箱

発行　2024年1月23日　初版第1刷発行

発行人　鳥光 裕

編集人　星野博規

編集　湯浅生史

発行所　株式会社小学館
〒101-8001 東京都千代田区一ツ橋2-3-1
[編集]03-3230-9343　[販売]03-5281-3556

カバー印刷　株式会社美松堂

印刷・製本　図書印刷株式会社

Printed in Japan　ISBN978-4-09-453167-1